KB063311

묘생만경

묘생만경

김현중 소설집

아작

차례

묘생만경

猫生晩景

부지런한 세민이는 매일 아침 6시 30분에 일어난다. 7시쯤 일어나는 엄마와 아빠보다도 빠른 시간이다. 이렇게 일찍 일어나는 이유는 집에서 키우는 동물들 때문인데, 개 세 마리와 닭 열네 마리, 그리고 연못에 살고 있는 붕어들의 아침을 챙기기 위해서다. 그래봤자 아빠가 전날 저녁에 미리 준비해둔 사료를 갖다주고 물그릇에 물을 채우는 게 전부지만, 세민이는 이 일에 꽤 자부심이 있다. 물론 세민이는 일거리를 덜고자 하는 엄마 아빠의 세뇌 공작에 대해서는 잘 알지 못한다.

그날도 세민이는 제일 먼저 일어나서 대청마루 문을 연다. 아침 공기의 신선함을 열 살짜리가 뭐 알겠냐 싶지만, 세민이는 어쨌든 이 순간을 좋아한다. 미닫이문을 열어젖히면 작은 연못과 관상용 화단과 파, 고추, 감자 따위를 심은 텃밭이 보기 좋게 어울린 마당이 펼쳐진다. 요즘 같은 철에는 이미 해가 높아서 새벽이슬을 머금은 풀잎들 위로 눈부신 빛이 뿌려진다. 이 탐스러운 풍경에는 담장을 따라 심은 은행나무와 사과나무들, 그 위에서 노래하는 까치, 참새들도 빼놓을 수 없다. 문 여는 소리가 들리면 귀 밝은 개들과 닭들은 멍멍, 꼬꼬댁 한바탕 난리를 피운다. 세민이가 문을 열어야 그들의 아침도 열리니 당연한 일이다. 그러나 오늘은 희한하게도 이 변하지 않는 아침 풍경 속에서 바로 그것이 빠져 있다. 개들과 닭들의 소리가.

세민이는 아침 하늘을 둘러보며 뭔가 다르다는 것을 어렴풋이 느끼지만, 그게 정확히 무엇인지는 알 수가 없다. 일단 신발을 신기 위해 고개를 숙인다. 그리고 신발 위에 놓여 있는 거무스름한 걸레 뭉치를 발견한다.

"에이 참, 엄마는…."

살짝 짜증을 내며 세민이가 걸레 뭉치를 들어 올리는 순간, 후두둑 검붉은 액체가 신발 위로 떨어진다. 잠시 후 세민이는 그 작은 몸에서 나온 거라고 믿기 어려운 커다란 목소리로 소리친다.

"엄마아아악!"

걸레 뭉치인 줄 알았던 그것은 세민이가 사자라고 부르던 장닭이다. 정확히 말하면 장닭의 사체다.

눈을 비비며 마루로 나온 세민이의 부모는 기겁한다. 얼굴이 파랗게 질린 세민이가 벌벌 떨며 경기를 일으킨 것이다. 엄마는 세민이를 마루 위에 눕히고 아빠는 다급히 구급차를 부른다. 마당에 내려선 아빠는 장닭의 사체를 발견하고 눈을 크게 뜬다. 이윽고 마당 한가운데까지 가서 주위를 둘러본 아빠는 큰 충격을 받고 나직이 신음한다.

3년 동안 애써 가꾸었던 화단과 텃밭은 만신창이가 됐고, 여기저기에 닭들이 죽어 넘어져 있다. 개 한 마리는 연못에 빠져서, 또 하나는 나뭇가지에 목이 걸려 죽었다. 아빠는 떨리는 다리에 힘을 주며 안마당의 대각선 끝에 위치한 닭장과 개장을 차례로 살펴본다. 둘 다 문이 열려 있다. 사태가 일부분 이해되자 아빠는 다시 신음을 흘린다. 이번에는 잔뜩 화가 묻어나는 신음이다.

그때 이 집 개들 중 한 마리인 발키리가 하얀 몸을 주인 앞에 드러낸다. 입 주위에 온통 피와 닭 깃털을 묻힌 발키리는 뒷다리를 심하게 절면서 생후 3개월 이후로는 낸 적이 없는 비굴한 목소리로 끼낑거린다. 발키리는 절뚝절뚝 주인의 발치로 다가오며 온몸으로 굴종을 표시한다.

주인의 다리가 허공을 가른다. 그리고 발키리는 온 동네가 떠나갈 것 같은 날카로운 비명을 지른다. 개가 축구공처럼 뻥 하고 허공을 날아가는, 좀처럼 보기 힘든 장면이 펼쳐진다.

나는 그 모든 것을 앞마당의 담 위에서 지켜본다.

내 이름은 허생이다. 시인이자 동화작가이며 국문학을 사랑하는 우리 세민 아빠가 조선 후기의 명문장가인 박지원 선생의《허생전》속 주인공을 따서 붙인 이름이다. 조금 큰 다음에 나는《허생전》을 완역본으로 읽어봤는데, 글쎄… 솔직히 나와는 전혀 어울리지 않는 이름이었다. 나는 의협심으로 뭉쳐 있지도 않고 구빈(救貧)에는 더더구나 관심이 없다. 오히려 철저한 안빈낙도형이라고나 할까. 아마 세민 아빠는 별 고민 없이 책꽂이를 한번 쓱 훑어보며 내 작명을 해결한 것으로 추측된다.

그럼에도 불구하고 허생과 나 사이에 굳이 유사점을 찾자면 그가 명물이라는 거다. 나로 말하면 명물이 되는 건 어렵지 않지만, 귀찮아서 피하는 몸이다. 나는 그저…

영물이다.

이쯤에서 그냥 털어놔야겠다. 아무리 질질 끌어도 결국 이 순간이 올 줄 알았다. 쓸데없이 놀라지 않길 바란다.

나는 고양이다.

내가 나 스스로를 영물로서 인식하게 된 건 사실 교육 탓이다. 체계적인 교육 과정이 없었다면 나는 아마도 골목대장 노릇이나 하고 있든가, 아니면 암고양이를 한 5백 마리쯤 호린 뒤에 어디 일본 같은 데로 건너가서 수백 마리를 더 호렸을지도 모를 일이다. 그러나 내 팔자는 그렇게 정해지지 않았다. 내가 태어나서 이 가족과 함께 살기 시작한 것은 세민이가 조금씩 글과 수를 배우기 시작한 세 살 무렵이었다. 교육학과 출신인 세민 엄마는 자기 아들을 철저히 영재로 믿고 다양하고 수준 높은 교육 과정을 제공했는데, 오히려 그 혜택은 고스란히 내가 받게 되었다. 나는 세민이가 한글을 간신히 뗄 무렵에 세민 아빠 책을 조금씩 뒤적이기 시작했고, 세민이가 실에 꿴 구슬로 더하기 빼기를 시작할 즈음에 세민 엄마의 전자계산기 쓰는 법을 알아낼 수 있었다. 내가 세민이보다 그리고 궁극적으로는 세민 엄마나 아빠보다 더 나은 지능을 갖고 있다는 걸 깨닫는 데는 오래 걸리지 않았다.

그걸 안 뒤로 나는 나 스스로를 교육시켰다. 교육이라고 하려니 조금 쑥스럽고, 그냥 책과 함께 놀았다고 하는 게 낫겠다. 공부가 제일 쉬웠다.

잘난 체한다고? 인간보다 이미 우월한 영물인 내가 뭣 때문에 잘난 체할 필요가 있겠나.

아무튼 집 안 어디든 돌아다닐 수 있고, 밤에도 눈이 밝은 고양이의 몸으로 태어난 덕분에 읽고 배우는 데는 아무런 지장이 없었다. 문학, 정치, 경제, 철학, 과학, 예술 등등, 다행히 이 집에는 모든 분야에 걸쳐 골고루 볼 만한 것들이 갖춰져 있었다. 제일 보고 싶으면서도 그 무게와 부피 때문에 쉽게 볼 수 없는 게 백과사전이었는데, 세민 아빠의 데스크톱 컴퓨터로 위키백과 사이트와 유튜브에 접속하는 법을 터득한 뒤로는 인간들이 긴 세월 축적한 방대한 지식에 쉽게 접근할 수 있었다. 물론 검색 기록은 매번 초기화시켰다. 컴퓨터를 사용한 뒤에는 사용 기록뿐만 아니라 키보드에 떨어진 털까지 깨끗이 치우기 때문에 세민 아빠는 아직도 내가 자신보다 자기 컴퓨터를 더 오래 사용한다는 걸 모른다.

참고로 컴퓨터는 참으로 고양이 친화적인 인터페이스를 갖고 있다. 후후, 마우스라니. 웹서핑을 하다 보면 자꾸 깨물고 싶어진다.

내 학습은 집 안에 읽을 책이 거의 다 떨어져갈 무렵에 마무리됐다. 그것은 세민 아빠가 (그의 표현을 빌자면) 지긋지긋한 서울을 떠나기로 결심했을 즈음이기도 했다. 내가 공기를 마시듯 내 안에 들이부었던 지식이라는 것이 하나로 녹아 굳어서 무언가로 익어갈 무렵이었다.

세민 아빠가 시골로 내려갈 결심을 세민 엄마에게 털어놓고 몇 주간은 집안 분위기가 꽤 좋지 않았다. 세민 엄마는 예전에 참교육이니 열린 교육이니 하며 한껏 개방적인 엄마인 척 폼을 잡았으면서도, 막상 세민이가 학교 들어갈 나이가 되자 학군과 학원과 외국어 교육에 온통 마음이 가 있는 평범한 엄마의 본색을 드러냈다. 그리고 세민 아빠는 아내의 본색과 자신의 바람 사이의 광대한 괴리를 어떻게 좁혀야 할지 도무지 감을 잡지 못했다.

"경기도도 아니고, 시골로 가자고? 지금 제정신이야?"

"제정신이니까 하는 소리지. 날 보고 그렇게 묻는 당신의 정신 상황은 뭐야?"

"정 그러면 헤이리 예술인 마을로 가. 거기 영어 마을도 가깝고 좋잖아. 당신 좋아하는 텃밭도 가꿀 수 있다며."

"내가 지금 떨쳐버리고 싶은 게 그따위 인위성이잖아. 예술인 마을, 영어 마을. 시멘트 처발라서 만든 가짜 모조품에서 세민이가 뭘 배운다고 그래?"

"일곱 살 난 애를 똥구덩이에 빠뜨리면, 그럼 인생을 제대로 배워?"

"거기도 다 수세식이야!"

나로 말하면, 애초에는 물론 세민 엄마 편이었다. 널리 알려져 있다시피, 개는 사람에 애착을 갖고 고양이는 장소에 애착을 갖는다. 새끼 때부터 자라온 이 스물다섯 평 빌라는 누추하지만 나름 안온했고 주변에 친구도 많아서 그렇게 불쑥 떠나기가 쉽지 않았다. 게다가 세민 아빠가 시골에 내려가면 인터넷을 끊겠다고 했을 때는 내심 당황할 수밖에 없었다. 회원 수 2만 명의 내 다음 카페는? 일일 평균 접속자 수 4천 명의 내 블로그는? 아무리 영물이라도 피시방 출입은 좀 곤란하지 않은가. 그리고 나한테 목매고 있는 이 동네 암고양이들은?

그러나 세민 아빠가 끈질기게 세민 엄마를 설득하는 과정에서 나도 조금씩 흔들리기 시작했다. 세민 아빠가 점찍어둔 주택은 황당할 정도로 컸고, 원래 별장으로 지어졌던 거라 생김새도 나름 운치 있는 단층짜리 목조 전원주택이었다. 동네 놀이터 대여섯 개는 들어갈 법한 넓은 마당이 딸린 것도 장점이었다. 그리고 세민 엄마는 탐탁지 않게 생각했지만, 오 마이 갓, 다락이 있었다!

"그런 데는 보나 마나 쥐 생기잖아."

"우리 허생원이 있는데, 무슨 서생원 걱정을 하고 그래?"

나는 자신 있지? 라고 묻는 세민 아빠의 시선을 마주 보며 한껏 송곳니를 드러내고 포효했다. 세민 엄마가 피식 웃었다. 물론 내가 계산된 귀여움을 연출했기 때문이다.

앗싸! 내 방이 생긴다!

그때의 나는 사실 정신적인 방황을 겪고 있는 중이었다. 책과 미디어와 인터넷을 통해 폭넓은 교양과 지식을 갖추고 있었지만, 그것은 고양이라는 내 몸의 한계 안에서 축적되었을 뿐 무엇으로 융화되든 나라는 존재를 벗어날 수 없었다. 내가 아무리 니체와 마르크스와 레비스트로스와 푸코를 읽고 후기 포스트모더니즘의 새로운 탈출구를 구상해본들, 그것은 익명의 저자가 쓴 논문으로 유럽 철학계를 잠깐 들썩였다가 곧 수많은 표절로 용해될 뿐이었다. 머리를 쥐어짜내서 미시경제 예측을 하고 정교한 시계열 분석으로 다듬은 가상 경제 시나리오를 인터넷에 몇 차례 올렸더니, 결국 정부로부터 환율 위기의 주범으로 지목받고 게시판에서 알게 된 자원자를 나라고 속여 검찰에 보내는 웃기지도 않는 상황까지 벌어지고 말았다.

그렇다면 나에게는 완전한 인간이라는 탈이 필요한 걸까?

천만에. 내가 알기로는 인간도 존재에 갇혀 있는 불쌍한 존재에 불과했다. 나로 하여금 고양이라는 외연의 경계를 자각하도록 만든 내 지능이, 내 내면의 경계도 결국 거기임을 공들여 알려주고 있었다. 그리고 그 경계의 크기는 고양이나 인간이나, 설령 코끼리나 고래라 해도 다를 게 없이 지독히 유한했다.

그 당시의 답답함은 다시 떠올려도 아찔하다. 나는 지독히 우울했고 다소 위험했다.

그리고 기분 전환이 필요했다.

매연, 소음, 먼지, 암고양이, 인터넷, 암고양이, 암고양이, 사이버수사대, 블로그, 그리고 암고양이여 안녕!

나는 지금 순수한 자연이 살아 있는 시골로 간다.

라고 생각했었다. 그때는.

물론 애초에 예상했던 대로 초반 적응에는 약간의 어려움이 있었다. 집까지 비포장도로를 차로 20분이나 달려야 한다거나, 반경 5킬로미터 이내에는 구멍가게 하나 없다는 것 등을 몰랐기 때문이다. 약속된 상수도가 아직 안 들어와서 자가 펌프로 지하수를 끌어 써야 했는데, 산 너머 돼지 축사 때문인지 물에서 구린내가 난다는 것도 어려움의 하나였다. 한 달의 반은 건넛마을 과수원에서 뿌리는 거름 냄새 속에서 살아야 한다는 것도 고생을 가중시켰다. 세민네 부부는 세민 엄마가 세민이를 데리고 일주일 동안 친정으로 가출, 또 세민 아빠는 마감에 쫓기다 못해 사흘간 읍내 모텔로 탈출, 하는 식으로 어려움의 기간을 극복했다. 물론 부부싸움은 밤하늘의 별만큼이나 잦았다.

나? 나는 뭐, 자연의 순수를 만끽하며 잘 지냈다.

라고 말하고 싶었으나… 사실은 도저히 다락을 차지할 수가 없어 꽤나 우울해하는 중이었다.

다락에는 상상을 초월할 만큼 많은 쥐가 살고 있었는데, 그들의 무지와 뻔뻔함 또한 상상을 초월했다. 물론 내 지성과 생물학

적 지식은 이런 경우에도 빛을 발했지만, 문제는 그 빛에 신경 쓰는 놈이 아무도 없다는 것이었다. 세민 엄마가 쥐를 쫓으라고 몇 번이나 나를 다락에 밀어 넣었는데, 그때마다 쥐들이 싼 똥밭 오줌밭을 피해 다니는 데 바빠서 그닥 기대에 부응해주질 못했다. 가족들과 나 사이의 감정의 골이 깊어지는 것은 주로 잠자리에 드는 밤 시간이었다. 밤만 되면 쥐들은 다락에서 두두두, 다다다 떼로 몰려다니기 일쑤였고, 이사 후 잠시 한방에서 잠을 잤던 세 가족은 천장을 바라보며 단체로 한숨을 쉬었다.

"아빠, 오늘 쟤네 또 운동회 하나 봐."

"응. 지금 계주 시작됐나 보다."

"우리 허생이 완전 허당이야."

"큰주인님 닮으셨나 보지."

"……."

"엄마, 앞으로 아예 허당으로 이름 바꿀까? 허당아? 허당이 벌써 자니?"

'아 그 허당 소리 좀 고만하라고!'

나는 잔뜩 토라져서 방에서 나갔다. 내 뒤로 세민 엄마의 한마디가 잽싸게 따라붙었다.

"허당이 쥐들 운동회 심판 봐주러 가니?"

나는 그날 밤 홧김에 다락에 올라가서 제일 먼저 내 앞에 걸린 쥐를 입에 물었다. 쥐들은 흠칫 놀랐다가, 그게 나라는 걸 알고는 하던 짓을 계속했다. 나는 속이 좀 미식거렸지만 꾹 참고 어금니를 바짝 조였다.

아드득.

쥐의 얇은 가죽 속으로 이빨이 깊숙이 박히며 갈빗대가 부러지고, 내 입 속에는 찝찔한 피 맛이 번졌다. 기세를 유지하고 싶은 내 바람과는 달리 나는 울상을 짓고 말았다. 결국 금방이라도 토할 것 같아서 급히 죽은 쥐를 뱉어냈는데, 이내 볼썽사납게 헛구역질이 터져 나왔다.

크엑! 크엑! 크에엑!

음, 그때 나를 보던 수백 마리 쥐들의 눈빛이 생각난다. 네로, 연산군, 진시황, 히틀러… 그리고 또 누가 그런 걸 경험했을까.

아무튼 쥐들은 그 순간 좁은 구멍 하나로 몰려 도망쳤는데, 깔려서 죽은 것들만 수십 마리에 달했다. 세민 아빠는 다음 날 낮에 올라와서 현장을 보고는 알 듯 모를 듯한 느낌을 담아 나를 몇 번 쓰다듬었다. 이 순간 세민 아빠의 마음속에 일었던 작은 파문에 대해서는 나도 나중에 알게 되었다.

나는 뭐랄까, 지지부진이나마 적당한 노선을 찾고 있는 중이었다. 야생을 내 방식으로 받아들이고 싶었고 나 자신의 정당성은 그렇게 찾게 되는 것이라고 믿었다. 그러나 정당성 같은 세련된 논리는 자연의 법정에서 자주 무시되고 있었다. 세민이는 야생의 방식에 한발 양보한 나에게 이런 평가를 내렸다.

"우리 허생이, 한 방이 있었어!"

세민 아빠는 다락에서 쥐의 사체를 치운 그날 오후에, 자가 펌프로 물을 두 통 가득 뽑아서 세민 엄마와 함께 군청에 갔다. 돌아왔을 때는 꽤 밤늦은 시간이었는데 둘 다 무척이나 피곤하고 또 만족스러운 모습이었다. 세민 엄마가 전한 무용담에 따르면, 세민 아빠는 군청 현관에서 그 물을 온몸에 뒤집어쓰고 군청 시설계로 쳐들어간 모양이었다. '우리 식구들이 이런 걸 마시고 살아야 합니까?' 코를 싸쥔 군청 직원들 앞에서 세민 아빠가 그렇게 버럭 소리를 질렀다며, 세민 엄마는 볼이 다 발그레해져서 이야기했다.

"네 아빠가 글쎄 한 방이 있더라."

그날 밤 세민 아빠는 좀처럼 입에 대지 않는 술을 한잔 걸치고 마당에 혼자 나가 담배를 피웠다. 나는 사람들이 '이게 고양이 키우는 맛이다'라고 얘기하는 짓들은 되도록 안 하는 편인데, 그날은 세민 아빠에게 다가가서 발목에 부드럽게 몸을 비볐다. 세민 아빠는 나를 번쩍 들어 올리더니 내 보송보송한 이마에 살짝 입을 맞췄다. 나는 뭐, 교과서적으로 목을 갸르릉거렸다. 세민 아빠의 팔은 아직도 살짝 떨리고 있었다.

주인님도 쥐를 무서웠군요.

그 시점을 전후해서 우리의 〈전원일기〉 시즌 원이 종료, 시즌 투는 바야흐로 개척과 창조의 시대였다. 세민 아빠는 글 쓰는 일거리를 대폭 줄이고 펜 대신 괭이와 낫을 잡았다. 세민 엄마는 호미를, 세민이는 플라스틱 꽃삽을 들고 온 가족이 잡초를 캐고 돌을 고르고 터를 잡는 작업에 몰두했다. 한동안은 짜증도 내고, 다투고, 손가락 발가락을 다치기도 했지만, 오래된 농경민족의 피를 속일 수 없는 그들은 머지않아 일에 익숙해졌고 또 능숙해졌다.

세민 아빠의 마스터플랜에 따라 연못, 텃밭, 화단 자리가 갖춰지고 조립식 축사가 들어서자 그 자리에 동식물들이 왕창 이주해왔다. 노아의 방주까지는 아니더라도, 18세기 유럽에서 신대륙으로 향하던 범선 한 척에 실려 있던 것들이 대충 이렇지 않았을까 싶다. 옥수수, 감자, 고구마, 호박, 상추, 고추, 파, 마늘,

토마토의 종자들. 사과, 배, 은행, 잣, 포도의 어린나무들. 돼지, 염소, 토끼, 닭, 오리의 어린 새끼들. 세 가족은 쉬지 않고 일했다. 꼭두새벽에 일어나서 온종일 씨를 뿌리고, 나무를 심고, 물을 주고, 똥을 치우고, 사료를 준비하다가, 해가 떨어지면 밥 먹고 바로 잤다.

몇 개월이 그렇게 흘렀다. 제대로 심은 식물들이 쑥쑥 자라서 과실을 맺고, 제대로 큰 동물들이 새끼를 치기 시작했다. 그 무렵 세민 아빠와 세민 엄마의 일하는 시간은 OECD 가입 국가 평균 노동시간의 두 배를 훌쩍 넘었고 초등학교 1학년인 세민이는 그 어느 나라에서도 법적으로 허용되지 않는 아동 노동을 하고 있었으나 아무도 불평할 엄두를 내지 못했다. 이들은 변혁의 소용돌이 안에서 아직 휘청거리는 중이었다. 식물은 제때 돌보지 못하면 썩었고, 동물은 죽었다. 이들은 직접 기른 동식물을 때가 되면 생명을 거두고 먹을 것으로 삼는 활동의 야만성에 쩔쩔맸다. 처음 토끼를 잡던 날, 세민 아빠는 목을 잘못 따서 토끼가 꽥꽥 소리 지르는 걸 듣고 몇 분간 기절하고야 말았다.

하지만 이 치열한 경험들은 그들을 서서히 야만에 길들게 했다. 알록달록한 애벌레만 보면 10미터 밖으로 도망쳤던 세민 엄마는 어느새 벌레를 한 움큼씩 모아 닭에게 먹일 수 있게 되었다. 동물을 잡은 날 밤에 세민 아빠가 악몽에 시달리는 일도 줄어들었다. 세민이의 알레르기도, 세민 엄마의 저혈압성 빈혈도, 세민 아빠의 고질적인 허리 통증도 어느새 과거의 이야기가 되었다. 가족들은 도시 문화의 허약 체질이 개선되자 몸뿐만 아니라 마음도 훨씬 더 가벼워진 것 같았다.

나로 말하면 뭐, 한 마리 고양이로서 최선을 다하는 삶을 살았다. 항상 몸을 단정히 하고 밤에는 꼭 외출을 했다. 하루 한 번 지붕 주변을 잠깐 거니는 것으로 다락의 경비는 충분했다. 근방 5킬로미터 이내의 모든 암고양이를 한 번씩은 호렸고, 밤길을 배회하다가 눈에 띄는 동네 귀신 몇하고도 안면을 텄다. 가끔은 가족들 앞에서 나비를 쫓아다니는 모습을 보여줌으로써 가족에 대한 의무도 충분히 수행했다. 그리고 나에게는 이 모든 것들이 조금씩 지루해지고 있었다.

우리의 〈전원일기〉 시즌 투는 이곳에 이주한 지 약 2년 반이 지나 종료됐다. 세민 아빠는 아동 잡지의 동화 연재를 맡았고, 세민 엄마는 일주일에 네 번 여성회관에서 영어와 컴퓨터를 가르치게 되었다. 세민이가 3학년이 될 시점이 가까워지자, 식구들은 식용 작물을 대폭 줄이고 손이 덜 가는 관상용 식물이나 나무를 심었다. 동물들도 모두 처분했다. 대신 병아리 스무 마리와 강아지 세 마리를 새로 들여와, 마당의 대각선 끝에 각각 지은 아담한 개장과 닭장에 넣었다. 집 안팎의 모든 생태계는 안정의 시대로 접어들고 있었다.

서울에서 살 당시, 한때 나는 모든 방법을 동원해 나와 같은 영물을 찾으려 했다. 왜 아니겠는가? 지긋지긋한 외로움도 덜고 내가 자연계에서 가장 비뚤어진 존재라는 의심도 지우고 싶었다. 그러나 '내 반려동물에게 놀라운 지능이 있다'는 정보를 접하고 확인해보면 터무니없는 멍텅구리인 경우가 허다했다. 사실 인간은 그들보다 우월한 영물을 알아보기에는 좀 둔하다. 아주 좋은 예가 바로 우리 세민 아빠 엄마다. 나름 통찰력 있다는 세민 아빠나 영악하다고 자부하는 세민 엄마도, 가끔 책이 사라지거나 TV

가 항상 낚시 채널에 맞춰져 있는 문제에 대해 농담으로라도 날 지목하는 법이 없다. 7년을 함께 살았어도.

나 외의 다른 영물을 찾고 싶다는 생각은 이날 이때까지 마음 속에서 사라진 적이 없었다. 따라서 새로 들어온 동물 중 강아지 한 마리와 병아리 한 마리에게서 나타난 지능의 조짐을 보고 내가 얼마나 흥분했을지는 상상이 어렵지 않을 것이다.

나는 그들을 나처럼 별 의미 없는 존재가 되도록 방치하고 싶지 않았다. 그들이 진짜 영물이 될 씨앗이라면 지구상에서 최적의 장소에 심어진 셈이었다. 나는 누구보다도 유능하고 누구보다도 그들의 입장을 잘 이해하는 스승이 될 수 있었다. 내가 다다르지 못한 곳까지 그들이 성장하고, 내가 상상만 하던 열매를 그들이 맺어주길 바랐다. 주인들 눈에 띄지 않도록 조심스러운 접촉이 시도되었다. 만족스러운 양과 질의 교육을 제공할 수 있는 커리큘럼도 정성껏 준비했다.

그러나 내 노력에 비해 성과는 극히 미미했고, 시간이 갈수록 내가 잘못 판단했다는 의심이 굳어졌다. 결론적으로 말해 그들은 영물이 아니었다. 일반적인 그들 종족보다는 월등히 지능이 뛰어났지만 인간이나 나에 비하면 턱없이 모자란 수준이었다. 나는 한동안 부질없는 시도를 계속하다가 이윽고 모든 것을 포기했다. 너무 맥이 빠진 나머지 그 뒤로 몇 주 동안은 다락에만 처박혀 지냈다. 그 기간 동안 강아지와 병아리는 쑥쑥 자라서 개와 닭이 되었다.

내가 주목했던 개의 이름은 발키리였다. 하얗고 짧은 털에 늘씬한 몸과 쫑긋 선 귀를 가진 그 암캐의 이름은, 작명 센스 제로

인 우리 세민 아빠가 북유럽 신화 속 인물에게서 가져온 것이었다. 신화 속 발키리는 전쟁의 예언자 역할을 하는 소녀들이다. 그들은 좋아하는 전사가 전쟁터에서 목숨을 내놓고 싸우도록 부추기고, 그러다 마음에 들지 않으면 죽여버린다. 매력과 잔인성을 동시에 갖고 있는 발키리. 솔직히 꽤 잘 어울리는 이름이라고 생각한다.

나머지 개 두 마리는 수컷인데, 세민이가 지은 이들의 이름은 멍구와 방구다. 이 이름도 잘 지었다고 생각한다. 그놈들은 그냥 멍구와 방구 같은 놈들이었기 때문이다. 굳이 더 부연하자면 해리포터 시리즈에서 말포이를 졸졸 따라다니는 크레이브와 고일 격이라고 하겠다. 멍구와 방구는 털이 길고 몸통이 굵은 삽살개 잡종들이었다.

노동을 줄이고 여유가 늘어서 그런지 세민이네 가족은 스무 마리 닭들에게도 모두 이름을 붙여주었다. 하지만 대부분은 붙여 놓고 잊어버려서 그 이름으로 부르는 적도 별로 없었다. 물론 이름을 부른다고 알아들을 놈들도 아니지만.

특징적인 몇 녀석만 소개하자면 일단 스무 마리의 우두머리 장닭인 사자가 있다. 사자는 이 장닭의 목둘레 털이 유난히 길고 옆으로 퍼져서 붙인 이름이다. 사자 얘기가 나왔으니 말인데, 난 우리 근연종족 중에 호랑이는 좀 쳐주지만 사자는 영 틀려먹은 종족이라고 생각한다. 수컷만 그렇게 특권을 누리는 사회가 제대로 돌아갈 리 없다. 사자는 이름값 하느라 그런지 몰라도 엄청 게으르고 엄청 밝히는 놈이었다.

둘째로 닭 무리의 이인자인 통키가 있다. 사자가 지나치게 위세를 떨 때 가끔 발끈하는 녀석인데 체구가 좀 작고 볏이 유난히 위로 섰다. 사자를 누르고 일인자로 올라설 가망은 거의 없어 보이지만, 녀석은 명랑하고 순박해서 내가 제일 마음에 들어 하는 놈이다.

그리고 사자의 본처이자 암탉들 사이에서 사모님 노릇을 하는 흑장미가 있다. 흔히 삼류 소설에서 이런 경우 나올 법한 이름이다. 기세등등하면서 허풍도 많은 제왕과 그의 자리를 호시탐탐 넘보는 세력들, 그리고 그들 사이에서 권력을 밀고 당기며 모든 상황을 자신의 손바닥 위에서 조종하는 왕비 흑장미. 문제는 암탉 흑장미가 진짜 왕비 뺨치게 자신의 역할을 수행한다는 것이다. 바로 이 흑장미가 내가 주목했던 병아리였다.

흑장미는 정말이지 그냥 보기에도 미끈하게 잘 빠진 암탉이었다. 오골계의 피가 섞였는지 온몸이 새까맸는데 목 부분만 하얀 털이라 마치 밍크를 두른 귀부인을 연상케 했다. 오골계와는 달리 키가 컸고 발은 잡털 하나 없이 매끈했다. 흑장미가 걸을 때는 흑단같이 윤기가 자르르한 깃털들이 팽팽한 가슴과 탄력 있는 허벅지 위로 물결쳤다. 흑장미는 설령 당신이 닭이 아니라도, 한 번 본 뒤 다시 고개를 돌려 보게 되는 그런 닭이었다. 일반적으로 닭들은 일부다처제이고 무리 중 우두머리 한 놈만 짝짓기를 하는데, 무리의 개체수가 대여섯만 넘어가도 여기저기서 비공식적인 생식 행위가 있게 마련이다. 그러나 세민이네 스무 마리 집단은 장담컨대 결코 그런 일이 허용되지 않았다. 모든 암탉은 사자와만 짝짓기를 했고 그 밖의 다른 관계는 일절 용납되지 않았다. 물론 흑장미는 가끔 다른 수탉들과 짝짓기를 했지만 다른 암컷들이 그러는 건 허용하지 않았다. 이것은 흑장미가 사실상 스무 마리 전체를 장악하고 있다는 증거였다. 닭들 중 세 마리가 성체가 된

지 얼마 지나지 않아 알 수 없는 이유로 죽었는데, 당연히 있을 수 있는 일이라 세민 아빠는 크게 신경 쓰지 않았지만 나는 진짜 이유를 알고 있다. 수컷 한 마리는 흑장미와의 관계를 거절했다는 이유로, 암컷 한 마리는 다른 수컷과 짝짓기를 하려 했다는 이유로, 또 한 암컷은 사자가 너무 자주 찾아가서 흑장미가 모두 죽였다. 물론 흑장미는 부리에 직접 피를 묻히지는 않는다.

설마 닭들이 진짜 이러냐고? 후후, 나도 눈으로 보기 전까지는 믿을 수 없었다. 그러나 이것은 사실이다. 못 믿겠으면 당장 시골에 내려가서 여러 마리를 놓아 기르는 닭들의 세계를 닷새만 관찰해보라. 일설에 의하면, 아침 드라마 몇 편의 대본이 그렇게 쓰였다고도 한다.

그 외에 노랑머리라서 노리라고 이름 붙인 녀석도 있고, 느릿느릿한 걸음걸이 때문에 대감, 만날 뛰어다녀서 향단이, 자꾸 연못에 뛰어들려고 해서 심청이라고 이름 붙인 닭도 있었다. 아롱이, 초롱이, 미쉘, 코코 같은 유래를 따지기 힘든 이름들도 있었다.

그리고 유난히 체구가 왜소하고 부리가 하얀 암탉이 있었는데, 그녀는 흰부리라고 불렸다.

흰부리는 처음부터 작았다. 세민 아빠가 병아리들을 사 와서 닭장에 넣던 날 흰부리를 보며 세민 엄마는 이렇게 말했다.

"하여튼 참 뭐 고를 때 보면 눈이 서툴러."

"마누라만 잘 골랐으면 됐지 뭐."

"고르긴 누가 골라. 내가 눈이 멀어서 당신을 고른 거지."

"뭐야?"

"사랑에 눈이 멀어서."

아무튼 작긴 했어도 흰부리는 잘 컸다. 병든 것도 아니었고 그저 좀 발육이 늦은 것뿐이었다. 세민이네가 먹이 주는 데 각별히 신경을 쓴 덕에 다른 닭들이 먹고 남은 걸로도 양이 모자라는 법은 없었다.

하지만 닭들이 영계 티를 벗고 성체에 가까워지자 경쟁과 다툼도 조금씩 본격적으로 변했다. 어쩌다 싸움이 붙기라도 하면 서로 죽일 것처럼 싸웠고, 세민 엄마가 애벌레를 나눠줄 때는 철저히 서열에 따라 받아먹게 되었다. 빈익빈 부익부의 악순환은 자연의 법칙이기도 한 모양인지 잘 먹고 큰 놈들은 상위 서열을 완전히 굳혔고, 더 좋은 달걀을 생산했고, 세민 엄마는 그런 놈들에게 더 맛있는 걸 먹였다.

흰부리는 결국 다 커서도 무리 중 가장 작은 놈이 되었다. 그리고 언젠가부터 그 일이 시작되었다.

어느 날 흰부리의 머리 위에 마치 원래부터 있었던 듯 선명한 빨간 점이 생겼다. 그것은 다른 닭들이 쪼아서 생긴 상처였다. 빨간 점은 흰부리의 새하얀 머리와 대비되어 유난히 눈에 띄었다. 닭들은 말 그대로 심심하면 흰부리의 점을 쪼기 시작했다. 점은 더욱 선명해졌고 가끔 피가 흐르기도 했다. 보다 못한 세민이와 세민 엄마는 흰부리를 따로 두든지 아니면 차라리 잡아버리자고 말했지만 세민 아빠는 고개를 저었다. 아마 알고 있었을 것이다. 서열 20위의 흰부리가 사라지면 서열 19위의 머리 위에 또 빨간 점이 생길 거라는 것을. 이것은 닭을 여러 마리 함께 키울 때 종종 생기는 현상이었다.

흰부리의 상처가 심각한 염증으로 번지고 세민 아빠도 뭔가 조치를 취해야겠다고 생각할 무렵에 갑자기 흑장미가 나서서 흰부리를 괴롭히는 놈들에게 날카로운 공격을 가하기 시작했다. 세민네 가족은 그걸 보고 엄청 통쾌해했다. 기억력이 나쁜 닭들은 흑장미에게 당하고도 흰부리의 빨간 점만 보면 홀린 듯 또 쪼려 들었는데, 그때마다 흑장미가 번개같이 나타나서 가차 없이 고통을 주었다. 닭들은 조금 어리둥절했지만 수정된 원칙에 동의하기 시작했고, 흰부리의 상처도 아물어서 빨간 점은 차차 희미해졌다. 그러다 나는 어느 날 믿기 힘든 장면을 보게 되었다. 흰부리의 상처가 완전히 사라졌다고 생각될 무렵, 흑장미는 순진하게 방심하고 있었던 흰부리의 이마를 몇 차례 부리로 찍어서 다시 머리에 빨간 점을 만들어놓고 말았다.

결국 흑장미가 한 짓은 닭들이 계속 흰부리를 꾸준히 괴롭힐 수 있도록 치명적인 상처를 잠시 아물게 한 것에 불과했다. 더불어 흑장미는 주인들이 보는 앞에서 흰부리를 옹호함으로써 '정의로운 닭'이라는 이미지까지도 획득했다. 세민 엄마는 애벌레를 잡으면 가끔 흰부리도 주고 흑장미도 꼭 챙겨주었다.

나는 닭들이 사는 모습을 때로는 흥미 있게, 때로는 환멸을 느끼며 지켜보았다. 내가 조금만 개입하면 흰부리의 생활은 좀 나아질 수도 있겠지만 당연히 그럴 마음은 없었다. 이것은 고양이이기 때문에 다락의 쥐를 잡아주는 것과는 다른 문제였다. 그러나 가끔 흰부리의 서늘한 눈과 마주치면 그녀가 내 마음을 들여다보고 있는 게 아닌가 하는 황당한 생각이 들 때가 있었다.

흑장미가 세민네 울타리 안에서 코딱지만큼 우월한 지능을 가지고 온갖 짓을 하는 와중에, 발키리는 손톱만큼 우월한 지능으로 동네 안에서 별별 짓거리를 다 하고 다녔다. 발키리는 그녀의 조상 어디쯤에서 섞였을 진돗개의 피 때문인지 몰라도 타고난 싸움꾼이었다. 그래서 아직 강아지 시절 집 안에만 있을 때는 무던히도 휘젓고 다니며 다른 동물들을 마냥 괴롭혔다. 한번은 나한테도 덤볐었는데 내가 기회를 잡아 음침한 곳으로 유인해서 그야말로 눈물이 쏙 빠지게 혼을 냈더니 그 뒤로 나만 보면 슬금슬금 피해 다녔다. 녀석이 기억력이 좋은 건 내게는 편한 점이었다. 적어도 그때는 그렇게 생각했다.

발키리는 조금씩 나이가 들어 꾀가 늘자 영화 속에 나오는 명견들의 표본 같은 모습을 보이기 시작했다. 세민이네가 외출했다가 집에 돌아올 때가 되면 어김없이 문 앞에 나가 있다가 꼬리를 흔들며 맞아들였다. 우편물이 오면 물어오는 건 물론이고, 휴대폰이 울리면 휴대폰을 갖다주고, 심지어 멀리서 온 방문객을 집까지 안내해 오기도 했다. 발키리는 TV 프로그램에 소개될 만한 개로 컸다. 세민 아빠가 조금이라도 그런 것에 관심 있었다면 틀림없이 그렇게 됐을 것이다. 바른생활 견공으로 발키리를 인정한 세민이네는 낮 시간에는 발키리가 마음껏 밖을 돌아다닐 수 있도록 허용했다. 나는 아마도 발키리가 애초부터 이 점을 노렸으리라 추측한다.

발키리가 외출의 자유를 확보하고 얼마 안 있어 멧돼지의 소행으로 보이는 농작물 피해 사례가 몇 건 발생했다. 연이어 송아지 한 마리가 참혹하게 죽은 채 발견되었는데, 주민들은 들개나 오소리가 한 짓으로 추정했다. 결국 주민들은 긴급회의를 열고 더 큰 피해를 막고자 외부에서 사냥꾼 두 명을 불러들였다. 이들은 엽총 두 정과 포인터 종의 개 한 마리를 데려왔는데, 마을에 온 지 이틀 뒤 총과 사냥개가 한꺼번에 사라지는 어처구니없는 상황이 벌어졌다. 총과 개를 찾다 지친 사냥꾼들이 주민들을 의심하여 서로 신경이 날카로워진 상황에서, 이번에는 이장네 며느리가 애지중지하던 다이아 목걸이가 없어졌다. 결국 사냥꾼들과 주민들 사이에 큰 싸움이 벌어지고 경찰이 출동하면서 이 사건은 갑작스럽게 확대되었다가 흐지부지 마무리되었다. 더 이상의 농작물이나 가축 피해가 없었기 때문에 주민들도 그저 재수 옴 붙었다 생각하고 잊는 분위기가 되었다. 그리고 얼마 안 있어 혼자 놀던 다섯 살 꼬마 하나가 개천에 떠내려가다 익사 직전에 구출되는 사고가 발생했다.

나는 사냥꾼들이 마을에 들어오는 시점부터 범인이 발키리라는 심증을 갖고 있었다. 다만 물증이 없어서 다음 범죄의 현장을 포착하려고 벼르고 있었는데, 몇 개월 새 성견이 된 발키리는 내가 예전에 혼쭐을 내놓았던 그 강아지가 아니었다. 내가 고양이 치고는 빠른 편이라 해도 발키리는 그야말로 동에 번쩍 서에 번쩍, 따라잡기 불가능한 속도와 복잡한 동선으로 움직여서 자취를 쫓는 건 도저히 불가능했다. 약이 오른 나는 될 대로 되라는 심정으로 방관자의 위치로 돌아갔다. 그러나 사람의 아이가 다치자 이대로 있을 수만은 없겠다는 생각이 들었다. 내 존재를 드러내는 한이 있어도 세민이네 가족에게 메시지를 전달해야 할 것인지를 두고 진지하게 고민하기 시작했다. 그런데 결론은 이미 다른 방식으로 내려져 있었다.

아이의 사고 다음 날, 세민 아빠는 굵은 쇠사슬과 철문을 사와서 발키리의 목에 사슬을 채우고 개장의 나무문을 철문으로 바꿔 달았다. 나는 그제야 세민 아빠도 어느 정도 심증을 갖고 있었지만 역시 나처럼 확신이 없었음을 알게 됐다. 세민 아빠로서는 특별히 아끼던 발키리를 의심한다는 것 자체가 괴로운 일이었을 것이다. 그러나 그도 사람이 상하는 데는 만의 하나를 생각하지 않을 수 없었다. 발키리가 갇힌 뒤로 더 이상 괴상한 사건이 벌어지지 않았기 때문에 세민 아빠는 더욱 괴로운 심정을 느꼈다.

나는 발키리가 행한 마지막 범죄의 유일한 목격자가 되었다. 발키리가 갇힌 날 밤 홀가분한 기분이 되어 산책을 하던 나는, 상당히 가까운 관계에 있었던 어느 암고양이의 사체를 발견했다. 시신은 눈 뜨고 보기 힘들 만큼 참혹하게 찢겨 있었고 정확히 내가 매일 걷는 경로 위에 놓여 있었다. 그건 의심의 여지 없이 나에게 보내는 메시지였다.

나는 일곱 살 고양이다. 사람으로 치면 예순쯤은 되었을 것이다. 그렇기 때문에 시신을 보는 순간 피가 거꾸로 솟아 그 길로 달려가서 발키리의 개장으로 뛰어드는 일은 벌어지지 않았다. 물론 평생 그렇게 분노해본 적이 없을 만큼 화가 났다. 그러나 예외적 존재인 나는 자연계의 일에 관여하는 데 있어서 분명한 경계선이 필요했다. 나는 대자연의 서기로서 만족할 뿐 시종이 되고 싶지는 않았고, 월권행위를 부추기는 발키리의 도발에 흔들리고 싶지도 않았다.

발키리의 일은 그즈음에 벌어진 또 다른 일로 인해 곧 내 주의에서 벗어났다. 또 다른 일의 주인공은 다름 아닌 흰부리였다.

흰부리는 언제부터인가 조금씩 존재감을 띠기 시작했다. 마치 진흙 속에 묻혀 있어도 언뜻 스친 빛에 광채를 내뿜는 보석처럼 그녀는 빛이 났다.

시작은 다소 엉뚱했다. 묘하게도 지렁이가 묻힌 곳을 찾아내는 희한한 재주를 흰부리가 보여주기 시작한 것이다. 세민이네는 낮 시간에 닭들을 마당 안에 놓아 기르고 있었는데, 흰부리는 용케도 화단이나 울타리 아래를 파서 지렁이들을 찾아냈다. 또 그렇게 찾아낸 지렁이를 혼자 먹지 않고 동료들에게 가져가 나눠주었다. 평범한 닭으로서는 납득할 수 없는 행동이었다. 닭들은 어느새 흰부리를 함부로 대하지 않게 됐고 당연히 이마를 쪼는 행위도 감쪽같이 사라졌다. 흰부리의 눈빛에서 차차 서늘한 기운이 사라지고 평온이 깃들기 시작했다.

내가 흰부리를 특별하게 보게 된 건 그녀가 지렁이를 찾아내는 방식 때문이었다. 흰부리는 다른 닭들처럼 시력에 의존해서 땅 위로 뚫린 지렁이의 숨구멍을 찾는 것이 아니라, 배수로의 위치나 흙의 습기나 작물들의 생장 상태를 보고 지렁이를 찾는 것 같았다. 흰부리가 지렁이를 찾을 때는 그저 주위를 쓱 둘러본 뒤 단번에 어딘가로 걸어가서 땅을 팠고, 거기에는 틀림없이 지렁이가 우글거리고 있었다. 나는 얼떨떨한 기분으로 흰부리와 몇 차례 접촉을 시도했지만 역시 평범한 영리함 이상의 징후는 발견할 수 없었다. 오히려 놀랄 만한 교활함은 흑장미 쪽에서 훨씬 자주 보였다. 흑장미는 요즘 세민 엄마가 절대 찾을 수 없는 곳에 달걀을 낳는 데 재미를 붙이고 있었다.

아무튼 인간들도 약으로 쓰는 지렁이가 충분한 영양을 제공한 덕에 흰부리는 날이 갈수록 살이 오르고 골격이 단단해졌다. 군데군데 얼룩이 있던 지저분한 깃털도 어느새 완전히 하얗게 변했고 윤기가 흘렀다. 상처가 없어진 둥근 얼굴은 점차 눈부신 매력을 발산했다. 다른 닭들은 한 달 전에 도달한 성체 시기에 흰부리는 그제야 다다른 것이다. 새하얀 흰부리와 새까만 흑장미는 대다수인 갈색 닭들 사이에서 쉽게 대비되었다.

성장을 마친 흰부리가 놀라운 자태를 드러내자 그때까지 관심을 보이지 않던 사자가 노골적으로 접근하기 시작했다. 그러나 다른 암탉들과의 관계는 용인했던 흑장미는, 사자가 흰부리에게 가는 것만은 어떻게든 막으려고 했다. 둘 사이의 거리가 약간만 좁혀지는 기색이 보여도 득달같이 달려와서 사이를 떼어놓기 위해 안간힘을 썼다. 흑장미가 조금이라도 애처롭게 보인 건 그때가 처음이었다. 흰부리는 흑장미를 존중해서인지 아니면 무시해서인지 몰라도, 어느 날 흑장미가 잠시 한눈을 팔고 있는 사이 사자가 완전히 접근했을 때 날개로 그를 매섭게 후려쳤다. 사자는 처음 당하는 암탉으로부터의 심각한 공격에 얼이 빠져 멍하니 서 있었다. 저만치서 달려오던 흑장미는 바로 그 자리에서 멈춰 섰지만 두 눈에서는 불꽃이 튀었다. 나는 그 모습이 재미있다고 생각하면서도 한편으로는 꺼림칙한 기분이 들었다.

찌는 듯한 더위가 이어지며 이윽고 삼복이 시작되었다. 나는 세민이네 식구들이 보신탕은 먹지 않지만 복날에 꼭 삼계탕은 먹는 걸 알고 있었기 때문에, 열일곱 마리의 닭 중 누가 선택될 것인지 내심 긴장하며 기다리고 있었다. 마침내 초복 날 오후가 되자 세민 아빠는 칼을 잘 갈아둔 뒤 닭장으로 들어가서 손에 제일 먼저 잡히는 닭을 들고나왔다. 희생자는 한없이 걸음이 느린 대감이었다. 조류가 수에 약하다는 사실은 물새들이 세 개만 넘어가면 알의 개수를 파악하지 못한다는 실험 결과를 통해 잘 알려져 있다. 대감이 짧은 생을 마감한 것을 그 어느 닭도 눈치채지 못했다. 그러나 두 마리는 예외였음을 나는 나중에야 알게 됐다.

더위가 기승을 부리며 닭들의 활기도 잔뜩 수그러들었다. 사자는 종일 횃대 위에 앉아 졸았고, 다들 먹이 찾는 것을 그만둔 채 나무 그늘이나 건물 구석 여기저기로 피신했다. 그러나 더위에 아랑곳없이 스스로 타오르는 존재들이 있었으니, 그들은 바로 흰부리와 통키였다.

나는 온종일 그늘이 드리워지는 뒤뜰 담벼락 위에서 한여름을 나는 중이었는데, 그 덕에 우연찮게도 둘의 연애 장면을 첫 만남부터 목격하는 행운을 얻게 되었다. 닭들의 이인자 그룹 중 선두랄 수 있는 통키는 본채 뒤쪽 창고 구석의 널찍한 응달을 일찌감치 피서지로 점찍어 두고 있었다. 그런데 어느 날 아침 그곳으로 향한 통키는 뜻밖에도 찜해둔 장소에 흰부리가 앉아 있는 것을 발견했다. 통키를 보고 흰부리가 흠칫 놀라며 자리를 비켜주려고 일어서는 순간, 통키는 마치 자기 목적지는 처음부터 거기였다는 듯 창고 문 앞의 좁은 그늘에 털썩 주저앉아서 느닷없이 졸기 시작했다. 흰부리는 잠시 망설였지만 나가고 싶어도 통키가 문을 막는 위치에 앉아 있어 나갈 수도 없었다. 둘은 서로 눈도 안 마주치고 시원하면서도 묘한 열기가 감도는 하루를 보냈다.

다음 날 느지막이 통키가 창고로 가자 역시 창고 안에는 흰부리가 앉아 있었다. 통키는 또 호기롭게 문 앞의 좁은 그늘로 갔는데, 거기에는 통통한 지렁이 몇 마리가 꿈틀거리고 있었다. 통키는 태연히 지렁이를 맛있게 먹고 문 앞 그늘에 앉아서 하루를 보냈다.

그다음 날에도 모든 상황은 마찬가지였다. 그러나 통통한 지렁이가 이번에는 창고 안쪽 흰부리 옆에 놓여 있었다. 통키는 괜히 몇 번 몸을 푸르르 털고는 조심스럽게 창고 안으로 들어가서 흰부리와 나란히 앉았다. 그날 창고 안에서는 나지막이 구구 대화

하는 소리가 간간이 들렸다.

나는 세민이네가 기른 짐승들의 짝짓기 행위를 수없이 보아왔지만 그들 중 어느 것도 사랑을 하는 것처럼 보이지는 않았다. 하지만 흰부리와 통키는 짝짓기를 하지 않으면서도 사랑을 하는 것처럼 보였다. 나는 신기했고 흡족했지만, 한편 좀 더 불안해졌다. 내 기분과는 상관없이 둘은 매일 다른 닭들의 시선을 용케 피해 가며 만남을 가졌다.

중복 날의 희생자는 향단이였다. 너무 빨리 뛰어다니다가 오히려 잡힌 모양이었다. 그런데 나는 그날 현장을 지켜보며 묘한 사실을 알게 되었다. 도대체 어떻게 아는 건지는 몰라도 흑장미와 흰부리는 아침부터 그날이 바로 그날임을 알고 있었던 것이다. 그들이 달력을 읽을 리도, 한자로 쓰여 있는 중복을 알아볼 리도 만무했다. 어쨌든 둘은 아침부터 조금씩 불안해했고 세민 아빠가 다가오자 닭장 벽에 딱 붙어 있으려고 안간힘을 썼다. 흰부리는 마치 우연인 것처럼 통키의 발을 꼭 밟고 놔주지 않았다. 그러다 한순간 나는 온몸의 털이 다 곤두서는 느낌에 사로잡혔다. 흑장미의 유리알 같은 두 눈이, 그 전광석화 같은 순간 모든 것을 읽어낸 가공할 시선이, 흰부리와 통키에게 정통으로 못 박혀 있었던 것이다.

다음 날 창고에서 통키와 흰부리가 꿈같은 시간을 보내고 있을 때 흑장미가 천천히 걸어 들어왔다. 그녀를 보고 둘은 벌떡 일어났다. 나는 그 순간 흑장미를 거기서 내쫓고 싶은 충동을 느꼈지만, 좀 더 지켜보고자 하는 고양이의 호기심이 그보다 훨씬 강했다. 흑장미는 너무도 여유 있고 우아하게 둘 앞을 빙글빙글

몇 차례 돌더니 이윽고 통키의 얼굴을 향해 엉덩이를 들어 올리며 뒷걸음질 쳤다. 그것은 암탉이 수탉에게 성욕을 표시할 때의 동작이었다. 흰부리는 고개를 숙이고 조심스럽게 흑장미 옆을 돌아 문밖으로 나가려고 했다. 그러나 그 순간 흑장미는 무섭게 경고성을 발하며 흰부리를 위협했다. 나가지 말고 그 자리에 서서 지켜보라는 뜻이었다. 나는 한숨을 쉬었다.

그 묘한 상황이 흑장미를 더욱 흥분시킨 건지, 통키에게 내민 탐스러운 엉덩이는 평소보다 더욱 부풀어 있었다. 통키는 마치 최면에 걸린 듯 흑장미에게 몇 발자국 다가섰다. 흰부리가 가는 목을 힘없이 외로 꼬았다.

그 순간 통키는 훌쩍 날아올랐다가 떨어지며 온 체중을 실어서 흑장미의 이마 한가운데를 부리로 찍었다. 빡!

흑장미는 다리가 풀려 좌우로 몇 차례 비틀거렸지만 간신히 주저앉는 것은 피할 수 있었다. 통키는 단단한 걸음으로 발을 옮겨 얼이 빠져 있는 흰부리 곁에 바싹 다가섰다. 나는 마음속에서 우러나는 찬사를 보냈다. 흑장미에게는 안된 일이지만, 이것은 스스로의 관계를 용감하게 선포한 최초의 커플이 탄생하는 순간이었다. 흑장미는 잠시 불안하게 서 있다가 이윽고 목을 꼿꼿이 펴고 둘을 쳐다봤다. 흑장미의 검은 이마가 서서히 젖어 들더니, 핏물이 흘러내리며 한쪽 눈동자를 붉게 물들였다. 그러나 흑장미는 눈도 깜박이지 않고 그저 얼음처럼 곧게 서서 둘을 노려보았다. 흑장미를 홀로 두고 통키와 흰부리는 창고에서 함께 나갔다.

때아닌 늦장마가 기승을 부려서 이후 스무 날 가까이 줄기차게 비가 내렸다. 세민이네 가족은 서둘러 여름 채소들을 모두 수

확하고 흙으로 막힌 배수로를 여러 차례 다시 뚫어야 했지만 대체로 시간이 남아돌았다. 세민 엄마는 여성회관 직원들과 벼르던 엠티를 떠났고, 세민 아빠는 그간 구상해오던 장편 소설 집필을 마침내 시작했고, 세민이는 엄마 없는 이때를 놓치지 않고 게임기를 붙잡고 앉아 TV 앞을 떠날 줄 몰랐다. 나는 오랜만에 다락에서 느긋하게 독서를 즐겼다. 참고로 비 오는 날 시골 다락방과 영국 빅토리아시대 장편 소설들의 궁합은 최고다.

두세 번쯤 갑자기 궁금해져서 닭장을 보러 가긴 했는데, 거기도 별일 없긴 마찬가지였다. 모두 꾸역꾸역 먹고 마시고, 암탉들은 다소 짜증스럽게 알을 낳았다. 눈치가 보였는지 통키와 흰부리는 서로 약간 떨어진 곳에 자리를 잡고 있었다. 그 난리를 치르고 곧바로 남남이라니… 그들이 속이 타든 말든 나는 좀 웃음이 나올 수밖에 없었다. 흑장미는 그날 이후 완전히 기가 죽어서 구석에 앉아 깃털만 다듬고 있었다.

마침내 비가 그치고 화창하게 날이 개었을 때는 집안 모두가 들떠 있었다. 세민 아빠는 아침 일찍부터 닭장과 개장 문을 활짝 열어주었다. 발키리는 쇠사슬에 매여 갇혀 있었지만 멍구와 방구는 겅중겅중 뛰어다니며 오랜만의 자유를 만끽했다. 닭들은 해를 보러 땅 위에 나온 벌레들로 파티를 벌였다. 흑장미도 기분이 좋은지 다른 닭들을 쫓아다니며 수다를 떨고 다녔다. 나는 은근히 통키와 흰부리가 궁금해서 그들을 찾아 집 안 여기저기를 돌아다녔다. 건물 뒤쪽 창고 문이 닫혀 있기에 그 앞을 지나치는 순간, 희미하게 안쪽에서 소리가 들렸다. 나는 1.5미터 위에 있는 유리창으로 가볍게 뛰어올라 안쪽을 들여다봤다.

아, 그 안의 광경은 온 신경이 저리도록 나를 전율케 했다. 내게는 그저 평범하기만 한 살아 있다는 사실이 그들에게는 축복이며 기적인 듯 보였다. 그들은 마치 억만 년간 어둠 속에 갇혀 있다가 단 하루 빛을 약속받은 자들 같았다. 좁은 창고 안에 대자연이 허락한 가장 높은 하늘과 가장 깊은 바다가 있었고 가장 사나운 축제가 벌어지고 있었다. 통키와 흰부리는 사랑하고 사랑하고 또 사랑하며 영원히 끝나지 않을 것 같은 짝짓기 행위를 계속했다. 나는 잠깐 천국을 훔쳐본 도깨비처럼 뒤뚱거리며 서둘러 그 자리를 떠났다.

그 한나절 동안 나는 발에 가시가 박힌 것처럼 모든 것이 불편했다. 한 번도 맛보지 못한 그런 절실함이 지독히 탐이 났다. 결핍을 무던히도 두려워하는 내 맨들맨들한 삶에는 절실함이 맺힐 끄트머리가 남아 있지 않았다. 나이를 먹었다는 생각이 머릿속에서 떠나지 않았다.

그런 생각들 때문에, 나는 그날이 마지막 복날이라는 것도 까맣게 잊고 있었다.

세민 엄마는 오후 느지막이 닭들을 닭장 안으로 몰아넣기 시작했다. 닭들은 기분 좋게 닭장 안으로 걸음을 옮겼다. 그 무렵 이미 닭장 가까이 있던 통키와 흰부리도 다른 닭들과 어울려 안으로 들어갔다. 흰부리가 먼저, 그리고 잠시 후 통키가.

그런데 닭들 사이에서 보통 때와는 다른 움직임이 있었다. 눈여겨봐야만 알 수 있는 아주 작은 차이였다. 닭들은 조금씩 밀어내고, 가로막고, 사이를 띄우고 하는 식으로 먼저 들어온 흰부리를 제일 안쪽 구석으로 몰아넣었다. 횃대 위에서는 흑장미가 뭔가를 계속 종알거렸다. 그리고 저만치에서 세민 아빠가 모습을 드러내는 순간, 흰부리는 그제야 사태를 파악하고 높고 급한 울음소리를 냈다. 그때까지도 무리와 떨어져 있었던 통키는 어리둥절해서 흰부리를 한번 쳐다보고는 고개를 돌려 세민 아빠를 발견했다. 통키가 닭들 사이로 비집고 들어가려고 했을 때는 이미 나머지 닭들이 단단하게 덩어리를 이룬 뒤였다. 흰부리가 숨이 넘어가게 소리를 질러대며 빠져나가려고 온몸을 비틀었지만 다른 열다섯 마리의 힘을 감당해낼 수는 없었다. 세민 아빠가 닭장문으로 들어오기 직전 통키는 무섭게 날갯짓을 하며 공중으로 날아올랐고 그 순간 횃대 위에 앉아 있던 흑장미의 검은 머리가 뱀처럼 뻗어나가 통키의 가슴을 강타했다. 통키의 도약이 어이없이 무산된 다음 순간 두 날개는 세민 아빠의 손에 잡혀 있었다. 통키는, 아마 그때는 그럴 수밖에 없었겠지만, 참으로 어이없다는 듯 약간의 똥을 쌌다.

나는 통키를 들고 가는 세민 아빠의 다리 사이를 지그재그로 달리며 어떻게든 생각을 바꿔주길 간청했지만, 꼭 이럴 때의 나는 빌어먹을 한 마리 고양이였다. 세민 아빠는 장난으로 생각했는지 더욱 걸음을 빨리해서 닭장과는 마당을 사이에 두고 반대편에 있는 다용도실로 향했다. 수도 시설이 있는 다용도실은 또 다른 말로 이 집의 도살장이었다.

그곳에는 이미 김이 솟는 솥과 잘 벼려진 칼과 씻어놓은 도마가 있었고, 모든 운명은 결정되어 있었다. 나는 마음에 드는 친구의 최후를 쳐다볼 용기가 나지 않아 몸을 돌려 급히 그 자리를 떠났다. 턱! 하고 무겁게 칼이 떨어지는 소리가 귀를 파고드는 순간, 두 눈이 질끈 감기고 다리가 휘청거렸다. 그리고 다시 눈을 뜬 내 앞에서는, 어떻게 닭장에서 빠져나왔는지 모르겠지만 놀랍게도 흰부리가 천천히 다가오고 있었다. 나는 흰부리가 더 이상

가까이 가면 안 될 것 같아서 할 수 있는 최고의 위협을 보여주며 흰부리를 쫓아내려 했다. 그러나 흰부리는 마치 바람인 양 나를 뚫고 지나쳤다. 그리고 다용도실 안쪽이 보이는 먼 곳에서 걸음을 멈추고는, 눈 하나 깜박이지 않고 모든 과정을 지켜봤다.

해가 지고 어둠이 사위를 덮었다. 흰부리는 가족들이 식사를 할 때는 주방이 보이는 거실 창문 앞에 서 있었다. 그리고 남은 국물에 밥을 말아서 세민 아빠가 개밥을 준 뒤에는, 개들이 식사를 전부 마칠 때까지 또 그 앞에서 한참을 그렇게 서 있었다. 나는 밥 생각이 조금도 없어서 일찌감치 지붕 위로 올라가 흰부리만 쳐다봤다. 흰부리는 그날 새벽까지 텅 빈 마당 한가운데에서 마치 조각상처럼 서 있었는데, 새벽녘 내가 잠깐 졸았다가 눈을 떴을 때는 이미 닭장 안에 들어가 있었다.

그날 저녁 세민 아빠가 내 밥그릇에 담아 둔 것에 혀끝만 댔어도, 나 또한 3주 뒤 어떤 식으로든 죽음을 피할 수 없었을 거라는 생각을 지금도 가끔 한다.

그날 이후 날씨가 다시 더워져 가능한 한 밖에 나가지 않았지만, 책을 읽는 것도 세민이와 노는 것도 전혀 흥이 나지 않았다. 보름쯤 지난 뒤에야 온몸의 근육이 불어 터진 국수처럼 늘어진 것을 느끼고 밖으로 나갔다. 여름 더위는 한풀 꺾여 있었고 공기 중에는 노곤한 향기가 감돌았다.

닭들은 잘 지내고 있었다. 그리고 놀랍게도 흰부리 역시 꽤 활발하게 움직이며 다른 닭들과 다름없는 모습을 보였다. 예전처럼 지렁이를 찾아내기도 했고 흑장미에게 특별히 적대감을 보이는 것 같지도 않았다. 게다가 사자가 다가오면 딱히 싫고 좋은 기색

없이 그가 하는 대로 내버려두었다. 나는 안도했지만 약간은 서운한 마음이 드는 건 어쩔 수 없었다.

그리고 며칠간은 주로 울타리 밖에서 지냈다. 석 달 넘게 동네에 모습을 드러내지 않았더니 주변 질서가 완전히 엉망이 되어 있었다. 한 달 전에 이사 왔다는 아메리칸 쇼트헤어 하나와 전에도 본 기억이 있는 잡종 얼룩 고양이 둘을 간단히 제압하고 나니 흐트러졌던 서열도 곧 다시 자리를 잡았다. 한동안 나는 암고양이들에게 애정을 쏟고 부모 잃은 새끼들에게 생존 기술을 가르치며 하루하루를 보냈다. 그것도 나름 괜찮았다. 마음 내키는 날 훌쩍 세민이네를 떠나야겠다는 생각도 꽤 진지하게 다가왔다. 예전 같으면 세민이네를 떠날 수 없는 이유를 열 가지쯤은 갖고 있었지만 그때는 하나도 생각나지 않았다.

그리고 아무런 징조도 없이 그날이 왔다.

저녁을 먹고 10시쯤, 세민이가 잠자리에 드는 시간에 언제나처럼 나는 몸을 닦고 지붕 위로 올라갔다. 별이 하나도 없고 등의 털이 자꾸 서는 걸로 봐서 비라도 올 모양이었다. 고양이가 외출하기에는 퍽이나 좋지 않은 날씨였다. 나는 일기예보를 봐두지 않은 걸 후회하며 다락방으로 내려가려고 했다.

그 순간 마치 공기가 무거워지는 듯한 묘한 감각이 느껴졌다. 수염 끝이 바르르 떨기 시작하더니 시간이 지나도 떨림이 멈추질 않았다. 벼락이 치기 전과 비슷한 느낌이었는데 뭔가가 조금 달랐다. 그보다 훨씬 더 심각하고 아주 기분 나쁜 이상한 기운이 섞여 있었다. 나는 그제야 이때쯤에는 보통 잠들어 있어야 할 닭과 개들이 모두 깨어 있다는 걸 알았다. 아무 이유도 없이 뒤통수부터 꼬리 끝까지 등줄기를 따라서 한기가 훑고 지나갔다.

공기 중에 번개 냄새가 섞이기 시작했다. 나는 지붕 위에서 내려와 집 정면의 담 위로 올라갔다. 그곳에는 커다란 밤나무가 한 그루 있어서 어느 정도 비도 피할 수 있었다.

몇 시간이 지났을까, 눅진한 공기가 파르르 떨리더니 한순간 번쩍하고 온 천지가 모습을 드러냈다가 사라졌다. 그리고 곧바로 두 번째 번개가 친 순간….

흰부리는 닭장 앞에 나와 있었다.

흰부리는 머뭇거리거나 두리번거리지 않고 가볍게 뛰어올라 닭장 문의 빗장을 벗겨냈다. 흰부리가 문을 부리로 당겨서 열자 닭들은 잠시 어리둥절하다가 곧바로 밖으로 나오기 시작했다. 나는 약간 김이 빠졌다. 집단탈출인가? 그거라면 걱정할 필요는 없었다. 평소에도 닭을 놓아 기르는 집이라 세민이네 울타리는 탈출이 불가능할 만큼 높았다.

그런데 흰부리는 마당을 대각선으로 가로질러서 이번에는 개장으로 가 문고리를 벗겨내고는, 빠른 걸음으로 그 자리를 떠나 높다란 은행나무 가지 위에 올라가 앉았다. 개들은 문이 열린 것도 모르고 아무런 반응을 보이지 않았다. 다만 발키리가 원을 그리며 빙글빙글 돌기 시작해서 목에 매달린 굵은 쇠사슬이 시멘트 바닥에 쓸려 기분 나쁜 소리를 냈다. 차르륵 차르륵… 그러다 어느 순간 천둥소리가 쾅, 하고 울렸고, 그 진동 때문에 철문이 서서히 열렸다. 그리고 열린 문을 코로 밀며 멍구와 방구가 어슬렁어슬렁 밖으로 걸어 나왔다.

나는 그때까지도 앞으로 벌어질 일에 대해 전혀 알 수가 없었다. 멍구와 방구는 멍청하긴 했어도 호전적인 놈들은 아니었다.

평소에도 닭을 나무나 돌처럼 무심하게 대했고 닭들도 개들을 무서워해본 적이 없었다. 그런데 거짓말 같은 일이 벌어졌다. 멍구가 끊임없이 입술을 핥으며 불안하게 눈동자를 움직이더니, 갑자기 곁을 지나가던 노리의 냄새를 몇 번 맡다가 노리의 목을 콱 깨문 것이다. 멍구는 그러고도 정확히 자기가 무슨 짓을 한 건지 모르는 표정이었다. 노리는 미친 듯이 파닥거렸는데 그 움직임과 온기가 멍구의 핏줄 속에 수만 년간 잠들어 있던 욕구를 깨우고야 말았다. 멍구가 더욱 힘주어 물며 고개를 몇 번 좌우로 흔들자, 노리의 움직임이 둔해지며 멍구의 이빨 사이로 신선한 피가 터져 나왔다. 멍구는 노리를 땅에 뱉고 그 피를 핥았다. 잠시 후 고개를 든 멍구는 방구가 얼룩이를 물고 똑같은 짓을 하고 있는 걸 봤다. 멍구는 그리로 달려가서 방구의 입에 든 것을 빼앗으려고 쫓아다니다가 얼룩이의 한쪽 허벅지를 물고 있는 힘껏 당겼다. 얼룩이의 끔찍한 비명이 채 멈추기도 전에, 둘은 각자 입에 든 것을 놓고 또 다른 사냥감을 향해 미친 듯이 달렸다.

나는 담 위에서 조금도 움직일 수 없었다. 두 마리의 개는 마치 지옥에서 튀어나온 괴물처럼 미친 듯이 닭을 사냥했다. 벼락이 점점 잦아졌지만 비는 내리지 않았고 가라앉은 공기에서는 더운 피비린내가 느껴졌다. 20분 정도 지나자 열 마리 넘는 닭들이 사체로 변해 있었다.

가장 먼저 사태를 파악했던 흑장미는 세 번째 희생자가 나오기 전부터 곧바로 울타리로 달려가서 몸을 날리기 시작했다. 힘껏 날갯짓을 하며 날카로운 발톱으로 벽을 긁어서 몇 번은 거의 성공하기까지 했다. 그러나 아무리 영악하다고 해도 흑장미는 하루살이만큼의 비행 능력도 갖고 있지 못했다. 흑장미는 날듯이 달려온 방구에게 물려 배에 깊은 상처를 입었지만, 조금도 당황하지 않고 긴 목을 돌려 방구의 한쪽 눈알에 부리를 꽂았다. 방구는 하늘이 떠나갈 듯 비명을 지르며 흑장미를 놓고 물러섰다. 흑장미는 다리를 움직일 수 없는지 피를 흘리며 두 날개만으로 십여 미터를 전진하다가 사과나무 가지를 향해 최후의 도약을 했다. 방구는 고개를 돌려 한쪽 눈으로 그 모습을 보고는 미친 듯이 달려와 흑장미를 따라 뛰어올랐다. 흑장미는 가지에 오르는 데 간신히 성공했지만 그 순간 뒤따라온 방구의 주둥이에 부딪혀 아래로 추락했다. 그와 동시에 방구는 굵은 가지 사이에 목이 끼어 공중에 매달리고 말았다. 방구는 소리도 내지 못하고 사지를 버둥거리다가 1분도 못되어 축 늘어졌다. 바닥에 떨어진 흑장미는 날개로 몸을 밀며 닭장 쪽으로 조금씩 움직였지만, 멍구가 지나가며 단 한 번 무는 것으로 목이 꺾여 죽고 말았다. 멍구는 사자를 비롯해서 구석구석에 숨은 닭들을 모조리 찾아내 죽였다. 그것도 모자라는지 또 살아 있는 것을 찾기 위해 피에 흠뻑 젖은 코를 킁킁거리며 정신없이 마당을 배회했다.

그때 흰부리가 조용히 땅에 내려섰다. 멍구는 흰부리를 발견하는 순간 눈이 뒤집혀서 달렸다. 그리고 온 정신을 흰부리에 집중하느라 발밑에 연못이 있다는 사실을 완전히 잊고 있다가 머리부터 물속에 처박혔다. 그때를 놓치지 않고 흰부리는 날갯짓을 해서 멍구의 머리 위로 뛰어올랐다. 흰부리는 멍구의 몸을 밟고 오르락내리락하면서 멍구의 두 눈과 코를 사정없이 쪼기 시작했다. 멍구는 고통과 두려움 때문에 입을 벌렸고 그 입으로 자신의 피가 섞인 연못물을 엄청나게 들이마셨다. 잠시 후 완전히 움직임을 멈춘 멍구는 풍선처럼 부푼 배를 옆으로 누이며 물 표면으로 떠올랐다. 흰부리는 흐트러짐 하나 없는 동작으로 마당 위로 올라섰다.

세민이네 집 마당에 정적이 내려앉았다. 그곳은 한차례 피의 폭풍이 휩쓸고 간 현장이었다. 꺾어지고 부러지고 파헤쳐진 화단 곳곳에는 닭의 주검이 피 웅덩이를 이루며 누워 있었다. 흰부리는 그 주검들 사이를 천천히 누비며 생사 여부를 확인하는 듯 한 마리씩 살폈다. 나는 진정되지 않는 숨을 가쁘게 몰아쉬며 흰부리에게서 한순간도 눈을 떼지 못했다. 그러다 갑자기 무서운 사실을 알아차렸다. 마치 마음이 통한 것처럼 흰부리도 그것을 깨달았는지 고개를 번쩍 들었다. 발키리의 차르륵차르륵 하는 쇠사슬 소리가 어느 순간부터 들리지 않았던 것이다.

흰부리가 개장 쪽으로 고개를 돌리는 순간 하얀 바람이 날아와 그녀를 덮쳤다. 나는 그 순간 발키리가 흰부리를 확실하게 물었다고 생각했지만, 다행히 그 짧은 찰나에 흰부리는 하늘로 몸을 날리는 데 성공했다. 그러나 꼬리 깃털 한 움큼이 발키리의 입에 물려 있었다. 흰부리는 세차게 날개를 퍼덕였는데 그 힘이 얼마나 센지 발키리가 버티지 않으면 딸려 갈 지경이었다. 하지만 발키리는 서두르지 않고 한발 한발 디뎌서 개장 쪽으로 걸음을 옮겼다. 그녀를 개집 안으로 가져가려는 모양이었다. 발키리의 주둥이 위로 흰부리의 깃털이 꽃잎처럼 날렸다. 흰부리는 포기하지 않고 날갯짓을 계속했지만 발키리는 마침내 개장 안으로 몸을 들이미는 데 성공했다.

그 순간 나는 땅 위로 사뿐히 내려서서, 영물로서의 내 모든 것을 버리고 고양이로서의 내 모든 것을 끌어내어, 30미터 남짓 떨어져 있는 개장까지 단 몇 번의 도약만으로 달려가 두꺼운 철문에 온몸을 내던졌다.

철문은 문틀에 걸쳐 있던 발키리의 뒷다리를 간단히 부러뜨렸고 발키리는 악마처럼 울부짖었다. 흰부리는 꼬리 깃털을 흩날리며 그사이 몸을 빼내는 데 성공했다. 발키리가 부러진 뒷다리를 덜렁거리며 나를 향해 몸을 돌렸는데, 그때의 표정은 아마 죽을 때까지 잊지 못할 것이다. 발키리는 고통 때문에 침을 줄줄 흘리면서도 묘한 광기에 젖어 입을 일그러뜨리고 있었는데, 내 눈에 그것은 틀림없이 웃고 있는 표정이었다. 나는 문에 부딪힌 충격으로 기절하기 직전의 상태였지만 눈을 똑바로 뜨고 발키리의 용광로 같은 입이 나를 덮치는 것을 지켜봤다. 내 두개골과 목 언저리에 걸쳐 네 개의 송곳니가 자리를 잡는 것이 느껴졌다. 짧은 아픔과 그 뒤로 이어질 기나긴 시간을 대비하며 나는 후회도 두려움도 없이 눈을 꽉 감았다. 그런데 갑자기 날개 퍼덕이는 소리에 섞여서 발키리의 비명이 들렸다. 발키리는 흰부리의 부리와 발톱에 맞서서 미친 듯 발악하다가 하체를 질질 끌고 개집 깊은 곳으로 도망쳤다. 마지막으로 그쪽으로 시선을 향했을 때는 개집 바닥에 뒹굴고 있는 10센티미터 길이의 굵은 쇠나사와 주둥이에서 피를 흘리는 발키리를 볼 수 있었다.

흰부리는 숨을 헐떡이며 내 쪽으로는 눈길도 주지 않고 지나쳤다. 나는 기절하고 싶어도 나를 놔주지 않는 의식과 질긴 싸움을 벌이는 중이었다. 그러나 흰부리가 사자의 시체를 끌어다가 현관 앞에 있는 세민이의 신발 위에 올려놓는 걸 보고는 일어서지 않을 수가 없었다. 흰부리의 명백한 의도를 도저히 받아들일 수 없었던 것이다. 후들거리는 다리가 내 몸을 조금씩 흰부리 쪽으로 옮겼고 흰부리는 고개를 돌려 나를 쳐다보았다. 작고 서늘한 눈과 마주한 나는 걸음을 멈출 수밖에 없었다. 그 안에는 내가 지금까지 목격했던 모든 흰부리, 작다고 구박 받던 병아리 흰부리, 머리에 오랫동안 빨간 점이 찍혀 있던 흰부리, 그리고 통키와 짧은 사랑을 나누던 흰부리가 있었다.

나는 조용히 뒷걸음질 치다가 결국 담벼락 위까지 뛰어 올라갔다. 흰부리는 한참 동안 그 자리에 주저앉아 숨을 몰아쉬었는데 이윽고 마당 어딘가로 자취를 감추었다. 때맞춰 세찬 소나기가 내렸다.

담 위에서 꼼짝하지 않고 앉아 있는 동안 새벽이 밝아왔다. 그리고 6시 30분이 되어 세민이가 밖으로 나와 죽은 사자를 발견하고 쓰러지는 모습, 발키리가 세민 아빠에게 걷어차이는 모습, 구급차가 식구들을 데려가는 모습을 모두 지켜본 뒤에야, 마침내 나는 지독하게 바랐던 깊은 잠에 빠질 수 있었다.

나중에 들은 얘기를 종합해보면, 세민이는 병원에서 정신을 차리자마자 집으로 돌아가겠다고 떼를 썼다고 한다. 허생이를 꼭 찾아야 한다면서.

세민 아빠는 식구들을 병원에 두고 낮에 혼자 집으로 돌아왔다. 오자마자 담 위에서 부들부들 떨고 있는 나를 찾아내어 꼭 안더니, 이런 경우에 가끔 먹이는 고양이 감기약을 억지로 내 입에 털어 넣고는 마루에 담요를 펴서 그 위에 눕혀주었다. 그러고는 삽을 들고 담 한 귀퉁이에 깊은 구덩이 두 개를 파서 죽은 닭과 개들을 전부 묻었다. 죽은 닭의 수가 하나 모자랐기 때문에 세민 아빠는 해가 질 때까지 온 집 안을 샅샅이 뒤졌지만 결국 찾아낼 수 없었다. 그러는 내내 개장에서 신음하고 있던 발키리 쪽으로는 눈길도 주지 않았다. 발키리는 세민 아빠의 발에 걷어차였을 때 내출혈을 일으켰는지, 입과 항문에서 피를 흘리며 그날 저녁 숨을 거두었다. 세민 아빠는 밤에 다시 병원으로 떠났다.

그날 밤 나는 집에 혼자 머물게 되었다. 다음 날 아침까지 내처 자고 싶었지만 결국 고민 끝에 불편한 몸을 일으켜 마당으로 나갔다. 전날 밤의 사건을 재구성하고 싶었기 때문이었다. 개요만 따지자면 이 사건은 치정이 얽힌 단순 원한 관계에 의한 복수극이었고, 아주 철저하게 성공적이었다는 걸 제외하면 그다지 특별한 점이 없었다. 내가 관심이 있던 것은 사건의 디테일이었다. 그러니까 복수극의 사전 작업을 더듬어서 놀라운 성공을 가능케 한 시나리오를 다시 그려보고 싶었던 것이다. 흰부리가 어디까지 생각했고 어디까지 준비했는지 알아내고 싶은 내 욕심에 비뚤어진 질투심이 뒤섞여 있었는지도 모른다. 이유야 어쨌든 호기심이 생기면 그것을 해결해야 하는 것이 내 종족의 특징이자 천형이다. 나는 떠오르는 의문을 세 가지로 압축하고 사건 현장을 둘러보며 그 답을 구했다.

첫 번째 의문, 흰부리가 닭장 안팎을 마음대로 드나들던 비밀은 의외로 간단하게 풀렸다. 닭장 아래쪽에는 아주 좁은 틈이 있었는데 밖에서 보면 전혀 알아챌 수 없도록 모이통과 물통으로 교묘하게 가려져 있었다. 그 틈은 흰부리의 작은 몸만 간신히 드나들 정도로 좁았고, 아래쪽은 벽돌로 막혀 있어 다른 닭들이 틈을 넓힐 수도 없었다. 아마도 닭들이 모두 크고 나서 흰부리가 자신만 작다는 걸 알게 된 뒤에 만든 것 같았다.

두 번째 의문은 왜 그토록 순진하던 멍구와 방구가 닭에게 덤벼들었나 하는 점이었다. 이건 풀기 어려운 문제였다.

몇 년간 순하게 키운 개들을 충동질하려면 아주 직접적이고 확실한 동기가 필요했다. 나는 이리저리 가능성을 찾다가 문득 날짜에 생각이 미쳤다. 왜 하필 어제였을까? 복수를 하고 싶었다면 통키가 죽은 직후가 아니라 왜 3주나 걸렸던 것일까? 3주는 복수심을 품고 있기에 짧은 기간이 아니었지만 흰부리는 무슨 이유에서인지 3주를 기다려야 했다. 거기까지 생각하자 3주가 무엇을 의미하는지 곧바로 알 수 있었다.

3주는 병아리 부화에 걸리는 평균 시간이었다.

나는 창고 뒤쪽의 보일러실 지붕에서 증거를 찾아냈다. 깨진 달걀의 껍데기와 여러 장의 커다란 나뭇잎, 가냘픈 검은색 깃털들, 그리고 약간의 피. 흑장미는 세민 엄마의 눈에 띄지 않는 곳에 달걀을 낳는 유일한 닭이었다. 흰부리는 흑장미가 숨겨둔 달걀들을 모아서 밤에는 자기가 품고 낮에는 나뭇잎으로 덮어주는 식으로 부화시켰던 것 같다. 그리고 노른자와 흰자가 병아리의 몸으로 바뀌면 껍데기를 깨고 그 안에 든 병아리에게 상처를 입혀서 피를 낸 뒤 멍구와 방구에게 갖다준 듯했다. 멍구와 방구는 흑장미의 새끼들로 닭의 피 맛을 알게 됐고, 피를 맛본 짐승들은 곧바로 비슷한 유혹에 빠져들었던 것이다.

세 번째 의문은 발키리, 그리고 나와 관련된 것이었다. 과연 이 살생극에서 흰부리는 발키리와 나에게 어떤 역할을 준비해두었던 것일까? 발키리가 혼자 쇠사슬을 풀고 뛰쳐나올 거라는 걸 알고 있었을까? 그녀가 발키리를 감당할 수 있을 거라 생각했을까? 내가 결정적인 순간에 그녀를 도울 것을 알고 있었을까? 발키리가 결국 세민 아빠에 의해 죽게 되리란 것도 알고 있었을까?

나는 결국 이 질문에 아무런 답도 구할 수 없었다. 확실한 것은 흰부리가 원하던 대로 되었다는 사실이다. 사건의 결과가 그렇기도 했지만 과정을 돌이켜보니 더욱 그런 생각이 들었다. 나는 흰부리와 그녀가 품었던 흑장미의 병아리들에 대해 생각했다. 3주나 되는 긴 시간 동안 병아리들에게 자신의 체온으로 생명을 주면서, 흰부리도 병아리들의 온기와 심장 박동을 느꼈을 것이다. 그러나 그마저도 흰부리의 결심을 바꾸진 못했다. 그녀의 복수심을 꺾을 만한 것은 이 세상에 아무것도 없었다.

텅 빈 마당을 거닐다가 힘없이 웃음이 나왔다. 이 시골집에 흑장미, 발키리, 나, 그리고 흰부리 같은 동물들이 모두 모여 살고 있었다는 점이 재미있게 느껴졌다. 어처구니없는 우연일까? 누군가의 장난일까? 여기에 어떤 가설이 존재할 수 있는지 잠시 더듬다가, 나는 문득 뭔가를 궁금해하는 것이 몹시 피곤한 일이라는 걸 깨달았다.

다음 날 오전, 세민이네 가족이 모두 집으로 돌아왔다. 세민이는 대문에 들어서기를 망설이다가 내 목소리를 듣고는 울면서 뛰어와 나를 꼭 껴안았다. 나는 세민이의 짭짤한 얼굴을 핥고 또 핥았다.

가족들이 마루에 올라서기 직전에 세민 엄마가 짧게 비명을 질렀다. 온 가족이 세민 엄마의 손끝을 따라 시선을 돌렸다.

울타리 아래 무성하게 자란 덤불 사이에서 흰부리가 천천히 걸어 나오고 있었다.

세민 엄마는 눈물을 찍어 훔쳤다.

"맨날 그렇게 못 먹고 구박만 받더니, 결국 너 혼자 살아남은 거니?"

나는 흰부리의 표정을 보고 싶었지만, 흰부리는 구구 중얼거리며 무심히 지렁이를 찾으러 갔다.

세민이네는 한 달 후 경기도의 한 빌라로 이사를 했다. 반경 5킬로미터 이내에 공공 도서관과 멀티플렉스 극장과 대형 할인점이 있는 곳이었고, 자리를 잡기까지 별다른 다툼도 혹독한 적응 기간도 필요치 않았다.

다만 세민이가 받은 충격은 예상보다 심각했다. 세민이는 사건 이전보다 말수가 줄고 죽은 동물을 연상시키는 무엇에든 격렬한 반응을 보였다. 의사가 외상 후 스트레스 장애로 인한 퇴행 증상이라는 말을 꺼냈을 때 세민이의 부모가 받은 충격은 이루 말할 수 없었다. 나는 흰부리의 서늘한 눈빛이 이 가족에게서 간단히 떠나지 않을 것을 알았기 때문에 마음이 무거워졌다. 그녀의 하얀 깃털에 스며들던 빨간 핏물처럼 갈등이 우리를 물들였다. 가족들은 각자 자기 탓을 하고, 상대방 탓을 하고, 불운의 탓을 했다. 나는 흔들리는 가족들이 불쌍했고, 흰부리를 마음 깊이 미워했고, 그토록 무력했던 나 자신에게 끔찍한 혐오감을 느꼈다.

다행스럽게도 세민이는 시간이 지나면서 조금씩 나아졌다. 당연한 얘기지만 약물이나 클리닉의 치료보다 더 큰 역할을 한 것은 부모의 지극한 보살핌과 원래 갖고 있던 건강한 정신의 회복력이었다. 세민이가 학교를 쉬는 동안 세민이의 부모도 거의 일을 하지 못했기 때문에 빚이 생기고 여러 가지 문제가 발생했지만, 어쨌든 세민이는 1년이 지나자 예전 모습을 되찾을 수 있었다. 세민이네 부모는 예전보다 10년은 더 나이 든 얼굴로 바뀌었는데, 다시는 전과 같은 얼굴로 돌아갈 수 없을지 모르지만 그래도 진심으로 웃었다. 나는 그 1년간 거의 외출을 하지 못했어도 별로 후회스럽지 않았다.

그리고 그 기간 동안 과거에 내가 했던 멍청한 짓에 대해서도 깨닫게 되었다. 나와 제일 가까운 곳에 빛나는 지성과 재미있는 개성과 따뜻한 마음을 가진 존재가 있는데도, 나는 엉뚱한 곳에서 영물을 찾겠다며 헛고생을 했던 것이다. 세민이와 가까워질수록 어쩐지 평범한 고양이가 되는 듯한 기분이 들었지만, 그 고양이는 사랑하며 사랑받았고 보잘것없는 일상 속에서도 행복한 고양이였다.

세민이네 가족은 다시 웃음을 찾았다. 그리고 예전의 삶과 습관으로 빠르게 돌아갔다. 늦게 자고, 늦게 일어나고, 자주 외식을 하고, 세민이는 슬슬 학원에 다녀야 했다. 새로 생긴 나쁜 습관 한 가지는 쇼핑이었다. 세민이는 손도 대지 않을 낚시 게임 타이틀을 사들이고, 세민 아빠는 들춰보지도 않는 〈내셔널지오그래픽〉 정기구독을 연장하고, 세민 엄마는 결국 내 차지가 되고 말 실크 쿠션이나 털 많은 슬리퍼를 자꾸 사갖고 들어온다. 이런 소비 행태를 보다보면 혹시 내 정체를 간파당한 게 아닌가 하는 의심이 들 때가 있지만, 말도 안 되는 걱정을 하는 건 매우 고양이답지 않은 짓이라 금방 머릿속에서 지워버리곤 한다.

세민이네는 아마 다시는 시골에 내려가거나 가축들을 키우려 하지는 않을 것 같다. 집에 놀러 온 친구들이 시골 생활에 대해 물을 때 이들은 항상 조심스럽게 말을 아낀다. 나는 그런 태도를 충분히 이해할 수 있다. 안다고 생각했던 것에 대해 모른다는 것을 깨닫는 경험만큼 우리를 겸손하게 만드는 것은 없다.

많은 사람들이 자연은 순수하다고 말한다. 더러는 자연이 무섭다고 말한다. 그 누구도 자연을 아는 것은 불가능하고 다만 각자의 의견을 말할 수 있을 뿐이다.

내 의견? 글쎄, 나는 아마도 이렇게 말할 것 같다.

자연은 가끔 꿈을 꾼다.

흰부리는 사건이 발생한 지 이틀이 지나 세민이네 식구가 병원에서 돌아오던 날 밤에 세민이네 집을 떠났다.

나는 그날 늦게까지 잠들지 못하는 세민이 곁에 있다가 자정이 지나서야 내 시간을 가질 수 있었다. 나는 지붕 위로 나와서 곧바로 아래로 내려갔고 흰부리는 마치 기다렸다는 듯 마당 한가운데로 걸어 나왔다. 나와 흰부리는 불과 십여 미터를 사이에 두고 서로 마주 보았다. 나는 평생을 간직해오던 질문 하나를 던지려고 천천히 입을 열었다.

그 순간 흰부리는 닭들이 기지개 켜는 동작으로 목을 길게 빼며 날개를 몇 번 펄럭거리다가 두 눈을 깜박거렸다. 그리고 마치 이것만은 자신에게도 어려운 일이라는 듯 약간 긴장한 기색으로 숨을 들이마시더니, 힘껏 뛰어오르며 두 날개를 활짝 펴서…

밤하늘 속으로 훨훨 날아가버렸다.

백색 나라의 피노키오

50년 만에 전쟁이 끝났습니다. 전쟁이 격렬했던 만큼 자연스럽게 떠들썩한 축제가 시작되었습니다. 많은 사람이 한쪽 눈이나 두 다리를 잃고 부모나 자식을 잃었습니다. 전쟁을 종식시킨 것은 그것을 시작했던 군부가 아니라 보통 사람들이었습니다. 이들이 혁명을 일으켜 양쪽 나라의 정부를 뒤엎은 것입니다. 따라서 이들에게는 떠들썩하게 축제를 즐길 자격이 있었습니다.

이곳은 전쟁을 치렀던 두 나라 중 녹색 나라의 한 마을입니다. 또 다른 나라는 백색 나라로 불렸습니다. 녹색 나라의 참전 군인들과 일반 시민들은 마을 광장으로 이어지는 널찍한 도로를 따라 퍼레이드를 벌였습니다. 길가의 높은 건물에서는 색종이가 뿌려졌고 도로는 구경하는 시민들로 가득 찼습니다. 실로 50년 만에 예쁘게 치장한 여자들이 꽃을 들고 거리에 나타났습니다. 사람들은 그들이 지친 참전 용사들에게 응원을 보낼 수 있도록 길 안쪽

자리를 양보했습니다. 운이 좋은 어린아이들은 참전 용사들에 섞여 대열의 한가운데에서 씩씩하게 걸어갈 수 있었습니다.

구경하는 사람들과 행진하는 대열 사이로, 다리를 저는 작은 인형이 나타났다 사라졌습니다. 인형은 이렇게 사람들이 많이 모인 것이 너무나 신나는 것 같았습니다. 그것은 절룩절룩 빠르게 걸으며 외쳤습니다.

"군부의 잔당이 수도에 아직 남아 있대요!"

사람들은 인형을 힐끗 쳐다봤다가 다른 곳으로 주의를 돌렸습니다. 두 나라는 전쟁에서 수없이 많은 인형을 사용했기 때문에 인형은 여기저기서 눈에 띄었습니다. 퍼레이드에서 행진하는 보병 대열에도 갓 전쟁터에서 돌아온 인형들이 많이 포함되어 있었습니다. 인형은 대부분 '부분 지능'이란 걸 갖고 있었는데 이를테면 보병 인형에게는 조준 지능과 보행 지능이, 포병 인형에게는 계산 지능과 삼차원 입체 파악 지능이 있었습니다. 다리를 저는 인형처럼 언어 지능과 발성 지능을 가진 인형도 있었습니다. 사람들은 다리를 저는 인형이 아마 고장 난 통신 인형일 거라고 생각했습니다. 그들은 양전자 두뇌 속에 남아 있는 정보들이 엉키면 가끔은 황당한 말을 내뱉기도 했던 것입니다.

"서쪽 섬에서 비밀 병기가 제조되고 있다는 정보가 있어요!"

몇몇 사람들이 또 인형을 쳐다보며 눈살을 찌푸렸습니다. 몸 곳곳이 포탄 파편 자국으로 지저분한 인형이었습니다. 뒷머리에는 외골격 조각이 너덜거리고 있었습니다. 사람들은 인형이 두뇌에 입은 손상 때문에 이런 소리를 지껄이는 거라고 짐작했습니다. 인형은 사람들의 눈초리는 아랑곳없이 빠른 속도로 움직이며 싱글벙글 웃는 표정으로 큰 소리로 외쳤습니다.

"백색 나라에서는 추가 침공을 준비하고 있답니다!"

마을 사람들은 절레절레 고개를 저었습니다. 상처를 입고 제대로 돌봄을 받지 못한 인형들은 어디에나 있었습니다. 하지만 이 인형처럼 사람들에게 해를 끼치진 않았습니다. 마을 방앗간의 주인이 절굿공이를 가져와서 인형의 머리를 내리쳤습니다. 쓰러지기 직전까지도 인형은 이런 말을 지껄였습니다.

"축제가 끝나면 큰 지진이 일어날 거예요. 이 축제가 마을의 마지막 축제라고요!"

사람들은 쓰러진 인형을 길가 구석으로 치우고 계속 축제를 즐겼습니다.

인형은 축제가 끝난 새벽에야 정신을 차렸습니다. 그리고 은신처로 사용하고 있는 바닷가 동굴을 향해 절룩절룩 걸어갔습니다.

이것은 훗날 백색 나라의 피노키오라고 불리게 되는 인형에 대한 이야기입니다.

*

이 마을에는 팔이 하나 없거나, 눈이 멀거나, 다리가 없어서 기어 다니는 인형들이 많았습니다. 이들은 모두 손가락 모양의 베릴륨 전지를 찾으러 다녔는데, 피노키오도 종종 다른 인형들 틈에 섞여서 마치 들개처럼 마을 구석구석의 쓰레기통을 뒤지고 다녔습니다. 사람들은 그 모습을 보고도 별로 탓하지 않았습니다. 인형은 사람이 만들었고, 결국 그것들도 전쟁의 희생자라고 생각했기 때문입니다. 어차피 고급 기술이 적용된 위험한 인형들은 적국에 기술이 유출되지 않도록 외딴곳에서 자신을 분해했기 때문에, 마을에서 돌아다니는 인형들은 인간에게 위협이 될 수 없었습니다.

힘이 센 인형들은 사람들의 심부름을 해주고 전지를 얻기도 하고, 몇몇은 아예 사람의 집에 들어가 살면서 하인이 되기도 했습니다. 녹색 나라의 인형인지 백색 나라의 인형인지 따지는 사람은 없었습니다. 사람들은 쓸모가 있는 인형이면 어느 쪽이든 상관없이 일거리를 부탁했습니다. 부서진 집을 고치고, 밭을 갈고, 항구를 재정비해야 했기 때문에 마을에 할 일은 넘쳐났습니다.

피노키오는 키가 작고 몸이 가늘어서 힘을 쓰는 일에는 도움이 되지 못했습니다. 다만 온종일 나불나불 떠들 수 있었는데, 그건 사람들이 별로 좋아하지 않는 기능이었습니다. 그래서 피노키오는 전지를 구하지 못하는 날이 점점 더 많아졌습니다.

피노키오는 힘이 없어서 보통 낮에는 바닷가의 동굴 속에 가만히 누워 시간을 보냈습니다. 어느 날 마을 아이들이 바닷가에 놀러 왔다가 동굴 안에 누워 있는 피노키오를 발견하고는 막대기로 때리며 장난을 쳤습니다.

"이러지 마세요. 저는 죽지 않았어요."

피노키오가 말을 하자 아이들은 좋아했습니다. 말을 하는 인형은 보통 고급 인형이었고, 그리 쉽게 볼 수 있는 게 아니었습니다.

"너 백색 나라의 인형이지?"

"바른대로 말해. 넌 첩자 인형이지? 거짓말하면 고문해줄 거야!"

피노키오는 울먹이면서 말했습니다.

"백색 나라의 인형은 맞아요. 하지만 첩자 인형은 아니에요."

피노키오는 사실 자기가 무엇을 위해 만들어진 인형인지 몰랐습니다. 뒷머리에서 부서져 나간 부분에 중요한 기억 회로가 있었기 때문에, 피노키오는 아무리 기억을 더듬어도 무슨 임무를 갖고 있었는지 도저히 생각해낼 수 없었습니다.

"저는 그저 병사들에게 밥을 날라다주는 인형이었어요. 제가 밥을 날라다준 사람 중에는 녹색 나라의 포로들도 있었어요. 그들 중에는 배가 고픈 사람들이 많아서 나는 몰래 밥을 더 갖다주곤 했어요."

피노키오가 이렇게 말하자 아이들은 인형을 더 괴롭힐 수가 없었습니다. 그래서 그냥 어깨를 으쓱하고는 동굴에서 나가버렸습니다. 피노키오는 안심하고 크게 한숨을 쉬었습니다. 그리고 마지막까지 남아 있던 한 소녀를 향해 싱긋 미소를 지었습니다. 그러자 소녀는 손에 들고 있던 나뭇가지로 피노키오의 얼굴을 세게 두 번 때렸습니다.

"우리 아빠는 포로로 잡혀 있다가 죽었어!"

소녀는 나뭇가지를 내던지고 동굴 밖으로 달려 나갔습니다. 피노키오는 그날 밤 다른 때보다 훨씬 더 조심하며 마을로 나가 전지를 구한 뒤, 더 깊은 동굴로 거처를 옮겼습니다.

며칠이 지난 어느 날 저녁, 어린 소녀는 피노키오가 숨어 있는 곳을 다시 찾아냈습니다. 소녀는 피노키오를 보자 손에 들고 있던 보자기에서 커다란 망치를 꺼내 들었습니다.

"미안하지만 아무래도 마음이 안 풀려. 널 죽여야 될 것 같아."

피노키오는 양전자 두뇌가 마비될 만큼 겁이 더럭 났습니다. 그래서 다급히 말했습니다.

"혹시 너희 아빠가 갈색 곱슬머리와 갈색 눈동자를 가진 분이니? 이렇게 키가 큰 남자 어른 아니니?"

깜짝 놀란 소녀는 갈색 눈을 깜박거리며 뒤로 물러섰습니다. 갈색 곱슬머리가 소녀의 뺨 위에서 흔들렸습니다.

"어떻게 알아?"

"당연히 알지. 사실 너희 아빠와 나는 아주 친하게 지냈어."

"거짓말하지 마."

"내가 마지막으로 너희 아빠를 본 곳은 백색 나라 남쪽 산맥에 있는 광산이었어. 아빠는 참 좋은 분이셨어. 언제나 자기 식사를 다른 사람들한테 나눠주는 훌륭한 분이셨다고. 그런 분이 돌아가셨다니 정말 안타깝다. 사망 소식은 언제 들었니?"

소녀가 우물쭈물하다가 대답했습니다.

"전쟁이 끝나기 한 달 전에."

피노키오는 깜짝 놀라며 말했습니다.

"그럴 리가. 전쟁 끝나기 보름 전에도 그분을 봤는걸?"

"그게 정말이야?"

"그래. 너희 아빠는 살아 계셔. 그쪽 포로수용소 소장은 아주 공정한 사람이라 포로들이 괜히 죽도록 놔둘 리가 없어. 아마 지금쯤은 포로 송환 절차가 진행 중일 거야. 원래 이렇게 어수선할 때는 행정적인 실수도 많아. 조금만 기다리면 좋은 소식이 올걸?"

소녀는 어느새 망치를 떨어뜨리고 눈물을 뚝뚝 흘리고 있었습니다.

"빨리 가서 엄마에게 말씀드려야겠어."

피노키오는 희미하게 웃으며 고개를 끄덕였습니다. 얼마 안 남은 에너지를 말하는 데 사용했기 때문에, 뺨에서 나오는 분홍빛 인공 발광은 이제 거의 사라지고 있었습니다. 소녀는 동굴 밖으로 달려 나가려다가 멈춰 섰습니다.

"배가 고픈 거야?"

"응. 아마 오늘 밤에 죽을 것 같아."

소녀는 망설이다가 주머니에서 베릴륨 전지 하나를 꺼내 피노키오에게 던지고 달려 나갔습니다.

피노키오는 전지를 몸 안에 넣자 갑자기 기운이 치솟아서 벌떡 일어나 앉았습니다. 이것은 그동안 쓰레기통을 뒤지며 구해온 폐전지가 아니라 완전히 새것이었습니다. 피노키오는 그날 밤 소녀가 망치와 새 전지를 함께 가져왔다는 사실을 떠올리며 사람이란 어떤 존재인지에 대해 곰곰이 생각했습니다. 원래 사람이 좋았지만 더 좋아졌습니다.

그래서 다른 곳으로 멀리 떠날 수 있었음에도 불구하고, 그냥 그 동굴에 머무르기로 했습니다.

피노키오가 있는 해변으로 차차 사람들이 찾아오기 시작했습니다. 대부분은 시간이 많은 아이들이었습니다. 피노키오는 아이들에게 전쟁터의 여러 모습과 백색 나라에 대해 이야기를 해주었습니다. 어쩐 일인지 피노키오는 그런 이야기들을 아주 술술 끊임없이 할 수가 있었습니다. 그래서 피노키오는 자기가 여러 전쟁터를 경험한 베테랑 인형이라고 생각하게 되었습니다. 아이들이 조금씩 백색 나라와 전쟁 이야기에 싫증을 내자 피노키오는 다른 나라의 이야기를 하기 시작했습니다.

"어느 부유한 왕국에 한 왕자가 살고 있었어. 왕자는 어느 날 왕궁의 정원을 걷다가 그곳에 파란 백합이 없다는 걸 알게 됐어. 정원에 세상의 온갖 꽃들이 다 피어 있는데도 파란 백합이 없었기 때문에 왕자는 파란 백합이 너무나도 갖고 싶었어. 하지만 파란 백합을 구하기는 쉽지가 않았지. 머지않아 왕자는 자기가 길을 가다 넘어질 때나, 비가 너무 많이 올 때나, 검술 솜씨가 좀처럼 늘지 않을 때도 다 파란 백합이 없기 때문에 그런 거라고 믿게 됐어. 그리고 이웃 나라 공주의 마음을 얻을 수 없을 때도 파란 백합이 없기 때문이라고 생각하며 깊은 슬픔에 빠졌어.

왕자의 모습을 항상 지켜봐 왔던 정원의 파랑새는 그런 왕자를 보며 무척 슬펐어. 왕자가 욕심이 많고 변덕이 심하긴 하지만 파랑새는 그런 왕자를 좋아했거든. 하지만 왕자가 자기를 좋아하게 될 기회는 영원히 없다는 걸 알았지.

어느 날 파랑새는 백합 나무에게 가서 파란색 꽃을 피워줄 순 없냐고 간곡하게 부탁했어. 그러자 백합 나무는 파란 꽃을 피울 수는 있지만, 그렇게 하려면 네가 내 뿌리 위에서 죽어야 한다고 말했어. 파랑새는 긴긴 고민 끝에 마침내 왕자의 소원을 이뤄주기 위해 백합 나무의 뿌리 속으로 머리를 처박고 숨을 참아서 죽었어.

다음 해 봄이 되자 백합 나무는 아주 탐스럽고 예쁜 파란색 꽃 하나를 피워냈어. 꽃에는 파랑새의 영혼이 깃들어 있어서 파랑새는 매일 같이 왕자를 볼 수 있었어. 파랑새는 비록 죽었지만 왕자의 웃는 얼굴을 볼 수 있을 거라는 생각에 기뻤지. 그런데 왕자는 단 한 번도 웃지 않았어. 왠지 알아?

그 해부터 왕자는 안 좋은 일이 생길 때마다 이건 모두 파랑새가 사라졌기 때문이라고 생각하게 된 거야."

아이들은 어딘가 씁쓸한 구석이 있는 피노키오의 이야기를 좋아했습니다. 전쟁을 50년이나 한 뒤였기 때문에 좋은 이야기를 들을 수 있는 곳은 많지 않았습니다. 피노키오에 대한 소문은 점점 퍼져서 언젠가부터 어른들도 피노키오의 이야기를 들으러 오기 시작했습니다. 그리고 얼마 후 피노키오는 마을 회관의 무대 위에서 매일 저녁 사람들에게 이야기를 들려주게 되었습니다. 이야기를 들려주는 인형에 대한 소문은 멀리멀리 퍼졌고, 피노키오는 점점 더 유명해졌습니다. 녹색 나라의 수도에서 공연 프로모터라는 사람이 왔습니다. 그는 피노키오에게 몇 가지 서류에 도장을 찍게 하더니 피노키오를 데려갔습니다. 그리고 피노키오는 다음 날부터 녹색 나라의 가장 큰 극장인 '초록 극장'에서 이야기를 하게 되었습니다. 그를 데려갔던 사람은 최고 수준의 인형술사들을 불러 피노키오의 절뚝거리는 다리를 말끔히 고쳐놓았고, 전지가 한참 남았는데도 매일 새 전지로 갈아주었습니다. 사람들은 언제나 객석을 빽빽이 메우고 피노키오의 이야기에 귀를 기울였습니다.

피노키오는 이렇게 많은 사람 앞에서 이야기를 한다는 것이 너무나 행복했습니다. 많은 사람이 눈을 반짝거리며 자신을 향해 귀를 기울이고 있는 것을 볼 때면 양전자 두뇌 안에서 뭔가 딸깍 움직이면서 짜릿한 느낌이 감도는 것을 경험했습니다. 피노키오는 자신이 사람들을 좋아하고 사람들에게 이야기하는 것을 좋아하는 인형이라서 너무나 다행이라고 생각했습니다. 다른 인형들처럼 사람들을 죽이기 위해 태어난 인형이었다면 얼마나 끔찍했을지 상상조차 할 수 없었습니다.

사람들은 피노키오가 재미있는 이야기를 하는 것을 신기하게 생각했지만 그것을 이상하다고 여기는 사람은 별로 없었습니다. 대부분은 피노키오의 후두부가 손상되어서(지금은 멋진 모자로 가려져 있습니다) 이런 뜻밖의 결과가 만들어졌다고 생각했고, 그것을 기적 같은 일로 여겼습니다. 한때는 전쟁 무기였을 피노키오는 전쟁이 끝난 시대에 평화의 상징이 되었습니다. 피노키오가 만난 사람 중에는(피노키오는 유명한 사람들을 많이 만났습니다) 백색 나라의 고위 관리들도 있었는데, 이들 중 피노키오가 원래 무슨 인형이었는지 말해주는 사람은 아무도 없었습니다. 백색 나라의 고위 관리들은 피노키오가 공연을 마치면 손이 빨개지도록 박수를 친 뒤에 돌아갔습니다.

어느 날 공연을 마치고 분장실에서 쉬고 있는 피노키오에게 한 소녀가 다가왔습니다. 피노키오에게 새 전지를 갖다줬던 그 소녀였습니다. 피노키오는 반가워서 두 팔을 활짝 벌리며 소녀를 환영했습니다. 하지만 소녀는 손에 들고 있던 커다란 군화로 피노키오의 얼굴을 세차게 후려쳤습니다.

"넌 거짓말쟁이 인형이야. 아빠는 돌아가셨어. 집에 온 건 이게 전부야!"

피노키오는 얼른 정신을 차리고 말했습니다.

"당연하지. 너희 아빠는 백색 나라에 남길 원하셨어. 그런 전향자들은 영원히 고향 땅을 밟기를 거부한다는 뜻으로 고향에 신발을 보내게 되어 있어."

소녀는 피노키오의 두 눈을 빤히 들여다보았습니다. 피노키오는 지지 않고 고개를 똑바로 들고 말을 이었습니다.

"난 아직 네 아빠를 기억하고 있어. 갈색으로 빛나는 두 눈, 치렁치렁한 곱슬머리. 잘 생겼다고는 할 수 없어도 남자답게 생기셨잖아. 백색 나라 동쪽의 삼림지대에서 아직도…."

"남쪽 산맥의 광산에 계신다고 했잖아."

"아, 그래 남쪽 산맥의 광산에서 아직도 일하고 계실지도 몰라."

피노키오를 바라보는 소녀의 두 눈에 원망이 서렸습니다.

"난 백색 나라에 다녀왔어. 백색 나라의 남쪽 산맥에는 광산이 없어. 그리고 우리 아빠는 원래 한쪽 눈이 보이지 않아."

피노키오는 잠시 생각하다가 입을 열었습니다.

"방금 내가 실수했다는 걸 깨달았어. 너희 아빠는 지금 백색 나라 북쪽의…."

"그만해. 넌 아주 나쁜 인형이야. 전쟁이 끝났을 때 모든 인형은 자기 무기를 버리고 사람들과 어울려 살기 시작했어. 너는 거짓말을 하는 게 무기인 인형이야. 그리고 지금까지도 거짓말을 지어내며 살고 있어. 너는 계속 전쟁을 하고 있는 거야."

피노키오는 웃음이 나올 것 같았지만 꾹 참고 진지하게 말을 했습니다.

"거짓말을 지어내는 게 아니라 이야기를 지어내는 거야. 난 사람들이 좋아. 그리고 사람들이 내 이야기를 들어주는 게 좋아. 그래서 이야기를 할 뿐이야."

"네 목적이 뭔지는 모르겠지만 넌 굉장히 위험한 인형이야. 그걸 잊지 마."

소녀는 돌아서서 가버렸습니다. 피노키오는 자신을 싫어하는 사람이 있다는 게 몹시 신경 쓰였지만 어쩔 도리가 없었기 때문에 그저 한숨만 쉬었습니다.

다음 날부터 피노키오는 이야기를 지어내는 게 점점 힘들어졌습니다. 소녀의 말이 자꾸 신경 쓰였기 때문입니다. 멋진 말로 없는 일을 정말 있는 것처럼 꾸며내는 것이 피노키오의 특기였는데, 거짓말을 하고 있다고 생각하자 입을 열 때마다 언짢아졌습니다. 자신이 좋아하는 사람들에게 나쁜 짓을 하고 있는 것 같은 기분이 들었습니다.

그래서 피노키오는 어느 날 극장 관리인으로부터 하루 휴가를 얻어서 예전에 떠나왔던 해안가의 마을을 다시 찾아갔습니다. 처음 기억하는 순간부터 되짚어가다 보면 원래 임무가 무엇이었는지 알아낼 수 있을지 모른다고 생각했기 때문입니다. 피노키오는 그 해안에서 있었던 대규모 상륙 작전 당시 병사들 사이에 끼어 녹색 나라에 침투했었습니다. 하지만 전투 중 포탄 파편에 맞아 정신을 잃었고 그 후 임무를 잊게 된 것이었습니다.

피노키오는 날이 어두워지자 사람들의 눈에 띄지 않도록 조심하며 해안 구석구석을 살폈습니다. 전쟁을 위해 만들어진 인형이다 보니 한밤중에도 대낮처럼 사물을 잘 볼 수 있었습니다. 절벽 아래의 바위 사이를 누비다가 동굴을 발견할 때마다 들어가보기도 했습니다. 하지만 새로운 사실을 알아낼 실마리는 아무것도 찾을 수 없었습니다. 어느 동굴 속을 걷던 피노키오는 실망해서 그 자리에 주저앉았습니다.

그때 동굴 깊숙한 곳에서 희미하게 무언가 움직이는 소리가 들렸습니다. 작은 기계음 같은 소리는 규칙적으로 바뀌며 반복되었습니다. 피노키오는 놀라서 벌떡 일어나 그쪽으로 다가갔습니다. 동굴 속의 괴물체도 피노키오의 발소리를 들었는지 소리를 멈추었습니다. 이윽고 피노키오는 소리를 내는 것의 정체를 찾아냈습니다.

그것은 자기 분해 과정에 들어간 한 인형이었습니다. 인형은 한눈에 보기에도 오래전에 큰 상처를 입은 듯했습니다. 얼굴은 불에 타서 알아볼 수가 없었고, 한쪽 팔도 떨어져 나가고 없었습니다. 인형의 두 다리가 있던 자리에는 잘게 나눠진 부품만 흩어져 있었습니다. 자기 분해 과정을 시작한 인형은 자신의 두 손을 이용하여 발끝부터 시작해서 차차 온몸을 분해해 올라오게 되어 있었습니다. 그런데 이 인형은 팔이 하나뿐이었고 그나마 인공근육조직이 손상되었기 때문에 분해 과정이 아주 느릿느릿 진행되고 있었습니다. 누워 있는 인형은 키가 작고 팔다리가 가는 것이 피노키오와 비슷했습니다. 불쌍한 마음이 든 피노키오는 인형의 곁에 주저앉았습니다.

"혼자서 정말 외로웠겠구나."

피노키오의 목소리를 들은 인형은 움찔하더니 잠시 후에 손가락 끝에서 가는 촉수를 내밀었습니다. 인형이 다른 인형과 직접 소통할 때 쓰는 연결 도구였습니다. 피노키오도 촉수를 내어 상대편의 촉수에 접촉했습니다.

「넌 왜 아직 여기 있는 거야?」

피노키오는 깜짝 놀랐습니다.

"너 날 아니?"

「집어치워. 나란 말이야.」

"난 내가 누군지도 몰라."

「이런 멍청아. 그만 하라고.」

피노키오는 멍하니 인형을 바라보다가 깜짝 놀라서 말했습니다.

"네 검지와 중지가 뒤로 꺾여 있어! 어떻게 된 거야?"

「바보야. 자기 분해 과정에 들어가면 손가락이 뒤로도 꺾일 수 있게 돼 있어. 그래야 분해하는 게 쉬워지니까.」

인형은 한참 입을 다물고 있다가 말했습니다.

「너 정말 자기가 누군지 모르나 보구나. 무슨 일 있었어?」

"난 포탄에 뒷머리가 손상됐어. 그래서 기억이 잘 안 나."

촉수를 통해서 인형이 한숨을 쉬는 게 느껴졌습니다. 피노키오는 인형이 다시 입을 열 때까지 조용히 기다렸습니다.

「다행이라고 해야겠네. 난 이렇게 됐지만 넌 아직 무사한 것 같으니 말이야. 어디서부터 말해야 할지 모르겠다. 우린 백색 나라에서 만들어진 인형들이야. 백색 나라에서, 아니 전 세계에서 우리 같은 인형은 너와 나 둘뿐이지. 우리는 똑같은 모델이라고.」

"둘 뿐이라고?"

「그래. 우리는 백색 나라가 독자적인 기술로 개발한 최첨단 인형이야.」

피노키오는 기분이 좋아서 어깨를 으쓱했습니다.

"내가 재미있는 이야기를 만들어내는 건 다 이유가 있었구나."

「이야기를 만들어? 그것도 고급 기술이긴 하지. 하지만 우리가 진짜 뛰어난 이유는 몸속의 베릴륨 배터리를 고성능 폭탄으로 바꿀 수 있는 기능 때문이야. 베릴륨 원자가 붕괴했다가 다시 융합할 때 생성되는 에너지를 이용해서 도시 하나를 완전히 날려버릴 수 있다고. 말하자면 살아 움직이는 초강력 폭탄이라고 할 수 있지.」

피노키오는 순식간에 머릿속이 멍해졌습니다.

「이야기를 만든다는 게 같은 뜻인지는 모르겠는데, 우리는 사람들을 만나면 적당히 말을 꾸며서 할 수 있게 되어 있어. 그렇게 거짓말을 해서 카운터가 만 번이 되면 폭탄이 터지는 거야.」

"만 번이라고?"

「그래. 더도 덜도 말고 딱 만 번. 만 번은 백색 나라의 과학자들이 시뮬레이션 실험을 토대로 결정한 숫자인데, 거짓말을 만 번 할 때쯤에는 우리가 사람들 속에 깊숙이 침투해 있을 거래. 그 이상은 나도 잘 몰라. 네 카운터는 몇 번이니?」

"나는… 카운터 같은 거 잘 모르겠어."

「그건 큰일인데. 괜히 이런 데서 터지면 완전히 임무 실패라고. 보다시피 나는 상륙하자마자 네이팜에 휩쓸려서 얼굴이 완전히 날아갔잖아. 거짓말은 단 한 번도 해보지 못했는데.」

"하지만, 이제 전쟁은 끝났단 말이야!"

「그걸 누가 모르니 이 바보야. 우리는 전쟁을 다시 일으키기 위해 만들어진 무기란 말이야.」

피노키오는 어이가 없었습니다. 마치 끔찍한 꿈을 꾸고 있는 것 같다고 생각했습니다.

「그래서 그동안 뭘 하면서 지냈니?」

"난… 커다란 극장에서 사람들한테 재미있는 이야기를 해주고 있어."

인형은 크게 한숨을 쉬었습니다.

「나는 이 어두컴컴한 동굴 속에 혼자 누워서 1년 동안 이러고 있었어.」

피노키오는 왠지 미안한 마음이 들어 고개를 숙였습니다.

「그럼 많은 사람하고 친해졌겠네?」

피노키오는 더듬거리며 말했습니다.

"많은 사람은 아니야… 그저 조금…."

피노키오는 촉수를 통해 인형이 자신을 빤히 쳐다보고 있는 것을 느낄 수 있었습니다. 인형은 뭔가 마음에 들지 않는 듯 한참 입을 다물고 있다가 말했습니다.

「뒷머리를 내 눈 쪽으로 대봐. 카운터를 봐줄게.」

피노키오는 거절하려 했지만 문득 자신도 카운터를 알아야 한다는 생각이 들었습니다. 그래서 모자를 벗고 순순히 인형의 눈

쪽으로 뒷머리를 갖다 댔습니다. 인형이 나직이 한숨을 쉬는 소리가 들렸습니다.

「다행이야. 딱 적당히 남아 있어. 지금까지 9,983번의 거짓말을 했고 이제 열일곱 번이 남아 있어. 그동안 꽤 부지런히 거짓말을 했구나.」

피노키오는 숨이 콱 막히는 것 같았습니다. 열일곱 번만 더 이야기를 하면 자신이 무시무시한 폭탄이 된다는 사실이 믿기지가 않았습니다.

「이제 가봐. 널 만나게 된 건 정말 다행이야. 아마 그동안 거짓말을 할 때마다 기분이 좋았을 거야. 우리 두뇌가 그렇게 느끼도록 설계되어 있으니까. 하지만 이제부터는 거짓말을 아껴서 해. 열일곱 번째 할 때는 반드시 사람들이 많은 곳이어야 한다는 거 잊지 말고.」

피노키오는 황급히 촉수를 떼고 비틀비틀 걸어서 동굴 밖으로 나갔습니다. 그리고 한밤 중의 바닷가를 미친 듯이 달렸습니다. "나는 지금까지 거짓말을 한 것이 아니야. 사람들이 좋아서 이야기를 만들어주고 있는 거야!"라고 외쳤지만, 아무도 들을 수가 없었습니다.

피노키오는 달리 갈 데가 없었기 때문에 수도에 있는 초록 극장으로 다시 돌아갔습니다. 돌아가는 내내 다시는 이야기도, 거짓말도 하지 않기로 마음먹었습니다. 그리고 극장 관리인에게는 아무것도 말하지 말고 공연을 그만두어야겠다고 생각했습니다. 실수로 한두 번 거짓말을 한다고 해도 아직 열일곱 번의 기회가 있으니까 폭발할 리는 없다고 스스로를 위안했습니다. 그 인형의 말대로 그를 만난 것은 천만다행이었습니다. 자기가 수도의 한가운데에 있는 극장에서 대폭발을 일으켜 두 나라를 다시 끔찍한 전쟁의 소용돌이에 몰아넣었을 수도 있었다고 생각하니 눈앞이 아찔했습니다.

극장으로 돌아온 피노키오는 공연을 그만두겠다고 관리인에게 말했습니다. 그러자 관리인은 피노키오가 갑자기 그런 말을 하는 것이 이상해서 여행 중에 있었던 일들을 꼬치꼬치 캐묻기 시작했습니다. 피노키오는 관리인의 의심에서 벗어나기 위해 열다섯 번, 그리고 열여섯 번까지 거짓말을 한 뒤, 마침내 완전히 입을 다물었습니다. 관리인은 피노키오를 숙소 안에 가두고 중요한 행사를 준비 중인 극장으로 돌아갔습니다. 종전 1주년을 기념하는 커다란 행사였습니다. 극장에서 열리는 이 행사에는 양국의 정상을 비롯해서 고위 관료들과 수많은 일반인이 함께 참여할 예정이었습니다.

행사 당일이 되었습니다. 관리인은 행사가 가장 무르익는 시간에 피노키오가 무대로 나가서 멋진 이야기 하나를 해야 한다고 말해주었습니다.

카운터가 한 번 밖에 남지 않은 피노키오는 무대에 오를 수 없다고 생각했지만, 금방 더 좋은 생각이 떠올랐습니다. 종전을 기념하는 자리에서 그보다 더 의미 있는 것은 찾을 수 없었습니다. 그 대가로 자기가 감옥에 갇히거나 강제로 분해를 당해도 어쩔 수 없다고 생각했습니다. 사람들의 사랑을 받아왔던 피노키오는, 이것이 사람들에 대한 보답이 될 수 있기를 바랐습니다. 그리고 다시는 자신과 같은 인형이 만들어지지 않기를 빌었습니다.

마침내 피노키오는 무대에 올랐습니다. 그리고 처음으로 이야기를 지어내지 않고 있는 그대로의 사실을 이야기하기 시작했습니다.

"한 인형이 있었습니다. 키가 작고 한쪽 다리를 저는 인형이었습니다. 배가 고파서 매일 쓰레기통을 뒤지며 먹을 것을 찾아 헤매야 했습니다…."

이야기가 계속되며 피노키오는 점점 자신의 이야기 속으로 빠져들었습니다. 관객들이 이야기에 맞춰 한숨을 쉬거나 미소를 지을 때마다 이야기를 더 재미있게 만들고 싶은 욕구를 떨쳐버리기가 힘들었습니다. 하지만 없는 사실을 지어내거나 있었던 일들을 빼지 않았습니다. 피노키오는 사실 그대로의 솔직한 이야기를 하는 것도 기분 좋은 일이라는 걸 처음 깨달았습니다. 머리에서 시작된 감동이 점점 온몸으로 퍼졌습니다. 이야기를 지어낼 때보다 더 강렬한, 진실된 기쁨이었습니다. 마침내 피노키오는 바닷가의 동굴 속에 누워 있는 인형에게 들은 것까지 전부 다 이야기했습니다.

백색 나라의 고위 관료 몇 명이 급히 객석을 빠져나갔습니다. 하지만 피노키오의 이야기에 귀를 기울이느라 아무도 그것을 눈여겨보지 않았습니다.

동굴 속에서 자기 분해 과정의 마지막 단계를 거치고 있던 인형은 동굴 바닥이 희미하게 진동하는 것을 느꼈습니다. 그리고 기쁨의 한숨을 내쉬었습니다. 뜻했던 대로 일이 진행된 것입니다.

인형이 피노키오의 후두부를 들여다보았을 때 카운터의 숫자는 천에도 이르지 못한 상태였습니다. 이대로 두면 피노키오는 결코 임무를 수행할 수 없었습니다. 그래서 카운터에 대해 거짓말을 했습니다.

그리고 배터리로 폭발을 일으키는 조건에 대해서도 전부 말하지 않았습니다. 피노키오는 만 번의 거짓말을 하든가, 아니면 단 하나의 진실, 즉 자신의 정체를 밝히는 경우에 저절로 폭발하도록 설계되어 있었습니다. 백색 나라에서는 자신들의 음모에 대해 알게 된 사람들이 살아남기를 원하지 않았습니다.

인형은 미소를 지으며 자신의 양전자 두뇌를 고정하고 있던 마지막 접합부를 제거했습니다. 피노키오에게 거짓말을 하는 순간 양전자 두뇌 속에서 딸깍 하면서 카운터가 0에서 1로 바뀌던 느낌이 어찌나 짜릿했던지 지금까지도 잊을 수가 없었습니다.

우리 우주의 특질

꼬마신은 모든 우주로부터 존중받았고 커다란 자유를 누렸다. 지금은 그저 하나의 몸짓에 불과하지만 언젠가는 그들처럼 신이자 우주가 될 존재이기 때문이었다. 이미 견고해져서 서로를 침범할 수 없는 어른 우주들은, 꼬마신이 봄날의 바람처럼 그들의 몸을 자유롭게 투과하는 것을 애정 어린 시선으로 지켜보았다. 꼬마신은 그들의 과거이자 미래였고 그들이 될 수 있는 가장 균질하면서도 가장 격렬한 상태였다. 모두 그때를 기억하면서 또한 그때를 기다렸다.

시간과 관련해서 꼬마신이 제일 먼저 터득한 것은 평행 우주를 통과하는 법이었다. 한 우주에서 다른 우주로 넘어가는 첫 번째 순간이 가장 어려웠는데, 이때 많은 꼬마신들이 붕괴되거나 흡수되었다. 꼬마신이 수없는 시도 끝에 마침내 성공한 순간, 숨죽이며 지켜보던 인접한 두 우주는 안도의 한숨을 내쉬며 축하를 보냈다. 꼬마신은 어깨를 으쓱이며 답례를 하다가 이내 다른 것에 눈이 팔렸다. 그보다 조금 더 나이 든, 그러나 아직은 그와 마찬가지로 진짜 우주가 되지 못한 언니신이, 방금 그가 들어온 우주에서 다른 우주로 넘어가고 있었던 것이다.

같이 가!

꼬마신은 재빨리 움직였지만 언니신을 따라잡지 못했다. 아직 솜씨가 서툰 탓에 언니신이 넘어간 우주로 들어가는 데도 한참이, 몇백만 년이 흘러버렸다. 꼬마신은 아마도 언니신이 갔을 거라고 짐작되는 다음 우주로 다시 넘어갔다. 그렇게 다른 우주로 넘어가고 넘어가고 또 넘어가는 동안 시간이 흐르고 조금씩 나이가 들었다.

마침내 어느 우주에서 꼬마신은 이동을 멈췄다. 그는 이제 빠른 속도로 아무런 어려움 없이 하나의 우주에서 또 다른 우주로 넘어갈 수 있었다. 여기까지 오는 동안 여러 다른 꼬마신들을 보았지만 자신이 찾고 있는 언니신의 흔적은 보이지 않았다. 이러다 영영 못 찾는 건 아닐까 하는 걱정이 들자 조바심이 나며 언니신을 만나고 싶은 마음이 더욱 커졌다.

왜 그러니?

꼬마신이 머무르고 있는 우주가 물었다. 빛이 아주 느린 속도로 움직이는 중년의 우주였다.

찾고 있는 신이 있는데 찾을 수가 없어요.

찾고 있다고? 찾고 있다는 게 무슨 뜻이지?

만나려고 한다고요. 한 번 봤는데 놓쳐버렸어요.

왜 만나려고 하지?

그제야 꼬마신은 자신이 왜 언니신을 그토록 만나려고 하는지 생각해본 적이 없다는 걸 깨달았다. 꼬마신은 약간의 시간을, 대략 십만 년 정도를 써서 그 이유를 생각해보았다.

좋아하는 것 같아요.

십만 년 동안 딱히 하는 일 없이 대답을 기다리고 있던 우주가 고개를 갸우뚱했다.

좋아한다고? 그런 이유로 그렇게 돌아다닌다니 넌 참 묘하구나.

꼬마신은 우주의 대꾸가 마음에 들지 않아 얼른 다른 우주로 가버렸다. 그리고 다시 어마어마한 속도로 우주 사이를 넘나들며 이런저런 광경과 마주쳤다. 젊은 우주가 빠르게 식으면서 물질을 만들어내는 것을 보았다. 아주 나이 많은 우주가 팽창하다 못해 모든 것이 입자 단위까지 찢어지는 것도 보았다. 그런 것 모두가 그가 잘 배워야 할 것들이었지만 꼬마신은 곁눈질로만 살필 뿐 모든 주의를 언니신을 찾는 것에만 쏟았다.

이건 좋아한다는 말로는 부족해. 점점 절실해지는 자신의 마음을 의식하며 꼬마신은 혼자 중얼거렸다. 그리고 사랑한다는 말을 생각해냈다. 다른 우주는 이해하지 못하겠지만 없는 단어라도 만들어서 이것을 표현하고 싶었다.

한참을 이동하던 꼬마신은 이상한 느낌이 드는 어느 우주에서 멈췄다. 우주 전체가 블랙홀로 가득 찬 무시무시한 우주였다. 어쩐지 섬뜩한 느낌이 들어 빨리 다른 우주로 넘어가려는 순간 온몸이 쾅쾅 울릴 정도로 커다란 목소리가 들렸다.

누가 맘대로 가라고 했지?

꼬마신은 깜짝 놀라 몸을 움츠렸다.

죄송해요. 하지만 저는 가야 해요.

왜?

저는 꼬마신이잖아요. 다른 우주를 많이 보고 배워야 해요.

다른 우주…. 다른 우주는 나와 많이 다른가?

예?

나는 별로 본 적이 없어. 꼬마신 시절에 귀찮아서 가만히 있었거든.

어쩐지 아쉬운 듯한 우주의 목소리를 듣던 꼬마신은 어딘가에 생각이 미치자 소름이 끼쳤다. 이 우주는 우주가 되기 전에 제대로 배우지 못해서 아름다운 은하나 태양계를 만들지 못하고 생명체는 절대로 생길 수 없는 블랙홀투성이가 되어버린 것이다. 게다가 기형적인 구조 때문에 보통 우주보다 훨씬 빨리 종말을 맞게 될 터였다. 꼬마신은 갑자기 공부를 소홀히 하고 있는 자신이 걱정스러워졌다.

왜 그렇게 빨리 떠나지 못해 안달이지? 내가 못마땅한가?

그렇기도 했지만 꼬마신은 다른 이유를 댔다.

사실은 저보다 조금 나이가 많은 다른 꼬마신을 찾고 있는 중이에요.

찾으면 안 돼.

네? 꼬마신은 어안이 벙벙했다. *왜 찾으면 안 돼요?*

못 찾을 테니까.

하지만 분명히 있었어요.

있기야 있었겠지.

그럼 왜 못 찾아요? 제가 지금 얼마나 빠르게 우주 사이를 통과할 수 있는지 아세요? 전 분명히 찾을 수 있어요.

그렇게 생각한다면 넌 무한의 의미를 제대로 이해하지 못한 거야.

꼬마신은 말문이 막혔다. 블랙홀로 가득 찬 우주는 빈정거렸다.

열심히 다니며 배워도 소용없군. 난 아는 게 별로 없지만 하나는 분명히 알지. 무한한 우주들 사이에서 무얼 찾는 건 불가능해.

우주가 이 말을 하는 순간에도 그들은 수많은 평행 우주로 무한히 쪼개지고 있었다. 꼬마신은 그럼 어떻게 해야 하냐고 물었지만 우주는 대화가 귀찮아졌는지 아무런 대꾸도 하지 않았다.

다시 많은 시간이 흘러서 꼬마신은 더 성장했고 진짜 우주가 될 때가 다가오고 있다는 것을 조금씩 느꼈다. 얼마 전부터 꼬마신은 우주와 우주 사이를 평행으로 이동할 뿐만 아니라 한 우주 안에서 시간을 마음대로 거슬러 올라가거나 내려갈 수도 있게 되었다. 꼬마신은 그 능력으로 수많은 우주의 과거와 미래를 누볐지만 여전히 언니신을 찾을 수 없었다. 언니신을 사랑하는 마음은 더욱 커지고 뜨거워져서 가끔은 고통스럽게 느껴질 정도였다. 꼬마신은 언니신도 자신과 같은 사랑을 가졌는지는 확신할 수 없었다. 그러나 언니신을 만나 자신의 마음을 표현하기만 하면 놀라운 일이 벌어질 거라고, 지금까지의 힘든 시간을 전부 보상받을 거라고 믿었다.

어느 우주에 잠시 머무르고 있을 때 우주가 말을 걸어왔다. 빛이 아주 빠른 속도로 움직이는 노년의 우주였다.

모두가 걱정하고 있는 꼬마신이 너로구나.

예?

보니까 이유를 알겠다. 너의 그것 때문이야.

꼬마신은 반항적으로 대답했다. *사랑이라는 거예요. 뭔지 짐작도 못 하시겠지만.*

그럼 그게 뭔지 나에게 설명해주겠니?

꼬마신은 잠시 생각을 정리하고 노년의 우주에게 말했다. 이 강렬한 마음이 얼마나 경이로운지, 그가 이 마음으로 인해 어떻게 스스로의 의미를 찾고 힘을 얻는지, 이런 마음이 없다면 우주와 우주로만 채워진 이 세상은 얼마나 의미가 없을지 열심히 설명했다. 노년의 우주는 한참 듣고 난 뒤에 차분히 대꾸했다.

바람직하지 않은 마음이구나. 모든 것을 향해 관대한 애정을 품는 건 좋지만 보이지 않는 대상에 집착해 찾을 수 있다고 생각하는 것은 환상에 불과해.

꼬마신은 차갑게 내뱉었다. *할 말 다 하셨으면 갈게요.*

노년의 우주는 좀 더 부드러운 목소리로 말했다.

네가 다른 꼬마신을 찾는 것 자체는 문제가 아니야. 진짜 문제는 따로 있어. 너도 알고 있지? 네가 앞으로 될 우주는 아주 작은 단위까지 너를 닮게 될 거야. 특히 네 안에서 지적인 존재가 태어난다면 그들은 네 안의 어마어마한 공간을 허망하게 뒤지면서 평생토록 무언가를 찾아 헤매는 존재들이 될 거다.

꼬마신은 더 참지 못하고 다른 우주로, 아예 먼 우주로 순식간에 멀어졌다.

이제 꼬마신이 찾는 대상은 언니신에 국한되지 않았다. 자신처럼 사랑을 품고 있는 그 어떤 존재라도 찾고 싶었다. 이렇게 넘치는 사랑의 대상이 없다는 건 근본적으로 잘못된 일 같았다. 이런 사랑이 응답을 받지 못한다면 우주는 도대체 왜 존재하는 것인가.

그러다 문득 꼬마신은 외로움을 느꼈다. 외로움은 지금까지 그에게 일어난 모든 일들의 최종적인 결론 같았고, 세계가 무한하다는 사실과 맞물려 끔찍한 상태인 것처럼 느껴졌다.

한순간 우주 전체가 긴장했다. 작은 진공의 거품이었던 그는 어마어마한 폭발을 일으켰다. 장엄한 순간들이 눈 깜짝할 새 지나가고 빛이 1초에 29만 9천792킬로미터로 나아간다는 것을 포함해서 그의 모든 파라미터들이 확정되었다. 최초의 입자가 방출되는 순간 그는 신으로서 이 우주의 현재부터 종말까지 일어날 모든 일들을 알게 되었다.

수많은 별과 태양계와 은하단이 생성되고, 언젠가 그의 우주 여기저기에서 지적인 존재가 태어날 예정이었다. 특히 그중에 한 종족이 그와 닮아서 강렬하고 뜨거운 사랑을 품게 될 것이다. 스스로의 사랑에 놀라워하며, 이런 사랑을 가진 또 다른 이들이 없음을 믿지 못하며, 다른 이들이 없다면 이 우주가 낭비라고까지 생각하며, 꽤 오랫동안 무한에 가까운 그의 내부에서 자신들의 사랑을 나눌 존재를 찾아 헤매고 다닐 것이다.

닮은 꼴은 아주 작은 단위까지 반복되어 그 종족의 일원들 각자도 사랑을 품고, 누군가를 찾아 헤매고, 결국에는 외로움을 느낄 것이다. 그들 하나하나가 짊어질 아픔의 무게가 고스란히 느껴지자 신은 연민과 안타까움으로 가슴이 북받쳤다. 결국 자신의 감정이 향할 곳을 깨달은 신은 그것을 입 밖에 내 속삭였다. 최초의 빛이 된 속삭임은 우주를 배경처럼 감싸며 사방으로 퍼져나갔다.

사랑해.

사랑해.

사랑해.

너희는 디스토피아가 아니다

위탁 가정에 도착한 것은 저녁 8시였다. 차 안에서 지나치게 긴장했던 탓에 위탁 가정에 도착하자마자 화장실로 달려가는 결례를 저질러야 했다. 화장실 문을 닫자 문밖에서 위탁 가정의 가장이자 나와 마찬가지로 ACT 연구소 소속인 정 과장이 아이들에게 하는 말이 들렸다.

"예의 없이 굴었다가는 혼날 줄 알아. 우리 집에 있는 동안은 사람이랑 똑같은 거야."

그 말 때문에 뒤처리에 더욱 신경이 쓰였다. 일을 보고, 물을 내리고, 뒤를 씻고, 다시 물을 내리고, 휴지를 풀어서 바닥에 깐 뒤에 엉덩이를 문질러 물기를 닦고…. 연구소에서 몇 번이나 연습했는데도 긴장 때문에 앞발이 덜덜 떨렸다. 어쨌든 연구소에서 나오기 전에 발바닥에 실리콘 패드를 붙인 것은 정말 잘한 일이었다. 움직일 때마다 나는 두걱두걱 소리가 훨씬 줄었다.

화장실에서 나오자 가족이 마치 공항 게이트 앞에 나와 있는 것처럼 줄을 서 있었다.

"그럼 제대로 인사할까?"

"실례가 많았습니다. 동호라고 합니다. 앞으로 사흘 동안 잘 부탁드립니다."

"와! 진짜 사람 같아!"

아홉 살 설희가 눈을 휘둥그레 뜨며 소리쳤다. 열다섯 살 근태는 코웃음을 쳤고 엄마 김유정 여사가 아들에게 눈을 흘겼다.

"그렇습니다. 사실 제가 내는 소리는 사람의 말이 아니지만 혀와 성대로 중얼거리면 목에 있는 변환기가 인간의 음성으로 바꿔줍니다. 성능이 좋은데도 불구하고 한 가지 아쉬운 점이 있다면 제 숨은 재능을 발휘하는 데는 도움이 안 된다는 거죠. 노래는 옮겨주지 못하거든요."

마지막 말은 웃자고 한 말인데 아무도 웃긴다고 생각하지 않는 듯했다. 입꼬리를 한껏 올린 내 표정이 웃음이라는 것을 일반인들이 알 리가 없었다.

"우선 네 방으로 가보자."

정 과장을 따라서 걷자 내 뒤로 세 가족이 따라왔다. 엉덩이가 뚱실뚱실 움직이는 걸 보고 있을 거라고 생각하니 문득 창피했다. 엉덩이와 성기를 가리는 바지를 입을지 말지는 어제까지도 연구원들 사이에서 치열하게 논의되던 문제였다. 지성과 인격을 가진 존재로 인정받으려면 당연히 바지를 입어야겠지만, 가장 큰 문제는 용변을 볼 때 직접 입고 벗을 수가 없어서 사람의 도움이 항상 필요하게 된다는 것이었다. 결국 나는 지금 반려견처럼 목에서 시작해 앞다리 구멍이 있고 허리에서 끝나는 조끼 같은 옷을 입게 되었다. 조끼의 오른쪽에는 'Terrific(엄청난)', 왼쪽에는 'Radiant(빛나는)'이라는 단어가 프린트되어 있었는데 내가 가장 좋아하는 동화인 《샬롯의 거미줄》에서 샬롯이 윌버를 살리기 위해 거미줄로 썼던 단어들이었다.

"오오! 좋은데요?"

방에 들어선 순간 나는 감탄하며 주위를 둘러보았다. 북쪽과 동쪽 두 군데로 창문이 난 방이었다. 바닥에는 갈대로 만든 돗자리가 깔려 있고 연구소에서 쓰던 내 식기와 침구, 컴퓨터 등이 그대로 옮겨져 있었다. 알록달록한 벽지에 잠시 홀렸던 나는 맞은편의 방구석으로 눈을 돌렸다가 할 말을 잃고 멍하니 쳐다보았다.

"이거 봐봐."

내 시선이 머문 곳으로 설희가 달려갔다.

"이건 〈꼬마 돼지 베이브〉의 베이브고, 이건 〈곰돌이 푸〉에 나오는 피글렛, 이건 저팔계 인형, 이건 〈루니툰〉에 나오는 포키피그, 이건 그냥 돼지저금통."

"전부 다 돼지군요."

나는 고개를 끄덕이며 말했다.

"몇 개는 나한테 있던 거고, 나머지는 엄마랑 내가 오늘 사 온 거야."

"외롭지는 않겠는데요? 신경 써주셔서 정말 감사합니다."

정 과장의 부인과 눈을 마주치자 김 여사가 내게 살짝 미소를 지었다.

"근데 저건 어떻게 써?"

설희가 내 컴퓨터를 가리켰다.

"아, 이건…."

나는 얼른 가서 전원 스위치를 넣고 부팅을 한 뒤에 코로 스크린을 터치해서 잠금화면을 풀었다. 내 전용인 키보드를 사용할 때는 오른쪽 앞발굽을 썼는데, 두 개의 발굽을 손가락처럼 따로 움직여서 키보드를 누를 수 있는 건 연구소에서도 나뿐이었다. 그걸 보여주려고 코로 찍어도 되는 웹사이트를 일부러 주소창에 주소를 치고 있는데 문득 목덜미 쪽에 부드러운 것이 닿아서 깜짝 놀랐다.

"따뜻해."

사람은 나보다 체온이 낮아서 이론적으로는 설희의 손이 차야 했지만, 왠지 그 순간에는 나도 설희의 손이 따뜻한 것 같았다.

"설희야, 만지지는 마."

김 여사가 말하자 설희는 펄쩍 한 발 뒤로 물러섰다. 정 과장이 가족들에게 나가라는 손짓을 했다.

"자, 그럼 피곤할 테니까 쉬어. 지루하면 거실로 나와서 TV 봐도 되고."

"알겠습니다."

닫힌 문 너머로 설희의 들뜬 목소리가 흘러들었다.

"진짜 사람처럼 말해. 나보다 어른 같아."

근태의 한마디가 이어졌다.

"근데 돼지 새끼한테 사람 이름까지 붙이는 건 너무한 거 아냐?"

"너 아빠가 아까 뭐라고 했어?"

그 뒤의 말은 들리지 않았다.

나는 잠시 문 앞에 서 있다가 봉제 인형들을 주욱 둘러보았다. 도저히 같은 종이라고 볼 수 없을 만큼 서로 디자인이 달랐지만, 납작하게 눌린 코와 두 개의 점 같은 콧구멍만 있으면 돼지로 보기로 약속이 되어 있는 것 같았다.

하지만 일반인들은 그렇다 쳐도 정 과장이 여기에 대해 아무 간섭을 하지 않았다는 점이 의아했다. 정말 내가 돼지 인형을 보면 반가워할 거라고 생각했을까?

난 돼지가 아닌데?

5년 전만 해도 전 세계의 양돈 산업은 구제역과 아프리카돼지열병 때문에 벼랑 끝으로 내몰리고 있었다. 돌파구를 찾아낸 것은 다국적 축산기업 ACT의 연구진이었다. ACT는 딥러닝 기술에 기반한 AI를 활용하여 기존의 돼지 유전자를 보완했고, 구제역과 돼지열병에 탁월한 저항력을 갖춘 새로운 돼지 품종을 탄생시키는 데 성공했다. 전 세계 축산농가는 기존의 돼지를 최대한 빠르게 새 품종으로 교체했는데 그 결과는 즉각적인 생산성과 수익성의 개선으로 나타났다.

그리고 채 1년도 지나지 않아 지능이 높은 돼지들이 태어나기 시작했다.

0.00052퍼센트의 확률로 나타나는 이 돼지들은 힙(HIP; Highly Intelligent Pigs)이라고 불렸는데, 인위적인 유전자 조작이 불러일으킨 깜짝 놀랄 만한 부작용이라 할 수 있었다.

현재 지구상에는 약 10억 마리의 가축용 돼지와 함께 902마리의 힙이 존재했다. 개체에 따라 차이는 있었지만 힙은 6개월 정도 성장하면 성인 인간에 버금가는 지능을 갖추게 되었다. 축산농가에서 새로 태어난 돼지는 유전자 전수 조사를 받았는데, 힙으로 판명되면 곧바로 각국에서 운영하는 연구소로 옮겨졌다. 한국에도 열한 마리의 힙이 대덕의 연구단지에서 거주 중이었다.

힙이 세상에 등장한 뒤로 4년이나 흘렀기 때문에 힙을 보고 충격을 받거나 혐오감을 느끼는 일반인은 많지 않았다. 힙의 생활과 교육을 관리하는 ACT 코퍼레이션과 UN 세계식량농업기구의 전담팀은 격리 상태로 살아가는 힙들이 인간 세상을 직접 관찰하는 프로그램을 기획했고, 이에 따라 전체 힙들 중 10퍼센트가 사흘간의 투어에 참가하게 되었다.

힙들은 이 프로젝트에 상당한 기대를 품고 있었다. ACT 코퍼레이션에서 공식적으로 언급한 것은 아니지만, 투어가 끝나는 날 참가한 힙들에게 중요한 의견을 묻는다는 정보를 일부 힙들이 입수했기 때문이었다.

다음 날 아침 방 안을 가득 채운 햇빛이 나를 잠에서 깨웠다. 평소와 다른 낯선 냄새 때문에 네 다리를 휘저으며 허둥지둥 일어났는데, 늦잠을 잤다는 걸 알고 나서는 더욱 난처한 기분이 들었다.

허겁지겁 화장실에서 볼일을 마치고 거실로 나가자 TV 뉴스 소리와 함께 주방에서 가족들이 식사하는 소리가 들렸다.

"늦게 일어나서 죄송합니다. 어제 컴퓨터로 알람을 맞추고 잔다는 걸 깜박 잊었습니다."

네 가족 중 정 과장을 제외한 나머지가 거의 경악하는 표정으로 나를 쳐다보았다. 이유를 몰라 바짝 굳어 있는 나에게 정 과장이 다가와서 목에 벨트로 매어놓은 변환기의 버튼을 눌렀다. 아차 싶은 순간 근태가 중얼거렸다.

"돼지 멱따는 소리가 저런 거구나."

"너 진짜 이럴래!"

김 여사가 버럭 화를 냈다. 정 과장은 근태를 노려보다가 나에게 물었다.

"잠자리는 괜찮았어?"

"네. 너무 잘 잤습니다."

"다행이네. 아침 먹어야지."

"괜찮으시면 저도 제 식기를 여기에 가져와서 함께 먹어도 되겠습니까?"

식기와 자동 사료 배급기는 내 방에 있었지만, 가족들과 함께 아침을 먹고 싶어서 그렇게 물었다.

"아, 그럼 내가 갖다줄게."

"감사합니다."

정 과장이 복도로 멀어지자마자 근태가 탁 소리가 나게 젓가락을 내려놓았다.

"맛대가리 존나 없어. 안 먹을래."

"입 다물고 빨리 먹어."

김 여사가 낮지만 위협적인 목소리로 중얼거렸다.

"우리가 왜 눈치를 봐? 왜 이걸 먹어야 돼?"

"아빠가 예의 지키라고 했지."

"돼지한테 예의를 왜 지켜!"

근태는 버럭 소리를 지르고 일어나더니 자기 방으로 들어가며 문을 쾅 닫았다. 사료를 담은 내 식기를 들고 오던 정 과장이 물었다.

"왜 저래?"

설희가 키득키득 웃으며 대답했다.

"오빠는 이거 맛없대요. 난 맛있는데."

정 과장이 코웃음 쳤다.

"굶으라고 해. 그럼."

내가 영문을 모르고 긴장해 있자 김 여사가 나를 향해 웃어주었다.

"미안해요. 못 볼 꼴을 보였네."

"아닙니다. 제가 불편을 끼친 게 아닌가 싶네요."

"며칠만 채식을 하자고 했더니 저래. 일부러 콩고기까지 사 와서 요리를 해줬는데."

"잘하셨어요. 건강을 생각한다면 채식은 더 지지를 받아야 마땅하다고 생각합니다."

"아니, 그런 건 아니고…."

김 여사는 당황한 듯한 미소를 지었다.

"동호 씨가 온다고 해서."

"저 때문이라면 그러실 필요 없는데요."

나는 놀라서 말했다.

"돼지고기를 드셔도 아무 상관 없습니다."

"엄마 그럼 나 햄 구워줘!"

방금 콩고기가 맛있다고 했던 설희가 느닷없이 소리를 질렀다. 김 여사는 웃음기가 사라진 얼굴로 설희에게 눈총을 쏘았다.

"하지만 동호 씨는 돼지잖아요."

나는 방 안의 봉제 인형을 떠올리며 이참에 제대로 설명을 해야겠다고 생각했다.

"저는 힙이지 가축용으로 사육된 돼지가 아닙니다. 태어난 지 일주일도 안 돼서 연구소로 옮겨졌고 사람들과 같이 생활했어요. 그러니까 가축용 돼지와는 실질적으로나 정신적으로 아무런 연결고리가 없는 셈입니다."

"그건 아는데, 눈앞에서 우리가 동족을 먹는 게 불편하지 않아요?"

"동족이 아니니까 괜찮습니다."

나는 참을성 있게 말했다.

"집에서 개를 키우는 사람들이 보신탕을 먹는다면 이상하다고 해야겠지만, 이건 전혀 다른 경우라고 보시면 됩니다."

김 여사가 살짝 목소리를 떨었다.

"그러니까 그렇게 이상한 사람이 안 되려고 그런 건데."

"하지만 제 말은…."

"자자, 이 얘기는 그만하고 밥이나 먹지."

정 과장이 그렇게 말해서 나는 말을 이을 수가 없었다. 설희가 얼굴을 찡그렸다.

"그러니까 결론이 햄을 굽는 거야 안 굽는 거야?"

첫날 오전 일정은 백화점 방문이었다. 정 과장의 차에서 내릴 때 내 몸에는 시각장애인 안내견과 같은 노란 조끼가 입혀져 있었고, 거기에는 ACT 코퍼레이션의 마크와 함께 '사회화 훈련 중입니다'라는 문구가 쓰여 있었다. 내가 방문할 장소들은 미리 섭외되어서 출입 허가도 받은 상태였다. 시각장애인 안내견에 대한 사회의식이 개선된 만큼 나를 보고 놀라거나 흥분하는 사람은 없었다.

가장 흥분한 건 나였다.

연구소에서 수많은 영화와 드라마를 보긴 했어도 역시 눈앞에 직접 펼쳐지는 광경에는 압도될 수밖에 없었다. 정 과장이 어깨끈을 당기며 '이제 그만 가자'라는 말을 몇 번이나 했는지 모르겠다. 그나마 의류 매장에서는 평정심을 유지할 수 있었지만, 가구와 전자제품과 생활용품을 파는 곳에서는 정신을 차릴 수가 없었다. 사람들은 그저 사고 싶은 제품을 보고 있겠지만 나는 인류의 역사와 철학과 미래를 거기서 보았다. 수천수만 년 동안 더욱 편리하게, 더욱 효율적으로, 더욱 아름답게, 더 많은 가능성을 위해 다듬어지고 발전된 수십만 가지의 아이디어! 테프론 프라이팬, 고해상도 대화면 TV, 전동식 안마의자, 빈티지 마감 3단 협탁… 문명이란 자연계의 이상향이 아닐까? 다윈은 갈라파고스섬에서 신의 존재를 의심하게 되었다지만, 나는 백화점에서 인간들이 신이라고 믿고 싶어졌다.

"사람은 어쩜 그렇게 머리부터 발끝까지, 태어날 때부터 죽을 때까지 필요한 모든 물건을 다 만들어낼 수가 있는 거죠? 하나하나의 디자인이나 광고 문구도 놀랍습니다. 게다가 하나의 품목 안에서도 재질과 만듦새에 따라 세세하게 가격 차이를 만들어내다니! 그게 다 구매 욕구를 정확하게 자극하려는 시도인 거잖아요. 이런 엄청난 문명을 어떻게 이루었는지 상상이 안 됩니다."

우리는 백화점 꼭대기 층의 식당가에 있는 중화요리집에서 점심 식사를 했다. 정 과장이 미리 예약을 해서 커튼으로 분리된 방을 차지할 수 있었기 때문에 나는 연구소에서 식사할 때처럼 맘 편하게 흘려가면서 밥을 먹고 있었다.

"투어 프로그램이 마음에 든다니 다행이네."

"그럼요! 연구소에서도 다음 차례가 누군지 얼마나 궁금해하는데요."

"다음이 있을지는 모르겠어."

나는 무슨 소린가 싶어서 고개를 들었다. 정 과장이 잠깐 머뭇거리다가 입을 열었다.

"그건 그거고, 아침에 아내랑 했던 얘기 있잖아. 동호 네가 좀 이해해줘야 할 부분이 있어."

"아, 그건 제가 정말 죄송했습니다. 아무래도 사모님께 따로 사과를 드려야 할까 봐요."

"그럴 필요는 없는데 하나는 알아두는 게 좋겠다. 일반인들은 너를 돼지로 볼 거야. 그럴 수밖에 없어."

나는 빈 그릇을 핥는 것을 멈추고 고개를 들었다. 정 과장이 손을 저었다.

"물론 우리 연구소 사람들한테는, 말하자면 너희는 먼 나라에서 입양된 아이들 같은 존재야. 어리다는 것만 다를 뿐 우리와 동등하다고 생각한다고. 하지만 일반 사람들에게는 그런 걸 강요할 수 없어. 언젠가는 바뀔지 모르지만 아직은 아냐. 무슨 말인지 알겠지?"

나는 고개를 끄덕였다.

"무슨 말인지 압니다. 시간이 필요한 일이겠죠."

정 과장도 고개를 끄덕였다.

"그래. 시간이 아주 많이 필요하지."

오후 일정은 야외에서 이루어졌다. 우리는 번화가를 한참 걸은 뒤에 잠시 쉬면서 구경도 할 겸 도심 공원에 들어섰다. 펼쳐진 광경은 백화점과는 반대로 느긋하고 평화로웠지만, 내 눈에는 이 또한 인간들의 견고하고 유서 깊은 문명의 현장이었다.

문명이란 무엇일까? 그런 생각에 빠져 나는 백일몽을 꾸었다. 힙들의 지위가 인간처럼 보장된다면, 힙들만의 세계가 생긴다면 과연 우리는 어떤 문명을 만들어나갈까? 잠깐 생각하는 것만으로도 가슴이 벅찼다. 인간은 문명을 이루기 위해 수만 년의 시행착오를 거쳐야 했지만, 우리는 인간 문명이라는 절대적인 선례가 있다. 그걸 모방하고, 수정하고, 때로 반면교사로 삼으면 수만 년이 아니라 불과 수십 년 안에도 깜짝 놀랄 만한 문명을 만들 수 있지 않을까?

저명한 정신과 의사이자 작가인 빅터 프랭클은(이분의 사상과 책 또한 인간 문명이 피워낸 수많은 꽃 중 하나다) 인간이 삶의 의미가 무엇이냐고 물을 게 아니라, 인생이 인간에게 삶의 의미를 묻고 있으니 대답을 해야 한다고 말했다. 나는 내 인생이 묻고 있는 것에 답을 하고 싶었다.

"화장실 좀 다녀올게. 어디 가지 말고 있어."

정 과장이 자리에서 일어나고 얼마 지나지 않아 여러 명이 한 목소리로 외치는 소리가 들렸다.

참새 짹짹! 개구리 개굴개굴!

근처의 유치원에서 나온 듯한 예닐곱 살짜리 아이들이 선생님을 따라 귀여운 구호를 외치며 걷고 있었다. 유년 시절부터 학습을 끈질기게 제공하는 것은 인간 문명의 또 다른 특징이었다. 나는 작고 어린 힙들을 내가 이끌고 걷는 상상을 하며, 눈을 가늘게 뜨고 푸근한 마음으로 아이들을 바라보았다.

강아지 멍멍! 돼지 꿀꿀!

"어? 저기 돼지가 있다!"

미처 무슨 사태가 벌어지고 있는지 깨닫기도 전에, 와아 하는 함성과 함께 아이들이 나를 향해 달려왔다. 뒤에서 선생들이 따라오며 만류했지만 흥분한 아이들을 막기에는 역부족이었다. 금세 아이들에 둘러싸인 나는 덜컥 겁이 났다.

"돼지다! 돼지다!"

"와, 진짜 크다!"

"꿀꿀 해봐! 꿀꿀!"

뒤따라온 선생이 내 조끼에 쓰여 있는 문구를 보고 말했다.

"어머, 사회화 훈련 중이네. 여러분, 이 돼지는 건들면 안 돼요. 그냥 보기만 해요."

"그래요. 여러분, 돼지 처음 보죠? 선생님도 직접 보는 건 처음이에요."

돼지가 아닌 힙이라고 나를 소개할까 망설이는 사이 어느 남자아이가 큰 소리로 말했다.

"우리 오늘 점심때 제육덮밥 먹었는데."

"그런 거 말하면 안 돼요!"

선생님이 웃음을 터뜨렸다.

"우리 너 먹었어!"

다른 아이가 나에게 손가락질을 하며 말했다. 이내 나머지도 따라서 손가락질을 했다.

"너 먹었어! 너 먹었어!"

흥분으로 반들거리는 아이들의 눈을 보면서 나는 잠시 입을 다물고 있기로 마음먹었다.

"돼지야 배고프지? 이거 먹어."

천사 같은 얼굴을 한 여자아이가 주머니에서 뭔가를 꺼내 내밀었다. 알록달록한 반투명의 물질이 구미베어라는 것을 깨닫는 순간 소름이 끼쳤다. 기대에 가득 찬 표정으로 내 반응을 기다리고 있는 아이들을 둘러보다가 선생님과 시선이 마주친 순간 도와달라는 뜻으로 눈을 깜박거렸다. 선생님이 말했다.

"수빈아, 손바닥 쫙 펴줘. 핥아먹게."

선생님도 모르는구나. 그렇게 생각하자 이제 일종의 역할극이 필요하다는 것을 깨달았다. 여기서 정 과장의 부인에게 했던 실수를 만회할 수 있을까?

나는 쫙 편 수빈이의 손바닥에서 두 알의 구미베어를 핥아 입 안에 넣고 씹었다. 삼키려고 노력했지만 희미하게 느껴지는 냄새 때문에 금세 속이 울렁거려 급히 고개를 숙였다.

"돼지가 고맙습니다, 하는 거예요."

선생님이 설명하자 아이들이 까르르 웃으며 박수를 쳤다.

"토하는 겁니다!"

아이들과 선생들이 뒤를 돌아보았다. 정 과장이 급히 달려오고 있었다.

"구미베어의 원료는 젤라틴이에요. 젤라틴을 뭐로 만드는지 알아요? 죽은 돼지의 피부를 끓여서 만듭니다. 그런 걸 주면 어떡합니까?"

아이들의 얼굴에 혼란스러운 표정이 떠올랐다. 오히려 내가 뭔가 미안한 짓을 한 것 같아 당황스러운 기분이 들었다.

놀란 선생들이 아이들을 몰고 순식간에 멀어졌다. 선생들이 정 과장의 험악한 얼굴을 보고 경찰이라도 부르는 게 아닐까 하는 걱정이 들었다.

"네가 더 나빠. 안 먹겠다고 말을 하지 그랬어?"

정 과장은 어이가 없는 듯했다.

"어떻게 그래요."

나는 헛구역질을 하는 와중에 말했다.

"방금 돼지 꿀꿀을 배운 아이들이란 말이에요."

저녁을 먹은 뒤에는 곧바로 오늘 일정을 요약한 일기를 썼다.

내용만 보면 충실한 하루를 보낸 것 같았지만 마음은 뭔가 불안하고 아쉬웠다. 투어의 3분의 1이 지났는데 알게 된 것보다 의문이 더 많아진 느낌이었다.

밤이 늦었지만 혹시나 해서 인터넷 커뮤니티에 들어갔더니 북희와 서주가 접속 상태였다. 북희는 나보다 두 살 위의 고참 암컷 힙이고 서주는 6개월 어린 수컷이다. 나는 재빨리 채팅창을 열어서 둘을 초대했다.

[북희] 뭐야. 바깥세상에서 시간이 남아도나?

[서주] 형 반가워요! 오늘 좋았어요?

반갑기는 나도 마찬가지였다. 사실 너무 반가워서 코끝이 찡할 지경이었다.

[동호] 트러플 버섯을 먹으며 진흙탕에 뒹구는 것만큼 좋았지.

[서주] 그 정도예요? 부럽다!

[북희] 그런데 왜 채팅이나 하고 있을까?

북희는 역시 눈치가 빨랐다. 나는 잠시 고민하다가 방 안에 가득한 돼지 봉제 인형과, 아침의 김 여사와의 대화와, 유치원 아이들과의 에피소드를 간략하게 말했다.

[동호] 연구소에서 나오니까 갑자기 내가 누군지 잘 모르겠다는 기분이 들어요. 일반 사람들의 인식 같은 건 고민해본 적이 없었는데 나의 정체성에 그게 무척 중요한 것 같아요.

[북희] 너무 대접받으면서 지내다 보니 우리가 그런 걸 잊고 살지.

북희의 말이 끝나자 서주가 끼어들었다.

[서주] 역시 그러니까 인간도 힙의 지위에 대해 고민을 하는 거겠죠.

나는 잠시 생각하다가 말했다.

[동호] 그런데 우리가 좀 넘겨짚는 거 아닐까? 인간들이 정말 힙에게 자치권을 줄까?

[서주] 아니면 왜 갑자기 투어 프로그램 같은 걸 하겠어요? 형도 들었는지 모르겠는데 투어 마지막 날 참가한 힙에게 묻는 의견서에 '자립적인 권한'이란 문구가 들어 있대요.

순간 숨이 막혔다. 정말 그거였구나. 우리끼리의 세계, 우리만의 문명!

나는 콩닥거리는 가슴을 진정시키며 키보드를 쳤다.

[동호] 쉽게 생각할 문제는 아니야.

[서주] 에이, 형은 그런 거 바라잖아요. 하지만 반대하는 힙들도 있으니까 결론은 금방 안 날 거예요.

사실 가장 우려하는 건 바로 그 점이었다. 연구소에만 틀어박혀서 인간들의 대접을 받으며 평생 살고 싶어 하는 힙도 많았다. 게다가 다른 나라 사정은 모르겠지만 투어 중에 불필요한 마찰이라도 경험한다면 더 그렇게 될 듯했다.

[동호] 이틀이나 남았으니 두고 봐야지.

[북희] 네가 오늘 겪었던 일들에 대해서 곰곰이 생각해봤는데….

북희의 글자가 화면에 느릿느릿 나타났다.

[북희] 그래도 너한테 잘 보이려고 다들 꽤 애쓰는데?

[동호] 잘 보인다고요?

[북희] 그렇잖아. 방에 돼지 인형들을 갖다놓은 거나, 네가 있는 동안 채식을 하겠다는 거나, 처음 보는 아이가 먹을 걸 주는 게 다 너한테 좋은 인상을 주려는 거 아니겠어? 호의라는 말이지.

[동호] 힙의 입장을 고려하지 않는 호의겠죠.

[북희] 동호야….

북희가 쯧쯧 혀를 차는 모습이 모니터 너머로 보이는 듯했다.

[북희] 세상에는 투박해도 아름다운 게 두 가지가 있는데, 하나는 돼지고 또 하나는 호의란다.

[동호] 뭐예요 그게! 즉석에서 격언 만들지 마요.

[북희] 잘 자.

나는 컴퓨터를 끄고 누워서 돼지 인형들을 향해 시선을 돌렸다. 만약 힙의 나라가 생긴다면 모두 저렇게 개성 넘치는 모습으로 살게 될 거라는 생각이 들었다. 지금껏 아쉬운 적 없었던 자유에 대한 갈망이 온몸에 차올랐다.

하지만 거기까지 가기 전에 먼저 해결해야 할 숙제가 있었다. 김 여사가 나에 대한 호의로 채식을 시도했다는 것이 중요한 실마리가 되었다.

좀 더 깊이 생각하려 했지만 어느새 잠들어버렸다. 꿈속에서 나는 힙의 나라의 대통령이 되어 국민이 먹을 것을 안전상의 이유를 들어 하나하나 먼저 먹어보고 있었다. 꽤 괜찮은 직업이었다.

둘째 날은 관공서와 병원, 학교 등을 둘러보는 일정이었다. 방문해야 할 장소들이 서로 떨어져 있었기 때문에 정 과장과 나는 차에서 대충 식사를 해결하고 온종일 정신없이 스케줄에 따라 움직였다. 일정이 빡빡했기 때문인지 아니면 어제 채팅에서 나눈 대화 때문인지, 나는 계속 붕 뜬 것 같은 기분이 들었고 어제만큼 보는 것에 집중할 수가 없었다. 투어 내용은 대부분 웹서핑으로도 알 수 있는 것들이어서 오후가 되자 졸음까지 쏟아졌다. 저녁이 되어 마침내 일정이 다 끝났을 때는 깊은 안도감이 들었다.

아파트 단지 입구에 다다랐을 때 정 과장이 전화를 받더니 차를 세웠다.

"아내가 요 앞 슈퍼에서 뭘 좀 사 오란다. 피곤할 텐데 차에서 기다릴래?"

나는 살짝 갈등했지만 애써 기운을 냈다.

"레오나르도 다빈치가 말했죠. 하루를 알차게 보내면 잠을 편안하게 자고 생애를 알차게 보내면 죽음을 평온하게 맞는다고."

퇴근 시간이어서 슈퍼마켓 근처에 가기도 전에 입구까지 길게 줄을 선 사람들이 보였다. 정 과장은 나에게 잠깐 기다리라고 한 뒤 슈퍼마켓 안으로 들어갔다. 나는 인도 한쪽에 가만히 서 있다가, 문득 슈퍼마켓 입구 왼편의 커다란 쇼윈도를 보고 무언가에 이끌리듯 걸음을 옮겼다.

한돈 소비 촉진. 우리 돼지 한돈 특가전!

삼겹살, 목살, 전지 20% 할인!

구워도 삶아도 볶아도 맛있는 건 돼지고기!

눈부신 조명이 비치는 선반 위에는 싱싱한 진홍빛 고기들이

팩에 포장되어 열을 지어 있었다. 잠시 그걸 보고 있는데 이상한 낌새가 느껴져 뒤를 돌아보니 예닐곱 명의 사람들이 걸음을 멈추고 나를 지켜보고 있었다.

"안녕하세요."

내가 입을 열자 사람들의 눈이 휘둥그레졌다. 남녀 커플이 손가락으로 나를 가리키며 호들갑을 떨었다.

"그거 맞다, 그지? 뉴스에 나왔던 똑똑한 돼지들 있잖아. 뭐라고 했지?"

"헙이라고 했나?"

"힙이에요. Highly Intelligent Pigs의 앞자를 따서 힙."

내 말이 끝나자마자 사람들 사이에서 오오 하는 탄성이 흘러나왔다. 커플은 느닷없이 스마트폰을 꺼내 날 찍기 시작했다.

"한 번 촬영에 오천 원입니다."

나는 입꼬리를 한껏 올리고 말했다.

"진짜?"

커플남이 놀라며 물었다.

"요금은 제가 정한 게 아니에요."

"어머, 농담도 하나 봐."

커플녀가 감탄한 표정을 지었다.

"근데 얘가 왜 정육점 앞에 있어?"

사람들은 호기심이 가득한 표정으로 나를 쳐다봤다. 나는 이왕 시작한 농담을 좀 더 이어가고 싶었다.

"동물 복지 캠페인을 진행 중입니다. 여러분은 여기 진열된 고기들이 몇 살짜리 돼지들인지 혹시 맞출 수 있으신가요?"

둘러싼 사람들이 순간 멍한 표정을 지었고 두세 명이 갑자기 자리를 떴다. 내가 커플을 향해 코를 치켜들자 여자가 얼떨결에 입을 열었다.

"글쎄…. 세 살?"

"땡! 틀렸어요. 최대 6개월입니다. 자연 수명의 20분의 1 정도죠. 사람으로 치면 네 살 정도의 아이인 셈입니다. 누가 네 살짜리 인간 아이를 잡아먹는다면 여러분은…."

갑자기 누군가가 어깨끈을 강하게 당기길래 돌아보니 정 과장이었다. 정 과장은 말없이 날 끌고 가서 차에 집어넣고 바짝 굳은 표정으로 운전석에 올랐다.

"왜 그래?"

"뭘요?"

"왜 사람들 앞에서 그런 소리를 하냐고."

"농담을 한 건데요."

정 과장은 크게 한숨을 쉬었다.

"누가 그걸 농담으로 듣겠냐?"

"농담으로 못 들을 이유는 뭐죠? 내가 돼지니까?"

정 과장은 눈살을 찌푸렸다.

"그래. 불편하잖아."

나는 정 과장이 놓치고 있는 점을 지적하게 되어 기뻤다.

"약간의 불편함을 유발하는 게 날카로운 농담의 핵심인 걸 모르시는군요."

정 과장은 바람 빠진 풍선처럼 다시 한숨을 쉬었다.

"그만 집으로 가자."

나는 잠깐 생각하다가 결단을 내렸다.

"정 과장님, 우리 저녁 외식하면 안 돼요?"

"안 될 건 없지만… 갑자기 왜?"

"가보고 싶은 데가 있어서요."

"어디?"

"삼겹살집."

정 과장의 얼굴이 일그러졌다.

"말 같지도 않은 소리 하지 마."

"그런지 아닌지 한번 들어보세요."

나는 신중하게 단어를 골랐다.

"사람들이 돼지를 키워서 고기를 먹는 건 수만 년에 걸쳐 내려온 문화예요. 저한테 그걸 반대하거나 비난할 자격이 있다고는 생각지 않아요. 하지만 우리 힙은 이제부터 어쩔 수 없이 그 문화와 함께 살아야 해요. 인간도 힙이 그것과 공존해야 한다는 걸 깨달아야 하고요. 아마도 아주 긴 변화의 여정이 되겠죠. 그리고 저의 삼겹살집 방문은 바로 그 여정의 첫발이 되는 거예요."

나를 빤히 쳐다보던 정 과장의 눈동자가 잠깐 흔들렸지만 이내 고개를 저었다.

"아무튼 난 못 해. 정 가고 싶으면 나중에 연구소 들어가서 부장님한테 직접 요청해."

"다음 투어가 언제 있을지 모른다면서요."

"글쎄 지금은 안 돼."

나는 마지막까지 남겨두었던 카드를 꺼냈다.

"ACT 코퍼레이션의 투어 프로그램 지침에 있었죠. 방문 장소는 현장 상황에 따라 변경할 수 있다. 또 인간과 힙 사이의 생리적 차이 때문에 의견이 상충될 경우 힙의 입장이 우선된다. 이래도 안 돼요?"

정 과장이 짜증을 냈다.

"그건 생리적인 문제잖아! 네가 목이 마르다면 나는 목이 안 말라도 물 마시러 같이 가준다, 그런 얘기라고."

"정 과장님…."

나는 한숨을 쉬었다.

"저 지금 목이 많이 말라요. 모르시겠어요? 이런 갈증은 평생 처음이라고요."

우리는 다시 차를 타고 아파트 단지를 벗어나서 근교에 있는 식당에 갔다. 일부러 사람이 뜸한 곳을 찾았는데도 좌석의 반 이상이 손님들로 차 있었다. 나를 밖에 두고 먼저 식당 안으로 들어갔던 정 과장은 한참 후에 나타나서 나에게 손짓을 했다.

"간신히 허락을 받긴 했는데, 손님들이 불편해하면 당장 나가야 된대."

"저보다 불편할 손님이 있을지 의문이군요."

정 과장은 고개를 설레설레 저었다.

"애초에 이 일을 맡는 게 아니었는데."

식당 문을 지나서 정 과장을 따라 제일 안쪽의 빈 탁자를 향해 걸었다. 가장 가까이에서부터 사람들이 대화를 멈췄고 자리에 도착했을 때는 식당 안의 모든 시선이 우리를 향해 있었다. 어색한 침묵 속에서 얼굴이 빨개진 정 과장은 된장찌개를 시키더니, 찌개가 나오자마자 식히지도 않고 두어 숟가락을 떠서 먹었다. 나는 정 과장이 내 앞에 놓은 휴대용 식기 안의 사료를 먹는 척하면서 슬쩍 분위기를 살폈다. 간간이 나를 쳐다보며 속닥거리긴 했지만 사람들은 서서히 원래의 분위기로 돌아갔다.

"냄새가 좀 힘드네요."

정 과장은 고개를 푹 숙인 채 숟가락으로 찌개를 뒤적였다.

"뭘 기대한 건데?"

한 테이블에서 웃음소리가 들렸다. 이십 대로 보이는 남녀 여러 명이 술잔을 들고 원샷을 외치고 있었다. 그 옆에서는 노인 네 명이 소주를 가운데 두고 앉아 주름진 눈을 반짝이며 열띤 토론을 벌이는 중이었다.

"다들 행복해 보여요."

"그러려고 여기에 왔겠지."

"이게 다 돼지고기 덕분이라니 어쩐지 뿌듯한데요?"

정 과장이 또다시 고개를 설레설레 저었다. 나는 조심스럽게 걸어서 약간 떨어진 곳에 있는 테이블로 다가갔다. 초등학생 아이 둘을 포함한 한 가족이 갑자기 말을 멈추고 날 쳐다봤다.

"실례가 안 된다면 뭣 좀 여쭤봐도 될까요?"

"아뇨. 다른 데로 가줬으면 좋겠는데."

엄마로 보이는 여자가 대번에 얼굴을 딱딱하게 굳히며 말했다. 너무 빨리 거절을 당하자 당혹스러운 기분이 들었다.

"오래 걸리지는 않을 텐데요."

"애들이 있잖아요. 다른 데로 가달라고요."

엄마가 어미새처럼 아이들을 감싸며 말했다. 아이들이 있기 때문에 일부러 이 테이블로 왔던 나는 발길을 돌릴 수밖에 없었다. 옆 테이블에 앉은 삼사십 대의 남녀 세 명은 대화를 멈추고 나에게 신경을 곤두세우고 있었다. 술을 꽤 마셨는지 셋 다 얼굴이 불그스름하게 달아오른 상태였다.

"말하는 돼지와 공짜로 얘기 좀 해보지 않으시겠습니까?"

셋은 서로의 얼굴을 쳐다보았다. 망설임 속에서 약간의 호기심을 읽은 나는 얼른 다가가서 테이블 한쪽 귀퉁이를 차지했다.

"맞춰볼게요. 직장 동료들이시죠?"

여자가 살짝 웃었다.

"네. 요 옆에 있는 물류회사에서 일해요."

"일 끝나고 삼겹살에 소주 한 잔. 크으… 저는 회사에서 일한 경험은 없지만 만약에 회사를 다니게 되면 이런 맛에 다닐 것 같습니다."

"틀린 말은 아니지."

나이가 제일 많은 남자가 고개를 끄덕였다.

"근데 진짜 힙이에요?"

조금 어린 남자가 물었다.

"힙은 좀 다르게 생긴 줄 알았는데 돼지랑 완전 똑같네."

"다르다고 보신 건, 뉴스에 나온 게 주로 외국의 힙이기 때문이죠. 한국 힙은 이렇게 생겼답니다."

"말을 정말 잘하시네요."

여자가 진심으로 감탄한 표정을 지었다.

나는 단도직입적으로 말을 꺼냈다.

"여쭤보고 싶은 게 있는데, 사람은 왜 먹기 위해 돼지를 키울까요?"

난처한 미소가 세 명의 얼굴을 스쳤다. 서로 시선을 교환하다가 나이 어린 남자가 대답했다.

"모르죠. 그런 건 생각 안 해봤는데. 원래 그런 거 아닌가?"

나이 많은 남자가 덧붙였다.

"세상 사람들이 다 먹는데 나라고 별수 있나."

"하지만 여러분은 다정한 사람들이잖아요. 사랑하는 가족을 아끼고 집에서 반려동물을 귀여워하면서, 직장 동료들과 술 한잔으로 인생의 여유를 나누는 평범한 분들이죠. 세상이 더 좋아졌으면 좋겠다고 생각하시는 분들이잖아요. 그런데 어떻게 잔인한 공장식 축산으로 길러지다가 죽는 동물을 먹을 수가 있는 거죠?"

여자가 손으로 입을 가린 채 물었다.

"그렇게 잔인해요?"

"더 알고 싶으면 유튜브만 잠깐 검색해도 됩니다."

"일부러 보고 싶진 않은데."

"사실 거기에 대해 잘 모르는 건 본인이 의도해서가 아닙니다. 거대 기업들과 관련 산업이 끔찍한 부분들을 의도적으로 가리기 때문이죠."

"모르는 게 좋은 것도 있으니까."

나이 든 남자가 말했다.

"그럼요. 알면 못 먹죠. 하나둘씩 알아가다가 아무것도 못 먹게 되면 어떡해요."

다른 남자가 거들었다.

"채식이라도 해야 되나?"

여자가 걱정스레 말했다.

"난 그런 거 못 해."

나이 든 남자가 손사래를 쳤다.

"차라리 죽으면 죽었지 풀만 먹고 어떻게 힘을 써."

"그것 또한 잘못된 신화라는 건 이미 세상에 알려진 사실입니다. 육류가 아니더라도 충분한 영양을 섭취할 방법은 얼마든지 있습니다."

나이 든 남자가 날 빤히 쳐다보았다.

"어이 돼지 선생. 사람은 각자 사는 스타일이 있는 거야. 난 그쪽이 말하는 그런 거 모르고, 알고 싶지도 않아."

"고개를 돌리는 거군요."

"알 필요가 없으니까!"

남자가 눈을 부라렸다. 여자는 한숨을 쉬었다.

"사실 평범하게 사는 것도 힘들어 죽겠는데, 어떻게 거기까지 신경 쓰겠어요."

그 순간 내 눈에는 인간 세상을 떠받치는 가치관의 기둥들이 보였다. 얽히고설킨 기둥들 사이에 위태롭게 버티고 있는 삐딱한 기둥. 그 또한 문명일까? 그걸 빼내면 무너질까?

나이 든 남자는 내가 한마디라도 더 했다가는 화를 낼 기세였다. 다른 남자는 본인도 의식하지 못하는 듯 아까부터 다리를 달달 떨며 신경에 거슬리는 소리를 냈다. 여자는 빈 잔을 만지작거리면서 애써 내 시선을 피했다.

"여러분이 왜 고개를 돌리는지 아십니까?"

셋은 한꺼번에 나에게 눈길을 주었다.

"사실은 마음을 쓰기 때문이에요."

집에 도착했을 때는 거의 잘 시간이었지만, 북희와 서주에게 오늘 겪은 일을 말하고 싶어서 안달이 났다. 컴퓨터를 켜고 인터넷에 접속한 뒤 힙의 카페에 올라온 게시글 제목을 훑는데 문득 낯선 특수문자의 조합이 눈에 띄었다.

암호다!

연구원들은 종종 우리 카페에 가짜 아이디로 들어와서 몰래 글을 살폈다. 그래서 우리는 은밀한 소통이 필요할 경우를 대비해 미리 대체 수단을 마련해두고 있었는데 오늘 그것이 발동된 것이다. 사실 연구원들에게 비밀로 할 일이 딱히 없었기 때문에 지금까지 비밀 소통이 발동된 것은 두 번뿐이었고 그것도 전부 장난이었다.

나는 가상사설망(VPN)을 작동시키고 위장 사이트에 접속한 다음 긴 암호를 넣어서 전체 대화방으로 들어갔다. 수십 개의 아이디가 1초에도 몇 개씩의 대화를 쏟아내고 있었는데 맥락을 도저히 파악할 수가 없었다. 북희와 서주도 여기에 접속해 있는 것을 발견하고는 얼른 따로 채팅창을 열어서 그들을 초대했다.

[동호] 무슨 일이야?

[서주] 아, 동호형! ㅠㅠ 일이 터졌어요.

북희가 끼어들었다.

[북희] 동호는 지금 잘 시간 아니니? 왜 여기 들어왔어?

[동호] 무슨 일인데요? 말해봐요.

[서주] 형, 미국이랑 독일의 해킹하는 힙들 기억하세요?

[동호] 알지. 루이스랑 하베크. 윈도20 소스코드 빼낼 거라고 큰소리치던 애들 아니야?

[서주] 그거 대신에 다른 걸 찾아냈대요.

[동호] 뭘?

[서주] 힙의 초기 유전자 설계에 대한 문서요. 5년 전에 ACT에서 딥러닝 기술을 적용한 AI를 써서 유전자 코드를 생성했다고 발표했잖아요. 근데 AI는 진작에 실패한 거였어요. 생성해야

할 코드가 너무 길어서 애초에 실현 가능성이 없었던 거죠. ACT가 전 세계를 대상으로 거짓말을 했던 거예요.

이게 무슨 소린가? 나는 어안이 벙벙했다.

[동호] 그럼 우린 어떻게 태어난 거야?

[서주] 전통적인 방법을 쓴 거죠. 구제역과 돼지열병에 영향을 받지 않는 포유류 유전자의 특정 구간을 잘라서 돼지 유전자와 결합시켰대요. 80여 종의 포유류로 시도했는데 유효한 종은 딱 하나뿐이었어요.

나는 머릿속이 텅 빈 것 같은 느낌으로 모니터를 쳐다보며 다음 말을 기다렸다.

[서주] 인간이요.

갑자기 귓속에서 이명이 울렸다. 그럼 이제 어떻게 되는 거지? 우리의 지능에 대한 수수께끼는 풀린 건가? 딥러닝 기술은 갈 길이 멀다고 결론이 나는 건가? 그리고 끝인 건가?

나는 마음을 다잡고 키보드를 쳤다.

[동호] 그렇다고 해서 우리가 동요할 필요는 없잖아. 안 그래?

북희와 서주는 침묵을 지켰다.

[동호] 어쩌면 잘된 일인지도 몰라. 이 사실이 알려지면 힙의 지위와 자치권을 주장하는 데에도 유리하게 작용할 수 있어.

[서주] 맞아요. 사실 대화방만 이렇지 관심도 없는 힙들이 훨씬 더 많아요.

나는 설레면서도 불안한 마음을 진정시키려고 애썼다. 서로에게 잘 자라는 인사를 남기고 막 채팅창을 닫으려는 찰나 잠자코 있던 북희가 메시지를 입력했다.

[북희] 어떻게 만들어졌든 우리의 존재는 현실이야. 그건 아무도 부정할 수 없어.

하루 동안 이미 내가 감당할 수 있는 사건의 총량을 넘어섰지만, 유감스럽게도 사건은 여기가 끝이 아니었다.

나는 자정 직전에 화장실에 가기 위해 방에서 나왔다. 복도를 살금살금 걷고 있는데 화장실 문이 벌컥 열리더니 근태가 나왔다. 근태는 불쾌해 보이는 미소를 지으면서 그 자리에 버티고 서서 한 발짝도 움직이지 않았다. 나는 잠시 멍하니 쳐다보다가 입을 열었다.

"화장실 좀 써도 될까요?"

"안 돼."

"예?"

"안 된다고."

"왜요?"

"그냥 저기서 싸."

근태는 복도 구석을 턱으로 가리켰다. 나는 어리벙벙해서 근태와 복도를 번갈아 보다가 문득 장난이라는 걸 깨달았다. 하지만 장난을 받아줄 기운도 없었고 용변이 급했다.

"빨리 화장실에 가야 합니다. 비켜주세요."

"너 돼지 새끼잖아. 돼지가 왜 사람 쓰는 화장실을 써? 돼지처럼 살아, 이 새끼야."

장난이라고 하기에는 어투가 너무 공격적이었다. 나는 이 순간을 어떻게 넘길지 고민하며 말했다.

"제가 복도에 볼일을 보면 다른 가족들이 치워야 하잖아요. 그런 수고를 끼치면 어떡해요."

"알 게 뭐야."

"이러시는 건 옳지 않습니다. 약자를 괴롭히면 결국 자기 자신에게 돌아온다고요."

"개소리네."

나는 순간적으로 화가 나서 수컷 돼지의 저음으로 내뱉었다.

"안 비키면 확 들이받는 수가 있어."

근태가 잠깐 얼어붙는 듯하다가 이내 피식 웃었다.

"딱 걸렸어. 너 지금 나한테 협박했지? 사람들한테 얘기할 거야. 돼지가 사람을 공격한다고."

나는 속으로 한숨이 나왔다.

"그럼 아버지가 직장을 잃어도 괜찮아요?"

"뭐?"

"제 음성변환기는 대화 녹음도 하고 있거든요. 근태 씨가 나 화장실에 가는 걸 막은 게 밝혀지면 연구소에서 가만있지 않을 텐데 그래도 괜찮냐고요."

근태는 갑자기 주눅이 든 표정으로 어쩔 줄 몰라 하더니 옆으로 비켜섰다. 녹음한다는 말을 믿고 순순히 물러나다니 역시 중학생이라는 생각이 들었다. 하지만 근태는 화장실로 들어가는 나에게 기어코 한마디를 내뱉었다.

"언젠가는 인간이 너희 괴물들을 다 죽인다. 명심해."

"방금은 돼지라더니 이젠 괴물이에요?"

"돌연변이 돼지니까 괴물이지."

근태는 당연한 걸 묻는다는 듯 대답하고 자기 방으로 들어갔다.

돌연변이가 아니라 내 일부가 인간일 뿐이라고 맞받아쳤다면 근태가 어떤 반응을 보였을까 생각하다가 쓴웃음이 나왔다. 그게 더 끔찍하다고 펄펄 뛰었겠지.

하지만 근태와의 대화에서 또 한 가지 중요한 사실을 깨달았다. 내 관심은 한쪽으로 치우쳐 있었다. 나 또한 고개를 돌리고 있었던 셈이다.

투어의 마지막 날은 산업 단지를 방문하는 일정으로 채워져 있었다. 오전에는 D램 반도체 제조시설, 오후에는 근교의 가구공장과 제약업체를 견학하는 코스였다.

"돼지를 키우는 곳에 가보고 싶어요."

정 과장의 브리핑이 끝나자마자 나는 그렇게 말했다. 정 과장은 얼굴을 일그러뜨렸다.

"또 왜 이래?"

"거절하시면 한 발도 움직이지 않을 거예요."

나는 네 발로 땅을 단단히 버티고 서서 허리를 쭉 폈다. 맘먹고 버티면 70킬로그램 대의 정 과장이 118킬로그램인 나를 어떻게 할 수 있는 방법은 없었다. 이때만큼은 항상 부끄럽게 생각했던 나의 체중이 든든하게 느껴졌다.

"도대체 이유가 뭔데?"

"정 과장님은 정말로 반도체 만드는 걸 보는 게 저희한테 쓸모가 있다고 생각하세요?"

"프로젝트는 내가 기획한 게 아니야."

"아니면 인간이 돼지를 먹는 문화와 공존해야 하는 현실을 보는 게 더 쓸모 있다고 생각하세요?"

정 과장은 뭐라고 말을 하려다 입을 다물었다. 나는 정 과장의 눈을 빤히 쳐다보며 절실함이 전해지기만을 바랐다.

"부장님이랑 통화 좀 하고 올게."

정 과장은 방으로 들어가서 5분쯤 있다가 밖으로 나왔다.

"가자."

"정말요? 정말 돼지 보러 가는 거예요?"

"그래."

"부장님이 그래도 된대요?"

나는 기뻐서 킁킁 소리를 내며 앞발을 굴렀다.

"절대 안 된대."

"그럼…."

나는 어리둥절했다.

"나 지난달에 사직서 냈어."

정 과장은 신음 소리를 냈다.

"15년이나 얌전히 다녔는데 퇴직 전에 사고 한번 치지 뭐."

차 안에서 정 과장에게 왜 회사를 그만두느냐고 물었다. 정 과장은 한참 동안 대답이 없다가 입을 열었다.

"너희는 우리 인간을 부러워하겠지. 자유롭고, 자기 결정권이 있고, 생태계에서 최고의 위치를 차지하고 있으니까."

"그렇죠."

"그럴까?"

"예?"

"나는 내가 디스토피아에 살고 있다고 생각해."

뭐라고 대꾸해야 할지 알 수가 없었다. 정 과장이 계속 이야기했다.

"내 나이 이제 마흔다섯인데 벌써 인생이 끝난 것 같은 기분이 들어. 차라리 모르면 좋으련만, 이 시대는 나한테 좋은 것들을 너무 많이 보여주면서 결국 나는 가지지 못한다는 걸 깨닫게 만들어. 실망감이 끝없이 쌓이고 종종 실제로 숨이 막히는 기분이 들 정도야. 일종의 정신병을 유발하는 세상이랄까? 이건 말하자면 꿈의 디스토피아지."

"하지만…."

나는 멍하니 듣다가 물었다.

"그래도 ACT 코퍼레이션은 남들이 부러워할 만한 직장 아닌가요?"

"그런 줄 알았지. 입사 초기에는 그랬고. 하지만 결국 돈은 투자하는 놈들이 벌고 중요한 프로젝트는 머리가 팽팽 돌아가는 젊은 놈들이 맡으니, 언젠가부터 나한테는 손 많이 가는 허드렛일만 돌아오는 거야. 너도 연구소에서 그런 얘기 들어봤겠지만, 힙은 더 이상 힙하지가 않잖아."

어쩐지 미안한 기분이 들어서 움츠러들었다.

"나가면 무얼 하실 생각이세요?"

"식당을 하려고. 목 좋은 자리도 한 군데 알아놨어."

"어떤 식당인데요?"

"삼겹살집."

내가 얼어붙는 것을 눈치챈 정 과장이 피식 웃었다.

"농담이야. 어떻게 그런 걸 하겠냐? 해산물 전문 식당을 생각하고 있어. 해양생물학 전공으로 석사까지 따놓고 해산물 식당을 한다니 남들이 보면 웃겠지만 그런 건 신경 안 써. 나한테는 먹고 사는 문제니까. 돈이 어마어마하게 들어가는 우리 애들도 있고, 남편이 한 방 해주기만 바라는 아내도 있고. 다른 도리가 없잖아. 이런 거 이해하겠어?"

"이해해요."

나는 조금도 이해하지 못한 상태로 대답했다.

우리는 간선도로에서 빠져나와 인적이 드문 지방도로 들어갔다. 산비탈을 따라 올라가는 도로 곁에는 하늘이 보이지 않을 정도로 나무가 빽빽했다. 나는 잠시 멧돼지가 된 듯한 기분을 즐기다가 말했다.

"오늘 밤에 많은 게 바뀔까요?"

"응?"

"ACT와 UN 세계식량농업기구에서 투어에 참가한 힙들에게 중요한 의견을 묻는다고 했잖아요."

"나도 내용은 몰라. 내가 들은 건 인간들끼리 결정할 수 없는 문제라서 힙에게도 의견을 묻는다는 것뿐이야."

숲에서 지저귀는 새들의 노랫소리가 차 안까지 스며들었다. 그걸 듣고 있으니 뭔가 고양된 기분에 휩싸이며 가슴이 두근거렸다.

"인간들에게는 희망이 있어요. 고정관념에 눈이 멀고 스스로 만든 시스템에 괴로워하는 이상한 모순도 안고 있지만, 한 발짝 떨어져서 보면 인간은 마음에 여유가 있는 존재예요."

정 과장은 피식 웃었다.

"잘 봐줘서 고맙다."

도로는 점점 포장 상태가 불량해지더니 마침내 내비게이션이 가리키는 길은 산속으로 뻗어 있는 비포장 임도로 바뀌었다.

"이런 데에 농장이 있어요?"

"갑자기 섭외하려니까 받아주는 데가 없잖아."

정 과장이 부루퉁하게 말했다.

"그나마 여기가 한국말을 잘 못 하는 외국인 직원만 있어서 어찌어찌 섭외가 된 거야."

마침내 산비탈에 자리 잡은 시멘트 구조물이 보이기 시작하자 덜컥 반가운 마음이 들었다. 내가 차에서 내려 기지개를 켜는 동안 정 과장은 안으로 들어가 사무실을 찾았다. 그런데 잠시 후 정 과장이 당혹스러운 얼굴로 나타났다.

"뭐가 잘못된 것 같은데? 안이 텅 비어 있어."

"무슨 말씀이에요?"

"분명히 등록이 되어 있는 업체인데…."

정 과장이 전화기를 꺼냈다. 순간 저만치에서 한 남자가 나타나 이쪽을 힐끗 쳐다보았다.

"이봐요! 다 어디 갔어요?"

정 과장이 큰 소리로 물었다. 피부색이 짙은 동남아시아계 남자는 두 손을 저었다.

"없어요. 사람도 없어요. 돼지도 없어요."

남자가 어눌한 발음으로 말했다.

"없다니요? 아까 통화를 했는데?"

"저번 달에 주인, 다 팔고 도망갔어요. 월급 못 받았어요."

우리가 망연자실해서 쳐다보는 사이 남자는 휘적휘적 오던 길로 멀어졌다. 정 과장은 한숨을 쉬었다.

"안 되겠다. 지금이라도 원래 일정대로 가자."

바로 그때, 사람의 귀보다 몇 배나 더 좋은 내 귀가 반가운 소리를 포착했다.

"있어요."

"뭐?"

"돼지가 있다고요."

나는 희미하게 들리는 소리를 향해 달려갔다. 뒤에서 돌아오라는 정 과장의 외침이 들렸지만, 마음이 급해져서 뜀박질을 멈출 수가 없었다. 미로처럼 복잡하게 얽혀 있는 지저분한 콘크리트 구조물 사이를 이리저리 돌아 한참 달려가자, 갑자기 지독한 악취가 코를 찌르면서 커다란 막사가 나타났다. 온실용 비닐과 두꺼운 폐섬유 자재를 겹겹이 둘렀지만 안에서 뿜어져 나오는 불길한 기운은 감추지 못했다. 안쪽에서도 내 기척을 눈치챘는지 갑자기 막사 벽을 뚫고 엄청난 소리가 터져 나왔다.

나는 그 자리에 얼어붙었다. 메시지 없이 끔찍한 감정만 실린 외침이었다. 고통, 불안, 절망, 광기. 어떤 악몽에서도 들어보지 못한 소리가 거대한 해일이 되어 내 위로 쏟아졌다.

문득 막사에서 아까 그 남자가 고개를 내밀더니 나를 보고 뛰쳐나왔다. 좁은 통로의 반대쪽으로 도망치려는 순간 통로의 끝을 다른 사람이 가로막았다. 그가 손에 든 각목을 보고 다리에 힘이 쭉 빠졌다. 각목 끝에 거꾸로 박아 넣은 여러 개의 못에는 피와 똥이 지저분하게 말라붙어 있었다. 두 사람은 서로 소리를 지르며 거리를 좁혀 왔다.

"저 돼지 아니에요!"

그렇게 외쳤지만 '저'라는 말이 음성변환기로 변환되기도 전에 막사 안에서 또다시 어마어마한 울음소리가 터져 나와 내 목소리를 덮었다. 뒤에서 다가온 남자가 각목을 휘두르자 엉덩이 쪽에 불에 덴 듯한 통증이 느껴졌고 나는 반사적으로 앞으로 뛰쳐나갔다. 정면의 남자가 한 팔로 못 박힌 각목을 휘두르며 다른 팔로 막사의 입구를 열었다.

그 순간 뒤에서 정 과장이 다급하게 외쳤다.

"거기 들어가면 안 돼!"

하지만 정면의 남자는 각목으로 사정없이 내 등을 후려쳤고, 나는 고래의 배 속처럼 어두운 막사 안으로 빨려 들어갔다.

후끈한 공기, 토할 것 같은 악취와 귀가 멀 듯한 비명이 나를 감쌌다. 무언가가 옆구리에 부딪힌 충격으로 무릎이 꺾인 순간 온통 진창인 바닥을 뒹굴었다. 그것이 진흙이 아니라 배설물 범벅이라는 것을 깨달은 나는 미친 듯이 소리를 지르며 몸을 일으켰다. 그 기세에 주변의 돼지들이 약간 뒤로 물러섰고 나는 주위를 둘러보다가 공포로 마비되었다.

수백 마리의 돼지들이 작은 암흑 같은 눈으로 나를 쳐다보고 있었다. 정체를 알 수 없는 화학 약품과 돼지에게서 풍기는 스트레스의 냄새 때문에 금방이라도 정신을 잃을 것 같은 기분이 들었다.

그 순간 뒤에서 한 놈이 내 꼬리를 덥석 깨물었다. 나는 아픔과 두려움에 비명을 지르며 발길질로 놈을 쫓았지만 이어서 다른 놈이 내 귀를 물어뜯고 또 한 놈이 배 밑으로 파고들어 성기를 물었다. 어느 순간 음성변환기마저 목에서 뜯겨나갔다. 이 자리를 벗어나야 했지만 빽빽한 돼지들의 벽이 나를 미는 동시에 물었다. 그나마 저항이 적은 방향으로 피하다 보니 입구에서 더 멀고 어두운 안쪽으로 점점 밀려나고 있었다.

돼지들의 공격이 뜸해졌을 때 발밑에 뭔가가 물컹 하고 밟혔다. 나에게 허리를 밟힌 병든 돼지가 힘없이 고개를 들며 애원하듯 신음을 했다. 입구에서 먼 이쪽 구역에는 일어설 기력이 없는 돼지들로 발 디딜 틈이 없었다. 나는 빈틈을 찾아 좀 더 안으로 들어가다가 마침내 돼지 한 마리만 누워 있는 약간의 여유 공간을 찾아냈다. 그에게 적의가 없는 것을 확인하려고 고개를 숙인 순간, 복부가 까맣게 썩어들어가는 죽은 돼지라는 것을 깨달았다.

갑자기 입구가 활짝 열리며 한 줄기 빛이 막사 안으로 쏟아졌다. 그 빛 안에 있는 정 과장을 보고 내 심장이 터질 듯이 뛰었다. 정 과장은 막사 안의 참상에 놀라 한동안 아무 말도 못 하나가 크게 소리를 질렀다.

"동호야! 그 안에 있니?"

내가 정 과장에게 대답을 하려 할 때, 백여 마리의 돼지들이 일제히 목을 뻗어 울기 시작했다. 순간 가슴이 철렁 내려앉았다. 조끼도 변환기도 없이, 온몸이 상처와 배설물로 뒤덮인 나를 정 과장이 어떻게 알아보겠는가. 이제 끝이라고 생각하자 절망의 울음이 터졌다.

나는 나머지 돼지들과 똑같은 모습으로 머나먼 곳에 있는 정 과장을 향해 하염없이 울었다. 남자들이 정 과장을 거칠게 잡아당기자 그는 마지막인 것처럼 막사의 끝에서 끝까지 눈으로 훑었다.

그리고 한순간 기적처럼 나와 눈이 마주쳤다.

"동호야!"

정 과장은 잠긴 우리를 타넘고 밀려드는 돼지들을 헤치며 내 앞으로 조금씩 전진했다. 나는 조금이라도 움직이면 정 과장이 나를 놓칠까 봐 두려워서, 제자리에 꼼짝도 하지 않고 서서 목이 터져라 울기만 했다. 정 과장이 내 앞에 다다랐을 때는 옷과 신발이 온통 똥투성이였다.

정 과장은 날 끌어안았다. 적어도 그 순간 나는 철저하게 돼지였고, 정 과장에게는 내가 돼지가 아니었다.

시설 기준에 미달되어 경고 조치를 받았던 농장이었다. 농장주는 돈을 들여 시설을 보완하는 대신, 돼지를 한 곳에 숨겨놓고 외국인 직원들에게 몰래 키우게 했다. 정 과장이 농축산식품부에 신고를 접수했기 때문에 농장에 조만간 행정처분이 내려질 예정이었다.

나는 그곳으로부터 제일 가까운 동물병원에서 상처를 소독해 주는 수의사에게 몸을 맡기고 정 과장의 이야기를 듣고 있었다.

"그 돼지들은 도축 처분 되나요?"

"아마도."

"나 때문에 일찍 죽는 거군요."

"그런 데서 살 바에야 잘된 거지."

그 말을 듣고 무척 슬펐다. 돼지들이 불쌍해서가 아니라 정 과장이 그 말을 해서였다. 그게 누구라도, 인간이 그런 말을 한다는 건 너무 잔인한 일이었다.

사흘간의 투어는 그렇게 막을 내렸다. 정 과장은 내일 아침 식사가 끝나면 곧바로 ACT 연구소의 힙 거주 구역으로 함께 복귀한다는 말을 남기고 안방으로 들어갔다. 내 방으로 돌아온 나는 인터넷에 접속하지 않고 혼자 생각에 잠겼다. 주위는 조용했지만 내 마음속에서는 온갖 생각들이 격렬하게 부딪치며 부풀어 올랐다.

돼지가 있으므로 해서 인간은 죄인이 되는 것이다.

힙의 지위를 확보하고 자치구를 마련하고 문명을 건설한다는 건 결국 출발점에 불과한 꿈이었다. 이제 내 생각은 인간들의 나라로, 전 세계로 뻗어갔다. 힙의 나라는 평화로운 지적 동물들의 안온한 보금자리가 되어서는 안 된다. 주장하고 투쟁하는 집단이어야 한다. 메시지를 전달하고 동조자를 모으고 캠페인을 벌여서, 동물을 잡아먹는 시스템을 근본적으로 뒤집어야 한다. 좁은 우리에 갇혀서 무슨 일이 벌어지는지도 모른 채 살다가 죽는 지능 있는 동물들을 구원해야 한다.

그 어느 종보다 현명한 인간들은 금방 깨닫게 될 것이다.

그래야 인간도 구원받는다는 것을.

연구소로 돌아가면 그런 주제의 긴 글을 써야겠다고 생각했다. 외국에는 온라인 교육으로 학위를 딴 힙들도 있지만 아직 인간 세상에 책을 출판한 힙은 없었다. 나는 책 몇 권으로는 모자랄 만큼 하고 싶은 말이 많았다. 그리고 책은 글쓴이의 얼굴을 드러낼 필요가 없었다.

밤 9시가 되자 마침내 메일이 도착했다. ACT 코퍼레이션과 UN 세계식량농업기구의 공동 발신으로 되어 있는 메일에는 설문 형식의 보고서 양식이 첨부되어 있었다. 문항 수는 다섯 개가 전부였다. 1번부터 4번까지는 투어 프로그램이 얼마나 교육적이었는지, 위탁 가정에서의 생활은 편안했는지 등을 묻는 기본적인 질문들이었다.

5번으로 넘어가기 전에 굵은 글자로 찍힌 문구가 나타났다.

※ 중요!

다음 문항은 향후 다른 힙들에게 중대한 영향을 미칠 수 있는 질문이므로 신중하게 답해주시기 바랍니다. 한번 입력한 답은 바꿀 수 없습니다.

떨리는 몸을 진정시키려고 애쓰며 다음 페이지를 열었다. 본격적인 문항이 나오기 전에 먼저 긴 지문이 나타났다.

ACT와 학계의 연구진들은 힙의 탄생 확률을 줄이기 위해 지금까지 많은 시간과 노력을 투여했으나, 0.00052퍼센트인 현재의 확률을 줄이는 것이 불가능하다는 잠정적인 결론을 내렸습니다. 이것은 산업분야뿐만 아니라 분자생물학, 세포생물학, 유전공학 등 관련 학계에서 합의된 결론이며, 향후의 과학기술 발전을 감안한다 하더라도 20년 내에는 달성이 어려운 목표라는 것이 공통된 견해입니다. 따라서 계속 증가하는 힙의 개체수와 천문학적으로 상승하는 비용 부담을 고려할 때 다음의 결정을 내릴 필요성이 대두되었습니다. ACT 코퍼레이션과 UN 세계식량농업기구는 이 결정을 인간이 독단적으로 처리하는 대신 힙에게 위임함으로써 자립적인 권한을 행사할 수 있도록 하였습니다. (엔터를 누르시면 5번 문항으로 넘어갑니다)

머릿속이 텅 비어가는 듯한 느낌이 들었다. 지문을 제대로 이해한 것 같지 않았지만 다시 읽을 여유가 없었다.

엔터를 누르자 질문이 나타났다.

5. 향후 새로 태어나는 힙에 대해 어떤 조치가 바람직하다고 생각하십니까?

a. 안락사

b. 자연사할 때까지 특정 장소에 격리 (지원은 최소한으로 축소됩니다)

나는 갈대 돗자리 바닥에 천천히 주저앉았다. 그리고 계속 읽다 보면 언젠가는 질문이 이해될 거라고 믿는 듯이 조용히 모니터를 응시했다.

물구나무서기

그날도 검은 옷을 입은 남자의 꿈을 꾸었지만 꿈속에서도 여전히 얼굴만은 볼 수가 없었다. 박 씨가 방에 왔을 때 꿈 이야기를 해주었더니, 고개를 설레설레 젓고는 두통은 어떠냐고 말을 돌렸다. 슬슬 눈치를 보는 것이 또 정신과에 가보라는 얘기를 꺼내려는 눈치였다. 고시원 방에서 두 칸 옆에 살고 있는 박 씨는 병원 잡역부로 3년을 일했는데, 고작 그걸 가지고 은퇴한 의사라도 되는 듯 툭하면 병원 타령이었다. 하루에 수면 시간이 열다섯 시간에 이르면 두통을 앓을 수밖에 없다는 것도 박 씨의 지론이었다. 나는 헛구역질을 연신 해가며 소주병에 담아둔 물로 두통약을 먹고는 박 씨를 향해서 힘차게 트림을 날렸다. 박 씨는 씩 웃더니 공원에서 산책이라도 하면 두통이 나아질지도 모른다고 중얼거리며 내 방에서 나갔다.

물론 머리는 계속 아팠지만 문제는 그게 아니었다. 검은 옷을 입은 남자의 꿈은 요즘 들어 더욱 잦아지고 선명해졌다. 꿈속의 나는 항상 알 수 없는 목적지를 향해 걷고 있었고 남자는 거기서 나를 기다리고 있었다. 그런데 그의 어깨선과 긴 허리와 바짝 마른 다리는 볼 수 있어도 표정만은 어째서인지 볼 수가 없었다. 날 미치게 만드는 건 그 보이지 않는 낯짝이 아무래도 나를 비웃고 있는 것 같다는 점이었다.

잠시 그대로 누워 있자 또 졸음이 왔다. 그때 노크 소리가 들렸다.

그것은 똑과 똑의 사이가 조금 떨어진 이상한 노크였다. 박 씨가 새로운 노크를 개발한 게 아니라면 노크 도중에 어딘가를 잠깐 긁은 것이 틀림없었다. 나는 산책도 나가기 싫고 박 씨의 발 냄새도 맡기 싫어서 그냥 저리 가라고 소리를 질렀다.

또다시 노크 소리가 들렸다. 똑과 똑 사이는 더 벌어졌고 노크 소리 외에는 아무것도 들리지 않았다. 천국과는 전혀 관계없는 내 방문은 〈노킹 온 헤븐스 도어〉의 느릿하게 반복되는 후렴구처럼 끊임없이 흔들렸다. 그때쯤에는 짜증이 가라앉고 슬며시 겁도 나기 시작해서 천천히 일어나 방문을 열었다.

새까만 정장을 입은 남자가 고개를 꼿꼿이 세우고 서 있었다. 나는 그를 보자마자 꿈속의 남자를 떠올리고는 숨이 멎는 듯했지만 곧 여유를 찾았다. 일단 이 남자는 꿈속의 그와는 비교가 불가능할 정도로 키가 작았다. 머리가 내 턱에 간신히 닿는 정도였다. 그도 나만큼이나 뭔가 마음에 안 든다는 표정을 짓고 있었다.

"김서권 씨?"

나는 고개를 끄덕였다. 그 순간 뒤에서 또 다른 남자가 비죽 얼굴을 내밀었다. 이번에는 무척 키가 크고 머리카락이 노란색인 서양 남자였다. 노랑머리는 내 얼굴을 보더니 슬쩍 웃으며 눈인사를 했다. 그의 얼굴을 보는 순간 급히 문을 닫았지만 키 작은 남자가 재빨리 구둣발을 문 사이로 들이밀었다. 방문객이 구두를 신고 여기까지 온 걸 봤다면 고시원 총무가 기겁을 했을 터였다. 키 작은 남자는 품 안에서 신분증을 꺼내 보였고, 거기에는 월계관과 세계 지도의 문양과 여섯 개의 알파벳, UNINFO가 박혀 있었다. 이들이 강제력을 동원하는 데 익숙하다는 건 알고 있었다. 그러니까 얌전히 이들을 따라가든가, 아니면 잠시 옥신각신 한 뒤에 끌려가든가 둘 중 하나였다. 나는 후자를 택했는데, 그 때문에 고시원 앞에 세워져 있는 검은색 벤츠에 오를 때는 러닝셔츠에 팬티 바람일 수밖에 없었다. 그래도 지나던 사람들이 놀라서 쳐다볼 때는 조금 우쭐한 기분이 들었다.

벤츠 뒷자리는 남자 셋이 탔는데도 넉넉했다. 내가 휘두른 주먹에 코를 얻어맞았던 노랑머리는 코피를 닦다가 나와 시선이 마주치자 또 씩 웃었다. 그 모습이 괘씸해서 버럭 소리를 질렀다.

"날 끌고 가는 이유가 뭐야!"

하지만 잠깐의 고심 끝에 존댓말을 하기로 했다.

"라는 질문을 해도 되겠죠? 지금까지 아무 관심도 없다가 이제 와서 왜 이러는 거예요?"

내가 털끝 하나 건들 수 없었던 키 작은 남자가 나직이 대답했다.

"당신이 필요합니다."

나는 차창 밖을 봤다. 벤츠는 소문만큼 승차감이 좋지는 않았는데 어차피 이렇게 온종일 교통체증이 심한 도시라면 무슨 차를 타든 마찬가지일 듯싶었다. 세계를 위해 봉사해야 할 유엔 산하기관이란 곳이 관용차로 벤츠를 쓴다는 건 아무래도 기강에 문제가 있는 것 같았지만, 거기에 대해 더 깊이 생각하지는 않았다. 키 작은 남자가 했던 말, 내가 필요하다는 그 말 때문에 눈물이 나는 것을 참아야 했던 것이다. 그건 참 슬픈 말이었다.

벤츠는 서울대학교 물리학 연구소 건물 앞에서 멈췄다. 조교 사무실에 잠시 앉아 있는데 하얀 가운을 입고 얼굴이 빨갛게 달아오른 조교가 헐레벌떡 뛰어와서 꾸러미 하나를 내밀었다. 정문에서 한참 떨어진 로터리에 있는 나이키 대리점의 종이백이었다. 안에는 셔츠와 바지, 운동화, 모자 등이 들어 있었다. 조교는 친절하게도 내가 구멍 난 팬티와 러닝셔츠 위로 그것들을 입는 것을 끝까지 지켜보더니 사이즈가 맞지 않으면 바꿔 오겠다고 말했다. 셔츠는 크고 바지는 조금 짧았지만 나는 아주 좋다고 말하며 힘없이 웃었다.

조교가 나간 뒤에 빈 사무실에 혼자 앉아서 복도 쪽 창문을 멍하니 바라보았다. 복도를 지나는 사람들은 주로 외국인이었는데 언젠가 칼텍에서 봤던 연구원도 몇몇 눈에 띄었다. 그들은 초조한 표정으로 바삐 걷다가 나와 눈이 마주치면 희미하게 눈인사를 하고 얼른 지나갔다. 한참 그렇게 창밖을 보다가 유엔과 외국인 일당이 서울대학교 연구동 하나를 완전히 전세 낸 상황이라는 걸 깨닫게 되었다. 조금 주눅이 들었다.

막 졸음이 오는 찰나 사무실 문이 열리더니 아까의 그 콤비가 들어왔다. 키 작은 남자가 문가에 서서 벽에 붙은 도표 같은 것들을 훑어보는 동안, 코피를 흘렸던 노랑머리는 의자 하나를 끌어다가 내 앞에 앉았다.

"두 유 리멤버 미?"

초등학생도 다 알아먹을 정도로 그가 천천히 말했다.

나는 머릿속에서 거의 말라버린 영어의 바다를 열심히 휘저으며 문장들을 더듬더듬 뱉어냈다.

"유 아 언 애스호오오올."

그는 큰 소리로 웃었다. 갑자기 키 작은 남자가 입을 열었다.

"이제 곧 모든 일이 당연하다는 걸 알게 될 겁니다. 그러니까 가능한 한 얌전히 계세요."

나는 거침없이 쏘아붙였다.

"협조는 꿈도 꾸지 말아요."

벽을 훑던 키 작은 남자는 피식 웃더니 거울을 보고는 면도가 잘 되었는지 살피듯 턱을 비춰보았다.

"이렇게 짧은 시간 안에 1억 달러를 쏟아부은 경우는 유엔 예산집행 역사에도 없단 말입니다."

그가 무슨 말을 하는지 전혀 이해가 가지 않았는데 아무튼 나를 겁주려는 의도인 것 같았다. 키 작은 남자가 노랑머리에게 빠른 영어로 뭔가를 말했다. 노랑머리는 그냥 어깨를 으쓱했다. 키 작은 남자는 주머니에서 스마트폰을 꺼내더니 화면 하나를 불러내서 나에게 보여주었다. 난 이미지의 실체를 깨닫자마자 주먹을 휘둘렀지만 키 작은 남자는 가볍게 고개를 돌려서 피했다.

"미친 새끼들!"

그것은 실시간으로 스마트폰에 전송되고 있는 내 고시원 방이었다. 텅 빈 방은 우리가 나갈 때 그대로 엉망진창이었다. 언제부터 찍히고 있었던 걸까? 수치심이 분노보다 더 커지자 모든 의욕이 즉시 사라졌다. 키 작은 남자는 자신이 주도권을 잡았다는 걸 알고는 조금 너그러운 표정을 지었다.

"난 이 화면을 본 적이 없습니다. 전문 요원들이 따로 모니터링을 하고 필요한 내용을 보고했어요."

그는 여유롭게 다시 거울 앞으로 가서 이번에는 콧속을 들여다 보았다.

"엿보는 게 당신한테는 그렇게 억울한 일 아니잖아요. 안 그래요?"

그는 날 보며 빙그레 웃었는데, 웃는 얼굴에 침 못 뱉는다는 말은 아무래도 속담책에서 지워야 할 것 같았다.

"2008년 칼텍 보고서에 근거해서 이 프로젝트가 시작됐습니다. 그런데 나는 당신 하나 믿고 이런 일을 벌이는 게 맘에 안 들어요. 당신 방에 달아놓은 카메라 때문에 이젠 당신을 잘 안다는 느낌이 들거든요. 그러니까 알면 알수록 당신 같은 사람한테 기대를 걸어야 하는 이 현실이 안타깝다는 말입니다. 내 얘기가 우스워요? 웃는 긴 좋은데 그렇게 갑자기 일어나지는 말아요. 우리도 많이 긴장하고 있으니까. 그러다 다칩니다. 질문은 하지 마세요. 이따가 한꺼번에 알아듣게 설명할 거니까."

그는 손목시계를 힐끗 보고는 말했다.

"여기서 좀 시간을 보내야 되는데 김서권 씨한테 하나 묻고 싶은 게 있어요. 김서권 씨의 그것이 어떻게 시작된 건지 궁금하더군요. 그러니까 계기 같은 게 있었냐는 거죠. 중요한 건 아닙니다. 하지만 뭐랄까, 지금 상황은 모든 걸 다 알아도 절대 만족스러운 상황이 아니거든요."

보고서에는 clairvoyance(투시)나 extrasensory perception(초감각적 지각), 혹은 remote viewing(원거리 투시) 같은 명칭들이 수없이 나와 있겠지만 키 작은 남자는 굳이 '그것'이라고 불렀다. 내가 계속 입을 다물고 있자 그는 거울을 보고 머리를 매만지며 덧붙였다.

"아무것도 강제하지 않겠지만, 그래도 뭘 물어보면 대답은 하세요."

나이키로 온몸을 도배한 채로 나는 천천히 얼굴을 두 손에 묻었다. 그의 물음에 순순히 대답하는 것만큼 우스운 꼴도 없을 것이다. 하지만 아까 벤츠를 타고 오는 동안 결국에는 내가 이들에게 협조를 하게 될 거라고 생각했다. 왜냐하면 그러고 싶었기 때문이었다. 할 수만 있다면 그러고 싶었다.

다만 이들이 그 전에 아주 간단한 한마디를 해주길 바랐다. 방에 카메라를 설치했다거나 물어보면 대답을 하라는 말이 아니라, 이를테면 아마도 이런 것.

그간 어떻게 지내셨습니까.

*

전남 무안에서 서쪽으로 지도라는 큰 섬이 있다. 거기서 더 서쪽으로 수도와 재원도, 갈도, 부남도가 연이어 있고 그다음에 있는 것이 종도다. 나는 종도에서 유년 시절을 보냈다. 섬의 인구는 대략 2백 가구가 넘지 않았다. 어른들은 주로 고기를 잡거나 김 양식을 하면서 시간을 보냈고, 아이들은 아무것도 하지 않으며 시간을 보냈다. 물론 바닷가에서 갈매기에게 돌도 던지고 학교 운동장에서 바람 빠진 공도 찼지만 뭔가를 한다는 느낌은 없었다. 그것이 종도에서 시간이 흐르는 법칙이었다.

그때 나는 초등학교 4학년이었다. 그리고 학교의 체육 과목은 정규 교과과정에 따라 물구나무서기를 할 시점에 다다르고 있었다. 담임선생이 다음 주에 물구나무서기를 한다고 공지할 때 여섯 명의 반 아이들은 전부 나를 보며 웃었다. 날 때부터 함께 자란 우리는 서로를 너무 잘 알았기 때문이었다. 담임은 도대체 이게 어떤 교육 방식인지는 몰라도, 다음 주 체육 시간에 내가 물구나무서기에 성공하면 나머지 시간에는 갯벌에 나가 야외 수업을 하겠다고 선심을 썼다. 아이들은 환호성을 질렀다. 어차피 기껏해야 바지락이나 캘 거면서도.

내 운동신경은 시원찮았지만 다들 하는 걸 나 혼자 못할 만큼은 아니었다. 그런데 이상하게도 물구나무서기만은 절대로 되지 않았다. 따지고 보면 정말 간단한 것이었다. 두 사람이 짝을 지어 1.5미터 정도를 사이에 두고 마주 보면, 한 사람이 다른 사람을 향해 하나, 둘 두 발을 걸은 뒤 두 손으로 땅을 짚고 관성을 이용해서 몸을 뒤집어 올린다. 나머지 한 명이 재빨리 팔을 뻗어 다리를 잡아준다. 잠시 그러고 있다가 다리를 내리고 일어서면 끝.

수업이 끝나자 운동장에 나간 아이들은 보란 듯이 내 앞에서 물구나무서기를 해보였다. 치마를 입은 여자애들까지도 날 놀리겠다는 일념으로 자신을 돌보지 않고 몸을 뒤집는 것을 보면서, 나는 이런 치욕을 당하느니 차라리 태어나지 않았으면 좋았을 거라고 생각했다.

무거운 마음을 안고 집에 돌아와 마당에 발을 들이자마자 김발을 손질하던 엄마가 물었다.

"학교에서 너 혼자 물구나무 못한다는 게 참말이여?"

하여튼 더럽게 좁은 섬이었다.

"다들 하는 걸 왜 못하는디?"

엄마의 다정하게 웃는 얼굴이 더 얄미웠다.

"그려! 못혀! 그러는 엄마는 혀? 그렇게 뚱뚱해 갖고 하겄어? 내가 물구나무를 못하면 그게 다 누구 땜인 거 같은디. 허구헌 날 섬에만 있으니까 그런 거 아녀. 나도 아빠 따라서 뭍으로 가겠다고 했잖여. 왜 안 된다고 해놓고 이제 와서 딴소리여!"

당시 나는 엄마한테 꽤 반항적인 아이였다. 조금 이상한 쪽으로 결론이 나긴 했지만 아무튼 한바탕 퍼붓고 나자 속이 시원해졌다. 나는 그대로 돌아서려다가 할아버지가 안방 문을 열고 부르는 소리에 깜짝 놀랐다. 엄마한테 못되게 굴었다고 불호령이 떨어질 줄 알았는데 할아버지의 목소리는 의외로 차분했다.

"다음 주에 할아버지 생일날 그거나 한번 뵈줘 봐라."

"뭘요?"

"물구나무서기 말이다. 생일 선물은 그걸로 받은 셈 칠 테니."

"예?"

할아버지는 젊었을 적 도내 씨름 선수였고, 나는 평생 누가 면전에서 할아버지 말을 거역하는 걸 본 적이 없었다.

"이 김창순이 손자가 섬 애들 다 하는 걸 못하면 쓰냐? 내 섬사람들 다 모아놓을 테니까 그 앞에서 혀라. 알겄냐?"

"네."

엄마가 웃으며 토를 달았다.

"아빠도 와서 보라고 해야 쓰겄다. 그자?"

이때까지만 해도 할아버지 말이 농담일 거라고 생각하며 속으로 코웃음을 쳤다. 아무리 할아버지라도 고작 생일에 섬사람들을 어떻게 다 모은단 말인가. 그리고 광주에서 건어물 가게를 하고 있는 아빠가 내 물구나무서기를 보겠다고 가게 문을 닫고 여기까지 온단 말인가?

이틀이나 지나서야 이번 할아버지 생일에는 환갑잔치라는 걸 한다는 걸 알았다.

*

서울대 교직원 식당 식판에 담긴 뜨거운 된장국에서는 탐스럽게 수증기가 피어올랐다. 나는 된장국에 밥을 다 말고 후후 불어가며 한 숟가락씩 천천히 입에 넣었다. 이렇게 정상적인 식사를 위가 어떻게 받아들일지 몰라 조금 걱정스러웠다.

"그런 게 있으면 돈도 많이 버셨겠네요?"

"어떻게?"

"글쎄요. 뭐 어떻게든."

청중이 바뀌었다. 키 작은 남자와 노랑머리가 급한 호출을 받고 나간 뒤에, 옷을 사 왔던 조교가 식사를 갖고 들어왔다. 같이 들자고 했지만 그는 정중히 사양하고는 조금 떨어진 의자에 앉아 자기 일을 보았다. 나를 혼자 두지 말라는 지령이라도 받은 것 같았다. 그래서 나는 누가 있건 그냥 생각나는 대로 계속 떠들기로 마음먹었다. 조교는 별 관심 없는 듯하다가도 내가 입만 열면 귀를 쫑긋 세우는 것이 참 마음에 들었다. 서울대 연구원 정도면 눈에서 나오는 것은 총기가 전부일 거라고 생각했는데, 뿔테 안경 너머의 두 눈에 붙은 주먹만 한 눈곱을 보면 꼭 그런 건 아닌 것 같았다.

남 말 할 필요 없이 나도 그런 경우인 것이다. 당연히 그럴 줄 알았는데 아닌 것, 당연히 잘할 줄 알았는데 못하는 것. 세상에 흔해빠진 모순이다.

"돈을 벌기야 했지."

이십 대 후반에 나는 대학도 중퇴하고 특정 직업도 없는 상태였어도 꽤 잘나가고 있었다. 그때는 적어도 하루에 한 번은 투시가 가능했기 때문이었다. 드물게는 하루에 두세 번씩 될 때도 있었는데, 그런 날은 대박이 터지는 날이었다.

나는 포커판에 있었다.

알려진 사람들 사이에서는 '소심이'로 불렸다. 패가 좀 좋으면 끌려가는 척, 버티는 척했고 조금이라도 아슬하다 싶으면 바로 죽는 게 내 스타일이었다. 그러다가 판이 커진 결정적인 순간에(사실 이때를 포착하는 게 가장 어려웠다) 투시를 해서 손에 들린 것들과 바닥에 엎어진 카드를 단번에 쓱 읽었다. 전문 꾼들보다야 못했지만 그냥 쳐도 많이 잃을 정도는 아니었기에 투시를 하면 무조건 딸 수 있었다. 물론 많이 따는 건 불가능했다. 하루에 확실히 할 수 있는 투시는 한 번밖에 없었으니까. 나는 의심받지 않도록 철저한 계산 하에 승률을 조절했다.

포커판에서 손을 뗀 건 보원거사라는 중년의 점쟁이 때문이었다. 그는 며칠 연속해서 내가 자주 가던 하우스에 얼굴을 보였는데, 시간이 지날수록 나를 묘하게 쳐다보는 빈도가 잦아졌다. 어쩐지 개운치가 않아서 하우스를 옮기기로 마음먹을 무렵, 화장실에서 그와 만나게 되었다.

"결국 천리안이더구먼."

나와 나란히 소변기 앞에 선 그는 무심결인 듯 그렇게 말했다. 나는 얼음처럼 몸이 굳은 상태로 오줌을 지릴 수밖에 없었다. 애써 태연한 척하며 그를 힐끔 쳐다봤다. 그는 나와 눈을 마주치지 않고 슬쩍 웃기만 했다.

"천리 밖을 보는 사람인데 내 물건 볼까 무섭네."

나는 피식 웃었다. 단순히 농담을 하는 듯해서 조금 긴장이 누그려졌다. 그런데 순간 묘한 오기 같은 것이 발동해서 나도 모르는 새 투시를 시도하기 시작했다. 그날 낮에 한 번 써먹었기 때문에 가능성이 낮았지만 뜻밖에도 투시는 성공이었다. 그리고 나는 입을 딱 벌린 채 또 한 번 얼어붙었다. 보원거사는 내 표정을 보더니 갓 핀 꽃처럼 수줍게 웃었다.

"처녀 거기를 총각이 그렇게 막 봐도 되나?"

나중에 들은 사연은 이랬다. 그녀가 보원산에서 공부를 마치고 처음 깨달은 것은 자신의 사주에 기가 막힌 운기가 있는데, 그 운기를 받아들이기에는 다리 사이에 양기가 모자란다는, 다시 말하면 그녀 자신이 남자 행세를 할 경우에만 운수가 트인다는 얘기였다. 나는 내심 그녀의 운기란 것이 남자 화장실에서 나를 낚는 사건을 의미했던 것은 아닐까 싶었다.

아무튼 우리는 그렇게 서로 비밀을 텄고 며칠 후부터 나는 그의(그녀는 자신이 여자라는 사실을 밝히면 날 죽여버리겠다고 아주 정색을 하고 말했다) 점집으로 출근하기 시작했다.

그 후로 몇 년간 우리는 괜찮은 콤비가 되어 함께 일했다. 종로 후미진 곳에 자리 잡은 그의 점집은 꽤 단골이 많았고 그중 다수가 기사 딸린 차를 타고 오는 사모님들이었다. 나는 그냥 도령이라 불리며 손님을 안내하고 차를 날랐는데, 보원거사의 신호에 따라 손님의 지갑 속을 투시한 뒤 골방에 들어가 마이크에 대고 내용물을 말했다. 그러면 콩알 크기의 수신기를 귀에 넣고 있는 보원거사는 손님에게 이렇게 농담을 하곤 했다.

"우리 장군님 벌써 활짝 웃소. 수표를 일곱 장이나 갖고 오셨다고. 장군님이 오늘 아주 크게 도와주실랑가 보네."

손님의 지갑 속을 보는 것 외에는 내게 아무것도 허용되지 않았다. 이를테면 나는 회사의 비밀 금고 속에 무엇이 들어 있는지, 광맥이 어디까지 뻗어 있는지, 누군가의 뇌 속에 종양이 있는지 등을 알아낼 수도 있었으나 보원거사는 절대 내가 그런 것을 하도록 허락하지 않았다. 중요한 정보는 보원거사가 산통을 흔들어서 화려하면서도 모호한 언변으로 제공했는데, 보원거사처럼 일간지 여덟 종과 잡지 열 종을 구독하는 사람이라면 누구든 말할 수 있는 내용이었다. 처음에는 나와 관련된 소문이 퍼질까 봐 보호해주는 것으로 생각했지만, 결국 나중에 알게 된 진짜 이유는 지독한 질투심이었다.

"나는 천기를 누설할 줄 몰라 안 하는 줄 아느냐? 보는 눈이 있다고 해서 그걸 말할 주둥이까지 갖고 있다고 착각하면 벼락 맞기 십상이다."

점집의 음습한 골방에서 나는 결국 나이 서른을 넘겼다. 서른하고도 중반으로 접어들자 내 투시 능력은 하루에 한 번은커녕 이틀에 한 번도 버겁게 되었다. 일주일에 두 번 정도는 가까스로 가능했지만 언제 되느냐를 예측하기가 힘들었다. 나이 탓도 있겠지만 점집에 있는 동안 술이 많이 늘었기 때문인 듯했다. 보원거사는 내가 예전처럼 신통하지 않다는 걸 알게 되자 동정했다. 보원거사의 동정심이 지나쳐서 우리는 밤마다 한 이불을 덮고 자는 사이가 되었는데, 솔직히 내게는 그것이 유일한 위안처럼 느껴지기도 했다. 그런데 보원거사는 그때쯤 다른 계획을 세우고 있었다.

"넌 나 없이는 아무것도 아니고 아무것도 못 한다. 이제 네가 그건 아는 것 같으니, 다 정리하고 우리 어디 공기 좋은 데서 펜션이나 하면서 같이 늙다가 죽자."

나는 몇 년간 보기도 싫었던 그녀의 산통을 박살 낸 뒤에 곧바로 점집을 뛰쳐나왔다. 굳이 그걸 박살 낼 필요까지는 없었지만, 잠깐이나마 정말 그렇게 늙어갈까 하는 마음이 들었던 나 자신에게 너무 화가 났기 때문이었다. 몇 달간 전국을 떠돌다가 다시 서울로 돌아온 나는 그때까지 모았던 돈을 쏟아부어서 낡은 빌라에 집 한 채를 장만했다. 남은 것은 약간의 잔고와 벽지에 곰팡이가 핀 빈 방과 그 안에 앉아 있는 나뿐이었다.

천리안을 이용해서 뭔가 일을 한 건 그것으로 끝이었다. 내 천리안 능력이란 따지고 보면 보잘것없었다. 나는 어디를 봐야 할지를 몰랐고, 언제 볼 수 있을지도 몰랐고, 본 것을 잘 써먹을 능력도 없었다. 내 시야는 콘크리트 벽 너머나 수백 킬로미터 밖의 공간에도 미칠 수 있었지만 한 치 앞의 내 인생에는 닿지 못했다. 그런 쪽으로 말하자면 보통 사람들보다도 훨씬 더 눈이 어두웠다.

사람 마음속을 들여다보는 능력이었다면 좋았을 것을. 그랬다면 보원거사가 날 알코올 중독자로 만들기 위해 치밀하게 노력했다는 것도 진작에 알 수 있었을 것이다.

천리안을 빼고 나니, 난 참 쓸모없는 사람이었다.

조교는 조금 상기된 얼굴로 듣고 있다가 시선이 마주치자 눈을 돌렸다. 그 옆에 앉아 있는 노랑머리는 내 얘기에 별 감흥이 없는 듯했다. 그는 아까의 얘기, 그러니까 처음부터 관심이 있었던 천리안의 시작에 대한 얘기를 해달라고 졸라댔다.

"난 그게 평범한 계기가 아니었을 거라고 믿어요. 당신 인생을 통째로 바꾼 순간이잖습니까."

그렇지. 내 인생을 어떻게 바꿨느냐는 건 생각하고 싶지 않지만.

*

종도에는 돼지와 메기와 장도리가 살고 있었다. 이웃에 사는 친구들이었는데 돼지는 뚱뚱했고 메기는 입가에 털 한 오라기가 났고 장도리는 머리가 짱구였다. 나는 좀 말랐었기 때문에 얍실이라 불렸다.

내가 할아버지 환갑잔칫날 물구나무서기를 하는 일로 온 난리를 피웠기 때문에 이 친구들도 덩달아 긴장했다. 그들은 그게 얼마나 뻘쭘할 것인지, 게다가 실패할 경우 얼마나 큰 웃음거리가 될 것인지를 잘 알았고, 결정적으로 셋 중 하나는 내 다리를 잡는 역할을 해야 한다는 사실 때문에 긴장하지 않을 수 없었다. 그들이 긴장하는 걸 본 나는 더 긴장했다.

“아깝지만 너한테 양보해야겄다.”

“나처럼 머리 나쁜 놈이 뭘 제대로 하겄냐. 니가 혀라.”

“나같이 못생긴 놈이 나서라고? 잔치 망칠 일 있냐?”

“니들도 알다시피 난 완전 미친놈 아니냐.”

이쯤에서 나는 찔끔 눈물을 흘렸다. 하는 수 없이 친구들은 가위바위보를 했고 나를 잡아주는 것으로 결정된 장도리는 얼굴이 해쓱해졌다.

휴일인데도 우리는 무척 우울했다. 좁은 내 방에 모인 네 명은 천장을 바라보며 한숨을 푹푹 쉬었다. 우리 중에 그나마 머리가 제일 잘 돌아가서 리더 역할을 했던 장도리는 똥을 싸는 얼굴로 한참 방바닥을 보다가 손가락으로 딱 소리를 냈다.

“너희 집에 빨간 이불 있냐?”

“뭔 소리여 시방?”

"빨간 이불. 레드 카펫."

"그게 뭐여?"

"바보들아, 한숨 그만 쉬고 잘 생각혀봐."

장도리의 논지는 이것이었다. 이왕 할 거라면 그럴듯하게, 뭔가 의미를 잔뜩 붙여서 정말 중요한 일을 하는 것처럼 보이자. 우리는 다행히도 그게 무슨 뜻인지 즉시 알 수 있었다. 모두 여름방학 숙제로《톰 소여의 모험》을 읽었기 때문이었다. 톰 소여는 심부름으로 담장에 페인트칠을 하고 있었는데 뭔가 중요한 일을 하는 것처럼 꾸며서 결국 다른 친구들에게 일을 넘긴다. 게다가 그 대가로 돈까지 받는다!

"돈을 받자고?"

"안 될 건 뭐여?"

나는 어디서 본 것은 있어서 물구나무서기를 하는 곳 주위에 끈을 둘러 접근 금지선으로 사용하자고 말했다. 박수가 쏟아졌다.

"폭죽도 터뜨릴까?"

충분한 용돈과 뭍으로 나갈 기회가 있어야 실현 가능한 그 아이디어는 곧 폐기되었다.

"현수막 있잖여. 그거 하나 만들어가지고 이렇게 걸어두면 어뗘?"

"뭐라고 써서?"

"얍실이 물구나무 성공 기원?"

"너 말 한번 잘혔다!"

장도리가 벌떡 일어서며 외쳤다. 그의 두 눈은 이글이글 타오르고 있었다.

"우리가 꼭 염두에 둬야 할 게 바로 이거여. 지금 우리가 하려는 건 얍실이 물구나무가 아니란 거여!"

"그럼 뭐여?"

"그건 아직 모르겄는디, 아무튼 그걸 빨리 생각해내야 혀."

"이제 금방 만화영화 할 시간인디."

우리는 잠시도 지체하지 않고 마루로 나와 만화영화를 보기 시작했다.

저녁까지 얻어먹은 뒤 넷은 하릴없이 밤길을 걸었다. 해결된 것은 아무것도 없었기 때문에 나는 마음이 무거웠고, 친구들도 마찬가지였다. 그래도 지금 생각하면 참 의리 있는 놈들이었다.

나는 조용히 우리 발소리를 들으며 걷다가 물었다.

"물구나무 서면 어뗘?"

"뭐가 어뗘?"

"어떤 느낌이 드냐고. 니들은 물구나무 설 줄 아니께 알 거 아녀. 난 모르잖여."

친구들은 말이 없었다. 물구나무 섰을 때의 느낌. 아무도 거기에 대해 생각해본 적이 없었다. 한참 만에 친구들은 머뭇거리며 말했다.

"세상이 거꾸로 된 것 같은 기분이라고 해야 하나…."

"맞어. 얼굴이 뜨거워지면서 주변이 완전히 딴 세상처럼 뒤집혀."

"그니께…."

나는 잠시 생각하다가 말했다.

"내가 하려는 게 두 발 걸어가서 다른 세상을 보는 거여?"

모두 입을 다물고 조용히 내 말을 음미했다. 거기에는 희미하지만 뭔가가 있었다. 그것은 평화로운 밤바다에서 들려오는 파도소리처럼 마음의 가장자리를 계속 간지럽혔다. 나는 우리 넷 모두 그 순간 아스라한 깨달음의 끄트머리를 같이 붙들고 있었다고 생각한다.

그러나 열한 살짜리 머리들로 더 생각을 이어나가는 건 무리였다. 우리는 무슨 얘기를 했는지는 까맣게 잊고 곧장 각자의 집으로 돌아가 염소 새끼들처럼 잠을 잤다.

말한 적이 있었던가? 내가 천리안을 사용할 때는 상이 거꾸로 보인다.

*

노랑머리가 나간 뒤에 다시 사무실에는 나와 조교 둘만이 남았다. 유난히 노랑머리의 출입에 조교가 신경 쓰는 듯해서 그를 아냐고 물었다. 조교는 뭘 그런 걸 다 묻느냐는 표정을 지었다.

"코플랜드 박사님이잖아요. 재작년 노벨 물리학상 수상자."

제리. 사람들은 그를 제리라고 불렀다. 그와는 말을 할 기회가 거의 없었다. 그러나 항상 실험실 유리창 밖에 서서 날 지켜보고 있었기 때문에 나는 그를 창밖의 제리라고 부르곤 했다. 그가 코흘리개 박사든, 코피 흘린 박사든, 노벨상 수상자든 나와는 별 상관이 없었다. 그는 여전히 저 멀리에서 날 쳐다보기만 하는 제리였다.

"지금 칼텍에 계신데 현대 입자물리학의 권위자, 아니 영웅이죠. 우리 학교에 오셨다는 게 믿기지가 않아요."

나는 속으로 코웃음을 쳤다. 그 영웅이 언젠가 나에게 말했지. 자신은 과학자인데, 그건 평균보다 더 겁쟁이란 뜻이라고.

어머니는 내가 고등학생일 때 돌아가셨고 할아버지는 그 이듬해에 돌아가셨다. 아버지는 어디 계신지도 잘 모른다. 어머니가 아버지와 이혼하고 화병을 앓다가 돌아가셨기 때문에 나는 아버지와 연을 끊었다. 뭍으로 나온 뒤에는 다시 섬에 간 적도 없다.

이 이야기를 하는 것은 내가 미국으로 끌려갈 당시, 아쉽게 놓아야 하는 현실적인 끈이란 아예 없었다는 걸 알려주고 싶기 때문이다. 나는 보원거사와 헤어진 뒤, 모든 걱정을 통장 잔고가 바닥난 뒤로 미루고 빈둥거리고 있었다. 하루하루를 보내는 게 쉽지가 않았다. 아침에는 무엇이든 새로 시작할 수 있을 것 같다가도 저녁이 되면 온갖 망상 속에서 허우적거리다가 하루가 이미 지났다는 걸 깨닫곤 했다. 속도를 줄일 기색이 없는 열차 위에서 뛰어내려야 하는 승객이 된 것 같았다. 그때쯤부터 목적지에서 날 기다리고 있는, 검은 옷을 입은 남자의 꿈을 더욱 자주 꾸기 시작했다.

그러던 어느 날 어떤 사람들이 날 알 수 없는 곳으로 데려가서 이틀인가를 지냈고, 그들이 정부 관련 사람들임을 알게 됐을 때는 미국행 비행기에 오르고 있었다. 열한 시간 동안 비행기를 타고 가는데도 큰일 났다는 생각은 별로 들지 않았다. 내가 갑자기 사라졌다고 당황할 사람은 매일 가는 중국집 사장 말고는 아무도 없었다. 오랜만에 보원거사에 대해서도 생각했다. 이 영문 모를 상황이 그녀의 제보 때문이라고 들었기 때문이었다. 주어진 보상은 대단치 않은 액수였다. 독한 마음으로 나를 팔아먹으려 했다면 보원거사는 훨씬 더 값을 쳐줄 만한 곳을 수두룩이 알고 있었다. 고마운 마음이 들 뻔하다가도, 나를 쳐다보던 그녀의 탐욕스러운 눈빛과 만들어 붙인 수염과 습기 찬 골방의 기억이 그것을 막았다. 그사이 수행원은 특별한 실험을 진행 중인 유엔 산하기관(그는 유니인포라고 불렀지만 내게는 자꾸 언인포로 들렸다)에 대해 약간의 설명을 해주었다.

미국에 가서는 칼텍이라는 별명으로 더 잘 알려진 캘리포니아 공과대학에 머물며 여러 가지 실험에 참여했다. 인상 깊었던 점은 도착하자마자 그들이 내게 상담원 겸 변호사 하나를 붙여준 것이었다. 이로써 그들은 내 의사에 반하는 실험은 하지 못하도록 스스로 제동을 걸 수 있었다. 잘 준비된 상태에서 모든 절차가 매끄럽게 진행되었고 법적인 테두리 내에서 아무런 하자가 없어 보였다. 나는 엑스레이를 찍거나 혈액 검사를 하는 외의 모든 의학 실험은 반대했지만 천리안을 사용하는 실험에는 모두 응했다.

카드 뒷면을 읽는 것이나 벽 너머를 보는 실험은 한두 번으로 끝났다. 나를 대하는 이들의 태도나 숙련도를 보면 전에도 이런 실험을 한 적이 있는 것 같았는데 그런 걸 직접 물으면 항상 '노'라는 대답만 돌아왔다. 편한 환경에서 집중할 수 있어서 그런지 날이 갈수록 투시 성공 빈도는 더 높아졌고 머릿속에 맺히는 상도 더 또렷해졌다. 자신감이 늘면서 무엇이 됐든 이 프로젝트를 반드시 성공시키겠다는 의욕도 생겼다. 실험은 주로 몸에 전극을 잔뜩 붙인 상태로 무언가를 보고 묘사하는 것이었는데 어디를 보는 건지는 대부분 알 수가 없었다. 때로는 최면에 걸리거나 약을 먹은 상태로 투시를 하기도 했지만 역시 가장 잘될 때는 조건이나 제약이 가장 적을 때였다. 바위와 나무, 황량한 벌판, 메마른 사막, 간판의 글씨를 전혀 읽을 수 없는 낯선 거리들. 나는 보고 기억하고 말하는 것을 지루해하지 않고 반복했다. 한번은 러시아의 비밀 무기 창고로 짐작되는 곳을 들여다본 적도 있었다. 이왕이면 그런 종류의 일을 많이 하고 싶었지만, 그런 실험은 드문 편이었다.

나는 들떠 있었다. 이들은 능력의 진위 여부를 판단하는 정도가 아니라 그 한계가 어디인지를 시험하는 것 같았다. 내가 대단한 것을 가지고 있고, 앞으로 아주 중요한 일을 해낼 수 있음을 이들이 확인해줄 거라고 믿었다. 포커판의 소심이나 점집의 도령이 아니라 진짜로 의미 있는 뭔가가 되고 싶었다. 그래서 최선을 다해 성실하게 실험에 응했다.

그런데 어느 날 아무런 낌새도 없이 갑자기 실험실 문이 닫히고 연구진들이 몽땅 철수했다. 제리는 6개월 만에 내게 처음으로 입을 열었다. 타임 투 고우 홈.

나는 거의 제정신이 아닌 상태로 그의 옷자락을 잡았다. 무슨 소리야. 날 그냥 보내면 안 되잖아. 내가 무얼 할 수 있는지 누구보다도 네가 더 잘 알잖아. 하지만 제리는 고개를 저었다. 돌아가면 너희 정보기관에서 자세한 얘기를 해줄 거야. 일단 돌아가.

그때 아마 눈물도 흘렸던 것 같다. 난 특별하잖아. 왜 날 그냥 내버려두는 거야.

제리는 친절하지만 확고한 태도로 말했다. 이건 너 때문이 아냐. 다른 과학자들이 불편해하고 있어. 수없이 회의를 열었지만 소용이 없었어. 우린 널 신기하다고는 생각하지만 특별하다고 말하진 않을 거야. 솔직히 말하자면 그걸 인정할 용기가 없어. 우리에게 특별한 건, 이를테면 사람의 시야는 이 벽을 넘을 수 없다는 심플한 팩트야. 비웃고 싶어도 우리 생각을 이해해야 돼. 왜냐하면 그게 평범한 사람들의 생각이거든. 그리고 우리 과학자들은 평범한 사람들보다 더 겁이 많아.

그래서 나는 다시 돌아왔다. 비행기 안에서는 수갑을 차고 있어야 했고, 서울에 도착한 뒤에는 곧바로 정보기관의 지하 회의실로 직행했다. 나를 마주 보는 국정원 직원의 손에는 달랑 팩스

용지 두 장이 들려 있었는데, 그는 '나와 관련된 모든 실험 결과가 유의미하지 않다'는 통보를 받았다고 말했다. 거기서 일체의 내용을 함구하겠다는 서약서에 지장을 찍고 6개월 간의 민관 협력사업에 참여한 대가로 수표 몇 장을 받은 뒤 다시 내 낡고 작은 빌라로 돌아왔다. 빈 방에 혼자 앉아 있으니 도무지 지난 6개월이 실제로 존재했던 시간 같지가 않았다.

이야기 도중 노랑머리, 아니 제리가 들어왔고 잠시 안절부절못하던 조교는 결국 밖으로 나갔다. 듣는 사람이 다 아는 얘기를 하자니 재미가 없어서, 나는 제리가 모르는 이야기를 하나 덧붙였다.

칼텍에 머물면서 그곳의 몇몇 한국 유학생들과 알고 지내게 되었다. 나는 지시 받은 대로 가짜 신분으로 날 소개했다. 한인타운에서 부동산업을 하며 대학 문화 강좌에 다니는 사람이라고. 그러다 그중 어느 여학생과 깊은 관계를 갖게 되었는데, 그녀에게만은 한국의 주소를 몰래 알려줬다. 내가 서울로 돌아오고 나서 3개월쯤 지났을 때 그녀가 날 찾아왔다. 우리는 반년 후에 결혼식을 올렸다.

제리의 표정에는 아무런 변화가 없었다. 나는 칼텍에서 그녀를 처음 만났을 때부터의 모든 것, 그러니까 이미 우리 결혼생활이 끝장난 것까지도 그가 알고 있다는 걸 깨닫고는 입을 다물었다.

칼텍에서 머물 때 연구원 하나가 혹시 천리안을 이용해서 여자의 벗은 몸을 본 적이 있냐고 물었다. 나는 상대가 믿지 않을 걸 알면서도 없다고 대답했다.

물론 능력을 깨닫기 시작한 십 대 후반부터 보지 말아야 할 것을 본 적은 수없이 많았다. 부끄러운 일이지만 그때는 그걸로 나 자신을 탓하지 않았다. 나와 같은 능력이 있다면 누군들 그러지 않겠냐고 생각했다.

그런데 아내와 헤어질 무렵에는 막상 이런 생각이 들었다. 그러니까 내가 아내와 헤어진 것은 나라는 인간이 보지 말아야 할 것을 보는 인간이기 때문이 아닌가 하는. 물론 아내는 그런 사실을 모른다. 내게 천리안이 있다는 것조차 모른다. 아내와 나 사이가 멀어진 직접적인 이유는 그것과 아무런 관계가 없다.

그럼에도 불구하고 나의 엿보기와 이혼은 어떤 상징들처럼 느껴졌다. 말하자면 내가 다른 사람들과 무언가 근본적으로 다른 일을 할 수 있는데, 그래봤자 결국 입 밖에 내지도 못할 일이 될 거라는 비관이었다. 내 능력 때문에 이 세상과 나 사이에는 극복할 수 없는 간격이 있는 것 같았다. 제리의 말대로 서로 믿고 있는 심플한 팩트가 다른 것이다. 이력서에 '투시 가능'이라는 말을 쓸 수 없는 한, 나는 결국 이 세상의 진지함이 미치지 않는 곳에서만 유용했고 실제로 내가 투시를 이용해서 무엇을 해왔느냐가 그 사실을 증명했다. 검은 옷을 입고 목적지에 서 있는 남자는 나를 비웃고 있었다.

아내와 헤어진 뒤에는 그런 고민도 더 할 필요가 없었다. 모든 게 거기서 멈추었고 의미를 잃었다. 나는 제리의 친절한 얼굴을 쳐다보며 혼자 생각했다.

자, 언제쯤 말해줄까.

난 이제 투시가 안 돼.

*

종도의 열한 살들은 결국 일을 벌였다. 그러니까 레드 카펫과 접근 금지선과 짧은 문구를 넣은 현수막을 마련했던 것이다. 돼지는 무슨 용도인지는 몰라도 당일에 쓸 선글라스까지 준비했다.

그러나 진짜 일은 내 마음속에서 벌어지고 있었다. 나는 반 애들도 다 하는 물구나무서기를 한다는 게 지극히 별일 아니라는 사실을 인정하고 있었다. 하지만 그 별일 아닌 것이 여러 사람이 보는 앞에서 행해진다는 건 완전히 다른 얘기라는 것도 어렴풋이 느끼고 있었다. 그러니까 그것에 특별한 의미가 부여되는 건 내가 하는 행위 때문이 아니라 남들이 봐주는 행위 때문인 것이다. 내가 물구나무서기를 할 줄 아는지가 아니라, 특정 장소, 특정 순간에 성공하는지가 중요하다는 얘기다. 예능 프로그램에서 연예인이 '도전!'이라고 외칠 때 난데없이 긴장감이 생기는 것처럼, 그것은 무에서 유가 창조되는 순간이었다. 도전 과제가 아무것도 아닌 것일수록 어쩌면 의미를 부여하는 쾌감은 더욱 커지는지도 몰랐다. 세상에서 가장 비싼 그림은 추상화이듯이.

다만 문제는 내게 그럴듯한 추상화를 그릴 능력이 있느냐 하는 것인데, 행사 준비와 별도로 진행되고 있었던 물구나무서기 연습은 참담할 지경이었다.

연습 첫날에는 단 한 번도 성공하지 못했다. 두 발짝 걸은 뒤 두 손으로 땅을 짚는 데까지는 문제가 없었지만, 두 발이 땅에서 떨어지는 순간 갑자기 온 세상이 휘청거리는 듯한 착각에 몸에서 힘이 쭉 빠지며 균형을 잃는 것이었다. 내 두 다리는 장도리의 두 손과는 전혀 상관없는 곳에서 맥없이 허우적거리다가 지면으로 추락했다. 메기와 돼지는 진지하게, 게다가 신이 나서 내게 팔굽혀펴기나 오리걸음을 시켜 팔다리 근육을 강화해주려 했지만, 우리는 모두 알고 있었다. 힘이 문제가 되는 것이라면 섬의 여자애들은 다 뭐냐는 것을.

메기가 이런 말을 해서 미안하다는 표정을 지었다.

“얍실이 진짜 가시내들보다 힘이 없는 거 아녀?”

장도리가 고개를 저었다.

“그럴 리가 없어. 우리 할머니가 그러는디 남자는 꼬추에서 힘이 나온더.”

돼지가 물었다.

“얍실이 혹시 꼬추가 없는 거 아녀?”

나는 다시 찔끔 눈물을 흘렸다. 친구들은 내 어깨를 두드리며 돼지에게 눈총을 주었다.

“내가 보기에 얍실이는 세상을 너무 있는 그대로만 보려는 거여.”

장도리의 주장은 그랬다. 내가 세상을 다르게 보기를 두려워하는 거라고, 지금 보이는 세상에서 벗어나는 걸 원하지 않는 거라고. 나는 항변했다.

“아녀! 나도 다르게 보고 싶어. 여기서 벗어나고 싶어. 근디 내 몸이 못 벗어나는디 어쩌겄어.”

“이 멍추야.”

장도리는 진중하게 말했다.

“이미 벗어났잖여. 두 걸음 걷는 게 괜히 그러는 줄 알어?”

당시에 나는 장도리가 얼마나 중요한 말을 했는지 깨닫지 못했다. 물론 장도리 본인도, 돼지와 메기도 몰랐다. 이 말 속에서 내가 어떤 의미를 발견하기까지는 몇 년이라는 세월이 걸렸다. 그리고 실제로 그것을 적용할 수 있게 되기까지는 더 많은 시간이 필요했다.

하지만 우습게도 물구나무서기를 하는 데는 별 도움이 되지 못한 말이었다. 사흘이 지나서야 열 번에 한 번 정도는 성공할 수 있게 되었다. 갑작스러운 운동으로 생긴 근육통은 성공 확률을 높이는 데 커다란 장애가 되었지만 그래도 또 이틀이 지나서는 다섯 번에 한 번 정도를 성공할 수 있었다.

그러나 아무리 연습을 해도 성공 확률은 20퍼센트를 넘지 못했다. 딱 그 상태에서 그날이 왔다.

*

누군가가 들어와 내 혈액을 채취하고 기본적인 신체 상황을 점검했다. 긴장 때문인지 살짝 현기증이 나는 것 같아 좀 누워도 되겠냐고 물었더니 키 작은 남자는 말 없이 조교 사무실 구석에 있는 작은 소파를 가리켰다. 나는 머리를 대고 눕자마자 곧바로 잠이 들었고 또 곧바로 꿈을 꾸었는데, 얼마 지나지 않아서 그것이 그동안 조각조각 꾸었던 꿈들을 하나로 이은 편집본이라는 걸 깨달았다.

수많은 사람이 넓은 들판을 걷고 있었다. 어디로, 무엇을 위해 걷는지도 모르면서 그들은 일제히 한 방향으로 걸었다. 높은 공중에서 보자니 좀 웃기면서도 으스스한 광경이었다. 행렬의 앞쪽으로 갈수록 사람들은 목적지를 더 분명히 인식하는 것 같았다. 그들은 목적지에 서 있는 검은 옷을 입은 남자를 보고 있었고 그의 표정도 알 수 있었다. 그 남자의 표정은 보는 위치에 따라 다르게 보이는 입체사진 같았기 때문에, 사람들이 보는 그의 표정은 제각각이었다. 사람들의 걸음걸이가 제각각 가볍거나 무거운 건 바로 그 때문이었다. 그때 저 멀리 긴 행렬 속에서 나이키로 온몸을 도배한 남자가 보였다. 그를 보고 있자니 꿈속에서도 웃음이 터질 것 같았는데, 그의 걸음걸이는 걸음걸이라고 부를 수도 없을 만큼 어색하고 서툴고 우스꽝스러웠기 때문이었다. 잠시 그를 보다가 왜 그렇게 걸을 수밖에 없는지를 깨달았다. 두 눈이 있어야 할 자리에는 텅 빈 구멍 두 개만 있었던 것이다. 그는 어떻게든 그 남자의 표정을 보고 싶어서 허둥지둥 걷고 있었지만, 아무리 가까이 가도 자신이 그자의 얼굴을 볼 수 없다는 사실을 몰랐다. 그런데 그렇게 걷는 것 말고는 달리 할 수 있는 일이 없었다.

키 작은 남자가 내 어깨를 흔들었다. 나는 일어나서 그를 따라가는 것 말고는 달리 할 수 있는 일이 없었다.

우리는 공과대학 건물을 나와서 완공된 지 얼마 안 되는 또 다른 건물로 들어갔다. 키 작은 남자가 안내하는 대로 긴 복도를 따라 몇 개의 밀폐문을 지나자 밖에서는 상상도 할 수 없었던 커다란 공간이 나왔다. 빙산처럼 진짜 몸뚱어리는 지하에 감추고 얼마 안 되는 꼭대기만 노출시키고 있는 건물이었다.

그 안에는 엄청나게 크고 복잡한 기계가 몇 사람이 들어갈 정도의 작은 공간만 남기고 가득 차 있었다. 마치 폐차장과 고물상을 합쳐놓은 듯한 모습이었다. 다만 모든 게 녹슨 데 하나 없이 반짝거린다는 것만 다를 뿐이었다.

"오늘 밤 안으로 마지막 점검을 할 계획이었지만 틀렸어요. 최고의 인력과 자원을 쏟아부었는데도 간신히 조립만 마친 거죠.

기술진은 그것도 기적이라고 합니다만."

키 작은 남자와 제리의 얼굴에는 정말로 힘들고 지친 표정이, 그리고 내 생각일지는 모르지만 체념 같은 것이 떠올라 있었다. 나는 잠자코 그들의 이야기를 들었다.

"대형 운석이 다가오고 있습니다. 한 달 전 NASA에서 발견했죠. 속도가 굉장히 빨랐고 궤도가 태양 뒤쪽이었기 때문에 발견이 늦었는데, 그렇다고 우려할 일은 아니었어요. 태양 뒤쪽으로 그냥 지나가는 궤도였으니까요. 그런데 3주 전에 위험한 징후가 포착됐어요. 태양의 인력 때문에 운석의 진행 방향이 타원을 그리며 휘기 시작한 겁니다."

그는 제리를 흘끗 쳐다보고는 다시 말을 이었다.

"지금은 지구에서 보자면 태양 뒤에서 지구를 향해 다가오고 있습니다. 아마 태양 속으로 흡수될 거라고 예상됩니다. 대략 일주일 후가 될 겁니다."

나는 어안이 벙벙해서 그를 쳐다봤다.

"우리로서는 대비를 해야 하기 때문에 그게 얼마나 크고, 모양은 어떤지, 표면 상태는 어떤지를 확인해야 합니다. 아, 색깔도 중요합니다. 밀도와 재질을 알 수 있으니까요."

"그걸 왜 나한테 얘기하는네요?"

키 작은 남자는 여전히 차분하게 말했다.

"당신이 봐줘야 하니까요."

"내가 그걸 어떻게 봐요?"

제리가 영어로 짧게 한마디를 했다. 키 작은 남자는 불만스러운 표정을 지으며 말했다.

"예전에 칼텍에서 다 했다면서요."

"내가 언제 그런 걸…."

나는 말을 잇지 못했다. 칼텍에 있을 때 내가 본 어떤 장면들, 그러니까 바닷속이나 사막이나 극지방이라고 생각했던 곳들이 꼭 지구라는 보장은 없다는 데 생각이 미쳤다.

"혹시 칼텍에 있을 때 투시가 더 잘 된다거나 상이 더 명확하게 보인다고 생각했었나요?"

나는 힘없이 고개를 끄덕였다.

"지금 여기 있는 장비의 축소판이라 할 만한 것이 그때 사용된 겁니다. 15년 전 칼텍 실험에서 밝혀낸 중요한 사실 중 하나가 서권 씨의 투시 능력, 정확히 말하면 뇌 시상하부에서 광자를 감지하는 능력이 증폭되는 순간은 산화물 상태의 베릴륨보다는 베릴륨-8이 자발적으로 핵분열을 일으켜 2개의 알파 입자가 생성될 때…."

그의 말은 전혀 내 귀에 들어오지 않았다. 투시를 못 한다는 말을 언제 해야 할지 생각하고 있었기 때문이었다. 오늘 내내 그 말을 하는 순간을 떠올리며 혼자 통쾌해했는데 지금은 갑자기 엄청나게 겁이 났다. 그 말을 꺼내서 통쾌해질 수 있는 순간은 어쩐지 한참 전에 지나가 버린 것 같았다.

"…그러니까 투시의 기회는 단 한 번뿐입니다. 방사능 동위원소가 파괴되면 아무 쓸모도 없어지는 거죠. 이만큼의 시설을 꾸미려면 또 열흘 정도가 걸립니다."

그 말을 듣는 순간 정신이 번쩍 들었다.

"내가 매번 성공하지 못한다는 건 알고 있죠?"

"압니다. 이 일을 결정한 사람들도 이게 도박이라는 걸 알고 있습니다."

“실패할 확률이 훨씬 더 높아요.”

“우리가 당신을 찾아왔다는 게 무슨 의미인지 생각해보세요. 검토해볼 만한 다른 가능성이 1퍼센트라도 있었다면 그걸 택했겠죠. 지금의 과학으로는 태양 뒤에 있는 걸 볼 수 있는 방법이 없습니다. 더군다나 일주일이라는 시간 안에는.”

“그러니까 이 점만 확실히 하자고요. 실패해도 내 책임은 아니라는 거. 알았죠?”

제리와 키 작은 남자는 수긍한다는 듯 고개를 끄덕였다. 나는 간신히 부담을 씻어서 기분이 나아졌지만 석연찮은 게 아직 남아 있었다.

“그런데 왜 굳이 그걸 보고 싶어 하는 거예요? 거기 뭔가 설명이 더 있어야 될 것 같은데.”

키 작은 남자와 제리가 시선을 마주쳤다. 질문을 미리 예상했지만 대답에 대해서는 아직 결정을 못 한 듯했다. 마침내 제리가 고개를 끄덕였다. 키 작은 남자는 내키지 않는 태도로 지금까지 꺼져 있던 모니터를 켰다.

“이게 태양이고 이게 수성, 금성, 지구입니다. 그리고 이쪽에 보이는 노란 선이 그 운석이 지금까지 날아온 궤적입니다.”

나는 동영상을 삼시 보다가 그 운석이란 게 마치 야구공과 비슷하다는 생각을 했다. 그것은 평범한 곡선을 그리며 날아오다가 갑자기 낙차 큰 포크볼처럼 태양 가까이에서 궤도를 꺾었다. 그 자연스럽지 않은 각도에는 어쩐지 등골이 오싹해지는 점이 있었다. 반드시 삼진을 잡고야 말리라는 투수의 강한 의지 같은 것이. 충분히 유능한 투수라면 지구처럼 커다란 스트라이크 존에 공을 꽂는 것이 어려울 리가 없었다.

"그리고 이게 처음 발견되었을 때의 운석의 모습입니다."

고구마를 찍은 거라고 해도 믿을 것 같은 사진 한 장이 또 다른 모니터에 나타났다. 그 모습은 전혀 위협적이지 않아서 오히려 허탈한 기분이 들었다.

"사실대로 말하자면 운석의 궤적은 태양의 인력으로는 도저히 나올 수 없는 각도로 꺾였습니다. 지구 쪽으로 향하기 위해서 마치 스스로 방향을 튼 것처럼. 그리고 그 각도는 우리가 관측할 수 없는 유일한 곳, 즉 태양 뒤로 가기 위한 각도였습니다. 그런데 우리는 그것이 무엇인지 아직 모릅니다."

내가 말없이 가만히 있자 제리가 내 어깨 위에 살짝 손을 올리며 말했다.

"걱정할 필요 없어요. 당신의 투시 능력은 사라지지 않았습니다."

나는 펄쩍 뛸 듯 놀라며 제리를 쳐다보았다. 제리는 KFC 할아버지처럼 기름기 많은 미소를 지었다.

"그건 당신 생각일 뿐이에요. 칼텍에서 우린 그걸 알아냈어요. 당신의 투시는 뇌 가장 깊은 곳, 그러니까 숨을 쉬고 심장이 뛰게 하는 곳과 같은 곳에서 이루어집니다. 당신이 숨 쉬는 한 투시 능력은 사라지지 않아요. 당신에게 최후까지 알리지 않고 아무런 준비도 시키지 않은 건 그 때문입니다."

좀 억울한 기분이 들었지만 제리의 말은 확실히 나에게 희망을 안겨주었다. 어쩌면 내가 진짜로 중요한 일을, 역사책에 이름이 남을 일을 하는 건지도 모른다는 생각이 들었다. 그러자 갑자기 코끝이 시큰해지며 창피하게도 입술이 몇 초 동안 경련을 일으켰다. 키 작은 남자는 내가 긴장한다고 생각했는지 어깨를 두드리며 다른 모니터를 켰다.

"그리고 마지막으로 보여드릴 사진은 운석이 태양 뒤로 들어가기 직전에 찍은 겁니다."

모니터를 향해 고개를 돌린 나는 온몸이 얼어붙었다.

"아마 연약한 암석들이 도중에 떨어져 나간 것 같습니다. 이 특이한 모양에 대해서는 몇 가지 가설이 있긴 한데 아직 확실한 건 아무것도 없습니다."

화질이 아주 나쁜 네거티브 필름이었다. 거기서 우주는 눈 덮인 벌판처럼 하얀색이었고 별들이 크고 작은 검은색 점들로 찍혀 있었다. 그리고 그 한가운데에 위아래로 길쭉한 형태의 검은색 덩어리가 있었다. 위쪽은 둥근 구체 형태였고 아래쪽은 세로로 긴 직사각형 꼴이었는데 자세히 보면 두 갈래로 갈라져 있는 걸 알 수 있었다. 학자들 사이에서는 의견이 분분하겠지만 내게 그것은 착각할래야 착각할 수가 없는 모습이었다.

나는 꿈속에서 수백 번은 보았던 검은 옷 입은 남자의 사진을 오랫동안 바라보았다.

다시 벤츠를 타고 고시원으로 돌아왔다. 그러기 위해서 정말 힘겨운 입씨름을 벌여야 했는데, 제리와 키 작은 남자는 내가 그들이 마련한 호텔 특실에서 셰프의 영양식을 잔뜩 먹고 알코올에 찌든 몸을 하룻밤이라도 푹 쉬게 하길 바랐기 때문이었다. 결국 나는 술은 절대 입에 대지 않겠다는 맹세를 하고서야 오늘 밤을 내 맘대로 보내겠다는 뜻을 관철시킬 수 있었다. 신기하게도 우리는 그런 얘기들을 하는 동안에 지구의 미래, 혹은 우리 자신들 운명에 대해서는 단 한 번도 단 한 마디도 하지 않았다. 마치 내일 중요한 콘서트를 앞두고 있는 제멋대로인 록스타와 성실한 밴드 멤버들처럼 아웅다웅했을 뿐이었다.

고시원에 돌아와서 가장 먼저 한 일은 밀린 방세를 갚은 것이었다. 키 작은 남자가 준 빳빳한 수표를 내밀자 총무는 가자미눈을 뜨고 날 쳐다봤는데, 어디서 훔쳤냐고 묻고 싶지만 방세를 받는 게 더 급하니 입을 다물겠다는 표정이었다. 방으로 돌아오자 박 씨가 어딜 갔다 온 거냐고 눈을 둥그렇게 뜨고 물었다. 당신이 혼자 나가버려서 나도 혼자 산책을 했다고 퉁명스레 둘러댔더니 그는 주머니에서 작은 종이봉투를 꺼내 나한테 머뭇머뭇 내밀었다. 전에 일했던 병원에서 위장에 무리가 적은 두통약을 구해왔다는 것이었다. 나는 한참 말을 못 하다가 수표로 방세를 내고 남은 돈 전부를 박 씨의 호주머니에 억지로 집어넣었다. 앞으로 일주일 동안 그 돈으로 어딘가 여행이라도 떠나라는 조언과 함께. 박 씨를 방에서 내보낸 뒤에는 스스로 호구가 된 기분이 들었지만 어차피 그 돈을 더 잘 쓸 방법도 없다는 생각이 들었다.

나는 나이키를 전부 벗어버리고 옛날 옷들을 꺼내 입었다. 낡고 후줄근했지만 그나마 빨아서 보관해둔 게 다행이었다. 그리고 고시원을 나와 정말 오랜만에 버스를 타고 한 시간 정도를 달려서 내 옛집인 낡은 빌라로 갔다.

현관 앞에서 초인종을 누르기 직전, 아주 강하게 투시를 하고 싶은 충동을 느꼈다. 나도 모르게 단계를 밟아나가다가 몸을 부르르 떨며 간신히 멈추었다. 만약 지금 투시가 성공하기라도 하면 내일 못 하게 될 수도 있었다.

아내는 나와 헤어진 뒤에도 한동안 이 집에서 계속 살았다. 하지만 그 뒤로 이사를 갔는지, 혹은 이 집에서 여전히 혼자 살고 있는지, 아니면 다른 남자와 살고 있는지는 알지 못했다. 심지어

내가 무슨 생각으로 여기 왔는지도 알지 못했다.

미친 사람처럼 제자리를 빙빙 돌고 있으니 집 안에서 인기척이 들렸다. 나는 재빨리 계단 쪽으로 몸을 돌렸다. 그 순간 누구세요 하는 아내의 목소리가 내 뒤통수를 끌어당겼다. 나는 그자리에서 굳어버렸고, 체인을 걸친 현관문이 열렸고……

그때부터 갑자기 머릿속에서 맥박이 쿵쿵거리고 피가 혈관을 질주하더니 눈앞이 흐려졌다. 신발장 앞에 있는 신발 몇 켤레 중에 남자 신발이 있는지를 확인할 수도 없었고, 벽에 붙은 사진에 누가 들어 있는지도 볼 수가 없었다. 나는 조금 비틀거리며 거실로 들어가 다행히 예전 그대로의 위치에 있는 소파에 천천히 앉았다. 아내를 보면 특별히 준비한 말이 없더라도 둑이 터진 것처럼 말이 쏟아져 나올 거라고 생각했는데 그렇게 되지는 않았다. 간신히 할 말을 떠올렸다가 아내가 입술을 달싹이는 것 같아서 급히 입을 다물었다. 그러는 사이에 우리 둘 다 어떤 타이밍을 놓쳤다는 생각이 들었다. 아내는 가만히 서 있다가 갑자기 집 밖으로 나갔다. 나는 좀 당황스러운 기분으로 텅 빈 집 안에 혼자 앉아 있다가, 문득 지금 상황이 어떻게 전개되고 있는지를 깨닫고는 깜짝 놀랐다. 그러니까 나는 이혼한 전남편이고 어떻게 보면 생판 남보다도 훨씬 불편한 사이인데 몇 년간 연락 한번 없다가 갑자기 찾아온 것이다. 어쩌면 아내는 무슨 용무인지나 들어보려고 문을 열었을 뿐인데 내가 무단으로 몸을 들이민 것일 수도 있었다. 금방이라도 아내가 동거하고 있는 남자나 경찰을 데리고 들어올 것만 같았다. 나는 마지막으로 이 집에 경찰이 왔을 때를 아직 기억하고 있었다. 아내는 배를 감싸 쥐고 바닥에 엎드려 있었고 경찰관은 내 팔을 경찰봉으로 때려서 손에 든 칼을 떨어뜨렸다. 자살은 내가 하려 했지만 엉뚱하게도 그날 죽은 것은 아내의 배 속에 있던 우리의 아이였다. 이 갑작스러운 방문을 그녀가 얼마나 충격적으로 받아들일지를 생각하니, 이보다 더 큰 실수가 없다는 생각이 들었다.

서둘러 일어서는 순간 아내가 집 안으로 들어왔다. 그녀는 다른 남자나 경찰을 데려오는 대신에 검은 비닐봉지 두 개를 들고 있었다. 나는 다시 엉거주춤 소파에 앉았고, 아내는 마치 내가 여기 없는 것처럼 곧바로 소파 뒤로 돌아서 주방으로 갔다. 잠시 후 뭔가를 씻는 물소리와 도마 위에서 칼이 움직이는 소리와 가스레인지를 켜는 소리가 들렸다. 아내는 저녁을 짓는 중이었다. 잠시 후에는 고소한 밥 냄새와 매콤한 양념 냄새가 집 안에 가득 찼다. 그 옛날과 똑같은 소리와 냄새가 행복한 기억을 불러냈고 나는 지금이 그때인 것 같은 착각에 빠졌다. 언제나 상차림의 마지막이었던 수저 놓는 소리가 들리자 나는 소파에서 일어나 식탁에 가서 앉았다.

우리는 단 한 마디도 하지 않고 천천히 수저를 들어 밥을 먹기 시작했다. 음식을 씹는 나지막한 소리와 수저가 그릇에 부딪히는 조심스러운 소리들이 한동안 우리 주위를 떠돌았다. 그리고 나는 어느 순간부터 눈물을 흘리기 시작했다.

아내는 애써 외면하다가 결국 수저를 놓고야 말았다. 나는 식탁에서 일어서서 아내에게로 가 무릎을 꿇고는 그녀의 발치에 엎드려 울었다. 한 번도 울어보지 않은 사람처럼 서툴게 펑펑 울었다.

*

할아버지의 환갑잔칫날에는 새벽부터 비가 쏟아졌다. 아침 일찍 우리 집에 모인 친구들과 나는 레드 카펫과 기타 준비물들을 옆에 두고 마루에 앉아 처마에서 줄줄 떨어지는 빗물을 멍하니 쳐다보았다. 앞마당은 온통 물구덩이가 됐으니 당연히 물구나무서기 행사는 취소였다. 우리는 안도하면서도 어쩐지 조금은 섭섭한 마음을 금할 수가 없었다.

그때 안방 쪽에서 막 잠에서 깨신 할아버지의 걸걸한 목소리가 들렸다.

"서권아, 앞마당은 다 젖었응게 마루에서 혀야 쓰겄다."

"예?"

한창때 벌교 쪽에서 주먹도 좀 쓰셨던 할아버지는, 본인이 입 밖에 낸 얘기는 단 한 마디도 잊는 법이 없었다.

그래서 우리는 넓은 마루 한가운데에 특설 무대를 마련하기로 했다. 레드 카펫을 깔 자리와 그 주위로 접근 금지선을 설치할 가상의 라인을 결정했다. 접근 금지선은 돼지와 메기, 그리고 그날 우리 집에 올 사촌 동생들이 붙들고 있는 것으로 결정했다. 장도리가 갑자기 이불을 펴고 끝에 서서 내게 눈짓을 하더니 두 팔을 뻗어 자세를 잡았다. 눈앞에 펼쳐진 레드 카펫을 보자 나는 숨이 턱 막히는 느낌이 들었지만, 할아버지가 방에서 나오기 전 마지막 리허설 기회라는 걸 알았기 때문에 얼른 자세를 잡고 두 걸음을 디뎌 몸을 뒤집었다.

꽈당.

나는 마룻바닥 위를 뒹굴다가 소리를 듣고 부엌에서 달려 나온 엄마와 눈이 딱 마주쳤다. 그 순간 엄마의 얼굴에 떠오른 표정을 아직도 잊지 못한다. 우리는 걱정과 미안함과 동정과 절망과 사랑이 섞인 복잡한 시선을 잠시 교환했고, 엄마는 곧바로 잔치 음식을 준비하러 다시 부엌으로 들어갔다.

물구나무서기를 연습해볼 기회는 그것이 마지막이었다. 아침이 지나자 이른 배로 출발했을 육지의 친척 어른들과 동네 노인들이 하나둘씩 집 안으로 들어오기 시작했다. 사람 하나가 대문으로 들어올 때마다 머릿속에서 피가 한 방울씩 빠져나가는 듯한 기분이었다. 손님들은 예상보다 훨씬 많았다. 서울 사는 할아버지의 형제자매들은 물론이고 아버지의 형제자매들, 각각의 아이들, 그리고 동네 사람들이 멀끔하게 차려입고 손에는 뭔가 보따리를 든 채로 큰 소리로 인사를 하며 들어왔다. 나는 어렸을 때 친하게 지냈던 사촌 동구 형이 와준 게 제일 반갑고 힘이 됐다. 고등학생인 동구 형은 완전히 어른 같았다. 난생처음 보는 할아버지들 열댓 명이 한꺼번에 젖은 마당 위에서 우리 할아버지에게 큰절을 올리는 장면도 인상적이었다. 그분들이 한목소리로 형님 만수무강하십쇼! 하고 외치는 순간에는 집 안에 일시적인 침묵이 감돌기도 했는데 어쨌거나 할아버지는 무척이나 기분이 좋은 듯했다.

나는 엄마 심부름을 하느라 정신이 하나도 없었다. 그리고 몇 시간을 그렇게 바쁘게 보내다 보니 기분도 나아지고 왠지 모를 용기도 조금 생기는 것 같았다. 까짓것 하면 되잖아. 아침에 한 번 실패했으니 성공 확률은 더 높아진 거 아냐. 어느 순간부터 나는 수십 명의 환호와 박수를 받으며 두 손을 번쩍 들어 올리는 상상을 하고 있었다. 그때 장도리가 부엌문 앞으로 와서 작은 목소리로 날 불러냈다.

"왜?"

"미안해서 어쩌냐. 갈도 애들이 왔단다."

나는 가슴이 철렁 내려앉았다. 갈도 애들이 왔다는 건 우리에게는 휴전선이 무너졌다는 소리였다. 그놈들은 꼭 1년에 한두 번은 우리 섬에 와서 패싸움을 거는 악의 화신들이었다.

"그럼 어쩔라고. 지금 나만 두고 간다고?"

메기와 돼지는 미안해 죽겠다는 표정을 지으며 고개를 끄덕였다.

"지금 마루가 미어터질 것 같은디 그걸 하겄냐? 너까지 가자는 말은 안 할 테니께 할아버님 잔치 잘 도와드려라, 이?"

장도리는 갓 입대하는 청년 같은 표정을 지으며 내 손을 꼬옥 잡더니 나머지 둘을 끌고 번개같이 사라져비렀다.

나는 어이가 없어서 잠시 멍하니 서 있었다. 그 순간 대청 쪽에서 할아버지의 커다란 목소리가 터져 나왔다.

"서권아! 서권이 어딨냐!"

"예!"

후들거리는 두 다리에 억지로 힘을 주며 할아버지에게 달려갔다. 할아버지는 인사치레로 받은 술 때문에 이미 얼굴이 불콰하게 물들어 있었다.

"서권아, 나한테 줄 선물 준비했지?"

나는 한참 만에 기어들어 가는 목소리로 대답했다.

"그거 다섯 시 정각에 받을 테니께, 혹시 내가 까먹더라도 그냥 혀라, 이? 큰 소리로 손님들에게 한바탕 인사 잘하고 혀야 된다. 알겄냐?"

"……."

"왜 대답이 없냐?"

할아버지 주위의 어르신들은 열한 살 난 손자가 대단한 선물을 준비했나 보다고 벌써부터 칭찬을 늘어놓기 시작했다. 할아버지는 내 눈을 지그시 보더니 그만 가보라고 손짓했다.

나는 11년간 할아버지와 함께 산 덕에 방금 할아버지의 그 눈빛이 뭘 의미하는지 잘 알고 있었다. 언젠가 아빠가, 또 언젠가 작은할아버지가 이런 눈빛의 할아버지를 거역했다가 초상을 치를 뻔했던 사실을 또렷이 기억했다. 할아버지가 원망스럽고 겁이 나서 눈물이 날 것 같았다.

나는 황급히 사촌 꼬마들을 불러서 접근 금지선으로 마련한 노란 끈을 주며 해야 할 일을 지시했다. 그 녀석들은 무슨 게임이라도 하는 줄 여겼는지 서로 자기가 하겠다고 난리법석을 피웠다. 엉겨 붙는 녀석들을 떼어내고 이번에는 동구 형에게 달려가 대충 사정 얘기를 하고 이따가 다리를 좀 잡아달라고 부탁했다. 동구 형은 마뜩잖은 표정으로 애매하게 웃더니 하여튼 알았다고 말했다. 그리고 나는 모금함과 현수막을 가지러 내 방으로 갔는데, 맙소사, 종이 상자로 만든 모금함은 누군가가 밟아서 짜부라져 있었고 현수막은 반으로 찢어져 있었다. 방에서 수다를 떨고 있는 동네 할머니들을 뚫고 들어가 가위와 테이프를 찾아 상자를 다시 펴고 현수막을 붙이는 와중에 갑자기 뒤뜰에서 아이들의 비명 소리와 우는 소리가 들렸다. 가슴이 철렁해서 얼른 달려갔더니 아니나 다를까 접근 금지선을 놓고 다투던 사촌 꼬마들이 결국 주먹질을 하고 코피까지 흘리고 있는 것이었다.

고모들이 달려오기 전에 얼른 코피를 닦아주고 시계를 보자 벌써 5시 5분 전이었다. 나는 구겨진 모금함과 찢어진 현수막을 들고 마루 구석으로 갔는데 거기서는 고모부들이 레드 카펫 위에서 고스톱을 치고 있었다. 화를 낼 힘도 없어서 나는 말없이 그 판을 뒤엎은 뒤 사람들을 거기서 몰아냈다. 그리고 빨간 이불을 대충 펼쳐놓고 동구 형을 불러 이불 한쪽에 서게 했다.

"다만 새로운 눈으로 보는 것일 뿐…. 그게 뭐야?"

동구 형이 찢어진 현수막을 보며 물었다. 그게 뭔지를 설명하자니 머릿속이 아득해지는 느낌이었다. 나는 심호흡을 한 뒤 이를 악물고 목이 터져라 외치기 시작했다.

"안녕하십니까. 저는 종도초등학교 4학년 1반 6번 김서권입니다. 제가 지금부터 보여드릴 것은…."

나는 거의 1분 동안 지난 며칠간 친구들과 함께 만든 인사말을 읊었다. 그 인사말은 물구나무서기를 그럴듯하게 포장하려는 의도에서 만들기 시작한 것이지만, 시간이 지나면서 그 안에 우리들의 철학과, 세상을 보는 시선과, 꿈꾸고 싶은 미래 같은 것들이 담기기 시작했다. 나는 그 인사말을 점점 더 좋아하게 되었고 그것이 물구나무서기 퍼포먼스보다 훨씬 더 훌륭하다고 믿었다. 그러나 내가 큰 목소리로 말한 단어는 아마 '안녕하십니까'가 전부였던 것 같다. 왜냐하면 마침 딱 그때 우스꽝스러운 전통 의상을 갖춰 입은 아빠와 아빠 친구들이 대문으로 들어오며 풍물놀이를 시작했기 때문이었다. 삽시간에 마루에 앉아 있던 사람들이 일어서서 마당 쪽을 보며 박장대소를 하기 시작했다. 근처에서 접근 금지선을 붙들고 있던 사촌 꼬맹이들은 어디론가 사라졌고, 사람들이 밀고 밟는 통에 레드 카펫에는 이리저리 주름이 지어졌다. 동구 형도 어정쩡하게 서서 발뒤꿈치를 들고 역시 마당 쪽을 보느라 정신이 없었다. 나는 무의식적으로 고개를 돌려 할아버지

쪽을 보았다.

그런데 정말 기적처럼 수십 명의 손님들 사이로 난 좁은 틈으로, 나와 할아버지의 시선이 마주쳤다. 아빠가 준비한 엄청나게 성공적인 쇼에도 불구하고 할아버지는 내 쪽을 보고 계셨던 것이다. 할아버지는 부드럽게 미소를 지으며 나를 향해 고개를 끄덕였다.

나도 할아버지를 향해 고개를 끄덕였다. 그리고 주름진 레드 카펫 위로 한 걸음을 옮겼다.

*

머리 양쪽에 연결한 전극이 차차 따뜻해졌다. 제리는 지구에서 태양까지의 거리와 시각적 위치를 가늠할 수 있는 몇 장의 사진들을 보여줬는데 나는 흘끗 쳐다본 뒤 가져가라고 손짓했다. 그런 건 투시 초보 적에나 도움이 되었을 뿐이었다.

제리가 사인을 보냈고 키 작은 남자가 내 어깨를 살짝 두드렸다. 나는 심호흡을 하며 평소에 투시를 할 때처럼 두 눈을 크게 떴다. 그리고 머릿속에서 금성을 향해 한 발을 내디뎠다. 그리고 수성을 향해 또 한 발을 뻗었다. 마지막으로 태양에 두 손을 짚고 몸을 뒤집으며 태양 뒤를 들여다봤다.

조교 사무실에서 아침 식사를 하는 동안 혼자 곰곰이 생각했다. 내 인생에 있었던 도전의 순간들을 떠올려보면, 결국 내가 두려워한 것은 그것이 냉혹한 걸음걸이로 나에게 다가오고 있다는 사실이었을 뿐 그 순간 자체가 아니라는 생각이 들었다. 성공이냐 실패냐, 그건 내 몫이 아니었다. 왜냐하면 성공과 실패를 결정

짓는 주사위는 온 우주에서 단 하나밖에 없는데, 그건 어차피 하느님부터 나까지 모두가 공용하고 있는 것이기 때문이다.

어쩌면 모든 일은 너무나 분명한 균형 속에서 벌어지고 있었다. 남들이 다 하는 물구나무서기를 내가 할 수 없다는 것과, 아무도 못 하는 투시를 내가 할 수 있는 것. 투시를 못 해도 다 볼 수 있는 검은 옷 입은 남자의 얼굴을, 투시를 하는 나만은 볼 수 없다는 것. 참으로 씁쓸하면서도 공평한 균형이었다.

그런데 마침내 균형을 깨뜨릴 기회가 찾아왔다. 물구나무서기도 하고 검은 옷 입은 남자의 얼굴도 볼 수 있는 기회가.

식사를 거의 마쳤을 때 조교가 들어와서 할아버지 환갑날 내 물구나무서기의 결과는 어땠는지를 물었다. 짐짓 덤덤한 태도로 물었지만 얼굴에는 궁금해 죽겠다는 기색이 역력했다. 내가 운석 투시에 성공하고 돌아와서 다음 이야기를 들려주겠다고 했더니 꼭 그래야 한다고 몇 번이나 다짐을 받아냈다.

하지만 미안하게도 나는 그 이야기를 들려줄 수가 없었다.

*

그날 종도 옛집 마루에서의 물구나무서기는 사실상 성공 여부를 판가름하기 어려운 결과로 끝났다. 내 입장에서는 발을 내딛는 순간부터 기억이 사라졌다고밖에 말할 수 없는데, 다른 사람들 입장에서는 느닷없이 애가 마루에 손을 짚고 몸을 거꾸로 세우더니 꼿꼿이 굳은 채로 그대로 쓰러져서 입에 거품을 물었다는 것이었다. 기절하기 직전의 얼마 안 되는 시간을 가만 돌이켜보면 한 발을 내딛는 순간 '너무 나갔다'는 느낌이 들었고, 손을 짚는 순간 '여긴 어디지?'라는 느낌이 들었고, 눈을 뜨는 순간 '저 사람 누구지?'라는 느낌이 들었던 것 같았다. 나중에야 상기할 수 있었지만 검은색 옷을 입은 사람이 나에게 등을 지고 서 있는 모습을 본 듯했다. 그때는 내가 그의 표정을 평생 궁금해할 거라는 사실을 알 수가 없었다.

아무튼 나는 서울대학교 공과대학에 마련된 1억 달러짜리 시설 안에서 태양을 향해 물구나무서기를 했다. 그리고 내 인생에서 가장 성공적인 물구나무서기를 하는 대가로 다시는 투시를 할 수 없게 되었다. 투시의 궁극적인 이유가 사라졌기 때문이었다. 투시를 가능하게 하는 뇌 깊은 곳의 활동도 멈췄다. 제리의 말대로 그 부분은 숨을 쉬거나 심장이 뛰는 것에도 관여하고 있었기 때문에 내 호흡과 맥박도 정지했다. 물론 그렇게 될 것을 나는 알고 있었다. 검은 옷을 입은 남자를 직접 보는 것은 어디까지나 반칙이니까.

안타깝게도 내가 역사책에 기록되지는 않았다. 그 대신에 제리는 노벨 물리학상 2회 수상의 기록을 남기게 되었다. 그는 관측 행위만으로도 물질의 상태가 결정될 수 있다는 양자론의 코펜하겐 해석을 바탕으로 새로운 학설을 제시했는데, 그 학설의 옳고 그름을 떠나서 무엇으로부터 영감을 얻었는지는 분명했다. 태양 뒤에서 다가오던 운석은 내가 그것을 보는 즉시 사라졌던 것이다. 운석은 사라졌고 나는 죽었기 때문에 유엔으로서는 모든 것을 덮기가 수월해졌다. 대신에 엄청난 예산집행의 근거를 마련하기 위해 아주 복잡한 거짓말을 시작해야 했다.

꿈이 아닌 현실에서는 처음으로 나는 운석의 모습을 하고 나타난 검은 옷의 남자를 정면에서 또렷하게 보았다. 내 불안한 예상과는 달리 그는 나를 조금도 비웃고 있지 않았다. 말로 묘사하는 게 불가능한 표정을 짓고 있었지만 평생을 기다려서 볼 만한 가치가 있는 얼굴이었다. 그의 얼굴을 본 순간 나는 인간이라면 누구나 걷는 그 행렬이 무의미하지 않다는 것을 이해하게 되었다.

마음의 지배자

그때 교실에서는 한창 쌈치기가 유행했다. 돈을 걸고 하는 일종의 내기였는데, 한 사람이 손에 동전 몇 개를 잡아 쥐면 다른 사람이 판돈에 해당하는 동전을 들고 어찌, 니, 쌈 중 두 가지를 불러서 상대가 손에 쥔 동전의 개수를 맞추는 게임이었다. 먼저 부른 것이 맞으면 판돈을 건 사람이 승리, 두 번째가 맞으면 무승부, 그도 아니면 판돈을 빼앗겼다. 눈치도 기세도 잔머리도 소용없는 게임이었다. 대여섯 개의 동전이 부딪치는 소리로 개수를 구별할 수 있는 사람은 아무도 없었다. 손이 펼쳐지기 전까지는 결정된 것이 없는, 상당히 공평한 게임이라고 할 수 있었다.

하지만 그것을 하는 아이들과 하지 않는 아이들은 보통 정해져 있었다. 그리고 조금 더 따는 아이들도 어쩐지 결정되어 있었다. 이런 게임에서 더 딴다는 것은 이론적으로 설명이 불가능했지만 고1 학생들의 삶에서 그 정도 신기한 일은 넘쳐났다.

문래는 쌈치기를 하지 않는 아이였다. 그래서 문래가 조금 더 잃는 아이인지 따는 아이인지는 아무도 알지 못했다. 그런데 막상 어느 날 게임을 시작하자, 문래는 조금 더 정도가 아니라 항상 따는 아이인 것으로 밝혀졌다. 무승부도 없어서 두 번째 숫자를 말할 필요도 없었다. 아이들은 비결이 뭐냐고 물었다. 문래는 '보인다'고 대답했다. 아이들은 문래가 '들린다'는 말을 그럴듯하게 돌려 말한다는 생각에 살짝 기분이 상했지만 문래는 상기된 얼굴로 같은 말을 반복했다. 문래는 원래 서너 명만 자신을 쳐다봐도 얼굴이 붉어지는 아이였다. 반 친구들은 신기하긴 해도 대단하다고 생각하지는 않았다. 문래가 자신이 항상 딴다는 걸 안 뒤로는 쌈치기를 하지 않았기 때문에 더 문제 될 것도 없었다. 선생들에게 알릴 문제는 더구나 아니었다.

유행이 쌈치기에서 개구리로 넘어가면서 양상은 조금 더 심화되었다. 개구리는 종이로 접은 개구리 두 마리를 대결시켜 위로 올라가는 놈이 이기는 게임이었다. 개구리 엉덩이를 손톱이나 볼펜 끝으로 눌렀다가 놓으면 개구리는 앞발을 들고 폴짝 뛰었는데, 본격적인 학업 성적 압박을 받기 직전 고1 학생들의 심정만큼이나 그 도약은 시원찮고 애처로웠다.

문래는 모든 개구리 게임에서 이겼다.

전에 보여줬던 문래의 쌈치기 실력을 기억하고 있는 몇몇 아이들은 신기하다는 감상을 넘어서서 얼떨떨한 기분을 느꼈다. 그래도 그 기분을 입 밖으로 애써 표현하는 경우는 드물었다. 일단 할 말을 머릿속으로 구성하다 보면 참으로 설명할 수 없는 묘한 느낌에 사로잡혔다. 아이들은 그래서 그냥 찝찝하다고 말하고 지나갔다. '찝찝하다'를 발음할 때 그들의 혀는 아주 좁은 공간에서 심상찮게 꿈틀대다가 고작 된소리 두 개를 내놓을 뿐이었는데, 그 양상은 그들의 심정과도 비슷했다.

문래는 곧 개구리 게임을 그만두었다. 그래서 이번에도 친구들로부터 지나친 관심을 받는 것을 피할 수 있었다. 고1 남자애들이 관심을 두는 대상은 거의 정해져 있었는데, 낯을 많이 가리며 대수롭지 않은 것을 아주 잘하는 동성 친구는 거기에 포함되지 않았다.

문래네 반에는 성한이라는 친구가 있었다. 성한은 다른 아이들보다 두 살 위였다. 성한이 중학교에서 퇴학당한 적이 있다는 사실을 반 아이들은 전부 알고 있었다. 담임선생은 그렇게 지시한 적이 없었지만, 아이들은 모두 성한을 형이라고 부르며 존댓말을 했다. 몰라서 그러지 못했던 아이들은 방과 후에 성한에게 얻어맞으며 그 사실을 배웠다.

성한은 가끔 아이들에게 용돈을 받았다. 한 아이를 찍어서 지속적으로 받는 것은 피했고, 여러 명에게 돌아가며 푼돈을 요구했기 때문에 큰 문제가 되지는 않았다. 성한은 웃으며 달라고 했고 주는 아이들도 웃으며 지갑을 열었다. 성한을 따르는 네댓 명이 있었기 때문에 이 시스템은 아주 견고하게 유지되었다. 반 아이들 대부분은 이를 통해서 세상 돌아가는 방식의 일부를 배웠다.

어느 날 성한은 문래에게 용돈을 달라고 했다. 거의 한 달 만이어서 다른 사람들보다 차례의 간격이 짧았던 것도 아니었다. 그런데 문래는 고개를 저었다. 성한은 문래가 잘못 들었다고 생각하고 다시 웃는 얼굴로 용돈을 요구했다. 문래는 이번에도 고개를 저었다. 문래의 의사를 똑똑히 안 성한은 웃으며 고개를 끄덕이다가 문래의 따귀를 후려갈겼다. 몸이 가냘픈 문래는 앉아 있던 의자에서 튕겨 나갈 만큼 큰 충격을 받았다. 문래는 뺨을 문지르며 의자 위에서 몸을 바로 하더니 책상 위에 펼쳐놓은 책으로 시선을 돌렸다. 성한은 이번에는 웃지 않고 문래에게 똑같은 말을 반복했다. 문래는 성한을 쳐다보긴 했지만 둥근 눈만 깜박일 뿐 아무 대답도 하지 않았다. 성한은 양 손바닥으로 문래의 양쪽 뺨을 번갈아 때렸다. 문래의 고개가 폭풍 속의 나뭇잎처럼 이리저리 휙휙 흔들렸다. 반 아이들은 성한과 시선이 마주칠까 봐 겁이 나서 문래 쪽을 제대로 볼 수 없었다.

문래는 잠시 두 손 안에 얼굴을 묻고 있다가 천천히 고개를 들었다. 그러고는 한쪽 콧구멍에서 흘러나오는 피와 성한의 뻘겋게 달아오른 얼굴을 철저히 무시하고 교실 앞쪽의 칠판을 향해 시선을 돌렸다. 그걸 본 아이들은 모두 끔찍한 장면이 펼쳐질 거라고 예상했다. 문래에게 그런 일이 일어나길 바라는 아이는 없었으나, 문래의 행동은 결과가 정해진 것 같았다. 지켜보고만 있어야 한다는 무력감에도 불구하고 다가오는 폭력의 현장에 대한 야릇한 기대는 줄어들지 않았다.

그런데 그 순간 교실 맨 앞줄에 있던 몇 명의 아이들이 깜짝 놀라며 마치 벼락이라도 맞은 듯 벌떡 일어섰다. 성한의 시선은 교실 앞쪽으로 향했다가 문래에게 돌아왔다가, 다시 앞쪽으로 향했다.

새끼손가락만 한 하얀 분필 하나가 공중을 날고 있었다. 분필은 그들 키만큼의 높이로 천천히 성한을 향해 다가왔다. 분필의 궤적은 손으로 던졌을 때와 같은 포물선이 아니라 직선이었다. 실제로는 그렇게 느리지 않았지만, 교실 안의 모든 아이에게는 마치 정지한 것처럼 느리게 보였다. 분필은 꾸준히 일직선으로 날아 성한의 눈앞에 이르렀다. 성한은 별안간 몸을 부르르 떨더니 고함을 지르며 손으로 분필을 쳐냈다. 분필은 교실 바닥에 떨어져 박살이 났다. 문래는 맞아서 붉게 달아오른 얼굴로 그 모습을 보며 미소를 지었다.

이제 아이들은 평생 문래를 마음속에서 지워낼 수 없게 되었다.

마음을 지배하는 자가 세상을 지배하는 자보다 더 위대하다.

담임은 이 문장을 급훈으로 제안하며 고대 그리스 신화 속에서 따온 문구라고 말했다. 이것은 담임이 아이들을 하루 열 시간 이상 책상머리에 앉혀놓기 위해 준비한, 자기 절제에 관련된 백여 개 미사여구 중 하나였다. 아이들은 이 급훈을 싫어한다기보다는 무시했다. 어쩐지 못난 자의 자기 위안적인 변명처럼 들렸기 때문이었다.

수년 뒤 망각의 늪 아래로 영원히 가라앉을 뻔했던 시시한 급훈이 다시 사람들의 입에 오르게 된 것은 문래 때문이었다. 문래는 학교에서 거의 입을 열지 않는 아이였다. 고등학교 1학년 학기초의 문래를 기억하는 친구들은, 항상 멍하니 교실 전면을 바라보고 있던 문래만을 떠올렸다. 그 당시에는 모두 문래가 공상에 빠져 있는 거라고만 생각했다.

한참 시간이 더 지나서야 누군가가 문래가 자주 앉던 자리와, 멍하니 쳐다보던 시선의 방향과, 벽에 박혀 있는 급훈의 위치에 대한 일종의 상관관계를 만들어냈다. 그리고 그것으로 인해 어쩌면 문래는 공상에 빠져 있었던 게 아니라, 멍한 내내 급훈을 바라보고 있었을지도 모른다는 의견이 나오게 되었다. 이 추측은 잠깐 지지를 받았지만, 결국 문래가 그것에서 어떤 영향을 받았는지는 아무도 자신할 수 없었기 때문에 곧 논쟁의 중심에서 사라졌다.

어쩌면 문래가 바라보았던 것은 급훈이 아니라 유리 액자 위에 말라붙은 파리나, 급훈이 붙어 있는 오래된 콘크리트 벽 너머의 다른 반 교실일 수도 있었다. 하지만 아주 오래전부터 문래의 시선이 어디로 향하고 있었든, 당시 문래의 마음속에 맺혔던 상은 그것과 아무 상관이 없었을 거라고 확신하는 사람이 있었는데 그게 도영이었다.

도영은 문래와 초등학교 때부터 친구로 지내던 사이였다. 중학교까지 거치는 동안 여러 차례 다른 반이 되기도 했고, 문래와 한 동네에 살던 도영네가 새로 지은 아파트 단지로 이사해 가기도 했지만 둘은 중학교를 졸업할 때까지 여전히 가장 친한 친구 사이였다. 다행히 두 사람은 고등학교에 입학하며 다시 한 반이 되었다.

둘을 그토록 가깝게 묶어준 것은 두 사람의 성격이었다. 성격이 잘 맞는다기보다는 서로 비슷한 쪽이었다. 둘 다 보통 아이들에 비해 유난히 낯을 가렸고 여러 사람과 어울리는 것을 불편해했다. 누군가와 함께 있는 것이 편할 때는 오직 두 사람이 같이 있을 때뿐이었다.

도영은 문래의 능력에 대해 중학교 때부터 알게 되었다. 시작은 카드놀이를 하다가 카드의 뒷면을 읽히고 주사위 놀이를 하는데 주사위가 혼자서 움직이는 식이었다. 그러나 도영이 신기해하며 더 해보라고 재촉하면 문래는 부끄러워했고 심지어 화를 내기도 했다. 문래가 자신의 능력에 대해서 깊이 고민하고 있다는 것을 알게 된 후로, 도영은 마치 문래에게 그런 능력이 없는 것처럼 말하고 행동했다. 하지만 생각마저 그렇게 할 수는 없었다.

도영은 문래와는 조금 다른 이유로 여러 해에 걸쳐 조금씩 더 과묵해지고 더 머릿속이 복잡해졌다. 도영은 문래의 능력을 몇 번인가 보았고 그것이 눈속임이나 착각이 아니라는 것을 알고 있었다. 도영은 문래의 능력을 확신했다. 그러자 문래를 제외한 세상 나머지를 불신하게 되었다.

도영이 처음 느낀 당혹감은 자신이 학교에서 배우는 지식이 부질없다는 생각에서 비롯되었다. 중학교 교과과정 전반에 내포된 암시, 즉 모든 자연 현상은 알려진 패러다임에 의해 정의되며, 모든 인간의 행위는 특정한 체계에 근거를 두고 있고, 믿을 수 있는 것과 없는 것은 이미 결정되어 있다는 사실을 도영은 받아들일 수 없었다. 어른들처럼 불가사의를 착각으로 합리화하는 방식으로 스스로를 설득할 수도 없었다. 도영에게는 학교가 권위를 내세워 무언가를 제시한다는 사실이 호의가 섞인 속임수처럼 느껴졌다.

문래와 도영은 여전히 친구 사이였다. 그들은 함께 점심을 먹고 쉬는 시간에는 잡담을 하고 방과 후에는 농구를 했다. 도영은 문래를 여전히 좋아했지만 예전처럼 좋아할 수는 없었다. 그리고 시간이 지날수록 자기 자신에 대해 점점 더 많은 걱정을 하게 되었다. 십 대 중반에 머릿속에서 형성되어야 할 무언가가 전혀 자리 잡지 못하고 있다고 생각하면 숨이 막히는 것 같았다. 하지만 문래를 떠나고 싶지는 않았다. 지금으로서는 도영의 위치가 문래와 가장 가까웠다. 문래가 특별하다면 그 자리 또한 특별했다.

문래는 고등학교에 들어간 뒤로 중학교 시절보다 심리적으로 안정을 찾은 듯이 보였다. 중학교에서의 마지막 겨울방학 때 열심히 도서관에 들락거리고 인터넷을 뒤지더니, 무엇이 되었든 수확이 있었던 것 같았다. 도영은 다행이라고 생각했다. 이대로 문래가 스스로를 극복해낸다면, 자신도 고비를 넘길 수 있을 거라고 생각했다. 하지만 문래는 도영의 뜻대로 움직여주지 않았다.

어느 날부터 문래는 도영에게 혼자 진행해오던 연구 과제에 대해 조금씩 입을 열기 시작했다. 도영은 문래가 말하는 내용들을 잘 이해할 수가 없었고 문래도 핵심을 짚지 못하고 있다고 느꼈지만, 한 가지에 대해서는 명확히 알 수 있었다. 문래는 자신의 능력을 실험하고 싶어 했다. 미국의 연구 기관에서 몇 차례 수행되었다는 초감각 인지 실험에 대해 이야기하던 문래는 세 가지 선행 조건, 즉 반복 성공률 측정 가능 여부, 동일한 외부 환경 유지, 미리 정보가 주어지지 않은 일정 수의 관찰자가 확보된다면 어느 곳에서 어떤 내용으로 실시해도 실험은 의미를 가질 수 있다고 말했다. 도영이 어떤 식으로 그 실험을 할 거냐고 물었을 때 문래는 곧 알게 될 거라고만 말했다. 그리고 다음 날부터 문래는 쌈치기 게임에 끼어들기 시작했다.

도영이 보기에는 특별한 목적을 염두에 두고 하는 실험은 아닌 듯했다. 며칠 연속해서 쌈치기를 이긴 뒤로 문래는 실험에 대해 깨끗이 잊은 듯 행동하더니, 개구리가 유행했을 때 또 한 번 교실의 온갖 개구리판을 휩쓸었다. 그리고 전보다 더 많은 친구들이 문래의 존재를 의식하게 될 무렵, 문래는 그동안 딴 개구리들을 모두 돌려주고는 다시는 게임에 끼어들지 않았다. 문래가 직접적으로 말한 적은 없었지만, 도영은 문래가 실험에 성공했다는 걸 알았다.

도영은 실험 자체에는 별 관심을 갖지 않았다. 이미 문래의 능력이 실재한다는 걸 문래 본인만큼이나 잘 알고 있었다. 문래에게 능력을 자랑하고 싶은 마음이 없다는 걸 알게 된 도영은 다소 안도했다. 그리고 거기에 대해 더 생각하지 않으려고 노력했다.

따라서 문래가 분필을 날게 했을 때는, 이제부터 진짜 문제가 시작된 거라고 생각했다.

교실에서 하얀 분필이 날아올랐다. 벌어진 일은 단지 그것뿐이었기 때문에 그 뒤로 많은 것이 달라지지는 않았다. 문래는 원래 혼자 지내는 친구였던 만큼, 별다른 마찰이 빚어질 일도 생기지 않았다. 이상하게도 친구들은 문래에게 분필에 대해 묻지 않았다. 문래가 없는 자리에서는 몇 번 분필 얘기가 입에 오르기도 했다. 그러나 한두 마디가 오간 뒤에는 약속이나 한 듯 모두 입을 다물었다. 모두 이야기가 길어질까 봐 겁을 냈다. 반 전체가 차마 말을 꺼내지 못하는 문제가 하나 생겼다는 사실은, 열일곱 살들에게 작은 변화는 아니었다.

실제로 작은 변화도 하나 있었다. 그날 이후로 성한은 아이들로부터 용돈 걷는 일을 그만두었다.

성한네 패거리에는 진욱이라는 아이가 있었다. 진욱은 중학교 때 줄곧 학교 짱이었는데 여느 아웃사이더들과는 조금 달랐다. 공부도 잘하는 편이었고 표면적으로는 선생들이 문제시할 만한 짓을 하지 않았다. 진욱의 아버지는 동네의 정형외과 의사였다.

고등학교에 입학하면서 성한이 한 반이라는 걸 알았을 때, 아이들은 모두 진욱이 성한을 꺾어주길 은근히 기대했다. 반에서 제일 키가 큰 건 성한이었지만 두 번째로 큰 것은 진욱이었다. 아이들은 진욱이 진짜로 마음만 먹는다면 충분히 성한을 제압할 수 있다는 걸 알고 있었다. 하지만 모두의 기대와는 달리 진욱은 아무런 마찰 없이, 마치 원래부터 모든 것은 정해져 있었다는 듯 성한의 이인자가 되었다. 자기가 데리고 있던 패거리들을 고스란히 갖다 바치고, 성한의 시답잖은 농담에 배를 잡고 웃어주고, 성한이 가는 곳은 어디든지 따라다니는 진욱을 보며 아이들은 어이가 없었다. 다른 아이들과는 달리 진욱은 성한을 형이라고만 부를 뿐 존대까지 하진 않았다. 진욱은 이인자로서의 그 특권이 어지간히 마음에 드는 듯했다. 진욱은 반에서 성한에게 장난을 거는 유일한 사람이었다.

진욱에게 약간의 변화가 생긴 것을 제일 먼저 눈치챈 것은 문래가 아니라 도영이었다. 성한은 분필 사건을 깨끗이 잊은 듯 행동했지만 진욱은 달랐다. 그날 이후로 진욱은 이유도 없이 매사에 짜증을 냈다. 그리고 반 아이들이 모여 함께 농구나 축구를 할 때, 엉뚱한 곳으로 공을 차거나 마크하는 상대를 부딪쳐 넘어뜨렸다. 그럴 때 공에 맞아 코피를 흘리거나, 땅에 처박혀 무릎이 찢어지는 것은 항상 문래였다. 반 아이들 전부가 진욱이 문래에게 특별한 태도를 취하고 있다는 걸 알게 된 뒤에야, 문래도 진욱을 의식하기 시작했다. 하지만 진욱은 의도적으로 계속 우연을 가장했다. 그것이 얼마나 철저하고 능숙하고 창의적인지, 지켜보는 아이들은 마치 고급 예술 행위를 대할 때와 같은 느낌을 받았다.

진욱이 문래를 불편하게 대했지만 아무도 왜 그러는지는 이해하지 못했다. 중학교 때부터 진욱이 잘못 없는 아이를 고의로 괴롭힌 적은 단 한 번도 없었다. 그것이 모두가 진욱이 성한을 꺾어주기를 바라던 이유이기도 했다. 몇몇 아이들은 성한이 문래에게 당한 애매한 모욕을 진욱이 대신 앙갚음하는 거라고 추측하기도 했지만, 진욱이 그런 식으로 표출될 종류의 애정을 성한에게 품고 있다고는 믿기지 않았다.

도영은 어쩌면 진욱을 이해할 것도 같은 기분이 들었다. 도영은 분필 사건 이후 반 아이들을 유심히 관찰했다. 그리고 자기가 예측했던 상황이 벌어지고 있다는 걸 감지했다. 도영 본인을 괴롭혀왔던 바로 그 고민에 학급 전체가 노출된 것이다. 아이들은 문래를 확신하는 대신 세상을 믿지 못하기 시작했다. 그것은 전부 고작 분필 하나가 만들어낸 상황이었다. 도영의 생각에 어쩌면 진욱에게는 세상이 훨씬 더 좁고 견고했던 것 같았다. 그 세상은 성한을 중심으로 한 하나의 학급이었던 것이다. 진욱은 자신의 세상 안에 있는 문래를 조금씩 흔들고 있었다.

도영은 문래와 이야기를 나눠야 한다고 생각했다. 그들은 분필 사건 이후로 조금씩 따로 보내는 시간이 많아졌는데, 대부분은 문래 때문이었다. 문래는 가끔 좀 생각할 게 있다며 혼자 밥을 먹었고, 부모님과 약속이 있다며 방과 후 곧바로 집으로 향했다. 도영은 더 늦기 전에 문래와 말을 하고 싶었지만 기회가 생기지 않아 점점 초조해지고 있었다. 그런데 어느 일요일 아침 뜻밖에도 문래가 도영의 집으로 찾아왔다.

문래는 예전과 달랐다. 도영은 문래의 이야기를 들으면서 마치 그날 처음 만난 사람과 함께 있는 것 같은 기분을 느꼈다. 자신과 비슷하다고 느꼈던 문래의 내향성이나 소극적인 태도나 에둘러 말하는 습관 따위는 어디론가 사라지고, 그 자리를 자신감과 활기가 채우고 있었다. 도영은 문래의 변화가 놀랍고 한편 부러웠다.

문래는 자신의 능력에 대해서 부끄러워하지도 않았고 심지어 그것을 서슴없이 초능력이라고 불렀다. 도영은 어쩐지 그 단어가 장난같이 들리면서도 문래의 입 밖으로 그 말이 나올 때마다 섬뜩했다.

문래는 자신의 초능력이 일곱 가지로 늘어났다고 말했다. 그리고 그중 네 가지는 서로 조합될 수도 있다고 했다. 도영이 그 일곱 가지가 뭐냐고 묻자 문래는 미소를 짓더니 너무 자세한 것은 말하지 않는 게 좋겠다고 말했다. 도영은 오히려 다행이라는 마음이 들면서도 약간은 배신감을 느꼈다. 문래는 그걸 눈치챘는지 잠시 후에 이렇게 말했다.

"아무한테도 말하지 마. 여기서 바닷가를 따라 20킬로미터 정도 북쪽으로 가면 버려진 집이 있어. 나는 매일 밤 거기서 내 초능력들을 시험해보고 있어."

도영은 뭐라 대꾸를 해야 할지 몰랐다. 그래서 그냥 조용히 고개를 끄덕였다. 문래는 자신에 대해 알게 된 것도 많아지고 자신감도 생겼지만, 그만큼 생각할 거리도 더 많아진 듯했다.

"나는 거기서 매일 내가 무엇을 더 할 수 있는지를 시험해. 지금은 그것 말고는 달리 나에 대해서 알아낼 수 있는 방법이 없어. 내 초능력이 50가지, 100가지가 된다면 그땐 나에 대해 좀 더 알게 될 거야. 그 무렵이면 내가 할 수 없는 것에 대해서도 더 명확해질 테니까. 초능력만 시험하는 건 아냐. 거기서 책도 많이 읽어. 이제는 예전처럼 잠을 오래 자지 않아도 된다는 걸 알았거든."

"무슨 책?"

"여러 가지. 세상에 대한 것, 사람에 대한 것. 제일 많이 읽는 건 기적을 다룬 책들."

"기적?"

"응. 역사 속에 기록된 기적에 대한 이야기들. 그리고 신에 대한 이야기들."

도영은 문래가 무슨 생각을 하고 있는지 어렴풋이 깨닫기 시작했다. 그리고 거기에 대해 물으려다가 입을 다물었다. 문래는 조금 망설이는 듯하다가 천천히 입을 열었다.

"내 초능력들에 어떤 분류를 적용하는 것이 애매해지고 경계를 한정 짓기가 어려워질수록, 그것들을 차라리 기적이라고 부르는 게 맞지 않을까?"

문래는 대답을 구하는 듯한 눈으로 도영을 쳐다봤다. 도영은 문래에게서 그토록 간절한 눈빛을 볼 수 있을 거라고 생각하진 못했다. 문래는 입을 다문 도영을 잠시 바라보다가 쑥스러운 듯 고개를 숙였다. 도영은 나지막이 입을 열었다.

"나 사실 너한테 할 말이 있었어."

문래는 고개를 들어 도영을 쳐다봤다. 도영은 몇 번 입을 달싹이다가 간신히 소리를 내어 말했다.

"이제 나랑 같이 다니지 말아줄래?"

그것은 도영이 문래에게 진짜로 하려던 말은 아니었다. 하지만 역시 진심이었다.

문래는 도영의 뜻대로 해주었다. 둘이 대화를 나눈 다음 날부터 문래는 교실에서 도영과 멀리 떨어진 곳으로 자리를 옮겼고, 점심시간이나 체육 활동 중에도 도영과 눈조차 마주치지 않았다. 도영은 문래가 자신에게 화가 나 있는 건 아닌지 신경이 쓰였지만, 문래와 떨어져 있다는 사실은 그것을 충분히 보상할 만큼 안도감을 주었다.

문래는 대신 다른 친구들을 찾았다. 어느 날 방과 후 학교 운동장 가에 앉아서 성한네 무리가 농구를 하는 것을 지켜보았다. 그리고 그들이 책가방을 둘러메고 운동장을 빠져나갈 때 뒤를 따랐다. 성한과 진욱이 서로 몇 마디를 주고받더니 인적이 없는 학교 뒷담 너머의 야적장으로 향하기 시작했다. 문래는 거기까지 그들을 따라갔다.

문래는 거기서 성한에게 그들의 무리에 끼워달라고 부탁했다. 성한은 빙긋이 웃다가 입을 열었다.

"그럼 바지 까."

문래는 잠시 생각하는 듯 가만히 서 있었다. 그리고 성한을 마주 보며 빙긋이 웃었다. 그러자 성한의 얼굴에서 웃음기가 사라졌다. 두 사람은 아무 말 없이 쳐다보기만 했다. 나머지 아이들은 성한의 표정만 보고도 성한의 머릿속에서 몇 가지 생각이 복잡하게 엉키고 있다는 걸 알 수 있었다. 하지만 문래의 순진한 표정에서는 아무것도 읽어낼 수가 없었다. 지금 누가 우위에 있는지는 뻔했다.

"바지 까라잖아. 귓구멍이 처 막혔냐?"

진욱이 삐딱하게 선 채로 문래에게 말했다. 문래는 성한에게서 진욱에게로 시선을 돌리더니 살짝 웃는 표정으로 말했다.

"그냥 너랑 한판 붙으면 안 될까?"

아이들은 웃었다. 웃다가 어느 순간 갑자기 웃음을 멈췄다. 그들은 모두 한꺼번에 웃음을 멈췄다는 사실이 섬뜩해서 등에 소름이 돋았다.

진욱은 웃지 않았다. 대신 인상을 찌푸리고 문래를 노려보고 있다가 물었다.

"왜 우리한테 끼려는 건데?"

"그냥. 너희들은 뭐 하고 노는지 궁금해서."

"아, 그래?"

진욱은 책가방을 내려놓고 문래에게 다가갔다. 그리고 있는 힘껏 문래의 배를 걷어찼다.

그날 문래는 입 속이 피투성이가 되고, 양쪽 콧구멍에서 피가 나고, 가슴에 온통 시퍼런 멍이 들 때까지 진욱에게 맞았다. 오줌은 한참 동안 나오지 않다가 이윽고 피가 잔뜩 섞여서 나왔다. 진욱은 능숙한 싸움꾼이었고 문래는 주먹 한번 내밀지 않았기 때문에 뼈가 부러지지 않는 선에서 문래는 철저히 망가졌다. 문래는 그날 택시를 타고서야 집에 갈 수 있었다. 다음 날 시험을 변명 삼아 부모님과는 인사만 나누고 자기 방으로 들어갔지만, 그 짧은 시간 몸을 제대로 가누고 있는 것만 해도 거의 죽을 것 같은 고통을 참아야 했다.

하지만 다음 날이 되자 문래는 멀쩡한 모습으로 허리를 펴고 등교했다. 그리고 방과 후에는 또 성한네 일행을 따라왔다.

교실의 모든 아이는 얼마 지나지 않아 문래가 성한네와 어울린다는 걸 알게 되었다. 아이들은 그 사실을 어떻게 받아들여야 할지 몰랐고, 어떻게 받아들여야 할지 모르는 사실들이 늘어나는 것이 점점 더 곤혹스러워졌다. 문래는 성한네 패거리가 항상 독점하는 교실 뒤쪽으로 자리를 옮기더니, 얼마 후부터는 아예 성한의 짝을 도맡게 됐다. 아이들은 성한의 걸걸한 목소리 사이로 터져 나오는 문래의 웃음소리가 듣기 싫었지만, 갈수록 더 자주 들어야 했다. 교실에서는 묘한 긴장 속에서 불편한 기류가 흘렀다. 쉬는 시간은 더 조용해졌고 수업 중에 선생들의 농담에 웃는 소리도 낮아졌다. 모두 어떤 방향을 향해 변화가 진행 중인 건 알겠는데 그게 구체적으로 무엇인지는 알 수가 없었다. 교실 안에서 거슬리는 게 없는 것은 문래 한 사람뿐인 것 같았다.

진욱은 그저 지켜보기만 했다. 교실 맨 뒷줄 구석 자리에 앉는 진욱은 반 전체를 관망하며 조용히 침묵을 지켰다. 방과 후에 문래를 포함한 패거리끼리 따로 모일 때도 말수가 줄었다. 성한은 아무것도 눈치채지 못하는 것 같았지만, 그저 그런 척할 뿐이라는 것을 진욱은 알고 있었다. 그들이 담배를 피울 때는 문래도 담배를 피웠고 술을 마실 때는 문래도 같이 술을 마셨다. 그들이 가게에서 물건을 슬쩍하거나, 여자애들과 시시덕거리거나, 중학생들에게서 푼돈을 털어낼 때도 문래는 그들과 함께했다. 진욱은 그런 문래를 말없이 지켜보았다.

진남 고등학교 학생들과 패싸움을 벌이기 위해 이웃 동네의 바닷가에 갔던 날에도 문래는 그들과 함께 있었다. 성한과 진욱은 그들이 수적으로 불리한데도 전혀 긴장하는 기색이 없었다. 달이 뜨지 않은 한밤의 바닷가는 어두웠다. 수평선에 걸쳐 있는 오징어배들의 조명은 너무 멀어 모래사장까지 닿지 못했다. 형광을 머금은 파도의 물보라와 번들거리는 눈동자들만 선명했다. 진욱은 싸움이 시작되기 직전에 문래에게 절대 끼어들지 말라고 속삭였다. 문래는 뭐라 말할 듯하다가 입을 다물었다.

싸움이 시작되었다. 이들끼리의 규칙에 따라 그 어떤 무기도 없이 신발까지 벗은 채 오로지 두 주먹에만 의지한 싸움이었다. 표면적인 싸움의 이유는 있었지만, 실제로는 그냥 싸우고 싶어

싸우는 것이었다. 한참 개싸움이 진행되는 와중에도 진욱은 끊임없이 문래 쪽으로 시선을 던졌다. 문래는 그런대로 잘 피하긴 했지만 꽤 허둥대고 있었다.

문래는 이 순간 사실 모래사장 위의 그 누구보다도 흥분한 상태였다. 눈앞에 벌어진 광경, 모래 위에 피와 땀 이상의 것들을 쏟아내고 싶어 발악하는 또래들의 움직임은 영화를 보는 것처럼 마음속으로 쉽게 들어오지 않았다. 그것은 양식화된 광기였지만 그럼에도 불구하고 거기에는 양식을 거부하려는 악착스러움이 있었다. 문래는 자신이 애써 조심스럽게 쌓아 올리고자 하는 것들이 과연 그럴 만한 가치가 있는지 이 순간 되묻고 싶어졌다. 내일 아침 해가 뜰 무렵이면 아무것도 남지 않을 모래밭 위에서 아이들은 말 그대로 목숨을 걸고 그들의 생기를 고갈시켰다. 문래는 이들이 사람의 형상으로 잘못 태어난 동물들 같다고 생각했다. 그리고 감동하고 실망하고 전율했다.

지쳐 쓰러졌던 상대편 중 하나가 벌떡 일어서서 아직 상처 하나 없이 어슬렁거리고 있는 문래를 향해 돌진했다. 갑자기 벌어진 일이라 누구 하나 이쪽을 봐줄 틈이 없었다. 문래는 눈을 둥그렇게 뜨고 괴성을 지르며 달려오는 아이를 쳐다봤다. 상대가 문래의 눈앞에서 몇 미터에 불과한 거리를 줄이며 달려오는 동안, 문래의 눈동자 속에서는 몇 광년의 우주가 압축되고 있었다. 문래는 아직 준비가 되지 못했으며 스스로도 그걸 잘 알고 있었다. 그리고 자신이 아주 낮은 확률의 덫에 걸렸다는 걸 깨달았다.

그 순간 커다란 그림자가 믿기지 않는 속도로 날아와 온몸을 부딪쳐서 문래에게 덤벼드는 상대를 쓰러뜨렸다. 진욱은 쓰러뜨린 상대를 단단한 정강이 아래에 가두고 연속으로 몇 대를 쳐서 기절시켰다. 문래는 천천히 일어서는 진욱에게서 눈을 떼지 않았지만, 진욱은 문래와 눈을 마주쳐주지 않았다.

성한과 진욱이 각자 두세 명의 몫을 한 덕에 싸움은 성한네 패거리의 승리로 끝났다. 양쪽 모두 모래 위에 드러누워 숨을 헐떡이고 있는데 진욱이 머리끝까지 화가 난 목소리로 욕설을 내뱉었다. 진욱은 입 속으로 손가락을 넣어 피와 침 범벅 속에서 앞니 하나를 끄집어냈다.

잠시 후 이들은 두 줄로 나란히 서서 서로를 마주 봤다. 그리고 이들끼리의 관례에 따라 성한네는 각자 마주 보고 있는 진남고 학생들의 따귀를 후려갈겼다. 문래의 차례가 되자 모두의 시선이 문래에게 쏠렸다. 문래는 미동도 없이 가만히 서 있다가 이윽고 마주 보고 신 아이의 얼굴을 바라보며 입을 열었다.

"너구나."

"뭐?"

"주머니 속의 반지. 그걸로 진욱이 이를 부러뜨린 거잖아."

문래와 마주 보고 있던 아이가 눈썹을 움찔했다. 진욱이 얼굴을 일그러뜨리며 이쪽으로 한 발 내디뎠다.

그 순간 문래를 마주 본 아이의 눈에 뭔가를 의심하는 빛이 떠올랐다. 마치 태양이 두 쪽 나는 광경을 혼자 목격한 듯한 표정이었다. 그러고는 두 손을 모아 다리 사이를 꽉 움켜잡더니 갑자기 소름 끼치는 비명을 지르며 바닥에 엎드렸다. 영문을 모르는 나머지 아이들의 얼굴에 당황한 빛이 떠올랐다. 그렇게 십여 초가 지나자 엎드렸던 아이는 비명을 멈추고 엉거주춤한 자세로 다시 일어섰다. 아이를 휘감았던 고통이 찾아올 때처럼 갑자기 사라진 것 같았다. 주위를 둘러보는 멍청한 표정으로 보아 자신도 무슨 일이 벌어졌는지 전혀 알지 못하는 게 분명했다.

“너희들이 긍정하는 그것을 나도 긍정할 수 있어서 기뻤어. 하지만 네가 한 짓은 아니야.”

문래는 몸을 돌려 먼저 자리를 떴다. 성한네 패거리도 상대편도 마치 얼이 빠진 듯 잠시 그 자리에 서 있었다. 그러다 약속이나 한 듯 동시에 발을 옮기기 시작했다.

돌아오는 길에는 대화가 오가지 않았다. 싸움을 한 날에는 으레 그랬듯 술을 마시자는 얘기도 없었다. 문래가 먼저 말을 꺼냈다.

“부러진 이, 다시 붙여줄까?”

진욱은 잠시 심호흡을 하다 말했다.

“너 나한테 죽고 싶냐?”

더 이상 입을 여는 사람은 아무도 없었다.

문래는 그날 밤 부모님이 모두 잠자리에 들자 여느 때처럼 자신만의 버려진 집으로 갔다. 그리고 썩은 나무토막이 뒹구는 바닥에 주저앉아 스마트폰에 담아 온 말러의 교향곡을 듣기 시작했다.

말러는 낮고 느리게 시작하는 것을 좋아했다. 아무런 희망도 기대하지 말라는 듯 선율은 한없이 우울했다. 그렇게 단순하고 규칙적으로 이어지던 리듬이 어느 순간부터 서서히 조여들었다. 3도와 5도로 부드럽게 주선율을 감싸던 화음이 다섯 개의 성부로 나뉘더니, 네 개의 제2바이올린이 지속적인 감4도의 삼연음을 쏘아내며 모두를 분열시켰다. 급격히 혼란의 수위가 높아졌다. 플루트와 클라리넷이 주선율을 빼앗기 위해 서로를 뜯고 할퀴며 나타났다 사라졌다. 타악기들은 안간힘을 써서 질서를 부여하려 했지만, 첼로들이 만드는 스타카토에 자신들이 속고 있다는 걸 눈치채지 못했다. 그러다 한순간 세 개의 트럼펫이 번개처럼 혼돈의 핵심으로 내리꽂혔다. 우왕좌왕하는 현악기들 틈에서 콘트라베이스가 길고 낮은 숨을 내쉬었다. 마침내 팀파니가 규칙적인 스트로크를 시작하자 모두 기댈 곳을 찾을 수 있었다. 제1바이올린이 그사이 잊혔던 주선율을 서서히 기억해냈다. 악장은 고단한 피날레에 다다르고 있었다.

말러의 아홉 개 교향곡이 다 연주되기 전에 새벽이 밝기 시작했다. 문래는 몸을 일으켜 집으로 발걸음을 옮겼다. 문래는 이제 미리 작곡된 음악을 들을 필요가 없었다.

누구의 입을 통해서인지는 분명치 않았지만 사흘이 지나자 성한네와 진남고 학생들의 싸움에 대해 반 아이들 모두가 알게 되었다. 기이한 점은 서른 명이 조금 넘는 한 반 학생들이 서로 전해들은 이야기가 전부 제각각이라는 것이었다.

"문래 혼자서 진남 애들 일곱을 꺾었다는 게 진짜야?"

"한 놈은 아직도 의식불명이라며?"

"의식불명은 우리 쪽 영석이었어. 그날 새벽에 깨어났대. 문래가 살렸대."

도영은 듣다 보면 왠지 웃음이 날 것 같은 그런 말들 중 어느 것도 진실은 아닐 거라 생각했다. 사실 진짜로 벌어진 일이 무엇이든 상관없었다. 문래에 대한 이야기들은 더 듣고 싶지 않았다. 하지만 아이들은 밑도 끝도 없는 이야기를 자꾸 가져와서 도영의 귓속에 집어넣었다. 네 친구니까 네가 어떻게 해보라는 듯.

내가 뭘 할 수 있을까. 도영은 자문했다. 문래가 원하지도 않는데.

도영이 어느 날 말을 걸자 문래는 깜짝 놀라는 눈치였다. 문래는 정말로 도영을 잊은 듯했다. 도영은 섭섭했지만 오히려 이야기하기는 더 편해졌다고 생각했다.

"병원에 가볼 생각은 없니?"

지난 며칠간 도영이 궁리해 낸 말이었다. 하지만 도영은 말을 꺼내는 즉시 후회했다. 문래는 조금 멍한 표정으로 도영을 보다가 시선을 돌렸다. 문래의 뺨이 딱딱하게 굳는 것을 본 도영은 가슴이 아팠다.

"내가 너였으면 그런 말은 안 했을걸?"

문래가 그렇게 말하자 도영은 불쑥 화가 치밀었다.

"우리 입장이 반대였다면 난 너같이 굴지는 않았어."

"내가 뭘 어쨌는데?"

문래는 도영을 빤히 쳐다봤다. 도영은 끝없이 깊어진 문래의 눈을 들여다보면서 가슴이 서늘해졌고 한편으로는 그런 눈을 갖게 된 문래가 안쓰러웠다.

"그러니까 내 말은, 우리를 내버려두라는 거야."

"내가 뭘 어떻게 했냐니까?"

문래가 다시 물었다. 도영은 아무 말도 하지 못했다.

태풍이 다가온다는 소식이 들렸다. 대낮에도 해가 진 것처럼 어두웠고 오후가 되자 몸을 가누기 힘들 만큼 바람이 불었다. 사람 하나 찾아볼 수 없는 거리에서는 자동차 소리 대신 바람에 날린 잡동사니가 담벼락에 부딪히는 소리만 요란하게 들렸다. 해 질 무렵부터는 날카로운 빗방울이 쏘아내리기 시작했다.

성한네 패거리와 문래는 모두 양손에 소주병을 하나씩 들고 바닷가로 향했다. 모래밭에는 미리 약속했던 또래 여학생 네 명이 서로 몸을 딱 붙인 채로 옹송그리고 앉아 있었다. 남자아이들은 정전기를 머금은 털실처럼 신경이 바짝 곤두서 있었지만, 여자아이들을 보자 저절로 입가에 미소가 지어졌다. 아직 날이 완전히 저물지 않았는데도 모두 서둘러 소주를 마셨다.

사방이 칠흑같이 어두워질 무렵에는 바람이나 추위나 태풍 따위를 신경 쓰는 사람이 아무도 없었다. 여학생 남학생 할 것 없이 모두 함께 술을 마셨고 소리를 질러댔다. 오늘의 모임은 말하자면 승리를 축하하는 파티였다. 진남고와의 싸움은 여학생들을 빌미로 벌어진 일이었고 이 자리도 그들이 제안한 것이었다. 여학생들을 지켜보던 문래는 이들이 진남고 학생들에게 당했다는 억울한 사연이 새빨간 거짓말이었음을 금세 알 수 있었다. 하지만 아무래도 상관없는 일이었다.

목소리를 높여 뭔가를 흥얼거리던 여학생 하나가 마침내 일어서서 노래를 부르기 시작했다. 그러자 남자들이 따라 일어서서 춤을 췄다. 성한이 강요하는 통에 문래도 그들을 따라 몸을 흔들었다. 모래 섞인 빗방울이 날아와 뺨에 박혔다. 온 천지가 광풍에 휩싸여 빙빙 도는 듯했지만, 그들이 원을 그리며 도는 것만큼 빠르게 돌지는 못했다. 성한이 여학생들 중 하나에게 키스를 하려다가 따귀를 맞았다. 성한은 환호성을 터뜨리며 자신의 다른 쪽 뺨을 자기가 더 세게 때렸다. 진욱과 키스를 하던 다른 여자아이는 신음을 하며 진욱의 목을 두 팔로 휘감았다. 태수가 느닷없이 바지를 내리고 오줌을 싸기 시작했다. 여자아이들은 태수를 향해 모래를 뿌렸다. 영석이 덥다며 웃옷을 벗어 던지고 바다로 뛰어들자 긴 대열을 이루며 달려오는 커다란 파도를 향해 모두 몸을 던졌다. 문래는 파도에 밀려 모래 위를 뒹굴면서 미친 듯이 웃어댔다. 여자애 중 하나가 같이 웃으며 문래에게 손을 내밀었다.

물에서 나오자 그제야 몸이 떨리기 시작했다. 한번 추위가 느껴지자 아무리 몸을 웅크려도 몸속 깊은 곳까지 한기가 스며드는 것을 막을 수 없었다. 바람이 세게 불 때마다 저절로 비명이 나왔다. 다들 파랗게 굳은 얼굴을 하고 이를 딱딱 마주쳤다. 소주는 이미 한 시간 전에 다 떨어진 상태였다. 누군가가 아들바위 옆의 동굴로 가자고 제안했다. 몇몇이 귓속말로 이야기를 나누는가 싶더니 보채고, 달래고, 투정하는 소리가 흘러나왔다. 이윽고 여학생 셋이 갑자기 마을 쪽으로 가버렸고, 남학생들은 남은 여학생을 둘러싸듯이 하고 동굴로 걸음을 옮겼다.

동굴 안은 곰팡이와 오줌 냄새가 났지만 그럭저럭 아늑했다. 남학생 둘이 근처의 공사장에서 가져온 각목에 불을 붙이자 금세 자그마한 모닥불이 완성되었다. 매캐한 연기와 함께 살짝 온기가 돌면서 모두 바위에 아무렇게나 기대어 지친 몸을 잠시 쉬었다. 문래는 모닥불에 가까이에 앉아 머리를 감싸 쥐고 지독한 두통이 조금이라도 가라앉길 기다렸다.

남은 여학생은 많이 취한 듯 동굴 구석에 자리를 잡더니 금방 잠이 들었다. 몇 번 힐끔거리던 성한은 몸을 일으켜 그쪽으로 다가갔다. 진욱이 한 번 쳐다보았지만 잠시 후 고개를 돌렸고 다른 아이들은 그쪽을 아예 쳐다보지도 않았다. 문래는 비명 소리를 듣고서야 어둠 속에서 여학생 옆에 앉아 있는 성한을 보게 되었다.

“뭐 하는 거야?”

“가만 좀 있어봐.”

“나 갈래.”

“같이 밤새우기로 약속했잖아.”

"그게 무슨 약속이야?"

"야, 씨발년아 닥치고 좀 있어."

두 사람의 숨이 가빠지며 서로를 밀고 당겼다. 잠시 후 단추가 후드득 떨어지는 소리가 났다. 여자가 찢어지는 목소리로 소리쳤다.

"개새끼야, 손대지 마!"

문래는 주위를 둘러보았다. 마치 아무 일도 없는 듯 꺼져가는 모닥불만 쳐다보고 있는 다른 아이들을 보자, 순간 자신이 환상을 보고 있는 게 아닌가 하는 생각마저 들었다. 동굴 벽에 부딪힌 여자의 비명 소리가 귓가에서 윙윙거렸다. 끔찍한 두통과 체내의 비정상적인 열기와 발딱거리는 심장 박동 때문에 문래는 몸이 터져나갈 것 같았다. 그런데도 아무 말도 하지 않고 가만히 있었다. 성한이 여자의 따귀를 때리자 갑자기 조용해졌고 그제야 문래는 정신이 번쩍 들어서 벌떡 일어났다.

"잠깐, 하지 마."

아이들이 모두 문래를 향해 시선을 돌렸다.

"넌 또 왜 그래?"

성한이 짜증 가득한 목소리를 내며 문래를 돌아보았다.

"그만해."

문래의 말이 동굴 속을 잠깐 울렸다가 사라졌다. 마치 흔적도 없이 모래 속으로 스며드는 파도 같았다. 성한은 코웃음을 쳤다.

"집에 가, 이 초딩 새끼야."

몇몇이 키득거리며 웃었다. 문래는 눈을 감았다가 떴다.

"너 그때 그 애처럼 되고 싶니?"

성한은 움직임을 멈추고 천천히 몸을 돌려 문래를 봤다. 다른 아이들도 모두 일어섰다.

"니가 뭔데 이래라저래라야?"

문래가 대답하지 않자 성한은 인상을 썼다.

"아니, 진짜 궁금해서 묻는 거야. 정말로 너 뭐냐? 괴물이야? 몬스터야?"

"그런 식으로 말하지 마."

"말하면 어쩔 건데. 죽일 거야?"

여자아이는 눈치를 보다가 재빨리 동굴 밖으로 뛰쳐나갔다. 아무도 그쪽을 쳐다보지 않았다.

문래는 자신 안에서 무언가가 무너지는 느낌이 들며 눈물이 핑 돌았다. 자기가 누구라고 확실히 말할 수 없는 게 이토록 치욕스러울 줄은 몰랐다. 스스로가 터무니없는 바보처럼 느껴졌다.

"죽일 수도 있어."

그 순간 문래는 뒷머리에 무시무시한 통증을 느꼈다. 그리고 더 이상 의식을 이어가지 못했다. 바닥에 쓰러질 때 안면이 강하게 바위와 부딪쳤지만 그것조차 알 수가 없었다.

진욱은 손에 들고 있던 돌덩어리를 쓰러진 문래 옆에 떨어뜨렸다. 성한이 눈을 끔벅거리며 입을 벌리다가 결국 아무 말도 하지 못하고 다물었다. 진욱은 뒤로 몇 발 물러나서 고개를 들어 아이들을 쳐다봤다.

"니들도 같은 생각이잖아. 아냐?"

아이들은 눈앞에 벌어진 일을 믿지 못하는 표정으로 진욱과 문래를 보았다.

성한이 숨을 고르고 나직이 말했다.

"그래. 진욱아. 잘했다."

잠시 후 이들은 손으로 동굴 바닥의 모래를 팠다. 그리고 물이 차올라 더 이상 모래를 파낼 수 없게 되자 문래를 거기에 묻었다.

다음 날 점심시간이 조금 지나서 문래의 부모가 학교에 찾아왔다. 그리고 잠시 후 진욱을 제외한 성한네 패거리 전원은 교장실로 불려갔다. 형사 두 명이 그들을 기다리고 있었다. 아이들은 문래의 행방을 전혀 모른다고 잡아뗐지만, 형사들은 이들이 그리 오래 버티지 못할 거라고 생각했다. 진욱은 오늘 학교에 등교하지 않았다. 성한은 진욱이 그런 식으로 범행을 자백하는 멍청한 짓을 할 거라고는 꿈에도 생각하지 못했기 때문에 무척 당황했다.

도영은 음악실로 불려갔다. 음악실에서 문래의 부모는 도영에게 문래가 요즘 평소와 달랐는지를 물었다. 도영은 고개만 젓다가 갑자기 울음을 터뜨렸다. 깜짝 놀라는 문래의 부모에게 도영은 뭔가를 설명하고 싶었지만 머릿속이 뒤죽박죽되어 무슨 말부터 해야 할지 알 수 없었다. 도영은 자신이 문래를 죽이고 싶었던 것처럼 누군가도 문래를 죽이려 할지 모른다는 사실을 오래전부터 경고하려 했다는 말만 되풀이했다.

진욱은 오전 내내 피시방에 있었다. 그러다 오후가 되자 가방을 둘러메고 눈부시게 햇빛이 내리고 있는 바닷가로 나갔다. 바닷속에 감추어져 있던 온갖 부유물들이 태풍이 지나간 모래사장 위에 모습을 드러내고 있었다. 진욱은 천천히 아들바위 옆의 동굴 안으로 들어갔다.

그들이 문래를 묻었던 구덩이에는 사람 하나가 나올 만한 구멍이 뻥 뚫려 있었다. 그리고 거기서부터 동굴 밖으로 선명한 발자국이 이어졌다. 진욱은 다시 동굴 밖으로 나와 발자국을 따라갔다. 발자국은 바다와 30여 미터 떨어진 곳에서 멈췄다. 그 이상은 아무것도 없었다.

진욱은 거기에 주저앉아 얼굴을 두 무릎 사이에 묻었다. 이렇게나마 문래를 떠나보냈다는 사실에 안도했지만, 한편으로는 문래가 너무나 보고 싶었다. 문래가 그들에게서 무엇을 보았는지, 무엇을 배웠는지 궁금했다. 그들과 함께했던 시간을 후회할지도 모른다고 생각하면 가슴이 찢어지는 것 같았다. 진욱은 이제부터 자신이 온 마음을 다해 평생 문래가 다시 나타나는 날을 기다리며 살게 될 거라는 사실을 어렴풋이 깨달았다.

우리는 더 영리해지고 있는가

항공기의 기계적 사정으로 갑자기 24시간을 경유지에 머물러 있게 되자 넥타이를 맨 유대계 중년 남자 셋이 소란을 피우기 시작했다. 그들이 소송을 들먹이며 치프 스튜어드를 윽박지르는 동안, 나는 비즈니스석 승객 대열에서 슬쩍 벗어났다. 항공사에서는 하얏트 리젠시 호텔 예약권과 현금 봉투를 급히 챙겨줬는데, 재킷 안쪽에서 두툼하게 느껴지는 감촉이 은근히 든든했다.

입국장으로 향하는 긴 걸음에 흥분은 없었다. 세어보니 14년 만이라는 사실이 다소 낯설 뿐이었다. 고향에 다시 온다면 어떤 이유로 오게 될까 궁금했었는데, 이렇게 예기치 않게, 전혀 기대되지도 설레지도 않게 오게 될 줄은 몰랐다. 어쩐지 조금은 손해를 보는 듯한 느낌이었다.

자동문이 열렸다. 많은 수의 한국 사람들이 있는 광경에 어색함을 느끼며, 나는 인천공항의 거대한 천장 아래로 발을 내디

덨다.

택시 기사에게 기억에도 희미한 동네 이름 하나를 댔다. 다행히 행정 명칭이 바뀌진 않았나 보다. 기사는 그 동네 어디를 가는 거냐고 다시 물었고 나는 아무 데나 라고 대답했다. 기사는 고개를 한 번 갸우뚱하더니 곧바로 출발했다.

달리는 내내 주변 풍경은 내가 기억하고 있는 모습과 아주 많이 달라지진 않았다. 눈에 띄게 달라진 점이라면 택시 차창의 일부분이 투과식 LED로 되어 있어 광고 문구와 뉴스가 흐른다는 것이었다. 뉴욕의 옐로우캡에는 없는 자랑스러운 첨단 장치인가? 나는 오랜만의 고국에 대해 어떤 기분을 느껴야 하는 건지 갈피를 잡을 수 없었다.

차창에 떠오른 헤드라인 하나가 내 시선을 사로잡았다.

아인시술 관련법 4차 개정안 국회통과—내년부터 10% 비용 상승

한글로 쓰인 '아인시술'이란 말이 낯설었다. 문득 대시보드에 붙은 기사의 증명서 사본이 눈에 들어왔다. 2003년생. 아직 시술을 받지 않은 아이라도 있다면 모를까, 그렇지 않다면 본인과는 아무 상관 없는 뉴스일 것이다. 다행스럽게도.

택시는 나를 십수 층짜리 건물이 즐비한 아파트 단지 입구에 내려주려 했다. 나는 당황해서 예전에 이곳에 있었던 교회와 시장 이름을 댔지만 기사는 얼굴을 찌푸리며 고개를 저었다. 순간 그냥 호텔로 갈까 망설였는데, 기사가 귀찮은 표정을 감추지도 않고 물었다.

"찾으려는 게 뭐예요? 집이에요, 사람이에요?"

나도 모르게 퉁명스러운 목소리가 나왔다.

"친구요."

"친구? 여기서 학교 다녔어요?"

나는 보일락 말락 고개를 끄덕이며 호텔까지는 반드시 다른 택시로 가겠다고 마음먹었다.

"혹시 진명여고 출신이면 저기 가서 물어봐요."

나는 기사의 손끝이 가리키는 곳을 향해 천천히 고개를 돌렸다.

진명여고는 그녀가 다녔던 학교의 이름이었다.

잠시 후 나는 진명여고 교무실에 앉아 있었다. 내가 원한 바는 아니었지만 어쩐지 복잡한 사연을 간직한 사람이 된 것 같았다.

"혹시 이분이 결혼하셨으면 어쩌죠? 이거 곤란한 일에 휘말리는 거 아닌지 모르겠네."

요새는 망막 질환자나, 예술가나, 아니면 복고풍에 미친 애들이나 착용할 법한 안경을 낀 남자 선생이 느물느물 웃으며 모니터에 뜬 데이터를 살폈다.

"그래도 미국에서 오신 분을 그냥 가랄 수도 없고…. 아, 빙고."

남자가 메모지에 전화번호를 적는 동안 나는 이미 외웠고, 받은 메모지는 주머니 안에서 구겨버렸다.

"모쪼록 건전한 만남 되십쇼."

남자는 뭐가 재밌는지 계속 싱글벙글이었다. 학생들에게 인기 없는 선생일 것이 분명했다. 세상만사를 천박하다고 믿어야 받아들일 수 있는 사람.

나는 학교 건물에서 나오자마자 전화를 걸었다.

"누구요? 아, 잘 안 들리네…."

그녀는 약간 잠긴 목소리로 전화를 받았고, 내가 누군지 쉽게 알아낼 수 없자 금방 초조해했다.

"나 상현이야. 박상현."

그녀는 한참 후에, 내가 전화가 끊어졌나 하고 스크린을 확인한 다음에야 입을 열었다.

"박상현? 정말 너니?"

"그래."

"미국 갔다는 얘기는 들었었는데. 너무 반갑다."

나는 하루 동안 한국에 머물게 됐고, 그래서 널 만날 생각을 떠올렸다고 솔직하게 말했다. 그녀는 당황하지도, 지나치게 놀라지도 않고 잘했다고 하며, 하지만 낮에는 직장에 있어야 하고 저녁에는 빠지기 곤란한 모임이 있다고 말했다. 나는 웃음 섞인 가벼운 목소리로 바쁘게 잘 사는 것 같다고 말했다. 그녀는 나만 괜찮다면 저녁 모임에서 같이 보는 게 어떠냐고 물었다. 아는 사람이 주최하는 경제 관련 세미나인데 빠지는 건 곤란하지만 누굴 데려가는 건 상관없는 자리라는 것이었다. 나는 조금 혼란스러웠지만 잠시 생각하다가 그러자고 말했다. 그녀는 무척 기뻐하며 저녁때 만날 장소와 시간을 알려주고는 '그런데….' 하며 운을 뗐다.

"너 미국에서 무슨 일 하니?"

"의사야. 뇌신경외과."

그녀는 아, 하면서 '대단하다….' 나지막이 덧붙였다.

전화를 끊은 뒤 나는 아주 크게 한숨을 쉬고 동네 놀이터의 벤치에 앉아 다리를 쭉 폈다.

오늘 저녁 압구정에서 그녀를 만나기로 했다.

*

우리는 1년 반 동안 친한 친구였다. 그리고 또 반년 동안 친구 이상이었다. 열여섯에서 열여덟 살 때까지의 일이었다. 수진은 고급공무원의 딸이고 나는 일용직 노동자의 아들이었지만, 그때 그런 건 문제 되지 않았다. 내가 반에서 항상 1등을 했고 그녀는 5등에서 10등 사이를 오락가락했던 게 문제 되지 않았듯이. 나는 그녀가 유독 약한 수학을 가르쳐주었고, 그녀는 내게 삶은 기쁨이며 인간은 따뜻한 피가 흐르는 존재라는 걸 가르쳐주었다. 우리는 그 나이답게 변덕스럽고 갈팡질팡했지만, 누군가를 사랑한다는 순진한 감정이 우리를 보호하고 있었다. 그런 행운을 갖지 못한 친구들은 앞날에 대한 불안을 암세포처럼 키웠고, 학원과 인터넷의 거미줄 속에서 스스로를 더러워하며 살았다.

수진과 첫 키스를 하던 날, 하나로 섞인 그녀와 나의 날숨이 다시 우리의 들숨이 되는 걸 느끼면서, 그게 우리의 영혼 같다고 생각했다.

그리고 잠깐 눈을 감았다 떴을 때는, 외계 문명이 보낸 직사각형의 바윗덩어리만큼이나 낯선 것이 우리 앞에 있었다.

대뇌반구간 보조신경연결체 삽입술. 일명 아인시술(Auxiliary Inter-cerebral hemisphere Neuro-connector Insertion Surgery; AIN).

지금은 전 세계의 학교 교과서에도 나오는 내용이지만, 그것은 내가 열두 살 되던 해 독일의 뇌신경학자 한스 크뢰벨에 의해 처음 발명되었다.

예전부터 좌뇌와 우뇌의 원활한 소통이 높은 지능과 관계있다는 학설은 존재했다. 한스 크뢰벨 박사는 이에 더해 포유류의 뇌량(좌, 우뇌를 연결하는 신경섬유다발)에 은과 지르코늄 합금으로 된 미세한 바늘을 삽입하면 신호전달 흐름이 좀 더 활성화된다는 사실을 발견했다. 수 차례의 침팬지 실험을 통해 크뢰벨 박사는 이 수술이 지능 활동을 최대 15퍼센트까지 개선시키며, 아무런 생리적 거부 반응도 일으키지 않는다는 것을 입증했다. 또 다른 실험들은 수술을 받은 침팬지들에게서 그 어떤 성격적, 육체적, 심리적 변화도 나타나지 않음을 보여주었다. 이 지극히 안전한 수술은 그저 약간 더 똑똑하게 해줄 뿐이라는 게 차차 정설이 되었다. 얼마 후 엄격한 기준에 의해 선발된 인간 지원자들을 통해서도, 아인시술의 효과와 안전성은 증명되었다. 다만 완전히 다 자란 성인에게는 거의 효과가 없다는 것이 추가로 밝혀졌다.

이 시점이 되자 온 세상이 아인시술에 관한 이야기로 들썩이게 되었다. 이것을 산업혁명 이후 인류가 다시 한번 도약하게 될 기회라며 환영하는 사람들과, 신의 영역을 침범하는 반인륜적 월권행위로 규정짓는 사람들 사이의 논쟁이 매일 미디어에 등장했다. 그리고 얼마 후 전 세계에서 최초로 네덜란드 정부가 자국의 청소년들에게 지원자에 한해 아인수술을 제공하는 법안을 심의하기 시작했다.

아인시술의 의학적 안전성은 이미 여러 나라에서 수없이 증명되었기 때문에, 남은 것은 정서적이고 산업적이고 국제관계적인 문제들뿐이었다. 앞서가느냐 뒤따라가느냐의 차원으로 논의가 흐름을 틀자 결론이 나는 것은 시간문제였다. 결국 미국을 비롯한 선진국들이 여기에 대해 강제성을 띤 전 세계 표준안을 마련하기로 했다. 아인시술을 각 나라가 마치 군사 무기처럼 경쟁적으로, 또 비공식적으로 도입할 경우 초래될 수많은 문제들로부터 벗어나자는 취지였다. 얼마 후 수술 대상, 행정절차, 수술 비용, 바늘의 재료와 제작 공정, 구체적인 수술 프로세스에 이르기까지 모든 것이 하나로 통일된 표준안이 유엔을 통해 전 세계 정부와 공유되었다. '아인'이라는 명칭도 이때 단일 발음으로 확정되었다. 아인은 독일어 ein으로 '하나'라는 뜻이며, 크뢰벨 박사에 의해 최초로 이 수술을 받은 침팬지의 이름이기도 했다.

우리나라 정부는 내가 열여섯이 되던 해부터, 열네 살에서 열여덟 살까지의 청소년에 한해 전국 스물한 개 공식 지정병원에서 이 수술을 받을 수 있도록 허용했다. 개인이 부담할 비용은 1인당 2천만 원. 상당히 큰돈이었지만 대한민국에서 자식들에게 이 수술을 받게 하지 않을 부모란 거의 없었다. 학교 외에 학원을 하나라도 다닐 수 있었던 아이들은 대부분 수술자 명단에 이름을 올렸다.

수진은 열일곱 살에 수술을 받았고 보통 그러듯이 약 2주간 학교를 결석했다. 수술자들은 신경계의 복구 과정을 위해, 수술 후 약 열흘간을 진통제 없이 꽤 심한 고통에 시달려야 했다. 나는 그 기간이 지나고 통기가 잘 되는 모자로 해쓱한 얼굴을 가린 수진을 집 근처 놀이터에서 만났다. 그녀를 보고 싶었던 내가 엄청나게 고집을 피워 만든 약속이었다. 그녀는 별로 머리가 좋아진 것 같지 않다며 힘없이 투정을 부렸고, 나는 이런저런 얘기를 해주다가 갑자기 그녀의 입술에 입을 맞췄다. 수진은 잠시 후 고개를 돌리더니 집에 들어가서 쉬고 싶다고 했다.

수진이 다시 학교에 다니면서 우리가 만나는 횟수는 전보다 뜸해졌다. 우리는 곧 졸업반이었고 그녀는 갑자기 입시 공부에 굉장한 열의를 보였다. 자주 못 보게 된 건 섭섭했지만 한편 기특하게도 생각되었다. 그러다 어느 날 수진이 이렇게 물었다.

"그런데 넌 수술 언제 받아?"

그 무렵 수진은 머리를 잔뜩 뒤로 넘겨 앞이마를 드러내고 다녔다. 수술을 받은 아이들은 대부분 헤어스타일을 그런 식으로 연출했다. 아인시술을 받으면 이마 한가운데부터 정수리를 지나 뒷머리 중앙까지 긴 절개선 자국이 남았는데, 이마의 피부로 내려오는 약 2센티미터 정도의 가는 선으로 수술받았는지 여부를 쉽게 알 수 있었다.

"난… 아마 안 할 것 같은데."

그 순간 수진이 잠깐 내 눈을 보다가 고개를 돌렸다. 나는 그때 수진의 얼굴에 떠오른 복잡한 표정을 지금도 잊지 못한다.

"엄마도 그럴 것 같다고 하더라."

수진이 나직이 중얼거렸다.

그 뒤 우리는 조금씩 멀어졌다. 마치 플라스크 안에서 브라운 운동을 하는 두 개의 입자처럼 각자의 예측 불가능한 경로를 따라 움직였다. 수진은 이마를 까고 다니는 애들 사이에서 가끔 보였고, 나는 이마를 덮은 애들과도 어울리지 않고 항상 혼자 다녔다. 이마를 가린 애들은 어차피 점점 줄어들었다. 나는 그로부터 열 달 뒤에 수술을 받았고, 아버지가 어디서부터 시작됐는지도 모를 암으로 돌아가셨고, 지독히 떨어진 성적 때문에 그해 대학 입시를 포기했다. 그 후 아버지가 돌아가시기 전 잠깐 다녔던 교회 목사님의 주선으로 미국의 어느 한인 가정에 위탁되었다.

수진과는 이별 따윈 하지도 못한 채 어느새 헤어져 있었다.

*

한참을 쉰 뒤 나는 가죽 수트케이스를 들고 일어섰다. 가져온 옷은 전부 캐주얼해서 세미나 같은 데 어울리지 않을 것 같았다. 일단 먼저 백화점을 찾아서 정장을 한 벌 사고 식사를 한 뒤에 조금 쉴 수 있을 만큼 충분한 시간이 있었다. 수진은 상당한 전문 직종에서 일하고 있는 것 같았다. 수진의 친구들에게 꿀리고 싶은 마음은 조금도 없었다.

약속 장소에 20분 먼저 도착했다. 나는 파울 클레의 〈뉴하모니〉가 수 놓인 실크 넥타이를 매고, 다크 그레이톤 바지에 송아지를 연상케 하는 옅은 밤색 셔츠를 입고 있었다. 뉴욕에서 즐겨 찾던 아이작 미즈라히를 취급하는 곳이 없어서 그나마 무난한 아르마니였다.

수진이 얼마나 변해 있을지, 어떤 식으로 내 앞에 등장할지 전혀 예상할 수가 없어서 약간은 초조했다. 수진은 동그란 얼굴에 귀여운 눈매를 가졌고 풋사과처럼 웃는 아이였다. 그때처럼 지금도 통통하면서 뽀얀 피부를 가지고 있을지, 말하거나 움직일 때 건강한 활기가 넘칠지 궁금했다. 나는 쇼윈도로 몸을 돌리고 내 모습을 봤다. 아무리 매정하게 평가해도 열일곱의 나보다는 나은 것 같았다. 나는 요즘 유행대로 이마 반쪽만 드러내고 흘러내린 머리카락 몇 개를 손으로 밀어, 아인시술 자국이 조금 더 드러나도록 했다. 그때 누군가 내 팔꿈치를 톡톡 두들겼다.

수진은 얼굴 가득 미소를 지으며, 약간 흥분한 듯 팔짱 낀 상체를 가볍게 떨고 있었다. 얼굴 살이 조금 빠졌고 눈가에 살짝 주름이 잡혔지만, 몰라볼 정도로 날씬했다. 다리가 꽤 드러나는 짧은 미니스커트가 너무나 잘 어울렸다.

"박상현, 너 너무 멋있는 거 아냐?"

"남 말하지 마. 눈부셔서 못 보겠다."

"아메리칸 조크냐? 듣기는 좋다. 야, 솔직히 나 많이 늙었어."

"지금 굉장히 멋져. 한국식 진심."

수진은 쾌활하게 웃더니 내 팔을 이끌고 좀 걷자고 했다. 우리는 도산공원 쪽으로 천천히 걸어가며 가벼운 얘기부터 시작했다. 오랜만에 본 한국의 인상, 지금 뉴욕의 날씨, 수진의 연락처를 알아내려고 학교에 찾아간 일. 걱정했던 것과 달리 모르는 사람 같은 느낌은 전혀 없었고, 화제는 자연스럽고 막힘없이 흘러나왔다. 코끝을 스치는 은은한 향수 냄새, 세련된 헤어스타일, 몸매가 드러나는 옷차림, 화장으로 살짝 강조한 이목구비의 풍부한 표현. 열일곱 소녀가 서른넷의 숙녀가 되면서 얼마나 많은 매력을 더하게 되는지, 나는 그저 놀라울 따름이었다.

"14년 동안 한국에 한 번도 안 들어왔다고?"

"응."

"왜?"

나는 순간적으로 '너 때문'으로 시작하는 애매한 농담을 떠올렸다가 그냥 이렇게 말했다.

"글쎄, 그렇게 됐네."

"너 혹시…."

수진이 잠시 고민하는 눈초리로 나를 쳐다봤다. 나는 운 좋게 만들어진 이 자연스러운 분위기가 망쳐지지 않았으면 하고 간절히 빌었다.

"너 혹시 그럼… 지금 김치나 불고기 먹어야 되는 거 아냐?"

나는 큰 소리로 웃었다.

"거기서도 한인 식당에서 가끔 먹어. 한국 사람들도 자주 만나고."

"어쩐지 억양이 많이 안 변했더라."

우리는 도산공원을 빙글빙글 돌며 이야기를 나눴다. 그리 중요하지도 않은 이야기 하나하나가 우리 둘 사이에 있던 텅 빈 공간을 빠르게 채워나갔다.

수진은 강남에서 친구와 함께 작은 에스테틱 살롱을 경영한다고 했다. 나는 뉴욕에도 아는 에스테틱이 몇 군데 있어서, 그것이 고수익이 보장되는 전문직임을 잘 알고 있었다. 상당히 다행스러운 마음이 되어 나는 좀 더 자유롭게 또 약간은 자랑스럽게 내 주말 요트 취미나 집에서 기르는 순종 샤미즈 고양이에 대해 이야기해주었다. 수진은 호기심은 넘치지만 어느 정도 자제하겠다는 듯한 태도로 뉴욕에서의 내 삶에 대해 이것저것 질문을 던졌다. 그리고 어느 순간 별 맥락 없이 갑자기 떠오른 것처럼 나에게 물었다.

"그런데 결혼은 했니?"

"아니."

수진은 약간 쑥스러운 듯 웃으며 고개를 숙였다. 뒷말을 어떻게 이어가야 할지 생각하는 것 같았다. 내게 하고 싶은 말이 있다는 건 처음부터 눈치채고 있었다. 지금쯤 그 말을 할 생각이었기 때문에 여기에 나올 수 있었고 내 이야기를 기분 좋게 들어줄 수 있었으리라. 지난 연인들이 서로 다시 만나기 위해서는 이런 식의 매너가 필요한 것인지도 모른다. 상대를 두고 혼자 결혼한 것에 대한 포괄적 미안함. 남편 얘기가 끝나면 애들 얘기로 이어질 거라는 어색한 예고.

수진은 다시 고개를 들어 내 눈치를 슬쩍 살피다가 웃으며 말했다.

"난 이혼했어. 3년 됐어, 이제."

나는 짤막하게 그래? 라고 했을 뿐, 갑자기 숨이 차올라 다른 말을 할 수가 없었다. 수진이 눈을 가늘게 뜨며 날 쳐다봤다.

"혹시 지금 고소해하는 거야?"

"당연하지."

"어쭈."

"날 찼으니까."

수진은 눈을 휘둥그레 떴다.

"네가 날 찬 거 아니고?"

"끝난 일로 뭘 그러냐?"

그렇게 얼버무렸지만 한순간 옛날로 돌아간 듯한 기분이 들었다. 어머니를 일찍 여의었던 내가 여자라는 존재를 처음으로 친밀하게 느낀 건 열일곱 살의 수진이었다. 매력적인 여자에 관한 내 이미지 중 많은 것들이 놀랍게도 열일곱 이후 거의 변하지 않았다. 나와 함께 나란히 걷고, 즐겁게 말하고, 기쁘게 웃는 이 여자가 내게 얼마나 중요한 여자인가 하는 생각이 들자 갑자기 낯선 열기가 가슴 속으로 밀어닥쳤다.

"역시 그렇게 생각하고 있었구나."

수진은 열일곱 살의 고집불통처럼 조금 입술을 내밀고 심각한 표정으로 중얼거렸다.

갑자기 진명여고의 안경 낀 선생이 떠올랐다. '모쪼록 건전한 만남 되십쇼'라고 말하며 싱글거리던 표정까지.

선생, 어른들 일에 관심 끄시죠.

*

당시 내가 아인시술에 관심이 없었다면 그건 거짓말이다. 나는 열두 살 때 한스 크뢰벨 박사가 침팬지의 머릿속에 작은 바늘을 집어넣는 데 성공했던 그때부터, 관련된 모든 소식을 찾아 읽었다. 그게 전 세계적인 화두로 떠오르리란 것도, 어쩌면 우리 세대 모두에게 엄청난 충격을 주는 사건이 되리란 것도 학교의 그 누구보다 먼저 예견했다. 그러나 수진을 만나며 1년 이상 그것은 내 관심의 변방에 아무렇게 방치되어 있었다. 대한민국 아인시술 표준시행령이 집행되고 반 친구들 모두가 매일 그 얘기에 열을 올릴 때는, 이미 아인시술이란 것이 흐릿한 내 미래에 굉장한 영향력을 미치고 있었다.

수진에게서 아인시술을 언제 받을 거냐는 질문을 받은 지 며칠 후, 나는 아버지와 밥을 먹다가 아인시술에 대해 우물쭈물 말을 내비쳤다. 아버지에게 2천 원을 달라고 할 때도 당당하지 못한 나였으니 2천만 원짜리 주제를 꺼내는 건 너무나 어려웠다.

아버지는 이렇게 대꾸하셨다.

"그게 우유랑 비슷한가 보더라."

"예?"

"우유 급식. 내가 학교 다닐 때 서양 애들이 우유 먹고 키 큰다고 해서 다들 학교에서 우유 급식을 시켰어."

나는 막연히 고개를 끄덕였다. 아버지는 다시 한참 밥을 드시다가 말씀하셨다.

"다들 먹으면 먹어야지. 봐라. 요즘 우리나라 사람들이 얼마나 커졌냐?"

아버지의 말씀은 거기까지였고 나는 그것을 수술을 시켜주겠다는 말로 해석했다. 법적 허용 한계 시한인 18세 생일까지는 열 달이 채 안 남았다는 것도 얘기하려다 입을 다물었다.

그로부터 아홉 달이 지났을 때 나는 상당히 초조한 상태가 되어 있었다. 몇 달 동안 수진을 만나지 못했고, 반 애들 중 수술을 받지 않은 건 나를 포함해 세 명뿐이었으며, 성적은 이상하게 계속 떨어지고 있었다. 처음에는 걱정도 하고 격려도 해주던 선생들은 이마를 머리카락으로 덮은 아이들보다 깐 아이들의 학업 성취에 훨씬 더 큰 관심을 보이기 시작했다. 그 무렵 아버지는 혈색이 무척 좋지 않았고 자주 피곤해했지만, 나는 아버지의 건강 걱정보다 통장 잔고 걱정을 더 많이 했다.

어느 날 학교에서 돌아온 나는 일찍 퇴근해서 누워 있는 아버지에게 직접적으로 수술비 얘기를 꺼냈다. 아버지는 얼굴이 잔뜩 상기되더니, 일어나서 장롱 서랍을 열고 봉투 하나를 내밀었다.

"일을 좀 벌였다가… 이렇게 됐다. 내가 못났다."

봉투 안에는 백만 원짜리 수표 다섯 장이 전부였다. 아버지는 벽을 향해 돌아누웠고, 나는 그것을 들고 내 방에 가서 울었다.

그리고 3주 후 나는 그 돈으로도 수술을 받을 수 있는 곳을 인터넷에서 찾아냈다. 기술과 시설은 충분히 갖추고 있지만 정부의 인가를 받지 못한 어느 종교 단체 산하의 의료 기관이었다. 나는 인터넷에 올려진 수술자들의 체험담을 읽고 접수 담당과 통화도 한 뒤에 예약을 잡았다.

학교가 끝난 뒤 서둘러 접수 사무실이란 곳에 갔더니, 담당자가 대기하고 있던 밴에 나를 태웠다. 갑자기 단속령이 떨어져서 수술실을 옮겼다는 것이었다. 나는 내 수술이 무사히 끝날 수 있도록, 정말 안전하고 외딴곳에 수술실이 있기만을 간절히 빌었다. 차는 한 시간 남짓 가로등도 없는 길을 따라 달리더니 오래된 건물 앞에 섰다. 나는 어두운 복도를 따라 어두운 방으로 들어갔고, 눈을 뜰 수 없을 만큼 강렬한 빛이 내리쬐는 수술대 위에 앉았다. 어둠 속에 서 있던 의사는 거꾸로 열을 세라고 했고, 나는 여덟에서 의식을 잃었다.

다음 날 아침 깨어났을 때는 뜻밖에도 우리 집 현관 앞이었다. 병원 측 운전기사가 나를 집까지 데려다준 것이었다. 마취가 풀리며 지독한 두통을 느꼈지만 기쁨과 안도감에 비하면 아무것도 아니었다. 이마 위로 길쭉한 꼬리를 내린 수술 자국은 온종일 보고 또 봐도 지겹지 않았다.

뭔가 이상하다는 예감을 느낀 건 다음 날 저녁부터였다. 아인 시술을 받으면 며칠 동안 정신을 못 차릴 정도로 두통이 심하다고 했는데, 나는 두피의 절개선을 따라 느껴지는 따끔거림만 남았을 뿐 두통이 깨끗이 사라진 것이다. 사흘이 지나자 피부의 통증마저 대단찮은 가려움으로 바뀌었다. 나는 아무런 몸의 아픔이 없는 대신 무시무시한 마음의 고통에 시달리기 시작했다. 눈을 뜬 채로 악몽을 꾸는 나날이었다. 그들은 내 머리의 피부만 절개했다 봉합했을 뿐, 머릿속에 바늘을 삽입하는 진짜 수술은 하지 않은 것 같았다. 미칠 듯한 기분이 되어 모의고사도 풀어보고 지능지수 테스트도 다시 했다. 결과는 들쭉날쭉하였는데 기분 탓인지 평균적으로는 대체로 더 떨어졌다. 아버지가 회복에 도움이 되라고 끓여준 미역국에는 손도 대지 않았다.

나는 학교에서 받은 2주간의 휴학이 끝나기 전날, 접수 사무실에 다시 찾아갔다. 낡은 상가 건물 1층에 있는 사무실은 한동안 사람 출입이 없었던 듯 자물쇠 위에 뽀얗게 먼지가 쌓여 있었다. 도로 반대편에서 한나절을 지켜본 끝에, 마침내 나를 밴에 태웠던 키 큰 남자가 나타나서 자물쇠를 여는 것을 목격했다. 나는 곧바로 남자 뒤를 따라 사무실로 들어갔다.

남자는 내 얼굴을 전혀 알아보지 못했다. 내게 나타나야 할 이런저런 증상과 현상이 없고 그것은 곧 당신들이 사기 수술을 했기 때문이다, 라는 얘기를 열여덟 살짜리가 할 수 있는 최고의 표현과 논리를 동원하여 주장했지만, 남자는 미소를 지으면서 도대체 무슨 소린지 모르겠다는 얘기만 반복했다. 경찰에 신고하겠다는 내 말에는 아예 웃음까지 터뜨렸다. 나는 스포츠 셔츠 사이로 드러난 남자의 두꺼운 어깨와 상박부터 손목까지 이어진 문신들을 보았다. 내가 할 수 있는 일이란 울음을 참으며 남자를 쏘아보는 것뿐이었다.

내가 문을 나서기 직전에 남자가 불렀다. 그러고는 바늘이 없는 걸 나 혼자 알아낸 거냐고 물었고 나는 그렇다고 대답했다. 그러자 남자가 기지개를 켜며 말했다.

"그럼 입만 다물면 되잖아."

아버지는 내가 그 돈으로도 수술을 받을 수 있었다는 사실에 무척이나 다행스러워했다. 학교 선생들과 친구들도 진심으로 축하해주었다. 나는 남들이 보는 자리에서는 약간은 더 똑똑해진 것처럼 굴었고, 혼자 있을 때는 아무것도 생각하지 않았다. 얼마 후 아버지가 돌아가셨고, 나는 짧고 격렬한 방황을 겪은 후 미국에 가게 됐다.

지금은 아니지만, 미국에서는 그때만 해도 내 연령대에서 아인시술을 받은 사람이 꽤 드물었다. 내 이마 꼭대기에서 2센티미터 내려온 아인시술의 흉터 자국은 학교에 다시 입학할 때도, 클럽 활동을 할 때도, 보험에 가입할 때도, 일자리를 찾을 때도 내게 특권이 있음을 암시해주었다. 미국 생활 내내 나는 여러 번 절망의 벽에 부딪혔지만, 그때마다 약한 부분을 긁어내며 벽 너머로 나아갈 수 있었다. 그동안 얼마나 자주 그 남자의 말을 떠올렸는지 모른다.

'그럼 입만 다물면 되잖아.'

입을 다물면 이를 악물 수 있었다.

*

도산공원을 몇 바퀴나 돈 뒤에야 우리가 세미나에 참석할 예정이었다는 사실이 떠올랐다.

"너랑 둘만 시간을 보내고 싶어서 미리 양해를 구했어. 좀 이따 뒤풀이에 합류하자."

나는 우리가 꼭 거기에 가야 하는 거냐고 물으려다 그만뒀다. 그만큼 수진에게 중요한 모임이니 그럴 거라는 생각이 들었다. 아니면 둘만 오래 있는 걸 굳이 피하는 이유가 있는 걸까? 나는 머리를 흔들어 생각을 털어내고 그녀가 이끄는 대로, 한국에 있을 때도 그다지 좋아하지 않았던 떡볶이를 먹기 위해 길을 건넜다.

한 시간쯤 후, 우리는 어느 주점의 뒤쪽에 따로 마련된 방으로 가기 위해 긴 복도를 걷고 있었다. 보이지 않는 스피커에서는 키스 자렛이 나직이 흘러나왔고 나는 수진의 손을 잡고 싶어졌다. 그녀는 이곳에 익숙한 듯 빠른 걸음으로 복도를 꺾어져서 은색

주렴을 젖혔다.

"뭘 하다 늦었는지 이실직고하렷다!"

팽팽하게 당겨진 검은 셔츠를 입은, 한눈에도 다혈질로 보이는 남자가 버럭 소리를 지르자 모두 와르르 웃음을 터뜨렸다. 나는 눈살을 살짝 찌푸리며 입가에 애매한 미소를 띤 채 안으로 들어섰다. 곱슬머리를 길게 기른 남자가 웃으며 일어서서 손을 내밀었다.

"저 친구 신경 쓰지 마세요."

"왜요?"

"네?"

"왜 신경을 안 씁니까? 멀쩡히 여기 계시는데."

곱슬머리는 재밌는 농담이나 들은 듯 소리 높여 웃었다.

"저 친구가 오늘 좀 많이 잃었어요. 크게 건 데가 제대로 환율 폭격을 맞아가지고…. 아까부터 많이 마셨거든요."

방 안에는 남자 넷과 여자 둘이 있었고, 그중 하나는 주점의 종업원으로 보이는 아직 어린 티를 벗지 못한 여자였다. 나는 다소 어정쩡한 상태에서 사람들과 인사를 나눴다. 수진이 뭐라 나무라는 말을 했는지 검은 셔츠도 굽신거리며 머쓱한 표정으로 손을 내밀었다. 일행 중 하얀 원피스의 여자는 상당한 미인이었는데 종업원이 따라주는 술잔을 받아서 내게 직접 건넸다.

"오랜만의 귀국을 축하드립니다."

"귀국이라니 쑥스럽네요. 항공편이 잘못된 덕인데."

여자가 눈썹을 치켜올리며 말했다.

"수진 씨 만나러 오신 게 아니고요?"

나는 아차 싶어서 검은 셔츠 옆에 자리를 잡은 수진을 힐끔 쳐다봤다. 여자는 재빠르게 덧붙였다.

"오랜만의 귀국길에 제일 먼저 누군가를 찾는다는 건, 그만큼 의미가 크다는 거예요. 그죠?"

여자는 타인을 불편하게 만들어서 자신이 센스 있다는 걸 확인하는 타입 같았다.

"세미나는 잘 끝나셨나요?"

"뭐 그렇죠. 저희들끼리 세미나라고 하는 거지, 모여서 이것저것 정보 교환하고 그러는 거예요. 주식이나 채권, 펀드 같은 것들."

여자는 이어서 한국의 투자 시장에 대해 몇 가지 이야기를 늘어놓았다. 나는 관심 있게 듣는 척 고개를 끄덕였지만, 아까부터 마음속에 가라앉아 있던 불만이 스멀스멀 기어 나오는 걸 느꼈다. 수진은 왜 이곳에 날 데려온 걸까? 우리는 아까 그다지 불편하지 않았다. 시간이 갈수록 과거가 조금씩 되돌아오는 느낌은 따스하고 부드러웠다. 수진은 검은 셔츠의 옆에 앉아서 뭔가를 나직이 이야기했고, 검은 셔츠는 그녀 쪽 등받이에 팔을 걸치고 호탕하게 웃어댔다. 그녀의 패션 감각과 외모는 정말 멋졌다. 다시 둘만 있게 되면 민망하지 않을 방식으로 꼭 칭찬해주고 싶었다. 그런데 수진의 다리 근처를 어슬렁거리는 검은 셔츠의 손 때문에 자꾸 신경이 곤두섰다.

"저기요, 저기요? 아주 넋을 잃으셨네."

나는 흠칫 놀라며 정면의 남자를 쳐다봤다.

"무슨 생각을 그렇게 하세요?"

머리를 올백으로 넘겨 아인시술 자국을 한껏 드러낸 남자가 내 시선이 닿았던 곳을 보고는 히죽 웃으며 말했다. 나는 술잔을 들어 한 번에 비웠다.

"죄송합니다. 뭐라고 하셨죠?"

"미국에서는 무슨 일 하시냐고요."

"아, 의사입니다."

언뜻 방 안의 시선 몇이 내게 향하는 걸 느꼈다.

"오, 그래요? 그럼 전공이…."

"뇌과학을 전공했고요, 지금은 아인시술 전문 병원을 합니다."

"미국에서요? 대단하시네. 그럼 대학병원 같은 데서 일하시나요?"

"아뇨. 뉴욕에 제 클리닉이 있어요."

나는 감탄의 표정들을 일부러 의식하며 수진 쪽을 봤다. 그녀가 방 안에 들어와서 처음으로 큰 목소리를 냈다.

"고등학교 때도 맨날 반에서 일등이었어요."

시트콤에나 나올 것 같은 키 작은 대머리가 검은 셔츠를 가리키며 웃었다.

"쟤도 고등학교 때 일등만 했어."

"시끄러워 인마. 쓸데없는 소리 좀 하지 마."

검은 셔츠가 거칠게 내뱉었다.

올백이 멍청한 표정으로 내게 물었다.

"그럼 대학은 어디 나오셨어요?"

나는 그만할까 싶었지만, 유치하게도 마음 한구석에서는 아예 깃발을 꽂고 싶은 생각이 들었다.

"의과대는 존스 홉킨스에서 다녔습니다."

올백이 눈을 끔벅거리며 주위를 둘러보았다.

"존스 홉킨스? 들어본 것도 같고…."

"저 병신. 하버드밖에 모르면서 그걸 왜 물어봐?"

검은 셔츠는 마치 자신이 모욕이나 당한 듯 성질을 부렸다. 올백은 '병신이 뭐냐, 병신이…'라고 중얼거렸는데 제대로 항변할 생각은 없는 것 같았다. 하얀 원피스가 검은 셔츠에게 정색하며 말했다. '옐로카드 하나 나갔다.' 검은 셔츠는 피식 웃을 뿐 더는 대꾸하지 않았다.

그때부터 화제는 계속 나를 끼고 돌았다. 뉴욕 여행 경험이 있는 몇 사람이 있어서 관광 명소들과 브로드웨이 뮤지컬에 대한 이야기가 나왔고, 미국의 학교 제도나 교육 현실에 대한 이야기도 했다. 양재동에서 이탈리안 레스토랑을 하고 있다는 대머리가 뉴욕의 고급 식당들에 대해 묻길래, 스톤 로즈나 다니엘 같은 곳에 관해 이야기하기도 했다. 미국의 병원, 의료 서비스, 보험, 그리고 아인시술에 대한 이야기가 나올 무렵에는 조금 피로가 느껴지기도 했지만, 수진이 눈을 반짝이며 듣고 있었기 때문에 빠지지 않고 대화에 참여했다.

"난, 뭐 여기 의사 선생님한테 실례인지는 모르지만…."

술이 꽤 오른 올백이 거창하게 운을 뗐다.

"아인시술이란 거 안 믿어. 그거 전 세계 정부랑 병원들이 짜고 치는 고스톱이야."

"그런 얘기 안 지겨워? 언론에서 백만 번은 우려먹었겠다."

하얀 원피스가 마른오징어를 씹으며 말했다.

"그래. 그때마다 계속 통계 자료니 실험 결과니 보여주면서 효과 있다고들 하는데… 솔직히 말해 여기서 효과 봤다고 확신하는 사람 누가 있어? 없잖아. 손들어봐."

곱슬머리가 말했다.

"사실 위약 효과처럼 그것도 어떤 심리적 기제가 아닌가 싶어.

효과 있다고 하는 사람들도 많잖아? 특히 학생들 봐. 성적은 확실히 올라가잖아."

"기분 탓 아닌가? 그리고 다들 하면 그게 누구한테 좋은 거냐고."

곱슬머리가 어깨를 으쓱했다.

"선생님, 그 바늘 하나 얼마예요? 원가가."

대머리가 눈을 비비며 물었다.

"영업 비밀인데요."

나는 슬쩍 웃었다.

"저도 진짜 궁금해요."

흰 원피스가 가세했다.

나는 별수 없다는 듯 말했다.

"미국에서 공장 출고는 천시백 달러 정도라고 들었어요. 병원에 들어올 때는 세금이랑 물류비가 더 붙지만."

"거봐, 우리 돈 2백만 원이야. 그걸 2천만 원이나 받아 처먹으니, 이 사기꾼 같은 새끼들…. 아니 오해는 마시고요."

올백이 내 쪽으로 손사래를 치며 말했다.

곱슬머리가 조심스럽게 대화를 이었다.

"미국에서는 바늘 재료가 다르다는 얘기가 있던데… 그건 뭔가요?"

나는 절레절레 고개를 저었다. 내 마음속 깊이 담아두려 했던 소중한 시간이 공중에서 담배 연기와 술 냄새에 섞여 분해되고 있었다. 나는 목을 가다듬고 모두에게 잘 들릴 만한 목소리로 말했다.

"우유 급식 같은 거죠."

방 안에 있던 충혈된 눈들이 단번에 나를 향했다.

"80년대에 우리도 서양 애들처럼 커야 된다고 학교에서 단체로 우유를 먹였잖아요. 그 뒤로 평균 신장이 많이 높아지긴 했는데, 그 원인이 정확히 우유인지는 확인할 수가 없는 거죠. 다들 고기도 더 먹고 식단이 풍부해졌으니. 또 우유를 열심히 마셨는데도 키가 안 큰 애들도 많고. 하지만 그때는 그런 상징이 필요했어요. 다 같이 마시면 다 같이 클 거라는 믿음을 가질 수 있는 것."

"아인시술을 한다는 분이 꽤 시니컬하네."

검은 셔츠가 말했다.

나는 고개를 저었다.

"그건 아닙니다. 우유의 영양가를 부정할 필요는 없잖아요?"

"미적지근한 건 원래 성격인가?"

검은 셔츠가 도발적으로 주위를 둘러봤다.

"여기 있는 사람들 다들 수술받았잖아. 그러니까 대학들 다 잘 나오고 나랑 얘는 대학원까지 나오고, 삼십 대 초반에 자기 가게들 있고, 저 새끼는 변호사고, 저건 벌써 부장이고. 집에 노는 돈도 좀 있으니까 투자도 하고 그러는 거 아냐? 아인시술이 사기라고? 우유 급식? 미국 가서 좋은 의대까지 나온 똑똑한 양반이 그렇게 말하면 도둑놈 심보지. 내가 진짜 증거 보여줘?"

갑자기 검은 셔츠는 벌떡 일어나더니, 아까부터 구석에 있는 듯 없는 듯 앉아 있던 종업원에게 성큼성큼 걸어가서 한 손으로 턱을 꽉 붙들고 다른 한 손으로는 눈썹까지 드리운 앞머리를 위로 들쳐 올렸다. 여자가 짧게 비명을 지르며 깨끗한 이마를 두 손으로 가렸다.

"뭐가 더 필요해?"

갓 스무 살쯤 되어 보이는 여자의 얼굴이 수치심에 발갛게 달아올랐다. 내가 빈 잔을 내려놓고 손아귀에 힘을 주며 일어서려는 순간, 수진이 바람처럼 날아가 검은 셔츠의 뺨을 후려쳤다. 짝!

"아프잖아!"

검은 셔츠가 뺨을 감싸 쥐고 어린애 같은 목소리로 소리를 질렀다.

"내가 얘 친구였으면, 당신 벌써 죽었어."

고작 160센티미터 키의 수진은 검은 셔츠보다 몇 배는 더 커 보였다.

방에 있던 사람들 중 아무도, 아무 말도 하지 않았다. 종업원은 코를 훌쩍이더니 밖으로 나갔고, 모두 다시 담뱃불을 붙이거나 술잔을 만지작거렸다. 검은 셔츠와 수진은 떨어진 곳에 앉아서 서로에게서 번 방향으로 시선을 돌렸다. 데이비드 샌본으로 바뀐 음악을 잠시 듣고 있다가, 나는 약간 들뜬 목소리로 말했다.

"게임 하나 해보실래요?"

흰 원피스가 호들갑을 떨었다.

"재밌겠다. 저 게임 좋아해요."

"야한 게임이면 아주 사족을 못 쓰죠."

대머리가 웃으며 덧붙였다.

한두 마디 농담이 더 오가는 동안, 나는 주머니에서 펜을 꺼내고 탁자 위에 냅킨 몇 장을 펼치며 말했다.

"아시다시피 아인수술이란 게 좌우뇌 반구를 잇는 뇌량에 보조체를 삽입해서 신경전달을 활성화시키는 겁니다. 그래서 구체적으로 뭐가 달라지는지는 간단히 알아볼 수 있는 게 아니지만, 약간의 트릭 같은 게 가능해져요."

수진도 조금 전의 소란은 금세 잊은 듯, 어느새 내 말에 귀를 기울이고 있었다.

“이건 좌우뇌 간의 소통 순발력을 알아보는 건데요, 일반적으로 언어 중추는 왼쪽 뇌에 있고 수리 계산 활동은 주로 오른쪽 뇌에서 이루어집니다. 왼쪽 감각기관들은 오른쪽 뇌와, 오른쪽 감각기관들은 왼쪽 뇌와 더 가깝다는 건 아시죠? 따라서 왼쪽 감각기관과 언어 중추, 오른쪽 감각기관과 수리 중추는 뇌신경적으로 보면 멀리 우회해서 연결돼 있는 셈이죠.”

“복잡하면 난 못하는데.”

올백이 주눅이 든 목소리로 중얼거렸다.

“재밌는 게임은 아니네요?”

흰 원피스도 실망한 듯 말했다.

“여러분이 궁금해하는 걸 확인하는 테스트예요. 아인시술이 효과가 있는지 없는지.”

“정말 그게 확인이 가능해요?”

대머리가 눈을 동그랗게 떴다.

“공식적인 건 아닙니다. 근데 제 환자들한테 해보면 의외로 꽤 맞더라고요. 여러분은 왼쪽 눈과 오른쪽 귀를 가릴 거예요. 그리고 제가 여기 냅킨에 숫자 세 개를 써서 오른쪽 눈에 보여주면서, 왼쪽 귀에다 누구나 아는 시나 노래의 앞부분을 말할 겁니다. 그러면 여러분은 숫자 세 개의 합과 시나 노래의 다음 부분을 순서대로 말해주시면 됩니다. 수술받은 사람들의 95퍼센트는 5초 안에 할 수 있어요.”

“못 하면요?”

올백이 걱정스레 물었다.

“저 먼저 해주세요.”

흰 원피스가 손으로 눈과 귀를 알아서 가리며 끼어들었다.

나는 곱슬머리에게 시간 측정을 부탁한 다음, 냅킨에 2, 3, 8을 써서 여자의 오른쪽 눈에 보여주며 왼쪽 귀에 속삭였다.

"나 보기가 역겨워 가실 때에는."

"13. 말없이 고이 보내 드리오리다!"

원피스는 주위 사람들이 깜짝 놀라도록 큰 소리로 외쳤다. 곱슬머리가 감탄하며 손목시계를 가리켰다.

"2초!"

"선생님 저 천재 아닌가요?"

원피스가 몸을 잔뜩 붙이며 웃는 통에 여자의 가슴이 내 팔꿈치를 눌렀다.

"11, 한 점 부끄럼이 없기를."

"17, 아기가 혼자 남아… 집을 보다가?"

검은 셔츠는 그사이 담배를 사오겠다며 나갔고, 모두의 차례가 지나 마침내 수진만 남았다.

"수진 씨 뭐해. 이리와."

"됐어요."

난 수진에게 어서 오라고 턱짓을 하다가 살짝 놀랐다. 그녀는 떨고 있었다. 마치 발각될 것을 두려워하는 범죄자처럼 그녀는 탁자에 흩어진 냅킨 위의 숫자를 불안한 눈으로 훑었다.

"난 원래 숫자에 약해요. 아까부터 두통도 있고."

"이게 사실 두통에도 좋은 게임이죠. 그죠 선생니임?"

향수와 안주 냄새와 술 냄새를 섞어 풍기며 원피스가 내 팔에 팔짱을 끼었다. 수진과 나의 시선이 서로 만났다. 나는 지금 그녀의 표정과 내 기억 어딘가에 묻혀 있는 과거 속 그녀의 표정 하나가 비슷하다는 걸 깨달았다. 수진이 수술을 받고 처음 만났을 때 이 말을 하면서 지었던 표정이었다.

'나 머리가 좋아진 것 같지가 않아. 농담 아냐, 진짜야.'

사람들에게 강제로 떠밀리다시피 해서 수진은 내 옆에 앉았다. 나는 그녀가 보지 못하게 손으로 가리고 냅킨에 숫자를 썼다. 사람들은 합산을 할 때 보통 홀수에, 순서가 뒤바뀐 수에, 그리고 수의 합이 큰 것에 약하다. 나는 냅킨에 9, 5, 7을 썼다. 곱슬머리가 시계를 봤고 나는 냅킨을 수진의 오른쪽 눈에 보여주며 왼쪽 귀에 대고 말했다.

"난 아직도 널 사랑해."

방 안이 갑자기 조용해졌다. 5초가 한참 지난 뒤에도 아무 말이 없던 수진은, 오른쪽 눈동자를 천천히 내게로 향했다.

*

나는 집까지 바래다주겠다고 억지로 우겨서 수진과 같은 택시에 탔다. 핸드백 안에서 벨 소리가 한참을 울리는 동안 그녀는 멍하니 창밖을 보다가 흠칫 놀라며 휴대폰을 꺼내 들었다. 곧 가겠다고, 별일 없다고, 백 속에 있어서 못 들었다고 말하는 사이사이에 희미한 남자의 목소리가 들렸다.

"누구?"

"같이 일하는 사람."

"지금 새벽 3신데 일하는 곳에 간다고?"

수진은 창밖을 보며 잠시 말이 없다가 내 쪽으로 고개를 돌렸다.

"내가 일하는 데 같이 갈래?"

휴대폰은 또 울렸다. 다시 아무 일 없다, 가는 중이다, 걱정 말라는 대답을 수진이 반복했다.

수진은 개포동 어디쯤에서 내려 낡은 상가 건물이 많은 골목들 사이를 요리조리 꺾어 들어갔다.

"주변은 좀 이래도 장사는 나쁘지 않아."

나는 수진을 따라 '수&영 에스테틱—남성 전용'이라는 작은 네온 간판이 붙은 건물의 지하로 내려갔다. 카운터에 있던 창백한 인상의 남자가 우리를 보고 반쯤 일어섰다. 그녀는 내게 문 하나를 가리키며 들어가 있으라고 말했다.

엎드리도록 만들어져 있는 침대에 걸터앉아서 진한 향내를 맡으며, 나는 갑자기 잠들고 싶을 만큼 지독한 피로를 느꼈다. 한참 시간이 지나서야 수진은 쟁반에 음료수와 그 외 몇 가지를 담아 두 손으로 받쳐 들고 들어왔다. 그녀가 갈아입은 유니폼의 치맛단은 아까 입었던 미니스커트보다도 더 짧았다.

나는 수진이 가르쳐주는 대로 상의를 완전히 벗고 침대 위에 엎드렸다. 그녀는 내 등에 오일을 바른 뒤 익숙한 손놀림으로 천천히 마사지하다가 띄엄띄엄 이야기를 시작했다. 내가 미국으로 떠난 직후, 어떤 사건으로 인해 아버지가 감옥에 갔고 집안이 풍비박산이 났다. 대학에 입학했지만 금방 그만두었고 그 뒤로 여러 가지 일을 전전했다.

수진은 잠시 손을 멈추고 눈물을 닦아낸 뒤 다시 이야기를 이었다.

이 가게는 카운터에 앉아 있던 남자와 함께 시작했으며 동거를 시작한 지 1년이 조금 넘었다. 가게는 조금씩이나마 흑자를 내고 있고 남자와의 관계도 안정적이어서 내년쯤 결혼을 생각한다.

그 모임은 가게 단골인 검은 셔츠와 올백을 통해 알게 되었는데, 여러 차례 거절했어도 검은 셔츠는 꾸준히 구애를 해온다. 검은 셔츠에게 약간의 빚이 있어서 가끔 곤란하기도 하다.

마사지를 받는 내내 눈을 감고 있던 나는 살짝 고개를 돌리며 물었다.

"빚이 얼마나 되는데?"

"많이 갚았어. 지금은 2천 정도."

"그거 내가 해줄게."

수진은 내 등을 세게 꼬집었다.

"너 되게 재미없어졌다."

마사지가 진행될수록 깜짝 놀랄 만큼 몸이 가벼워지고 있었다. 수진이 갑자기 피식 웃었다.

"우유 먹고도 키 안 큰다고 해서 그게 애들 잘못은 아니잖아, 그지?"

나는 잠시 입을 다물고 있다가 말했다.

"아까 그 게임 전부 사기야. 사람의 눈은 좌뇌와 우뇌 둘 다와 동시에 연결돼 있어. 그리고 아인시술 효과는 지금까지 이 세상 어느 누구도 확실하게 입증하지 못했어."

그리고 나는 한마디를 덧붙이고 싶었지만, 굳이 말하지 않아도 수진 스스로 알고 있을 것 같아 말하지 않았다.

넌 잘하고 있어.

가게를 나올 때 카운터의 남자가 벌떡 일어서서 고개를 숙여 인사했다. 남자의 긴 앞머리가 이마 위에서 찰랑거렸다. 나는 수진과 간단히 악수 한 번으로 인사를 끝낸 뒤 택시를 타고 호텔로 향했다. 호텔방에서 내 비서인 그레이스에게 전화해 오늘 아침 비행기로 돌아간다고 알리고 침대에 누웠지만, 결국 출국 시간이 다 될 때까지 한숨도 잘 수가 없었다.

*

손을 소독하는 동안 발바닥에서 희미하게 진동이 느껴졌다. 어퍼이스트사이드의 렉싱턴 애비뉴와 104번가가 교차하는 이곳은 지하철역이 가깝다. 고객용 출입문을 나서면 어두운 복도를 지나야 하지만, 그다음에는 인파에 섞여 지하철역과 맞닿아 있는 대형 쇼핑몰의 여덟 개 출구 중 하나로 나갈 수 있다. 이건 상당한 장점이다.

내 비서이자 수간호사이며 얼마 전 쉰 살이 된 그레이스 고타마가 가볍게 눈인사를 하며 수술실 밖으로 나갔다. 그레이스는 유능하고 말수가 적다. 그래서 나는 수익의 30퍼센트를 그레이스의 몫으로 주는 것에 아무런 불만이 없고, 물론 그건 그레이스도 마찬가지다. 그레이스가 고객의 머리 가운데를 따라 0.5센티미터 폭으로 깨끗이 면도를 하고 마취 크림을 바르고 나면, 나머지 일은 전부 내 몫이다.

어두운 수술실 한 가운데에서는 환자의 머리를 중심으로 지독히 밝은 빛이 내리꽂히고 있다. 나는 수술대로 다가가며 마스크 뒤의 얼굴을 찌푸렸다. 잔뜩 겁을 먹고 앉아 있는 건 기껏해야 열네 살이 될까 말까 한 라틴계 소년이다. 이 아이에게는 아직 아인 시술을 합법적으로 받을 수 있는 기한이 4년이나 남아 있다.

내 클리닉에 오는 사람들은 대부분 법적 시기를 놓친 나이 든 사람들이다. 대부분은 편견 때문에 벌어진 한두 개 이상의 아픈 추억을 갖고 있고, 때로 수술 도중 그것에 대해 말하고 싶어 하는 통에 애를 먹는다. 나는 손이 빠른 편이지만 하루에 대략 스무 건의 수술을 해야 하기 때문에 수술이 길어지면 곤란하다. 횟수로만 따지면 보통 아인시술 전문의들의 스무 배이다. 물론 내 수술 비용은 그들의 20분의 1도 안 된다.

소년에게 다가가 마취가 잘 됐는지 확인하다가 문득 소년의 부모에게 화가 치밀었다. 아인시술을 사기라고 생각하는 사람들일까? 4년 안에 수술을 시켜줄 가망이 없을 만큼 지독하게 가난한 걸까? 아니면 인생에서 꼼수 사용하는 법을 아이에게 미리 가르치려는 걸까?

나는 그들이 원하는 것을 해주기 위해 돈을 받고 여기 서 있다. 따라서 내가 아이를 위해 해줄 수 있는 것은 가능한 한 진짜 같은 자국을 남기는 것뿐이다.

소년의 이마로 메스를 가져갔다. 그 순간 소년이 입을 열어 작은 소리로 말했다.

"선생님."

"응?"

"선생님은 몇 살 때 수술받으셨어요?"

"열여덟 살. 이제 시작할까?"

"선생님이 받은 건 진짜 아인시술이죠?"

"내가 그렇게 똑똑해 보이니?"

"네."

소년이 씩 웃었다. 나는 다시 절개를 시작하려다, 메스를 플레이트 위에 내려놓았다. 그리고 마스크를 벗고 무릎을 굽혀 소년의 얼굴을 봤다. 소년은 약간은 겁을 먹고 약간은 호기심 어린 눈동자로 나를 마주 보았다. 영리해 보이는 눈이었다.

내가 수술을 받을 사람 앞에서 빛 아래로 얼굴을 내민 건 처음이었다.

"친구들한테 써먹을 수 있는 게임 하나 가르쳐줄까? 내가 알려주는 대로 하면 넌 절대로 지지 않아. 일단 숫자 세 개를 종이 위에 써야 하는데…."

아들과의 약속

눈을 뜬다. 주위는 온통 어둡다. 정신이 드는 것과 동시에 아침 출근길에 민우가 했던 말이 떠오른다. 평소에는 나랑 눈도 안 마주치는 놈이 아플 정도로 팔을 꽉 붙들고 내 얼굴을 똑바로 쳐다보면서 소리를 지른다.

약속해!

뭘 약속하라고 했더라? 나는 뭐라고 대답했지?

내가 찌그러지고 뒤집힌 구급차 안에 있다는 것을 깨닫는 데만도 시간이 한참 걸린다. 상체를 일으키자 굳은 피로 뒤덮인 채 완전히 으스러진 왼쪽 다리가 눈에 들어온다. 드문드문 기억이 떠오른다. 마지막 출동에서 돌아오고 있었고, 신참인 승미가 드디어 집에 가게 되었다고 좋아했고, 갑자기 구급차가 통째로 날아가는 듯한 충격이…. 그래. 교통사고가 났던 것이다.

부서진 문짝 틈으로 기어나가 구급차 밖으로 몸을 끌어낸다.

마치 폭격이라도 당한 것처럼 도시 여기저기에서 연기 기둥이 솟아오른다. 차들은 아무렇게나 방치되었고 사방에 시체가 널려 있다. 조금 떨어진 곳에 있는 승미의 시신을 보고 나는 잠시 헐떡거린다. 문득 손목시계의 날짜를 확인하고는 멍해진다. 어찌 된 일인지 나는 닷새나 혼수상태에 빠져 있었다.

그리고 닷새 만에 세상은 지옥이 되었다.

괴바이러스와 환자들의 이상 행동에 대한 뉴스가 처음 등장할 때만 해도 아무도 실감하지 못했다. 세상의 공기를 바꾼 건 단 하나의 동영상이었다. 인천항 여객터미널의 CCTV에 찍힌 진짜 좀비들. 좀비라는 두 글자가 그렇게 무서운 단어가 될 줄은 상상도 하지 못했다. 말단 구급대원인 데다 혼자 중학생 아들까지 키우고 있는 나는 서둘러 결단을 내렸고, 동영상이 공개된 다음 날 저녁 기차로 강릉에 있는 큰형 집에 가기로 했다. 그런데 바로 그날 사고가 난 것이다.

호흡이 거칠어지며 내가 의식을 잃고 있다는 게 느껴진다. 공포가 밀려온다. 아직은 안 돼! 이를 악물고 심호흡을 하자 조금씩 정신이 돌아온다.

그리고 민우와의 마지막 대화. 대화라기보다는 다툼이 전부 떠오른다.

"혹시 아빠한테 무슨 일이 생기면 너 혼자 가서 기차 타."

"그런 말 하면 기분 좋아?"

"말 좀 들어!"

"싫어! 나한테 오겠다고 약속해! 끝까지 기다릴 거니까."

서서히 다리와 복부에서 고통이 올라오기 시작한다. 아직 내 몸이 정상이라는 신호지만 곧 견디는 게 불가능한 통증으로 바뀔 것이다. 조직괴사도 심하고 패혈증도 진행 중이다. 어차피 난 살 수 없는 몸이다.

조금이라도 덜 아픈 틈을 타 서두르기로 마음을 먹는다. 구급차 보관함을 뒤져서 모르핀과 아트로핀을 다 꺼낸다. 부목으로 왼쪽 다리를 고정하고 붕대를 최대한 두껍게 감는다.

시도는 해봐야겠다.

난 왜 약속한다고 했던가. 민우가 정말로 끝까지 기다리고 있으면 어쩌려고.

걷기 시작한 지 나흘째, 아직 집까지 가려면 온 만큼은 더 걸어야 한다. 큰길을 따라가면 더 빠르겠지만 좀비들을 몇 차례 목격한 뒤로는 숨을 곳이 있는 뒷골목만 찾아 걷는다.

처음 좀비를 본 건 이틀 전이었다. 멀리 떨어진 곳이었기에 망정이지 조금이라도 가까웠더라면 절대로 그들에게서 벗어날 수 없었을 것이다.

좀비는 더 이상 CCTV 동영상 속의 그놈들이 아니다. 이제 지능과 순발력을 가진 존재로 진화했다. 자기들끼리 의사소통을 하는 것 같고 창이나 몽둥이 같은 원시적인 무기도 사용한다. 심지어 여기저기서 주워 모은 지저분한 것들을 몸에 잔뜩 걸친 데다 가면으로 얼굴까지 가리고 있다.

그들이 이미 쓰러져 꿈틀거리는 사람들에게 다가가 머리가 박살 날 때까지 몽둥이로 집요하게 내리치는 것을 봤을 때, 나는 너무 놀라고 겁에 질려 한참 동안 그 자리에 얼어붙어 있었다. 이런 괴물들을 상대로 우리 인간이 무얼 할 수 있을까?

민우는 어떻게 버티고 있을까?

하루에 한 번은 좀비들을 보게 된다. 그들은 인간의 씨를 말릴 작정인지, 작은 무리를 지어 조직적으로 움직이며 번개처럼 나타났다가 누군가를 죽이고 연기처럼 사라진다. 나는 이제 고양이 발소리만 들려도 그 자리를 피한다.

좀비들의 폭력을 보고 문득 내 머리에 떠오른 건, 아이러니하게도 어느 좀비 영화에서 본 인간의 모습이다. 좀비로 뒤덮인 세상을 네 명의 남녀가 헤쳐나가는 다소 유머러스한 분위기의 영화였는데, 주인공들은 온갖 잔혹한 방법으로 좀비를 죽인 뒤 사방에 널린 시체들 사이에서 하이파이브를 하고 좀비에 대한 고약한 농담을 주고받으며 웃었다. 해피엔딩으로 의도된 그 장면에서 나는 좀 어이가 없었다. 한때 좀비였을망정 죽고 나면 인간이 아닌가? 그 어떤 인간의 죽음 앞에서 저런 행동이 용인될 수 있는가? 민우는 낄낄거리며 그 장면을 보다가 내가 불평을 하자 다시는 아빠랑 같이 영화를 안 보겠다고 쏘아붙였다. 민우는 또래의 다른 아이들처럼 그런 걸 좋아했다. 아내가 병으로 떠난 뒤 자주 우울해 하는 민우를 위해 엑스박스 게임기를 사줬더니 주야장천 좀비 죽이는 게임만 해서 나랑 몇 번 다투기도 했다.

녀석은 나를 직업병 환자 취급했지만, 나는 인간이 영화나 게임 속에서 그동안 좀비를 도가 지나치게 폭력적으로 죽여왔다고 생각한다.

그러니 어쩌면 이게 다 자업자득인지도 모른다고 말하면 민우는 뭐라고 대꾸할까?

민우의 대꾸를 듣고 싶어 미칠 것 같다.

우리 집이 있는 시의 경계로 들어서지만 집까지 갈 수 있을지 점점 의심스러워진다. 고통이 파도처럼 끝없이 밀려오는 가운데 절벽에 매달린 심정으로 의식을 붙들고 있다. 왼쪽 다리에 감아 놓은 붕대는 진작에 다 풀려버렸는데, 그 안에 있는 것은 묘사하기도 어려운 무언가가 되고 말았다. 그나마 여기까지 죽지 않고 걸어온 것은 모르핀과 아트로핀 덕분일 것이다.

민우는 어렸을 때 내 어깨 위에서 목말을 타는 걸 무척 좋아했다. 한참 목말을 태우다가 이제 힘드니까 그만 내리자고 하면 민우는 말도 안 되는 소리를 하곤 했다.

"싫어. 아빠 나 사랑하잖아. 힘내서 계속 태워줘."

난 그 말을 들을 때마다 웃음을 참을 수가 없었고 결국 좀 더 목말을 태워주었다.

이제는 걸으면서 꿈을 꾼다. 꿈속에서 민우와 이야기를 나눈다. 내가 아프고 힘들어서 도저히 못 가겠다고 하자 민우가 말한다.

"힘내서 날 계속 사랑해줘."

내 안에 남은 한 줌의 사랑이 한 방울의 뜨거운 피처럼 솟구쳐 오른다. 이제 내 정신을 붙잡아두는 건 민우와의 약속을 지키고 싶은 마음밖에 없다.

모르핀과 아트로핀은 어제저녁에 다 떨어졌다.

내 사랑이 약보다 더 강할 수 있을까?

의식과 감각이 마른 물 자국만큼도 남아 있지 않은 상태로, 나는 우리 집이 있는 아파트 단지 입구로 들어선다. 다리를 질질 끌며 몇 개의 아파트 건물을 몇 개의 산처럼 힘겹게 돌아간다. 이윽고 저 멀리 105동 건물이 눈에 들어올 때, 나는 걸음을 멈추고 얼어붙는다. 헛것을 보고 있다고 확신한다. 아파트 현관 앞에 우두커니 서 있는 저 아이가 민우일 리 없다. 세상이 이 지경이 됐는데도 약속을 지키겠다고 바보같이 여기에 남아 있을 리가 없다.

하지만 민우는 정말로 거기에 서 있다.

나는 지난 일주일 동안 단 한 번도 내보지 못한 속도로 거의 뛰듯이 걷는다. 50미터, 40미터, 30미터…. 다른 곳을 보고 있던 민우가 마침내 나를 향해 고개를 돌린다. 내 시야는 의심을 품은 채 멍한 표정을 짓고 있는 민우의 하얀 얼굴로 가득 찬다. 민우는 갑자기 눈이 휘둥그레지더니 손가락을 들어 나를 가리킨다.

"저기, 저기 좀비가 있어요!"

그제야 민우의 곁에 서 있는 사람들이 눈에 들어온다. 아니, 사람이 아닌 좀비다! 사람이라고 착각했던 건 그들이 가면을 벗고 있었기 때문이다. 가면 아래의 얼굴은 멀쩡한 사람이다.

나는 혼란에 빠져 걸음이 느려진다. 그들 중 두 명이 재빨리 가면을 쓰고 방망이를 들어 올리며 신속한 동작으로 내게 접근한다.

"이 구역 좀비들은 다 처리하지 않았어?"

"다른 데서 온 놈이겠지. 조심해."

이 정도 거리에 이르러서야 가면이 임시 방독면이라는 것을 알게 된다. 서늘한 전율과 함께 진실이 나를 압도한다. 어떻게 모를 수 있었을까? 그런 무자비한 폭력을 휘두를 수 있는 건 당연히 인간이지 않겠는가. 그리고 먹지도 않고 약도 없이, 하나의 목적만으로 그렇게 걸을 수 있었던 나는 당연히 좀비가 아니겠는가.

그들이 휘두른 방망이가 내 머리를 정확히 가격하는 순간, 나는 사람들이 좀비를 정복해가고 있다는 사실에 안도한다. 그리고 민우가 날 알아보지 못했다는 사실에도 깊이 안도한다.

사람들이 안전한 곳으로 데려가는 아들의 뒷모습을 보며 나는 속삭인다.

민우야, 아빠도 약속 지켰어.

그의 지구 정복은 어떻게 시작됐나

김 사장이 가구 수 50이 채 안 되는, 그것도 70세 이상 노인 인구가 절반이 넘는 오학면 천송리에 대형 할인 마트를 세우겠다고 했을 때, 천송리 주민 전원은 팔자에도 없는 근심에 빠졌다. 아무리 이 마을에서 청년 시절을 개차반처럼 보내고 서울로 날라버렸던 놈이라고 해도 김 사장은 유일하게 성공한 천송리 출신 사업가였다. 그런데 요즘같이 경제 사정이 좋지 않아 부식거리마저 텃밭에서 해결하는 참에, 하필 이런 촌구석에 대형 마트를 연다는 게 과연 사리에 맞는 일인지 도무지 염려스러웠던 것이다. 논을 메워 터를 다지고, 조립식 골조가 올라가고, 커다란 단층 건물 하나가 그야말로 뚝딱 들어설 때까지도 주민들은 용식이, 아니 김 사장이 크게 실수하고 있는 게 분명한데, 마을 어른들이라도 나서서 어떻게 말려야 하는 건 아닌지 깊은 고민을 이어가는 중이었다.

그런데 주민들의 걱정과는 조금 다른 차원이었지만, 사실 김 사장은 다소 우려스러운 처지였다. 그에게는 맨날 갖다 버리겠다고 벼르고만 있는 13년 된 벤츠가 한 대 있었는데, 문짝 네 개는 모두 비명을 지르며 열렸고, 공회전이라도 하면 이웃 사람들은 어디서 불이 난 줄 알았다. 정비소 직원들끼리는 김 사장의 차를 굴러다니는 폐차장이라 불렀다. 명의도 사실은 남의 것인데다 사채 담보도 잡혀 있는 이 차는, 결정적으로 앞 주둥이에 박힌 동그란 쇳조각을 제외하면 쉐보레였다. 남들은 완전히 대박친 줄 알고 있는 그의 인생은, 실상 바로 이 차와 비슷한 상태였다.

그렇다면 간 큰 것만 믿고, 잔대가리 잘 도는 것만 믿고 어깨에 힘주며 살아왔던 인생을 그가 후회하고 있을까? 천만에. 김 사장은 지조가 있는 사람이었다. 큰 간과 동글동글한 잔대가리는 바로 김 사장을 천송리에서 벗어나게 해준 동지들이었고, 그는 그들을 끝까지 믿었다. 그리고 그 결과, 서울 생활 20년 동안 벌여놓은 일들을 다 실패하고 원한과 빚에 치여 죽기 일보 직전 상황에서, 동지들은 이번에는 천송리로 탈출로를 열어주었다. 그 탈출로는 쉽게 여덟 자로 요약된다.

신. 도. 시. 개. 발. 예. 정. 지.

김 사장은 지긋지긋한 천송리로 돌아가 다시 한번 인생을 건 도박을 하기로 했다. 썩 내키지는 않았지만.

지구의 천문학자들에게 KD 92042로 불리는 태양계의 다섯 번째 행성이 실은 고도의 과학 문명을 갖추고 있다는 건 우리에게 하나도 중요한 사실이 아니었다. 왜냐하면 두 개의 발전된 문명이 서로 스치기라도 할 확률은 몇억 조분의 일, 제로로 봐도 무방한 숫자이기 때문이다. 그러나 확률은 확률일 뿐. 그리고 범우주적인 불가의 말씀에 따르면 중력의 소매깃만 스쳐도 인연이라는 무시무시한 관계가 형성된다.

KD 92042의 다섯 번째 행성이 우주로 방사한 정복유닛 중 하나가 우리 태양계를 스치다가 손상된 채로 지구상에 착륙한 것은 바야흐로 21세기 초였다. 정복유닛은 기능유닛과 기억유닛으로 나뉘어 있었는데 이 둘이 분리된 것이 치명적이었다. 기능유닛은 자기 인식 능력과 분자의 복제/합성에 관련된 여러 가지 기술, 그리고 이런 경우 발동되는 한 가지 강력한 본능을 갖추고 있었는데, 그것은 바로 '기억유닛을 찾아라'였다.

기억유닛에는 지구보다 3백 배 더 발전된 문명이 정복에 관해 생각해 낼 수 있는 모든 노하우가 담겨 있었다.

김 사장은 귀찮아도 해야 할 일들을 했다. 대도시에서 멀쩡히 일 잘하던 할인점 매장 담당 하나를 고액 연봉을 약속하고 빼내와 부지배인으로 임명하고 실무를 맡겼다. 부지배인이 오픈 준비를 하는 동안 자신은 군수와 면장과 이장과 반장들을 만나고, 천송리 마을 유지들도 만나고, 노인회관에 가서 유지가 아닌 노인네들까지 일일이 만나 인사했다. 좋은 기억이라곤 떠났다는 것뿐인 고향에서 웃고 다니는 건 그야말로 못 할 짓이었지만, 김 사장은 그래도 감내해야 했다. 무엇보다도 그가 여는 마트는 장사가 잘돼야 했기 때문이다. 그래야만 입지 선정 공표 후 이어질 보상 협상에서 유리한 고지를 점하고, 신도시 상권 정복의 제일보를 깔끔하게 내디딜 수 있었다.

문제는 대도시에서 데려온 부지배인에게서 제일 먼저 발생했다. 평소에 김 사장이 가장 못 미더워하는 족속이 대한민국 인문

계 대졸자들이었지만, 김 사장은 이 젊은이의 똘똘하고 야망에 찬, 가끔은 무모할 것도 같은 눈빛을 높이 샀다. 영어도 꽤 되고 컴퓨터도 잘 아는 직원을 데리고 있는 게 나쁘지 않을 거라는 생각도 들었다. 그러나 빛 좋은 개살구라더니, 부지배인이 시장 조사를 한답시고 마을을 한 바퀴 둘러본 뒤 곧바로 그만두겠다고 선언할 줄은 상상도 하지 못했던 것이다. 부지배인 왈, 김 사장이 설명할 때는 마트가 이제 막 형성 중인 신도시 상권의 노른자 땅에 위치하고 있으며, 대형 멀티플렉스 영화관이 포함된 복합 문화 공간으로 발전해나가기 일보 직전이고, 주변 주거지역으로 이주해 오는 인구가 기하급수적으로 증가하고 있다더니, 이건 완전히 깡촌 한가운데에서 생쇼를 하고 있는 거 아니냐는 것이었다. 부지배인의 논리정연한 말을 끝까지 경청해준 김 사장은 어디 조용한 데서 얘기하자며 아직 마무리 공사가 덜 끝난 지하 창고로 부지배인을 데려갔다. 김 사장이 그 안에서 뭘 어떻게 했는지는 몰라도 부지배인은 그날 이후 뭐랄까, 사람이 바뀌었다. 똘똘하고 야망에 찬, 가끔은 무모할 것도 같은 눈빛의 젊은이가, 내성적이고 참을성 많으며 한없이 소심한 성격으로 다시 태어난 것이다. 부지배인은 마트가 완공된 뒤에도 절대로 지하 창고에는 들어가지 않았다.

기능유닛은 흙에 떨어졌다. 기억유닛이 없기 때문에 기능유닛이 할 수 있는 일은, 일단 모든 것을 새로 배우고 환경을 익히는 것이었다. 따라서 기능유닛이 흙에 떨어진 것은 다행스러운 일이었다. 만약 아스팔트 도로 위나 건물 옥상 같은 곳에 떨어졌다면 지구 환경이 단순한 합성 무기물에 기초하고 있다고 오인했을 것이다. 그러나 잡초와 나무가 자라는 토양 한가운데 떨어졌기 때문에, 기능유닛은 이것이 절대 만만히 볼 수 없는 긴 역사와 복잡한 진화 과정을 거쳐 온 환경임을 즉시 깨달을 수 있었다. 따라서 기능유닛은 서두르지 않고 하나씩 베끼고 학습해나갔다. 무기물은 쉬웠지만 유기물을 만드는 것은 어려웠다. 아미노산을 한두 개씩 만들어보고 엉터리 단백질도 합성해보았다.

어느 수준에 다다르자 그는 한 가지 중요한 결정을 내리게 되었다. 기능유닛이 감지할 수 있는 범위 내의 생명체는 크게 보아 동물, 미생물, 식물로 나뉘어 있었다(물론 이런 명칭으로 인식했던 것은 아니다). 그런데 기능유닛의 목적에 가장 부합하는 생명 형태는 바로 식물이었다. 식물은 쉽게 죽지 않고, 수명이 길고, 쓸데없는 기관이 없고, 아주 효율적으로 기능했다. 매우 기능적이었지만 극도로 섬세하기도 한 기능유닛에게는 든든한 피난처가 되어줄 식물의 몸 같은 것이 필요했다. 그리고 기억유닛을 찾기 위해 가장 중요한 점, 즉 주개체는 안전하게 한 곳에 고정되어 있으면서 부개체를 이용하여 아주 멀리까지 영향력을 미칠 수 있다는 점이 특히 마음에 들었다. 기능유닛은 바르고 튼튼한 식물이 되기 위해 매일 매일 열심히 노력했다. 수만 번의 시행착오 끝에 처음으로 셀룰로스를 포함한 세포를 만들었을 때는 중앙 프로세서가 벅차오르는 감동으로 뜨거워지기까지 했다. 그 뒤로는 일사천리였다. 얼마 지나지 않아 기능유닛은 뿌리와 줄기와 잎으로 구성된 이름 없는 식물 하나를 성장시킬 수 있었다. 식물은 열매를 맺는 도중에 유전자 변이를 일으켜 시들었지만 기능유닛은 자신감을 얻었다. 그는 매우 기능적이었기 때문에 지구가 40억 년 이상을 들여 도달했던 여기까지 오는 데 불과 며칠이라는 시간밖에 걸리지 않았다.

김 사장은 마트의 이름을 '맘모스 마트'라고 붙였다. 부지배인은 맘모스가 멸종한 동물이기 때문에 신장개업하는 마트 이름으로는 적절치 않으며, 현행 외래어 표기법에 따라 매머드로 표기하는 게 옳다는 얘기를 중얼거리다가 김 사장의 얼굴색을 보고는 입을 다물었다. 부지배인은 마을을 한번 돌아보고 온 날로부터 눈병이 생겼다며 콘택트렌즈를 빼고 검은색 뿔테 안경을 끼더니, 어디서 피부병까지 옮았는지 시도 때도 없이 머리를 긁어대서 점점 김 사장의 미움을 사고 있었다.

개업 날 김 사장은 마트 앞 주차장에서 뻑적지근하게 잔치판을 벌였다. 봉고차를 보내 서울에서 한때 운영했던 업소의 가수도 몇 명 데려오고, 수육도 몇십 근 풀고, 막걸리는 마트 창고에 있는 것까지 몽땅 꺼냈다. 노인들은 며칠 전부터 집마다 돌렸던 전단지의 초대권을 정성스레 오려 바지춤에 넣어 왔지만, 사실은 지나가던 개도 마음대로 들어와서 먹고 마실 수 있었다. 마트 내부와 주차장 스피커를 통해 트로트가 쩌렁쩌렁 울려 퍼졌다. 사람들은 끊임없이 마트로 들어와서 휴지나 올리브유나 떠먹는 요구르트 같은 것들을 무더기로 사 갔다. 그럴 수밖에 없는 것이 맘모스 마트에서는 물건들이 엄청나게 쌌던 것이다. 게다가 마을 노인들은 어떻게든 김 사장이 망하지 않았으면 하는 마음이 있었기 때문에 아직은 다 떨어지지 않은 것들도 미리부터 샀다. 김 사장은 일단 초반에 고객들을 정신 못 차리도록 흔들어놓아야 한다고 믿었기 때문에 무조건 싸게 많이 파는 데 주력했다. 마치 미리 짠 것처럼 사는 쪽과 파는 쪽의 마음이 맞아떨어져서 며칠간 맘모스 마트는 소문을 듣고 인근 시군에서 온 고객들까지 합세하여 연일 성황을 이루었다.

며칠이 지나서 검은 뿔테 안경의 부지배인이 한 손에는 장부를 들고 한 손으로는 머리를 긁적이며 김 사장에게 다가왔다. 전날 마신 술이 덜 깼던 김 사장은 장부를 보다가 정신이 번쩍 들었다. 마트는 그새 판매가 너무 잘되는 바람에 마진도 없이 비용만 엄청나게 늘었던 것이다(김 사장은 여기가 외진 지방이라 물류비가 많이 든다는 점을 깜박했다). 신도시 개발 정보를 주었던 부동산 업자에 따르면 6개월은 꽤 장사가 되는 상태로 버티고 있어야 하는데, 현재의 자금 사정으로는 두 달도 못 버티고 끝날 확률이 높았다. 김 사장은 부지배인의 만류에도 불구하고 상품 가격을 한꺼번에 인상했고, 혹시나 걱정했던 대로 손님들은 한꺼번에 발길을 뚝 끊었다.

기능유닛이 처음으로 실용화에 성공한 것은 앵두를 닮은 열매가 열리는 과일나무였다. 기능유닛은 공중 이동이 가능한 동물이 작은 과일을 먹고 그 속에 들어 있던 씨앗을 멀리까지 이동시켜 배설물과 함께 퍼뜨리는 과정에 주목했다. 물론 기능유닛이 이동시키고자 한 것은 씨앗이 아니라 기억유닛의 신호를 감지하기 위한 초소형의 부분체였다. 부분체는 신호를 감지하면 그 내역과 좌표를 기능유닛에게 알리는 임무를 띠고 있었는데, 이것은 열매의 씨 부분에 생화학적 기계 형태로 삽입되었다. 따라서 열매는 가능한 한 멀리 그리고 골고루 퍼져야 했다.

이를 위해 기능유닛은 열매를 최대한 맛이 달고 향이 강하고 색이 선명하도록 만들었다. 기능유닛이 떨어진 땅이 그렇게 풍요

롭고 넓은 곳이 아니었기 때문에 활용할 수 있는 화학적 자원은 한정되었지만, 그는 매우 기능적이었기 때문에 굉장한 과일나무를 만들어낼 수 있었다. 주변의 고만고만하고 비실비실한 토종 잡목들 사이에서 기능유닛의 나무는 그야말로 날아가던 새도 놀라 떨어질 만큼 건강하고 탐스러웠다. 주변의 참새와 까치들은 열매를 따 먹은 뒤 둥지로 돌아가는 것도 잊고 가지 위에서 날개를 흐느적거렸다. 그들은 이렇게 맛있는 걸 먹었을 때의 경악을 표현해본 경험이 없었다.

그러나 기능유닛은 곧 전술을 수정할 필요를 느끼게 되었다. 새들은 열매가 너무나 맛있는 나머지, 나뭇가지 위에서 먹고 자고 싸고 살기 시작했던 것이다. 머지않아 기능유닛의 나무 주변은 하루 스물네 시간 온갖 멧새와 철새들로 바글거리게 되었다. 간절한 염원을 싣고 방방곡곡 퍼져야 했던 부분체들은, 새똥에 뒤섞여 기능유닛 주변에 수북하게 쌓여갔다.

형형색색의 똥 무더기를 바라보며 기능유닛은 자신의 실패가 중요한 사실을 암시하고 있음을 깨달았다. 새들이 다른 곳으로 가지 않는 것은 바로 그의 열매가 너무 맛있고, 너무 많았기 때문이었다. 그가 모방하고 있는 식물계는 각각의 개체가 서로 밀접하게 관련을 맺고 세상 전체와 유기적으로 어울리는 시스템이었다. 여기에는 아주 미세한 부분부터 엄청나게 거대한 차원까지 정교하게 체계화된 질서가 있었고, 그것은 조화와 절제를 요구했다. 기능유닛이 갖고 있는 효율의 무한 극대화 원칙과는 잘 맞지 않았지만, 질서에서 벗어나면 그만한 대가를 치러야 한다는 걸 확실하게 알 수 있었다. 더 늦기 전에 그걸 체득한 것은 그나마 행운이었다.

한편 경제적인 자원 운용의 필요성도 대두되었다. 그는 열매를 만들면서 엄청난 당도와 강한 해충 억제력 및 신선도 유지를 위해 토양 전체에서 아낌없이 양분을 끌어다 쓰고 있었다. 기억유닛을 곧 찾을 수 있다는 자신감이 있었기 때문이었다. 그러나 이제는 작업이 길어졌을 때를 염두에 두어야 했다.

그래서 기능유닛은 주위의 식물들을 더 자세히 연구하고 새로운 전략을 수립하기 위해 시간을 벌기로 마음먹었다. 우선 주변의 새들을 쫓기 위해 열매의 당도를 뚝 떨어뜨렸는데, 원체 기억력이 나쁜 새들은 예전 열매에 너무 깊은 인상을 받아서인지 좀처럼 나무 곁을 떠나지 못했다. 멍하니 기다리며 이 생각 저 생각에 빠져 있던 기능유닛은 논리 회로가 치명적인 무한반복 패턴에 접어들기 직전에야 정신이 들었다. 맛있는 열매가 또 열리기를 기다리며 가지가 휘도록 모여 앉아 있는 새들을 본 기능유닛은 머리끝까지 화가 치밀어서 바닷물보다 더 짠맛이 나는 열매를 잔뜩 만들었다. 새들은 그제야 작은 혀를 내두르며 물을 찾아 떠났다.

김 사장은 결국 다른 대형 마트 사장들이 할 법한 고민을 하고 그들도 사용할 만한 전략을 짜내며 한두 달을 보냈다. 그는 맘모스 마트가 머지않아 지역 상권의 지배자로 군림할 것을 장담하며 공급업자들을 구슬려서 이벤트 상품을 마구 남발하도록 만들었다. 대대적인 홍보와 함께 마트에서는 매일같이 품목을 바꿔가며 '추억의 오일장 가격의'(노인들이 종종 낚였다) 양말과 청테이프와 호미와 황태를 풀었다. '며느리에게 사랑받는'(여기에도 노인들은 자주 낚였다) 고무장갑과 방향제와 브로콜리와 오렌지도 반짝 세일이 펑펑 터졌다. 불만 있는 공급업자들이 많았지만 대부분은 김 사장의 눈빛과 성질이 두려워 그의 미래와 비전을 믿는 쪽으로 선회했다.

묶음 상품 판매도 기본이었다. 소위 번들링(bundling)이라고 하는 이것은 부지배인이 다른 데서도 다 한다기에 일단 시작했는데, 김 사장은 얼마 지나지 않아 번들링의 재미에 푹 빠지게 되었다. 김 사장은 이를테면 이 지역에서 애용되는 빨간 때수건을 매장에 내놓을 때 절대로 낱개로 팔지 않고 다섯 장이나 열 장으로 묶었다. 혹은 빨간 때수건 한 묶음을 비누 한 묶음과 묶기도 하고, 빨간 때수건 두 묶음을 사면 대야 하나를 묶어서 주기도 했다. 대야 한 묶음을 사면 빨간 때수건 세 묶음이나 비누 두 묶음을 골라서 묶어 갈 수도 있었다. 묶음 상품이 있을 경우 당연히 낱개 때보다 가격은 싸졌지만, 매장 안에서 낱개를 살 수 없는 것이 문제였다. 그러다 보니 빨간 때수건 한 장을 사러 온 할아버지가 빨간 때수건 스무 장과 비누 열 개 그리고 대야 다섯 개를 들고 낭패한 표정으로 집에 돌아가게 되는 경우도 드물지 않았다. 그런 날이면 할아버지와 할머니가 나란히 툇마루에 앉아 석양을 바라보며, 죽기 전에 때수건 스무 장을 다 쓰려면 지금부터 목욕을 얼마나 자주 해야 하나 도란도란 의논하는 모습도 보이곤 했다.

한편 김 사장은 부지배인을 통해 거대 브랜드 할인점의 마케팅 동향에 대해서도 정보를 얻곤 했다. 그중에는 이윤 창출의 새로운 대안이라는 PB(자사상표부착) 상품 개발 아이템도 있었는데, 김 사장은 이것을 듣자마자 유레카를 외쳤다. 마을 노인네들이 먹거리를 키워 자기들끼리 바꿔 먹는 것을 못마땅해하던 참이었는데, 바로 이것을 깨부술 묘안이 PB 상품임을 간파했던 것이다. 김 사장은 부지배인이 풀어준 영어 대신, 자신의 필요(P)와 불만

(B)을 하나로 합쳐 PB 상품을 개발해내는 사업가 기질을 드러냈다. 그는 매일 1톤 트럭 하나를 마을로 보내 상추나 마늘이나 양파, 혹은 닭이나 토끼 같은 것들을 마치 육이오 때 공출하듯 거둬 갔다(물론 마트 이미지를 생각해서 적당한 가격을 쳐주었다). 그리고 거둔 것들을 일차 손질한 뒤 무시무시한 두 개의 상아가 인상적인 '맘모스표' 딱지를 붙여서 매장 내의 접근성 좋은 곳에 진열해 두었다. 맘모스표 상품들은 일단 고객을 끌어모았고 회전율이 높았다. 옆집에서 갖다먹을 걸 일부러 마트까지 사러 온다고 불평하는 사람들도 있었지만, 대부분은 이것을 인터넷이나 스마트폰 문화처럼 뭔가 예전보다 한 단계 업그레이드된 생활 방식으로 받아들였다. 심지어 자기 집에서 기른 상추나 닭이 마트에 전시된 걸 보기 위해 일부러 손주를 데리고 구경 오는 노인들도 심심찮게 눈에 띄었다.

이벤트 상품, 묶음 상품, PB 상품 외에도 김 사장은 수십 종의 소소한 전술들을 수정, 결합해서 사용했다. 김 사장에게 있어서 행인지 불행인지, 부지배인의 머릿속에는 상품 판매와 유통에 관해 그야말로 백과사전적인 지식이 있었다. 1920년대 미국의 금주법 시행 당시 밀주 판매에 적용되었던 수법에서부터 2020년 쁘렝땅 빠리에서 시도된 실험적 마케팅까지, 김 사장은 그저 부지배인이 읊어주는 것 중에 골라 써먹기만 하면 되는 팔자였다.

그러나 이 모든 작전은 판매가를 높이지 못하면 소용이 없었는데, 바로 그 지점에 결정적인 장벽이 있었다. 천송리 주민 대다수인 노인네들은 돋보기 없이는 글자 한 자 읽지 못하면서도 10원 이상 인상된 가격표는 기막히게 알아보고 절대로 사지 않았다. 자식들 이름도 가물가물한 분들이 행사 가격은 정확히 기억하고 있다가 몇 달이 지나도록 그것을 구입 기준으로 삼았다. 어쩌다 노인네들이 인상된 가격으로 물건을 사야 할 때면 지갑에서 돈을 꺼내는 손이 얼마나 부들부들 떨리는지, 김 사장은 자기가 뭔가 반인륜적인 범죄라도 저지르는 것 같아 속이 뒤틀릴 지경이었다. 시간이 지나며 직원들은 가격표 바꾸느라 지쳤고, 김 사장은 먹히는 작전이 없어 지쳤다.

어느 날 오후 느지막이, 사무실 임시 침대 위에서 자고 있던 김 사장은 누군가가 어깨를 끈질기게 흔드는 통에 그만 잠에서 깼다. 머리 긁는 소리만 들어도 그것이 부지배인임을 알 수 있었다. 김 사장이 뻑뻑한 눈을 뜨자, 한때는 총기마저 돌았으나 지금은 스트레스와 피로에 찌들어 눈알인지 돌멩인지 알 수 없는 것을 얼굴에 달고 있는 부지배인이 서 있었다. 문득 마음이 짠해졌다. 세상만사가 짜증 나는 중이었지만 저것도 편치만은 않겠다 싶은 마음에, 요 핑계 저 핑계 미뤄두었던 월급을 한 달 치만 우선 지급할까 하는 생각마저 들었다. 그러나 10분 후 김 사장의 마음은 냉동실 수입육처럼 딱딱하게 얼어붙었다. 부지배인은 무반품 조건으로 싸게 들여왔던 물건들이 이제 유효기간이 넘어간다는 것과 미지급된 공사비 어음 결제가 돌아온다는 것, 즉 다음 달부터 빚더미에 앉게 된다는 얘기를 그렇게 보면 기분이 덜 나쁠 줄 알았는지 엑셀로 차트를 그려서 컬러 프린터로 뽑아 가져왔다. 김 사장은 장부로 부지배인 뒤통수에 연속타를 날리며 잉크 낭비하지 말라고 호통을 쳤지만, 그도 알고 있었다. 부지배인이 죽을 때까지 쉬지 않고 프린터를 돌리며 잉크를 낭비한들 그가 다음 달에 앉게 될 빚더미와는 비교 대상이 아니라는 것을. 지금까지의 운영 자금은 그가 짜낼 수 있는 마지막 엑기스 같은 돈이었다는 것을. 그리고 장사가 안 되면 신도시는 고사하고 어디 무인도에라도 처박혀 평생 숨어 지내야 한다는 것을.

김 사장은 사는 동안 처음으로 간이 오그라들고 머리가 딱딱하게 굳는 것 같았다. 뭔가 다른 수를 내야 했다.

기능유닛은 조금은 겸허해진 자세로 주위 식물들을 통해 처음부터 다시 배워나갔다. 그토록 자신 있던 효율성에 있어서도, 지구의 식물들이 그보다 뒤처져 있다고 할 수는 없었다. 식물들은 그가 생각했던 것보다 훨씬 폭넓은 동물종을 운반자로 삼고 있었지만, 식물종의 특성에 맞춰 운반자들을 잘 세분화하고 있었다. 단적인 예로 어떤 붓꽃은 긴 꽃통의 아랫부분에 꿀을 담아 두는데, 그 꽃통과 길이가 일치하는 긴 혀를 가진 특정 나방만을 꽃가루의 운반자로 정해두고 있었다. 이렇게 운반자를 특화해두면 식물은 더 적은 자원과 에너지로도 확실하게 목적을 달성할 수 있었다. 하지만 기능유닛은 나방 한 종에게 자신의 우주적 운명을 맡길 수가 없었다.

기능유닛은 일단 강하고 흡수력 좋은 뿌리를 만들어 땅에 단단히 박은 뒤, 굵은 밑둥과 위로 올라갈수록 좁아지는 몸통을 가진 탑 모양의 나무를 만들었다. 가지는 새가 앉기 편한 직선형의 상부 가지들과 설치류가 접근하기 좋은 곡선형의 중간 가지들로 나누어 다른 모양으로 자라게 했고, 그 아래쪽에는 꽃을 피울 가늘고 긴 줄기들을 대량으로 뻗었다. 또 그는 다른 식물들과 비교도 할 수 없는 효율로 광합성이 가능했기 때문에 쓸데없이 벌레나 꾀는 잎은 만들지 않았고, 나무의 꼭대기에 앙증맞은 보라색 이파리 두 개만 안테나처럼 올렸다. 이 나무를 위에서부터 아래로 훑으면 새를 위한 작은 과일, 설치류를 위한 견과 열매, 곤충을 위한 꽃들을 차례로 볼 수 있었다. 발 사이즈에 맞춰 굵기를 달리한 가지들이 참새와 까치를 기다렸다. 노란 맨드라미 옆에서 하얀 백합과 분홍 코스모스가 피었고, 곤충들은 각각의 취향에 맞춰 꽃을 골랐다. 온갖 동물들이 설 직전의 백화점 손님들처럼 이 나무로 몰렸지만, 기능유닛은 지난번의 실수를 되새겨서 운반자들이 한꺼번에 몰리지 않도록 열매의 질과 양을 유지하는 데 각별히 신경을 썼다. 또 곤충은 새들을, 새들은 설치류를 무서워한다는 걸 알고 열매와 꽃들이 하루의 다른 시간에 최고의 향기와 색깔을 발산하도록 조절했다. 숲에 새로 생긴 요술 나무는 곧 절정의 인기를 누렸다. 새와 다람쥐와 벌들이 차별된 시간대에 방문해서 한껏 쇼핑을 즐기고 떠났다.

그러나 자원의 한계가 점점 더 심각한 문제로 다가왔다. 그는 매우 기능적이었지만 신은 아니었기 때문에 그날 올 새와 다람쥐의 수를 정확히 맞출 수는 없었는데, 남은 열매들은 아무리 관리를 잘해도 시간이 지나면 결국 상했다. 상한 것들을 다시 완전히 썩혀서 자원으로 이용하는 데는 또 적지 않은 시간이 걸렸다.

그래서 나온 것이 바로 기능유닛이 독창적으로 개발한 '고기능성 만능 열매'였다. 얼핏 보기에 만능 열매는 빨간색 도토리처럼 보였다. 먹어보면 딸기와 사과와 밤과 땅콩을 섞은 듯한 맛이 났고 열매의 머리 부분에는 꿀이 발라진 작은 꽃잎이 달려 있었다. 즉 이것은 새들에게 과일로 내놓았다가 새들이 먹고 남기면 그대로 다람쥐들에게, 그리고 다시 곤충들에게 제공할 수 있도록 기획된 열매였다. 하지만 성공한 것처럼 보인 건 단 며칠뿐이었다. 동물들은 고개를 갸우뚱거리며 일단 먹긴 했지만, 얼마 지나지 않아 요술 나무가 제공하는 뭔가 무난하고 애매한 맛보다는 더 생생하고 분명한 맛을 찾기 위해 다른 나무들에게로 떠났다. 기능유닛은 나무에 매달려 있는 엄청난 양의 고기능성 만능 열매를 강제로 시들게 해서 떨어뜨렸다.

바닥에 쌓인 만능 열매를 보며 기능유닛은 밤새 계산을 거듭했다. 그는 기본적으로 활동에 필요한 모든 동력을 태양 에너지와 극소량의 평범한 미네랄로 충당했고, 부분체를 만들 때만 몸 안에 내장되어 있던 베릴륨 원자 배터리를 소모했다. 원래 배터리는 몇 년간 부분체만 만들 수도 있을 만큼 충분한 양이었는데, 최근에 비가 오지 않아서 종종 배터리의 에너지로 수소와 산소를 합성해 물을 만든 것이 문제였다. 게다가 부분체가 보내는 미약한 전파를 수신하는 데도 에너지를 소모해야 했는데, 알고 보니 지구상에는 엄청난 양의 무선 방해 전파가 발산되고 있었다. 이래저래 결국 배터리는 예상보다 훨씬 빨리 고갈될 게 분명했다.

또다시 논리 회로가 답을 내지 못하고 무한반복 패턴에 돌입하고 있었다. 기능유닛은 생각을 멈추고 재부팅을 시작했다. 뭔가 다른 수를 내야 했다.

김 사장은 주변으로부터 그리 녹록한 인물이 아니라는 평가를 받아왔는데, 그건 그가 실패의 경험을 통해 배울 줄 아는 사람이라는 얘기였다. 그리고 김 사장은 요즘 녹록지 않은 면모를 보여주고 있었다.

김 사장은 최근 자신의 접근법이 애당초 잘못됐다는 걸 깨달았다. 맙소사, 대형 마트라니! 시식 코너가 있다는 것 말고 마트에 대해 아는 게 뭐가 있었나? 다른 사람들이 몇 년씩 공부를 하고 교육도 받고 뛰어드는 이 분야에, 가방끈도 짧은 자신은 뭘 믿고 뛰어들었단 말인가?

역시 모든 것은 제 바닥이란 게 있는 법이었다. 날카롭게 핵심을 지적한 김 사장은 자기 바닥의 논리대로, 자신이 가장 잘 아는 분야에 근거해서 모든 전략을 전면 재수정했다.

도저히 천송리 주민들 갖고는 답이 안 나왔다. 인근 시내의 사람들을 끌어들이지 못하면 끝장이라는 걸 일단 전제했다. 김 사장은 주 고객층이 삼십 대 이상 주부라는 점, 운전대를 잡는 사십 대 이상 남자도 교외의 할인점으로 방향을 틀 권한을 갖고 있다는 점에도 주목했다. 그리고 그가 아는 바닥에서 손에 익은 연장들을 하나씩 꺼내 들었다.

일단 그는 연락이 닿는 서울의 업소 몇 군데에 다리를 놓아달라고 해서, 얼굴 하얗고 말에 윤기가 도는 이십 대 남자애들을 소개받아 봉고차 하나 가득 싣고 왔다. 지방의 업소에 잠깐 도와주러 가는 줄 알았던 애들은 처음에는 어이가 없다는 표정을 지었지만, 김 사장이 아양을 부리고, 협박을 하고, 고향의 부모님께 드릴 민속주 선물 세트를 내놓자 못 할 것도 없다는 표정들로 바뀌었다. 남자애들은 마트 요소요소에 배치되어 상품 정보 따윈 아무것도 모르면서도 '누난 내 고객이라니까…' 혹은 '사모님 피부는 소중하니까요…' 등의 어처구니없는 멘트를 날리며 속옷이나 화장품 코너로 손님들을 이끌었다.

이들의 주먹구구식 판촉 활동에도 불구하고 방문 고객과 매출액은 빠르게 늘었다. 어느 정도 자리가 잡히자 김 사장은 스타급 두셋을 며칠에 한 번씩 얼굴만 비추게 하고, 주부들에게 날짜를 은근히 흘렸다. 주부 고객들은 그날이 되면 급증했고, 그날이 아니라도 혹시나 하며 모였다.

또한 김 사장은 마트 인근의 소도시들에 경품 제공형 오락실이 적지 않다는 것을 깨달았는데, 그는 이런 오락실들의 운영 방식과 업계의 큰손들과 알려지지 않은 뒷이야기를 대한민국의 누구보다도 잘 알고 있었다. 그는 하루 날을 정해서 갈빗집으로 오락실 사장들을 불러 모아 한 상 떡 벌어지게 차려주고, 모두가 윈윈할 수 있는 그의 공동 마케팅 전략을 프레젠테이션했다. 무슨 헛소리냐며 배를 내미는 사장들이 있었지만 혈연, 지연, 학연을 묻고 따지고 어딘가로 전화를 건 뒤에 '어이 자네가 여기 오락실 하는 박 사장하고 아는 사인 줄 몰랐어. 같이 있는데 잠깐 인사나 하지….' 하면서 핸드폰을 내밀면 대부분이 통화 뒤에 급격히 꼬리를 내렸다.

그래서 만들어진 것이 바로 '올인 캐시백'이었다. 올인 캐시백은 간단하게 말하면, 맘모스 마트에서 물건을 사서 모은 포인트를 성인 오락실에서 코인처럼 쓸 수 있는 제도였다. 포인트의 코인 전환 환율이 상당히 높았기에 많은 남자가 가족에게 맘모스 마트를 추천하거나, 강제하거나, 혹은 직접 장을 보러 다녔다. 오락실 업주들은 울며 겨자 먹기로 잭팟 확률을 조금씩 낮춰야 했다.

맘모스 마트는 장사가 잘됐다. 김 사장이 매장에 들어가 보면 마트 안은 왁스로 머리를 칼처럼 세운 남자애들과, 하이 톤으로 웃는 주부들과, 음울한 눈빛으로 이건 포인트가 얼마냐고 묻는 오십 대 남자들과, 껌을 질겅질겅 씹는 고교 일진들과, 아무튼 그가 매우 친숙하게 여기는 사람들이 잔뜩 들어와 있었다. 카운터는 전부 오픈해도 항상 줄이 길었고, 김 사장은 기분이 좋아 웃으며 손님들을 맞았다.

그래서 어느 날 뿔테 안경을 쓴 부지배인이 장부를 들고 머리를 긁적이며 다가올 때, 김 사장은 그를 당장 때려눕히고 장부를 박박 찢은 뒤 하늘을 올려다보며 난 행복해지면 안 되는 거냐고 신에게 절규하고 싶었다. 하지만 김 사장은 부지배인을 따라 조용히 사무실로 들어갔다.

부지배인은 어떻게 구했는지 오락실 업주 단체가 검찰에 제출하기 직전인 고발장 사본을 보여주었다. 또 김 사장이 금지했는데도 몰래 연락처를 뿌린 남자애들이 주부들과 주고받은 위험스러운 문자 메시지도 보여주었다. 마지막으로 최근 군내 미술대회에서 대상을 탄 천송초등학교 3학년 어린이의 그림을 찍은 사진도 보여주었다. 머리에 삐쭉삐쭉 뿔이 난 수백 마리의 악마들이 지옥의 동굴 속에서 환락의 파티를 벌이고 있었는데, 그 동굴은 다름 아닌 맘모스의 배 속이었다. 작품성보다는 그 안에 표현된 사회적 메시지에 공감을 얻었다는 후문이란다.

김 사장은 아무것도 인정하고 싶지 않았다. 그래서 그냥 코웃음을 쳤다.

김 사장은 똥줄이 타들어가는 것 같았다.

어느 날 '도깨비바늘'이라는 식물에 대해 알게 되었을 때, 기능유닛은 그런 심플하고 간결한 아이디어를 떠올리지 못한 자신의 우둔함을 한참이나 원망해야 했다. 도깨비바늘은 갈고리 모양의 돌기가 달린 볼품 없는 씨앗을 만들어 동물들의 몸에 붙이는 것을 생식 전략으로 삼았는데, 꽃이나 열매 없이 그것만으로도 지구상에서 남부럽지 않게 번성하고 있었다.

다만 그 교활함에도 불구하고 씨앗이 눈에 잘 띄었기 때문에 많은 동물들은 얼마 가지 않아 부리나 발톱으로 씨앗을 떼어낼 수 있었는데, 도깨비바늘은 쉬지 않고 씨앗을 만드는 성실함으로 그 단점을 보충했다. 도깨비바늘과 비슷하게 성실했지만 몇만 배는 더 기능적인 기능유닛은 도깨비바늘보다 좀 더 향상된 전략을 사용하기로 했다.

우선 기능유닛은 그가 할 수 있는 한 부분체의 크기를 줄였다. 그리고 부분체에 소형 흡착기를 달아서 동물의 몸에 붙었다가 적당히 멀리 가면 알아서 떨어져 나오도록 했다. 가장 돋보이는 점은 붙어 있는 동안 동물들의 생체 에너지를 직접 끌어다 쓰도록 개선시킨 것이었는데, 이로 인해 배터리 소모 문제를 상당 부분 해결할 수 있었다.

그는 이제 더 이상 과일이나 견과 열매를 만들지 않았다. 탐스럽지만 먹을 수도 없고 절대로 나무에서 떨어지지도 않는 가짜 열매를 만들어두면, 동물들이 와서 한참 붙들고 씨름을 하다가 도로 가버렸다. 물론 온몸에는 부분체가 잔뜩 붙어 있었다. 이것이 반복되자 나쁜 기억력에도 불구하고 동물들은 점점 요술 나무에 매력을 느끼지 못하게 되었다. 새들이 근처에만 왔다가 가버리는 경우가 늘자, 기능유닛은 나무 위쪽에 공기를 잔뜩 머금은 풍선 모양 열매를 만들어 새들이 근처에만 접근해도 터뜨렸다. 그 안에는 또 부분체가 잔뜩 들어 있어서, 폭발과 동시에 날아가 새들의 몸에 달라붙었다.

동물들은 먹을 수 없는 열매를 맺고, 가까이 가면 폭발하는 풍선이 있는 요술 나무를 슬슬 불편해하기 시작했다. 게다가 요술 나무 근처에 갔던 동물들은 이상하게 피로를 느꼈다. 기능유닛으로서는 다가오는 동물들이 줄어드는 걸 용납할 수 없었다. 그는 동물들을 끌어들일 더 효율적이고 강력한 수단을 찾기 위해 무서운 기세로 연구했다.

그즈음 발견한 것이 바로 지구의 언어로 테트라히드로카나비놀이라는 물질이었다. 인도산 삼의 암그루 꽃에서 발견되는 이것은, 동물들에게 미약한 중독 증상을 일으키고 정신적인 쾌감을 줘서 계속 다시 찾도록 만들었다(물론 기능유닛은 지구 사람들이 이것을 마리화나라고 부른다는 걸 알지 못했다). 기능유닛은 이 물질이 가진 잠재력을 한눈에 알아보고 연구 끝에 대량으로 합성하여 가까이에 온 동물들이 흡입하도록 만들었다. 그러자 전보다 다가오는 개체수는 줄었지만, 한번 왔던 동물들은 지속적으로 오게 되었다. 하지만 이런 동물들은 이동 경로가 고정적이어서 기능유닛의 목적에 맞지 않았다. 기능유닛은 그 대안으로 부분체가 동물에 붙으면 방향 감각 및 기억력에 이상이 생기는 화학 물질을 분비하도록 했다. 숲속에서는 집이 어딘지 잊고 하염없이 헤매다가 쓰러져 잠드는 동물들이 무차별적으로 발생하기 시작했다.

이 무렵의 기능유닛은 예전의 명석하던 모습과는 거리가 있었다. 조화와 절제의 원칙 따위는 메모리에서 휘발된 지 오래였다. 매사에 조급하고 판단은 지나치게 빠르고 무조건 결과만 생각했다. 이제 이 지역의 어린 동물들은 숲에 사는 무시무시한 괴물 나무의 이야기를 들으며 자랐다. 어린 새들은 날다가 숲이 저만치 보이기 시작하면 아예 방향을 바꿨고, 다람쥐들은 논두렁을 넘어 다른 숲으로 이주했다. 연일 계속되는 기능유닛의 오버클로킹은 주위 온도까지 상승시켜, 안 그래도 양분에 목마른 주변 식물들을 몽땅 시들게 했다. 기능유닛이 있는 땅 전체에 죽음과 공포의 음산한 기운이 떠돌았다.

기능유닛의 논리 회로가 더 이상의 대안을 찾지 못하고 무한 반복 패턴으로 돌입하는 순간, 시스템이 안전을 위해 대기모드로 강제 진입했다. 그제야 시각 감지에 프로세서가 할당되었다. 정신을 차리고 주위를 둘러본 기능유닛의 눈에는 병든 새와 미친 쥐 몇 마리가 주둥이에서 침을 흘리며 기어 오는 모습이 보였다.

실제로 그럴 리야 없겠지만, 기능유닛은 배터리가 타들어가는 것 같았다.

그간 김 사장은 바빴다. 서울에서 내려온 남자놈들을 약속한 선물 세트를 들려서 전부 올려보냈고, 성인 오락실마다 양주를 돌리며 올인 캐쉬백 사태를 간신히 마무리 지었다. 마트에서는 항의하는 고객들을 진정시키다가 부지배인이 이마에 주먹만 한 혹이 났고, 포인트를 모으느라 샴푸만 백 통 넘게 샀던 육십 대 노인 하나가 매장 바닥에 그걸 다 붓고 가는 바람에 이틀간 영업을 쉬어야 했지만, 그 정도면 원만히 해결된 것으로 자축해야 마땅했다. 그러나 손님은 오지 않았다. CCTV 화면을 보면 어디나 손님보다 스텝이 많았다. 김 사장이 영업시간에 마트 매장에 들어가보지 않은 지도 오래되었다.

어느 날 밤 사무실 소파에 앉아 매장에서 갖고 온 소주와 육포를 입속으로 밀어 넣던 김 사장은, 술로 자신을 달래는 것도 이제 한계에 달했음을 깨달았다. 기분이 전혀 좋아지질 않았다. 금연 7년째인 그는 담배를 끊었다는 걸 큰 자랑으로 여기고 있었지만, 조금 전 매장 캐비닛을 열고 빨간 던힐 한 보루를 가져와 두 갑째 피우는 중이었다. 기분은 더욱 바닥으로 가라앉았다.

김 사장은 사무실 뒷문을 열고 마트 건물 밖으로 나갔다. 새벽

3시가 넘어 주위는 무척 고요했다. 너구리굴이 된 사무실에 있다 나오니, 공기가 신선한 생수처럼 목구멍을 넘어왔다. 마트 주차장의 가로등을 제외하고 주변은 온통 깜깜했지만 저 멀리 읍내에는 작은 축제라도 벌어진 듯 불빛들이 모여 있었다.

김 사장은 갑자기 무척 외로워졌다.

왜 이곳까지 내려와 부질없는 고생인가. 그는 발길 닿는 대로 걸으며 생각에 잠겼다. 이럴 때면 항상 그렇듯이 가족들이 생각났다. 맨 처음에는 딸이 가출했다. 그리고 얼마 후 아내도 떠났다. 한참 후에 딸과 아내가 함께 산다는 소식을 들었다. 그러나 그가 수소문 끝에 찾아가면 그들은 이미 이사를 가고 없었다. 몇 번 그런 일이 반복된 뒤에 그는 단념했다. 그러고는 무모하게 일을 벌여서 몇 번의 사고를 쳤다. 하지만 여기에 마트를 차리고 앞으로 개발될 신도시에 번듯한 상가 몇 개를 갖고 싶었던 것은, 맹세컨대 더 사고를 치고 싶지 않아서였다. 그러면 그가 쫓아다니지 않고도 다시 가족을 부를 수 있을 것 같았다. 그러나 아무리 생각해도 그는 제대로 사고 하나를 더 쳐서 완전히 무너지는 중인 것 같았다.

김 사장은 천천히 발길을 옮겼다. 어느새 공사하고 남은 자재가 아무렇게나 쌓여 있는 마트 뒤편의 언덕이었다. 그 언덕은 김 사장이 마트 허가를 받는 조건으로 작은 공원을 조성하기로 군청과 약속한 땅이었지만 허가가 나자 즉시 버려진 땅이 되었다. 한때는 새가 모이고 다람쥐가 살았던 자유롭고 활기찬 곳에 병든 나무와 죽은 풀들 외에는 남은 것이 없었다. 김 사장이 보기에 그 땅은 김 사장 자신 같았다.

그런데 엉켜 있는 관목들 사이로 마치 누군가 일부러 세워놓은 듯한 탑 하나가 보였다. 밤하늘을 배경으로 그것은 커다란 묘비처럼 음산한 모습이었다. 가까이 다가가 보니 놀랍게도 그건 탑이 아니라 나무였다. 다만 그의 상식 속에 있는 어떤 나무와도 모양이 달랐다. 계절은 나무가 한창 무성하게 자랄 시기인데도 이파리는 하나도 없고, 우산살 같은 가지들이 공장에서 만든 것처럼 똑바로 뻗어 있었다. 무엇보다도 괴이한 것은 나무의 표면에 자라난 버섯이었다. 마치 작은 해골 수백 개가 박혀 있는 것처럼 허옇고 둥근 것들이 빽빽하게 나무에서 삐져나와 있었다. 김 사장은 멍하니 서서 나무를 한참 보다가, 느닷없이 점점 입술을 일그러뜨리며 웃음을 지었다.

김 사장은 갑자기 기분이 좋아졌다. 여기에 마트를 연 뒤로, 아니 태어나서 지금까지 이렇게 기분이 좋을 때가 있었나 싶을 정도로 기분이 좋았다. 김 사장은 무엇이 자신을 이토록 기분 좋게 만들어주는지 살펴보려고 나무를 향해 손을 뻗었다.

나중에 천송리 주민들은 맘모스 마트에서 약 2주 동안 벌어졌던 일들을 기적이라고 말했다. 일부 나이 많은 노인들은 귀신이 들린 것이라고 강력히 주장하기도 했다. 어느 쪽이든 간에 쉽게 설명될 수 없는 기이한 현상이 일어났던 것은 사실인데 그 시작은 다음과 같았다.

처음에는 그저 마트의 인지도가 높아져서 고객들이 차차 늘어가는 걸로 보였다. 그러다가 오전에 왔던 손님들이 오후에 또 오고, 오후에 왔던 손님들은 폐점 시간까지 나가지 않는 현상이 나타나기 시작했다. 몇 시간씩 죽치고 앉아 있는 손님들이 늘자, 마트에는 물건을 사지 않을 경우 10분이 지나면 마트 밖으로 나가야 한다는 공고가 대문짝만하게 붙었다. 그러자 껌 한 통 사고 마트 안에 껌처럼 붙어 있는 손님들이 늘어서, 껌 매출만 잔뜩 올라갔다. 결국에는 손님들이 입장할 때 선불을 내고, 그 금액에 따라 마트 안에 머무는 시간이 정해지는 기묘한 제도가 도입되었다. 그러나 제도가 사람을 이기지는 못했다. 시간당 만 원이 10분당 만 원, 결국 분당 만 원까지 올라도, 마트는 손님들로 미어터질 지경이 되었다. 그런데 그렇게 입장한 손님들이 꼭 물건을 사는 것도 아니어서, 재고는 쌓여가도 순수익은 급상승하는 황당한 경영 상태가 이어졌다. 사람들은 적금을 깨고, 대출을 받고, 집을 넘기고, 장기를 팔아서라도 마트에 들어오려고 난리였다.

만약 여기가 수도권이나 대도시였다면 사태가 이 지경에 이르기 전에 수상한 소식이 외부로 알려졌을 것이다. 그러나 이곳은 시골 한구석의 가구 수 50이 채 안 되는 작은 마을 천송리였다. 뭔가 이상한 낌새를 눈치챈 공무원이나 기자, 혹은 경찰이 없지는 않았지만, 그들이 무슨 일이 벌어진 건지 직접 확인하려고 마트에 발을 들인 순간 머릿속의 모든 의문은 사라지고 그저 기분이 좋다는 생각만 들었다. 블로그나 SNS에 '나는 우리 동네 마트가 좋아서 미칠 지경이다'라는 글을 쓰는 사람들도 있었는데, 그걸 심각한 재난의 증거로 생각하는 네티즌은 아무도 없었다.

그렇다. 사람들은 맘모스 마트에서 끝내주게 기분이 좋았고, 돈과 시간만 생기면 마트로 달려왔다. 그리고 이것은 바로 기능유닛이 원한 바였다.

기능유닛은 물론 애초부터 인간들의 존재를 인지했지만 그들은 주요 정복 목표였고 기억유닛에 탑재된 매뉴얼을 참조하기 전에는 피해야 할 대상이었다. 하지만 대안의 대안을 만드는 데 지친 기능유닛은 김 사장을 보는 순간 계시가 내린 듯한 느낌을 받았다. 혹시 이것이야말로 운명적이고 최종적인 대안이 아닐까라는, 논리 회로의 역량을 벗어난 감각적인 결론이 빛의 속도로 도출되었다. 그래서 기능유닛은 김 사장이 나무에 손을 대는 것과 동시에 부분체를 대량으로 부착시켜 잠시 기절하게 만들었다. 그리고 자신의 본체를 김 사장의 육체로 옮겼다.

기능유닛은 한동안 아무것도 하지 않으면서 인간의 생리 작용과 두뇌 활동을 면밀히 살폈다. 그에게 익숙한 식물에 비하면 인간은 꽤나 부조리한 존재였다. 지구 생태계 전체의 조화를 생각할 때, 인간은 일단 너무 크고 너무 많았고 너무 많은 자원을 소모했다. 게다가 지능 수준에 비해 욕구가 지나치게 강해서 결과적으로는 스스로에게 해가 될 짓도 서슴지 않고 저질렀다. 그 부분을 조금만 이용하면 이 행성의 정복이 단기간에 끝날 수도 있을 것 같았다.

그런데 기능유닛이 숙주로 삼은 사람은 정확히 이유는 모르겠지만 기능유닛이 하고 있던 일과 무척 유사한 일을 해 온 것 같았다. 그는 마트라고 불리는 자신 소유의 건물 안으로 많은 사람이 들락거리길 너무나도 간절히 원하고 있었다. 그래서 기능유닛이 사고 활동을 조작하지도 않았는데 자발적으로 나무에 붙어 있는 버섯들을 떼어서 마트 건물의 환풍 시스템에 매일 갈아 넣어주더니, 아예 그것도 귀찮은지 나무를 지하 창고에 옮겨놓고 거기서 버섯을 키우기 시작했다. 기능유닛이 한 일은 버섯이 내뿜는 향정신성 성분이 보다 인간에게 효과적으로 작용하게끔 조절한 것뿐이었다. 동물들은 나무를 두려워하고 싫어했지만 인간들은 이럴 수도 있나 싶을 정도로 좋아했다.

기능유닛이 인간 분석과 새로운 부분체 연구를 위해 스스로 정했던 시한은 보름이었고 바로 오늘이 보름째였다. 내일부터는 마트에 들어온 인간들로 하여금 새로 개발한 부분체를 달고 바깥 세상으로 나가서 기억유닛을 찾게 할 작정이었다. 기능유닛은 자신의 지구 진입 과정을 여러 번 시뮬레이션해서, 기억유닛이 반경 50킬로미터 안에 있을 확률이 99퍼센트 이상이라는 결론을 도출했다. 그 안에 인간들을 바둑알처럼 깔아두면 못 찾을 리가 없었다. 이를 위해 새 부분체는 지구의 GPS 위성 신호를 이용할 수 있었고, 인간의 대뇌에서 분비되는 도파민과 세로토닌을 직접 제어했다. 즉 부분체가 들어간 인간은 부분체가 지정한 특정 위치와 멀어지면 다소 우울해지고 조금 가까워지면 약간의 흥분을 느낀다는 얘기였다. 인간들의 평소 행동 패턴을 보면, 그들은 일말의 의심도 없이 수단과 방법을 가리지 않고 목적지를 향해 질주할 것이 분명했다.

기능유닛은 계획의 점검이 끝나자 그제야 안심이 되었다. 지금 이 순간 자신을 몸속에 넣고 버섯을 따러 가고 있는 김 사장에게도 뭔가 작은 선물을 하고 싶을 만큼 기분이 좋았다. 김 사장은 지하 창고 문 앞에서 주위를 살핀 후 커다란 자물쇠를 풀고 철문을 열었다. 이윽고 불을 켜고 창고 안에 들어간 김 사장은 기능유닛이 미세하게 신경 전달 물질을 조절하자 창고 바닥에 주저앉아 히죽히죽 웃기 시작했다.

결정적 드라마는 이때부터 시작되었다. 바로 이 순간 문밖에서는 굵은 뿔테 안경을 쓴 부지배인이 한 손에 장부 대신 사직서를 들고 다가오는 중이었던 것이다. 그는 오늘 온종일 망설이다가 사직서를 전달할 타이밍을 여러 번 놓쳤다. 솔직히 마음 같아서는 그냥 박차고 떠나고 싶었지만 못 받은 월급 얘기를 꺼내려면 그럴 수도 없었다. 그동안 용케 피해 왔던 지하 창고로 다가간 그는 잠시 마음을 가다듬은 뒤 안으로 걸음을 옮겼다.

창고에 들어선 순간 부지배인은 두 눈을 의심하지 않을 수 없었다. 창고 안에는 하얀 버섯이 빽빽이 자란 굵은 나뭇가지들이 온통 뒤엉켜 있었고, 그 비현실적인 풍경 안에서 김 사장이 바닥에 주저앉은 채로 바보처럼 웃고 있었다. 부지배인은 몸이 얼어붙어서 김 사장을 바라보며 입술만 달싹거렸다. 그때 위험을 감지한 기능유닛이 김 사장의 두뇌에 다급하게 전기신호를 보냈고, 얼굴을 일그러뜨린 김 사장이 기괴한 고함을 지르며 벌떡 일어나 부지배인에게 달려들었다. 순간 부지배인은 비명을 지르며 마침 손에 잡힌 물건을 김 사장에게 휘둘렀다. 공교롭게도 김 사장이 오래전 부지배인을 훈육하는 데 사용했던 바로 그 소화기가 김 사장의 안면을 강타했다.

사태의 규모나 심각성을 고려하면, 이처럼 놀랄 정도로 깔끔하게 매듭지어진 것은 전적으로 부지배인의 정확한 판단력 덕분이었다. 그는 파출소나 방송국에 전화하지 않았고 세콤에서 설치한 비상벨을 누르지도 않았다. 대신에 창고와 마트 문을 전부 잠근 뒤 곧바로 인터폴의 고위 관료인 사촌 형에게 전화했다. 사촌 형의 지시를 받은 인터폴 요원은 불과 두 시간 만에 도착해서 지하 창고의 현장을 직접 목격하고 나무와 버섯의 샘플을 일부 채취한 다음, 새벽녘에는 지역 경찰 기동대를 동원하여 마트 주변 1제곱킬로미터에 봉쇄선을 설치했다. 이어서 점심 때쯤에는 경찰청 고위 간부들과 미국 대사관 직원이 도착하여 좀 더 자세한 상황을 파악했고, 그날 자정 경에 한미 합동 과학수사팀이 도착해서 본격적인 조사 작업을 벌였다. 그리고 상황 발생 36시간 뒤에 마트 건물은 소방 차량 다섯 대가 지켜보는 가운데 전소되었다.

하지만 부지배인 개인의 의견으로 가장 잘했다고 생각되는 점은, 의식을 잃고 쓰러진 김 사장의 콧구멍에서 기어 나온 실지렁이 비슷한 벌레를 밟아 죽인 일과(왜 그때 불꽃이 튀었는지는 아무리 생각해도 모를 일이었다) 김 사장이 뇌진탕으로 병원에 입원한 뒤에 그의 핸드폰을 뒤져서 별거 중인 부인에게 연락한 일이었다. 의식을 찾은 김 사장은 물론 아무것도 기억하지 못했다. 완쾌되면 잠시 조사를 받아야 할 테고 벌금이나 사회봉사활동 명령을 선고받을 가능성도 있었다. 그러나 부지배인이 알고 있는 김 사장의 예전 상황보다 더 나빠질 것은 별로 없었다(신도시 개발 계획이 사실무근이었던 걸 포함해서). 무엇보다도 급히 달려와준 부인과 딸은 아직까지 김 사장 곁에 머물고 있었다. 가진 것이 없는 사람 옆에 그렇게 머문다는 건 뭔가를 주기 위해서일 거라고 부지배인은 생각했다.

인터폴에서 나온 요원은 긴 얘기를 하지 않았다. 천송리에서 있었던 모든 일은 그들이 책임지고 마무리 지을 테니 가능한 한 빨리 떠나라고 당부했고, 그간 있었던 모든 일에 대해 함구해줄 것을 덧붙였다. 그리고 부지배인이 월급 한 푼 못 받고 일했다는 걸 알고는 사례금으로 생각하라며 봉투 하나를 주었다. 부지배인은 화장실에서 봉투를 열어보며, 검은색 컨테이너 차량 두 대로 지하 창고에서 실어나간 것이 그들의 말대로 과연 마트 재고품일 것인지 잠깐 궁금해했다. 봉투 안에 든 수표는 받아야 할 돈의 열 배에 해당하는 금액이었다.

부지배인은 마트 건물이 있었던 자리에서 희미한 연기가 올라가는 것을 보며 천송리를 떠났다. 특별히 아쉽다거나 쓸쓸한 마음은 없었다. 읍내의 터미널에는 서울로 가는 버스가 많았고 그는 텅 빈 고속버스의 창가 쪽 자리에 앉을 수 있었다. 가는 길 내내 도로변을 따라 이어지는 마을과 도시들을 구경하느라 심심한 줄도 몰랐다. 세상은 역시 넓었고 할 일은 참 많았다. 오랜만에 맛보는 자유에 가슴이 뛰었다.

그는 뿔테 안경을 벗고 잠시 눈을 감았다. 이젠 눈병도 나은 것 같고 다시 렌즈를 착용할 수 있을 것 같았다. 천송리에 내려간 뒤로, 더 정확하게 말하자면 마을을 처음 둘러보러 갔던 바로 그날부터 오른쪽 머리와 눈에 가려움증이 생겼다. 렌즈에서 안경으로 바꾼 것도, 시도 때도 없이 머리를 긁어야 했던 것도 그 때문이었다. 그런데 문제는 그것만이 아니었다.

그즈음부터 그는 담은 기억조차 없는 지식들로 머릿속이 온통 복잡해졌던 것이다. 지금 이 순간에도 여러 개의 아이디어가 아무런 맥락 없이 의식 위로 튀어 올랐다. 하나하나 들여다보면 황당하기 그지없는 것들이었다. 이를테면 그는 국제 정세가 어떤 정치적 역학관계 속에서 돌아가는지 손바닥 보듯 빤히 알 수 있었다. 또 인류를 멸절시킬 수 있는 전염병균에 대해서도 상당한 지식이 있었고, 전 세계 인터넷을 마비시킬 해킹 프로그램의 로직도 당장 짤 수 있을 것 같았다. 정말 말도 안 되지만, 동네 철물점에서 몇 가지 도구와 재료만 사면 어마어마한 위력을 가진 레이저 무기도 만들 자신이 있었다. 그동안 일이 바빠서 아무것도 제대로 생각해본 적이 없었는데, 이제 시간이 생겼으니 조금씩 기억을 뒤져볼 셈이었다. 취업에 써먹을 만한 것이 있을지도 몰랐다. 아니, 돈이 좀 생겼으니 아예 창업을 하면 어떨까? 이왕이면 전 세계에 먹힐 만한 아이템으로.

이렇게 해서 한동안 내성적이고 참을성 많고 소심했던 청년은 다시 똘똘하고 야망에 찬, 가끔은 무모할 것 같은 눈빛의 젊은이가 되어 서울로 올라가고 있었다.

노인의 나라

정환은 오래된 등산복을 꺼내 입고 거울 앞에 섰다. 머리 손질을 하고 허리를 펴니 지난 3년간 보아온 자신과는 완전히 다른 사람처럼 보였다. 마이홈타운의 유니폼인 노란색 모시옷을 입고 있을 때의 감각, 항상 누군가의 돌봄에 기댈 수 있다는 안정감이 사라지자 약간 당황스러웠지만, 젊은 시절의 활기가 은연중에 드러나는 것 같아 반갑기도 했다. 사회인 이정환, 다원제약 인사부 차장 이정환, 은퇴한 후에는 청림산악회 회장이었던 이정환이 거기 있었다.

그는 손목시계를 확인하고 흠칫 놀랐다. 추억에 빠져 소중한 시간을 10분이나 흘려버렸다.

정환은 침대 옆의 옷장을 열고 제일 밑 칸의 겨울옷 속에서 과자 상자를 꺼냈다. 안에는 지난 3년간 모아둔 약이 들어 있었다. 노란색과 흰색 알약은 별 쓸모가 없지만 파란색 약은 모아두면

요긴하게 쓸 수도 있다는 얘기를 입소일에 누군가에게서 들었다. 반평생을 제약회사에 다녔음에도 불구하고 약 먹는 걸 좋아하지 않았던 정환은 별생각 없이 약을 모아왔는데 나중에 이렇게 유용하게 쓰일 줄은 상상도 하지 못했다.

이걸로 충분하면 좋았으련만.

브로커는 그것으로는 충분하지 않다고 말했다. 왕복 항공권과 체재비, 또 마이홈타운에서 그를 빼낼 사람들에게 들어갈 비용을 다 합치면 좀 더 구하기 어렵고 값비싼 약들이 필요했다. 정환은 평생 불법적인 일과는 담을 쌓고 지낸 사람이었지만 마이홈타운 안에서는 돈을 마련할 길이 전혀 없었다. 이곳에 들어올 때 마이홈타운에 전 재산을 기부했고 3년간 떨어져 있던 세상에서 갑자기 거금을 빌릴 만한 사람을 찾을 수도 없었다. 결국 정환은 브로커의 제안을 받아들였다.

도둑질. 정환은 그 단어가 몹시도 혐오스러웠지만 어쩔 수 없이 해야 했다. 여기서 나가 아내를 찾아오려면 그 방법밖에 없었다.

오후 5시 19분. 정환은 등산배낭을 등에 멘 채 손목시계를 확인하며 침대에 앉아서 기다리다가 디지털 숫자가 20을 가리키는 순간 방문을 열고 나왔다. 오후 마지막 강좌는 5시에 시작한다. 저녁 식사가 6시이기 때문에 야외활동을 하든, 카지노에 가든 대략 한 시간의 계획을 잡고 움직이는 대부분의 노인은 이 시간에 어딘가에 들어가 있을 터였다. 물론 스텝들도 마찬가지였다.

정환은 엘리베이터를 타고 1층으로 내려가 자재실이 있는 민들레동을 향해 걸었다. 베이지색 복도를 따라 좁은 무빙워크가 운행 중이었고 그 옆에는 보라색 천일홍이 예쁘게 핀 화분이 나란히 놓여 있었다. 마이홈타운은 3백만 평에 달하는 어마어마한 넓이와 가장 높은 곳은 40층에 달하는 규모를 가진 시설임에도 불구하고 모든 건물들 사이를 실내를 통해 이동할 수 있도록 설계되어 있었다. 실내 운동장과 산책길도 많았기 때문에 마음만 먹으면 3년 동안 바깥바람 한번 안 쐬고도 살 수 있었다.

"어머 이게 누구야?"

정환은 복도 맞은편에서 다가오는 세 여자를 보고 가슴이 덜컥 내려앉았다. 혹시 사람을 만나더라도 모르는 사람을 만나길 바랐지만 뜻밖에도 친하게 지내는 소영, 민혜, 자인과 마주쳐버렸다. 정환은 초조해하는 티를 드러내지 않으려고 활짝 웃으며 먼저 말을 걸었다.

"강좌 시간 아니야? 왜 나와서 농땡이들 치고 있어?"

"민혜가 카지노나 가자고 졸라대서 그냥 나왔지. 강사도 재미가 없고."

"민혜 요즘 손에 귀신 들렸잖아. 어제도 룰렛에서 토큰을 백 개 넘게 땄어."

토큰은 마이홈타운에서만 사용되는 통화였다. 주로 사용되는 곳은 카지노인데 카지노에서 딴 토큰으로 음료수나 간식을 살 수도 있지만 사실상 의미는 없었다. 음료수나 간식은 매일 일정량 무료로 제공되고 토큰도 카지노 입구에서 공짜로 나눠주었다.

"근데 정환 오빠 웬 등산복이야?"

"장오산 올라가려고?"

"그거 입고 장오산 가면 산신령이 어서옵쇼 하겠네. 브이아이피다! 이러면서."

칠십 대 중반의 세 여자는 소녀처럼 깔깔대며 웃었다. 장오산은 마이홈타운의 중앙부에 있는 해발 80미터짜리 작은 산으로, 데크는 물론 에스컬레이터까지 있어서 등산하는 기분을 내기에는 무리인 곳이었다. 하지만 등산을 좋아했던 정환이 마이홈타운에 들어올 때 등산복을 가지고 왔던 것은, 사실 거기라도 갈 때 입어보려는 생각이긴 했다.

"그냥 입어봤어. 언제 또 입을지 몰라서."

세 여자 중 소영이 제일 먼저 정환의 어깨에 달린 파란색 리본을 알아보았다. 소영이 민혜의 옆구리를 슬쩍 건들자 민혜도 보고 이윽고 자인도 보았다.

"아, 그랬구나."

"세상에 벌써 날짜가 그렇게 됐어."

"어머, 우리 젠틀맨 정환 오빠 없으면 이제 무슨 재미야."

셋은 살짝 침울한 표정을 짓긴 했지만 그 이상 감정을 끌어올리진 않았다. 이들도 2년 이상 마이홈타운에서 생활했고 이런 상황을 수없이 겪은 베테랑들이었다.

"어서들 가봐. 난 오늘 저녁에 여기 싹 한 바퀴 돌아보려고 하니까."

"그래. 축하해요."

"축하해."

어깨에 파란 리본을 단 사람을 보면 으레 건네는 '축하한다'는 인사에 정환은 고개를 끄덕이고 세 사람을 지나쳐서 걸었다. 굽은 길을 지나쳐 막 다음 동으로 연결되는 문으로 들어서는데 뒤에서 탁탁 하는 발소리가 들렸다. 돌아보는 순간 자인이 다가와 그를 붙들었다.

"오빠 이거."

자인은 그의 셔츠 앞주머니에 하얀 소국 한 송이를 꽂아주었다. 방금까지 자인이 머리에 꽂고 있던 것이었다. 자인은 그의 손을 꼭 잡았다.

“이따 밤에 방으로 갈게요. 차나 한잔 하게.”

정환은 어떻게 대답해야 할지 몰라 망설였지만 고개를 끄덕였다. 자인은 웃으며 손을 흔들고 멀어졌다. 3년간 모두 몇 번씩은 하는 연애를 그도 두 번 했다. 파란 리본을 달 때가 가까워지지 않았다면 아마 자인과도 연애를 했을지 몰랐다. 오늘 밤 자인이 그의 방문이 잠긴 것을 보고 실망할 것을 생각하자 마음이 조금 아팠다.

정환의 어깨에 단 파란 리본은 노인들끼리 저승댕기라 부르는 표식이었다. 저승댕기는 해원으로 들어가기 일주일 전부터 어깨에 다는 것인데 저승댕기를 어깨에 단 사람은 모두로부터 특별 취급을 받았다. 식사하러 가면 줄을 설 필요가 없었고, 카지노에 가도 딜러가 은근히 이기게 해주고 아무도 거기에 불만을 제기하지 않았다. 남에게 피해를 주지 않는 한 옷차림을 비롯해 그 어떤 규율을 어겨도 상관없었다. 심지어 안 그래도 너그러운 약 처방을 좀 더 너그럽게 받을 수도 있었다. 만나는 사람들은 모두 축하한다고 웃으며 인사를 건넸다.

그렇게 일주일을 보내고 나서 가게 되는 곳이 해원이었다. 해원에서도 일주일을 보내게 되는데 그 기간에는 꽤 엄격한 수준의 명상과 심리 치료를 한다는 소문이 있었다. 소문이라고 하는 이유는 해원에 일단 들어가면 아무도 다시 나오지 못하기 때문이다.

해원에서 머무는 기간이 끝나면 자살 캡슐 안에 들어가 편안한 상태로 죽음을 맞는다.

정환은 2주 후 자신에게 다가올 예정이었던 그 일에 대해 3년 동안 마음의 준비를 해왔다. 사실 처음부터 정환은 꽤 잘 준비된 편이었다. 세상에 미련이 없었고 죽는 순간까지 차분하고 평온하게 하루하루가 흘러갈 것 같았다. 잘 살고 있다고, 잘 죽어가고 있다고 생각했다.

두 달 전에 외국에서 온 이메일 한 통을 받기 전까지는 그런 줄 알았다.

정환은 거주자용 통로와 스텝 전용 통로를 번갈아 지나며 목표 지점을 향해 꾸준히 이동했다. 3년간 살아서 구석구석 모르는 곳이 없는 데다가 지난 몇 주 동안 열심히 관찰했기 때문에 이 시간에 어느 경로로 가야 사람과 마주치지 않을지 잘 알고 있었다. 노인들의 삶이 만족스럽다 보니 별다른 사건이 없었고 전체적으로 보안 수준도 낮았다. 딱 하나 전용 키 카드를 가진 일부 스텝만 접근할 수 있는 곳이 약품 창고였는데 그곳은 정환의 목표가 아니었다.

정환이 노리는 곳은 저녁 6시에 문을 잠그는 약품 창고에서 밤에 사용할 약을 미리 꺼내 보관해두는 간호사용 약품 보관실이었다.

약품 보관실은 정환도 몇 번 사용한 적 있는 재활 물리치료방 근처에 있었다. 정환은 물리치료방 앞에서 시간을 확인했다. 5시 50분. 물리치료는 5시 반에 모두 끝나기 때문에 예상한 대로 복도에 사람은 없었다.

정환은 크게 한 번 심호흡을 하고 물리치료방을 지나 간호사용 보관실로 다가가서 문을 열었다. 안에 누군가가 있으면 해둘 말을 미리 준비하긴 했지만, 이미 그때는 일이 잘못된 것이나 마찬가지였다.

보관실 안에는 아무도 없었다.

정환은 재빨리 안으로 들어가 의료 소모품들이 가득 들어찬 유리장들을 지나 안쪽으로 깊이 들어갔다. 심장이 두근거리고 식은땀이 났다. 그가 혈압이 높지 않은 것이 그나마 다행이었지만 이런 긴장감을 얼마나 버틸 수 있을지 자신이 없었다.

여기서부터는 한 번도 들어온 적이 없는 곳이었다. 편지로 받은 약도가 그가 기댈 수 있는 유일한 정보였다(브로커는 처음 몇 번의 전화와 이메일 이후에는 종이로 된 편지를 보냈고 읽는 즉시 태워 버리라고 지시했다). 브로커는 5시 45분부터 6시 사이, 간호사들이 근무 교대를 한 직후 브리핑을 받기 위해 전체 회의실에 갈 때 이 장소가 완전히 빈다고 했다. 정환은 브로커가 옳았기를 간절히 빌었다.

마침내 마지막 줄의 캐비닛을 돌아 약품 보관실이 있는 통로로 꺾는 순간, 정환은 보관실에서 막 나오는 간호사와 정면으로 마주쳤다. 체격이 좋은 남자 간호사였다.

"어? 여기 오시면 안 되는데요."

순간 입이 바싹 마르며 머리가 핑 돌았다. 이렇게 끝나는 건가? 정환은 바닥에 그냥 드러누워버리고 싶은 것을 참고 미리 준비한 말을 꺼냈다.

"미안합니다. 그냥 이곳저곳 둘러보다 보니 여기까지 왔어요. 구석구석 눈에 잘 담아두려고요."

젊은 간호사는 의아한 얼굴로 그를 향해 다가오다가 어깨의 파란 리본에 시선이 멎고는 표정이 환하게 풀어졌다.

"그러셨군요. 축하드립니다. 여긴 볼 게 없어요. 재미있는 데도 많은데 왜 여기까지 오셨어요?"

"내가 밖에 있을 때 다원제약에서 37년을 일하다가 정년퇴직했거든요. 남들이 들으면 웃겠지만 난 약상자들 쌓여 있는 것만 봐도 왠지 마음이 푸근하고 그래요."

간호사는 활짝 웃으며 고개를 끄덕였다.

"그러실 수 있죠. 그럼요. 이 안쪽에 약들 많은데 여기도 한번 보실래요?"

정환은 차마 대답을 못 하고 고개만 끄덕였다. 간호사가 주머니에서 열쇠를 꺼내 약품 보관소의 문을 열고 정환을 들여보내주었다. 브로커는 자물쇠가 따로 있다는 얘기를 해주지 않았다. 이 간호사를 만나지 못했더라면 오히려 일이 여기서 끝날 운명이었다.

정환은 오랜 추억을 더듬는 듯한 얼굴로 유리장 안에 들어 있는 약상자와 주사기용 앰풀들을 훑어보았다. 사실 그는 37년 내내 총무과와 인사과에만 있었기 때문에 약에 대해 그리 잘 알지는 못했다. 브로커는 그가 가지고 나오면 좋을 약 이름을 열 개 정도 편지에 써주었는데, 그중 몇 개가 하나의 유리장 안에 다 들어 있는 것을 보고 정환은 침을 꿀꺽 삼켰다.

"저, 선생님."

"예?"

정환은 소스라치게 놀라며 고개를 돌렸다. 문 앞에서 그를 지켜보던 간호사가 슬쩍 미소를 지으며 물었다.

"대빵 좀 드릴까요?"

대빵은 대마초 성분이 든 빵을 그들끼리 부르는 이름이었다.

반려동물에게 특별 간식이 그런 것처럼 생각만 해도 기분이 좋아지는 빵이었는데, 한 달에 두세 번씩 열리는 파티에서만 엄격하게 소량이 제공되었다.

"그럼 너무 고맙지요."

"가지 마시고 여기서 잠깐만 기다리세요."

간호사는 싹싹하게 말하고 밖으로 나갔다. 정환은 닫힌 문을 멍하니 쳐다보다가 방금 보아두었던 유리장으로 가서 문을 열었다. 손이 덜덜 떨린 탓에 약상자들이 바닥으로 우르르 쏟아졌다. 정환은 배낭을 벗고 바닥에 쭈그리고 앉아 흩어진 약상자들을 다급히 집어넣었다. 78세의 나이가 무색하게 허둥대는 자신이 한심했지만, 지금 찾아온 믿을 수 없는 행운을 꼭 붙들어야 한다는 생각이 들었다.

배낭에 자리가 남아서 그 옆 유리장에 있는 플라스틱 병들도 정신없이 집어넣다 보니 이번에는 배낭이 너무 불룩해져 다시 몇 개를 제자리에 돌려놓았다. 지퍼를 닫고 배낭을 막 메는 순간 보관실 문이 열렸다.

"선생님, 여기."

간호사가 환하게 웃으며 세 개의 대빵이 든 지퍼백을 그에게 내밀었다.

"고마워요."

정환은 이마에 맺힌 땀을 간호사가 눈치채지 못하길 바라며 지퍼백을 받아 들었다. 현기증이 점점 심해지는 것이 더 시간을 끌다 보면 이 간호사에 의해 의무실로 업혀 갈 것 같았다.

"손에 들고 다니시면 다른 분들이 볼 수도 있는데…. 이리 주세요. 제가 배낭에 넣어드릴게요."

정환은 심장이 뚝 떨어지는 느낌을 참으며 허허 웃었다.

"여기다 넣으면 되지. 등산복이 이럴 때 참 편해."

정환이 허벅지에 있는 커다란 주머니에 지퍼백을 넣는 동안 간호사는 여전히 부드럽게 웃으며 그 모습을 보고 있었다. 그 미소가 고객 대응 매뉴얼에 쓰인 것 이상의 진심이라고 생각하자 정환은 갑자기 미안한 마음이 들었다.

"이름이 뭐예요?"

"전창선입니다."

"일한 지 오래됐어요?"

"이제 석 달 짼니다."

"창선 씨 고마워요. 진심이에요."

"아닙니다. 대빵 더 드시고 싶으면 내일 또 이쪽으로 오세요."

창선은 멋쩍은 표정을 지으며 자기 머리를 만졌다. 정환은 창선의 팔을 쓰다듬었다.

"나한테 얼마나 큰일을 해준 건 지 아마 모를 거예요."

CCTV에 다 찍혔겠지만 금방 탄로가 나지는 않을 거라고 생각했다. 실시간으로 감시하고 있을 리도 없고, 누가 유리장 안의 약이 모자라는 걸 알아도 절도는 가장 나중에 고려할 터였다. 하지만 자정에 순찰을 하는 스텝들이 정환이 방에 없다는 걸 알게 되면, 그때는 그의 방이 있는 거주동 전체가 경계 태세로 들어갈 것이다. 외부 레크레이션 공간이나 산책로 등을 전부 살피며 혹시 그가 어딘가에 쓰러져 있지는 않은지 찾아볼 것이다. 다음 날 아침이 되면 수색이 더 본격화되다가 결국 어느 시점에서 보안팀은 창선이 약품 보관소 문을 열어주고 정환이 유리장에서 대량의 약을 꺼내는 장면도 찾아낼 것이다.

창선 씨한테 큰 폐가 안 되어야 할 텐데.

그렇게 걱정했지만 심한 경우 창선이 해고될 수도 있겠다는 생각이 들었다. 이제 막 들어왔는데 어떡하나? 마이홈타운에 취직했다고 주변 사람들이 다 축하해줬을 텐데 날 얼마나 원망할까?

이렇게 세상에 미련이 남게 되는구나.

정환은 고개를 절레절레 저으며 재빨리 걸음을 옮겼다. 지금 그가 걷는 지원 단지 외곽 통로는 한 번도 와보지 않은 곳이었는데 편지에 쓰인 바로는 이 길의 중간쯤에 출입문이 있고 그 너머에 외부에서 수송된 물자를 내리는 하역장이 있었다.

마침내 양쪽으로 열리는 출입문이 나타나자 정환은 윗도리 주머니에 넣어두었던 키 카드를 꺼냈다. 브로커가 단 한 번만 쓸 수 있으니 주의하라고 했던 카드였다. 문을 열고 나간 뒤에는 다시 돌아올 수 없었다.

삑 하는 전자음과 함께 양쪽 문이 무서운 속도로 열렸다. 정환은 문이 금세 닫히기라도 할 것처럼 재빨리 발을 내디뎌 문밖으로 나갔다. 온도와 습도 조절이 되지 않은 차갑고 퀴퀴한 공기가 콧속으로 훅 빨려들었다.

그는 이제 마이홈타운 역사상 처음으로 이곳을 탈출하는 노인이 되었다.

인구는 머무는 호수가 아니라 흐르는 강물이었다.

'둘만 낳아 잘 기르자'느니 '하나씩만 낳아도 삼천리는 초만원'이니 하던 시대에서 고령화, 저출산, 인구절벽, 재정파탄의 시대까지는 그야말로 눈 깜짝할 새에 흘렀다. 좁은 땅에 맞춰 인구가 줄어드는 건 너무 당연했는데도, 아이를 낳을 때가 지난 사람들이 아이를 낳을 수 있는 사람들을 비난하면서 변화를 준비할 소중한 시간을 허비했다.

어쨌거나 인구절벽은 실제로 존재했고 막상 그 절벽 앞에 서자 예상보다 훨씬 까마득한 높이에 사람들은 당황했다. 되돌릴 수 없는 시간이 벼랑 끝에 선 사람들의 뒤를 미는 바람이라면, 전쟁, 기후 변화, 지역 갈등으로 나빠지기만 하는 글로벌 환경은 발밑을 흔드는 지진이었다.

어느 날부터 소리소문없는 추락이 시작되었다.

인구절벽이 다가오기 훨씬 전부터 노인들이 많은 대한민국에서 노인들은 모두 이렇게 말했다. 우리가 죽어야 하는데. 마땅한 일자리를 찾지 못해 신경이 곤두선 젊은이들은 속으로 이렇게 생각했다. 말만 하지 마시고요. 그런데 젊은이들이 몰랐던 건 노인들이 말만 하는 게 아니라는 사실이었다. 전 세계에서 가장 높다는 대한민국의 자살률은 실제로 노인들이 견인하고 있었다. 자살하는 노인들의 이유는 대부분 세 가지 안에 있었는데 가난하거나 아프거나 외롭기 때문이었다.

아이러니하게도 인구절벽이 본격화될 무렵 대한민국의 평균 기대수명은 남자 88세, 여자 92세로 전 세계에서 가장 높았다.

소리소문없는 추락은 곧 문자 그대로의 추락으로 이어졌다. 건물 옥상에서, 다리 난간에서, 올가미를 묶은 나무에서 노인들은 마른 낙엽처럼 조용히 추락했고, 친구나 친척의 추락을 알게 된 노인들은 자신도 차례가 왔다고 생각했다. 앞만 보고 달리는 고속버스 같은 나라에서 점잖고 여린 노인들은 버스 기사에게 차마 내려달라는 말을 하지 못했다. 그래서 그냥 창문을 열고 뛰어내렸다.

어떤 압력이 작용하고 어떤 과정이 있었는지 지금도 정확히 밝혀지지 않았지만, 어느 시점에서 정부는 전남 신안군의 섬 장오도 한 귀퉁이에 마이홈타운의 시발점이 되는 기관을 설립했다. 의료 인력과 위락 시설을 갖춘 이 기관은, 입소 3개월 후 존엄사를 실행한다는 점만 제외하면 실버타운과 크게 다를 바 없었다. 대상은 지병이 있는 극빈층 노인 중에서 희망자로 한정하다가 점차 그 폭을 넓혔다. 종교 단체를 비롯한 수많은 주체들이 윤리적인 이유를 들어 비난했지만, 실제로 기관에 입소해서 죽음까지 맞는 노인들이 백 퍼센트에 가까운 만족도를 보였기에 차차 반대의 목소리는 수그러들었다.

한편 자발적으로 일찍 생을 마감하는 노인들이 가져오는 예산 절약 효과로 고령화에 따른 경제적 파탄을 막을 수 있다는 전망이 여러 연구 기관을 통해 발표되었다. 그러자 기관에 입소하는 것이 공동체를 배려하는 선택이라는 인식이 확산되고, 그곳으로 향하는 노인들의 발걸음을 더 당당하게 만들어주었다. 빈곤하지 않더라도 자식이 없거나 지병이 있는 노인들에게 기관은 점점 더 매력적인 선택지가 되었다. 한동안 전적으로 국가 예산에 의존하던 기관은 노인들이 입소하면서 전 재산을 기부하는 유행이 시작되자 자립 경영까지도 가능하게 되었다.

기관은 마이홈타운이라는 새로운 이름 아래 질적으로나 양적으로 엄청난 성장을 이루었다. 체제 기간도 3년으로 늘었고 생활 프로그램도 최고 수준으로 끌어올렸으며 어느 시점에서 장오도 전체가 마이홈타운이라는 거대한 단일 시설이 되었다. 대한민국에서 나이가 든다는 건 예전처럼 두려운 일이 아니었다. 마이홈타운 자체가 어마어마한 수의 양질의 일자리를 만들어낸 데다 국가 경제구조의 불균형이 개선되었기 때문에 젊은이들의 삶의 질도 나아졌다. 고령화 측면에서 비슷한 상황에 놓여 있었으나 이처럼 과감한 개선책을 단행하지 못했던 이웃나라들은 극심한 경제적 침체를 겪었다. 마이홈타운이 완전히 자리를 잡은 시점에서 대한민국은 싱가포르에 이어 아시아에서 두 번째로 높은 1인당 국민소득을 달성하게 되었다.

현재 대한민국의 75세 이상 노인 인구 중 52퍼센트가 마이홈타운에 거주하고 있었다. 대략 130만 명에 달하는 숫자였다.

정환은 끝도 없이 펼쳐진 하역장의 중앙 통로를 따라 걸었다. 사람들과 눈이 마주치지 않도록 고개를 숙이고 있었지만, 다들 너무 바빠서 정환에게 눈길을 주는 사람은 아무도 없었다. 지게차와 화물용 전동 카트가 쉴새 없이 경고음을 울리며 지나갔고, 상하차 로봇을 조작하는 사람들은 화물차 기사에게 고함을 질러 신호를 보냈다. 상자끼리 부딪치는 소리, 트럭 엔진음, 기계팔이 움직일 때 나는 피스톤 가스 소리까지 합쳐져 정환은 혼이 나갈 지경이었지만 노란색 안전지대를 따라 브로커가 알려준 42-F 하역대까지 꾹 참고 걸었다. 1분 단위로 정확하게 움직이지 않으면 일이 틀어질 수 있다고 브로커가 경고했기 때문에 최대한 빨리 걷는 것에만 집중했다.

20여 분을 쉴새 없이 걸은 끝에 마침내 그는 42-F 하역대에 도착했다. 숨이 가빴지만 최종 목적지까지는 갈 길이 좀 더 남아 있었다. 하역대의 반대편으로 눈을 돌리자 편지에 쓰여 있던 위층으로 올라가는 계단이 보였다. 계단 꼭대기의 문밖으로는 짐을 내린 배송 트럭들이 페리를 기다리는 주차장이 있었고 정환이 만날 사람도 거기에 있었다. 계단을 올라 철제 통로를 걷고 있는데 뒤쪽에서 날카로운 웃음소리가 들렸다. 트럭 기사로 보이는 젊은 남자 서넛이 모여 담배를 피우며 환기창의 철망 너머로 어딘가를 쳐다보는 중이었다. 담배 피우는 모습을 참으로 오랜만에 본다는 생각을 하는 순간 젊은이들 사이에서 경멸을 담은 목소리가 흘러나왔다.

"살겠다고 아등바등하는 꼴 좀 봐라."

정환의 시선도 저절로 환기창으로 향했다. 저 멀리 실내 광장에서 수백 명이 한데 모여 강사를 따라 율동하는 모습이 눈에 들어왔다. 일명 '소화 체조'라고 부르는, 식후에 소화를 돕는 느린 체조를 하는 노인들이었다.

"죽으러 들어와서 왜 저 지랄을 할까?"

"3년 동안 마약에 찌들어 산다는 게 진짜예요?"

"설마."

"약도 안 했는데 저런 춤을 추고 있겠어?"

경박한 웃음소리가 정환의 귀를 때렸다. 시비 붙을 생각은 없었지만 도대체 어떤 놈들인가 싶은 마음에 저도 모르게 제자리에 서서 빤히 쳐다보았다. 그들 중 하나가 정환의 시선을 눈치채고 다른 사람들에게 뭐라고 말을 하자 모두 정환을 한 번 쳐다보고는 담뱃불을 끈 뒤에 흩어졌다. 이윽고 정환을 처음 봤던 남자가 다가와 낮은 목소리로 말했다.

"이정환 씨?"

정환은 얼떨떨한 기분으로 고개를 끄덕였다. 남자는 손짓을 했다.

"따라와요."

남자는 잠시 통로를 따라 걷다가 여러 개의 철제문 중 하나를 열었다. 갑자기 휙 불어닥친 찬바람에서 날카로운 짠내가 느껴졌다. 숨을 멈추며 정환은 한순간 주춤했다. 광활하게 펼쳐진 어두운 바깥 공간이 이렇게 낯설 줄은 예상하지 못했다. 마치 어린아이처럼 본능적인 겁이 났고 마이홈타운의 스텝들이 갑자기 보고 싶었다.

"뭐 해요? 시간 없다고요."

저만치 앞서가던 남자가 돌아보았다.

"미안합니다."

정환은 중얼거리며 밖으로 발을 내디뎠다. 마이홈타운의 그 넓은 실내가 노인들이 넘어져도 다치지 않도록 전부 고무로 되어 있었다는 사실이 새삼 떠올랐다. 딱딱한 아스팔트 바닥의 촉감이 찌르르하게 다리를 타고 올라왔다.

남자는 정환을 데리고 한참을 걷다가 2.5톤 트럭 앞에서 걸음을 멈췄다. 잠시 기다리라고 하고는 운전석으로 가더니 좌석에 두는 방석과 쿠션을 몇 개 가지고 돌아왔다.

"이거 밟고 올라오세요."

남자가 화물칸 뒤쪽의 작은 사다리를 이용해 순식간에 위로 올라갔다. 양손으로 사다리를 붙들고 조심스럽게 따라 올라가자 관짝보다 두 배 정도 큰 철제 상자 수십 개가 바닥에 쌓여 있는 것이 보였다. 남자는 상자 하나의 뚜껑을 열고 안에 방석과 쿠션을 깔며 중얼거렸다.

"왜 그렇게 얇게 입고 나왔어…."

정환은 대꾸를 하려다가 뒤늦게 남자의 혼잣말이었다는 것을 눈치채고 입을 다물었다. 방석을 깔아주는 것이 남자가 신경 써주는 행동이라는 것을 깨닫자 살짝 마음이 누그러졌다. 그런데 아까는 모여서 왜 그런 소리들을 하고 있었는지 도무지 알 수가 없었다.

"이리 들어오세요."

정환은 내키지 않았지만 각오를 한 바였기 때문에 철제 상자로 다가갔다. 쿠션과 방석을 깔긴 했어도 여전히 몸 대부분이 금속에 닿을 수밖에 없었다. 다행인 것은 상자의 크기가 생각보다 커서 뚜껑을 닫아도 몸을 움직일 여유 공간이 충분하다는 것이었다.

정환이 상자 안으로 들어가서 차가운 바닥에 자리를 잡는 동안 남자가 배낭을 들어주었다. 정환이 배낭을 받으려 손을 뻗자 남자가 무게를 가늠하며 물었다.

"이게 전부 약이에요?"

정환은 고개를 끄덕였다.

"많이도 가지고 나왔네. 나도 좀 줘요."

정환은 남자가 농담을 하고 있다고 생각하고 슬쩍 웃음을 지었다. 하지만 남자는 따라 웃지 않았다. 조금 초조해하는 표정으로 남자가 덧붙였다.

"수량을 딱 맞춰서 가지고 나온 건 아니잖아요. 그죠?"

사실이 그렇기 때문에 정환은 할 말이 없었다. 잠시 망설이다가 배낭을 받아 들고 지퍼를 연 다음 위에서 상자 세 개를 집어 남자에게 내밀었다. 남자는 군말 없이 받아서 주머니에 넣었다.

"조금 있다가 페리에 탈 건데 육지까지는 한 시간 사십 분 걸려요. 일단 차가 페리 밖으로 나간 뒤에는 상관없지만 그전에는 절대로 상자 밖으로 나오면 안 돼요. 특히 차가 움직일 때는요."

"예."

남자가 내려다보는 가운데 정환은 배낭을 머릿밑에 두고 무릎을 굽힌 채 엉거주춤하게 누웠다. 남자는 철제 상자의 뚜껑을 닫기 전에 덧붙였다.

"잠들지 마세요. 날이 추워서 잘못하면 죽어요."

눈앞으로 뚜껑이 천천히 내려왔다. 남자가 닫을 때 조심하긴 했지만 그래도 닫히는 순간에는 온몸이 울릴 만큼 쿵 소리가 났다. 사방이 갑자기 어두워지자 정환은 등에 소름이 쭉 끼쳤다. 몇 초가 지나니 뚜껑과 상자벽이 완벽히 맞물리지 않는다는 것을 알게 되었다. 꽤 많은 빛과 공기가 틈새로 들어오고 있었다.

정환은 배낭과 쿠션의 위치를 조절하고 허리를 움직여서 좀 더 편안한 자세를 만들었다. 두 시간 남짓한 긴 시간이지만 그럭저럭 버틸 수 있을 것 같았다. 긴장이 풀리며 피로가 몰려오는 것을 느끼는 순간 정신이 번쩍 들었다. 한순간의 방심으로 일을 망치면 안 돼. 죽지야 않겠지만 감기라도 걸리면 곤란하잖아.

이 여정을 시작하게 된 계기는 튀르키예에서 온 이메일 한 통이었다. 이메일에는 공동묘지가 있는 자리에 리조트가 들어설 예정이니 무덤의 주인들은 빨리 이장 조치를 하라는 내용이 담겨 있었다. 4년 전 튀르키예의 작은 시골 마을인 달얀에 만든 아내의 무덤이 있는 공동묘지였다. 화장을 한 납골함을 가지고 가서 묻은 것이긴 했지만 비용도 시간도 꽤 많이 들었다. 우리나라에서 직접 만들어간 묘비를 세우고 잔디와 꽃을 심으니, 튀르키예 지중해의 파란 하늘 아래에서 무덤은 너무나 예뻐보였다. 귀국 후에는 찍어온 사진을 액자에 넣어 벽에 걸었고 마이홈타운에 들어갈 때는 작은 사진을 뽑아 지갑에 넣었다. 언제나 잘 있겠지 하는 편안한 마음이 들었다. 다시 볼 수는 없지만 영원히 잘 있겠지.

그런 무덤이 파헤쳐지고 리조트가 들어선다는 메일을 읽자, 정환은 뒤통수를 얻어맞은 듯한 큰 충격을 받았다. 대한민국 국적으로는 묫자리를 살 수 없었기 때문에 현지 부동산 중개소의 직원 명의를 빌려 샀던 묘였다. 그 직원과는 연락이 닿지 않았기 때문에 정환이 직접 가지 않으면 아무도 해결해 줄 수 없는 문제였다. 마이홈타운의 행정 부서에 출소를 요청했지만 출소 불가의 원칙 때문에 단박에 거절당했다. 설령 살아 있는 아내가 목숨이 위급한 지경이라도 나갈 수 없는데 죽은 아내의 무덤 때문이라면 더 말할 나위 없다는 것이었다. 이후로 온갖 기관에 전화를 해서 화도 내 보고 읍소도 해보았지만 도무지 방법을 찾을 수가 없었다.

그러다 어느 날 정환의 사정을 들은 마이홈타운의 친구의 친구 하나가 그에게 접근해서 전화번호 하나를 주었다. 아마 도움이 될지도 모르겠다고.

전화를 받은 사람은 자신을 일종의 브로커라고만 소개할 뿐 이름이나 소속은 가르쳐주지 않았다. 브로커는 자세한 사정을 듣고 일주일이 지난 뒤에 다시 전화를 걸어와 그가 해줄 수 있는 것과 정환이 해줘야 할 것에 대해 상세하게 설명했다. 그가 제공하는 것은 탈출 루트와 도와줄 사람들, 정환이 해야 할 일은 약을 훔쳐 내오는 것이었다. 정환은 잠깐 망설였지만 곧바로 제안을 수락했다. 이후의 몇 주 동안 정환은 묘지에 대해 잊은 것처럼 행동했지만, 혼자 있을 때는 브로커로부터 받은 실행 계획을 외우고 루트를 점검하고 체력을 길렀다.

뒤늦게 정환은 아내가 살아 있을 때는 아내 때문에 이렇게 의욕을 불태워본 적이 없었다는 걸 깨달았다.

갑자기 엄청난 진동과 소리가 시작되며 트럭에 시동이 걸렸다. 정환은 깜짝 놀라서 주먹을 움켜쥐고 온몸에 잔뜩 힘을 주었다. 트럭은 한참 저속으로 이동하다가 덜컹거리며 경사로를 오르더니 전진과 후진을 몇 번 반복하고 시동이 꺼졌다. 바퀴를 쇠사슬로 고정시키는 소리가 들렸고 트럭 기사가 차에서 내려 차 문을 닫았다.

그리고 얼마 후 뱃고동 소리가 울려 퍼지더니 트럭 엔진보다 훨씬 더 크고 무거운 엔진이 도는 소리와 함께 바닥이 서서히 움직였다.

이제 섬에서 떠나는구나.

정환은 손목시계로 시간을 확인했다. 밤 9시 30분. 예정대로 육지에 도착하면 11시 10분이었다. 잠시 시간이 흐르자 엔진 소리가 높아지면서 몸이 위로 붕 떴다가 아래로 가라앉길 반복했다. 오후 3시쯤 간식을 먹은 뒤로는 아무것도 먹지 않은 정환은 문득 배가 고팠다. 배낭 앞주머니에 넣어둔 에너지바에 생각이 미쳐 몸을 돌리다가 문득 허벅지 주머니의 대빵에 손이 닿았다.

차라리 대빵을 먹을까?

대빵을 먹으면 확실히 기분이 느긋해지고 피로를 덜 느끼게 되지만 자칫하다가는 깊이 잠들 수도 있었다. 정환은 아무것도 먹지 않기로 결심하고 상자 뚜껑 틈새의 빛을 가만히 쳐다보았다. 문득 파티에 처음 갔을 때, 대빵을 먹고 소파에 누워 잠든 노인들이 잔뜩 있는 광경에 놀랐던 기억이 떠올랐다. 파티에 자러 온 바보들이라고 누군가가 놀렸는데, 몇 번 파티에 참석한 후 정환도 깊이 자는 게 파티에서 할 수 있는 제일 좋은 일이라고 생각하게 되었다. 물론 활동적으로 노는 노인들도 많았다. 미러볼의 알록달록한 조명 아래 트로트가 흘러나오고 조금이라도 공간이 있는 곳에서는 춤판이 벌어졌다. 깔깔대며 열심히 몸을 흔드는 건 주로 기운찬 할머니들이었지만 나름 멋을 내고 와서 춤 솜씨를 뽐내는 할아버지들도 꽤 있었다. 모두 최선을 다해 놀았고, 보고 있으면 즐거워졌다.

마이홈타운 내에서 술과 담배는 완전히 금지되어 있었지만, 대신에 진통제는 충분했고 대부분은 기분 조절 약을 먹고 있었다. 어쩌면 담배를 피우던 젊은이들의 말이 맞는지도 모른다. 그들은 약의 도움을 피할 수가 없었다. 그러나 태생부터 불안한 인간은 나이 듦이라는 더 불안한 상태에서도 행복을 찾아야 했는데, 그들은 행복했다.

정환은 친하게 지냈던 몇몇 사람들의 얼굴을 떠올리며 자신이 마이홈타운을 얼마나 좋아했는지를 새삼 깨달았다. 명랑한 사람들, 그곳의 안온한 공기와 분위기, 풍족한 물자와 서비스, 모든 것이 그리웠다.

정환은 몸을 일으키고 팔을 뻗어 뚜껑을 위로 밀었다. 쉽게 열렸지만 끝까지 밀자 갑자기 뚜껑이 반대로 넘어가며 쾅 소리가 났다. 가슴이 철렁해서 잠시 가만히 있었는데 다행히 사람이 다가오는 기척은 없었다. 트럭 기사가 나오지 말라고 했지만 정환은 아무래도 마이홈타운이 수평선 너머로 사라지기 전에 꼭 한 번 봐야겠다는 생각이 들었다. 저린 다리를 떨며 상자에서 나가는 동안, 벌써 너무 멀어져 보이지 않는 건 아닐까 하는 걱정이 들었다.

트럭의 화물칸 지붕은 뒤쪽으로 열려 있는 구조였기 때문에 다행히 트럭에서 내리지 않아도 밖을 볼 수 있었다. 지붕을 지탱하는 금속 프레임을 꼭 붙들고 뒤쪽으로 이동한 정환은 밖을 내다보고 저도 모르게 감탄사를 내뱉었다.

손바닥만 한 크기로 멀어진 장오도는 밤바다보다 더 검은색으로 물들어 수평선 위에 낮게 몸을 숙이고 있었다. 그러나 섬의 가장자리에서부터 시작되는 거대 건축물은 찬란한 빛을 발하며, 마치 땅에서 솟아난 커다란 진주처럼 화려한 위용을 드러냈다. 외벽은 모두 반사가 잘 되는 금속으로 뒤덮여 있었고 하늘로 뚫려 있는 건물의 가운데에서는 빛이 위로 뿜어져 나와 마치 SF 영화의 한 장면 같은 느낌을 주었다. 단일 규모 건축물로는 세계에서 가장 커서 기네스북에도 올라 있다고 들었지만 내부에 있을 때는 실감하기 어려운 얘기였다. 안에서의 소박한 추억에 비해 외양이 너무 대단하다는 생각이 들었으나, 어쨌든 정환은 3년 동안 정들었던 마이홈타운과 이별의 인사를 나눈 뒤 다시 철제 상자 속으로 기어들어 갔다.

페리에서 나온 트럭은 화물터미널을 거쳐 목포시 외곽의 한적한 도로에 섰다. 이번에 그를 인계한 사람은 모자를 깊이 눌러쓰고 마스크로 얼굴을 가린 남자였다. 남자가 손짓한 곳에는 고급 외제 승용차가 서 있었다. 정환은 조수석에 타려다 남자가 손짓하는 것을 보고 뒷자리로 옮겼다. 남자는 운전석에 오르더니 정환을 향해 손을 내밀었다.

"예?"

남자는 정환이 무릎 위에 올려놓은 배낭을 가리켰다. 정환은 배낭을 들다가 급히 다시 껴안으며 물었다.

"왜요?"

남자는 말 없이 배낭의 어깨끈을 손에 잡은 채 물끄러미 정환을 쳐다보았다.

"당신이 누군 줄 알고 내가 배낭을 넘깁니까?"

남자가 어깨끈을 세게 잡아당겼다. 정환은 배낭을 더욱 끌어안고 버텼다. 이대로는 다 빼앗길 거라는 두려움이 정환을 덮쳤다.

"아까 트럭 기사한테도 약을 뜯겼어요. 더 이상은 안 됩니다. 나도 이걸 전해야 될 사람이 있어요."

"공항에 도착하면…."

남자가 낮은 목소리로 입을 열었다. 정환은 엉거주춤하게 몸을 웅크린 채 남자를 쳐다보았다.

"달얀까지 가고 오는 길에 동행할 남자와 여자가 기다리고 있을 겁니다. 마이홈타운 입소자라는 사실만으로 출국심사에 걸리지는 않아요. 하지만 마이홈타운에서 이정환 씨의 탈출을 인지하면 외교부에 출국 금지를 요청할 수도 있습니다. 그러니까 공항에 도착하면 가능한 한 빨리 출국심사대를 넘어가야 합니다. 아시겠습니까?"

정환은 어리둥절한 상태로 고개를 끄덕였다.

"하다가 죽더라도 할 거라고 했죠?"

그제야 이 남자가 지금까지 자신과 연락을 주고받았던 브로커라는 사실을 깨달았다.

"예."

"죽는 게 쉬우신가 보죠?"

남자는 다시 배낭을 당겼다. 정환은 이번에는 순순히 배낭을 넘겨주었다. 남자는 실내등을 켜고 배낭 속의 약상자 이름을 하나씩 확인하며 조수석에 있는 쇼핑백에 옮겨 담았다. 전부 다 옮긴 뒤 남자는 배낭을 돌려주며 말했다.

"일을 잘하셨네요."

정환은 머뭇거리다가 대답했다.

"감사합니다."

남자는 지갑에서 지폐를 꺼내 정환에게 주었다.

"비행기 기다리면서 뭐 좀 사드십시오."

정환은 지폐를 받아서 슬쩍 살펴보았다. 미화 100달러짜리 두 장이었다.

"이제 주무세요."

남자는 실내등을 끄고 곧바로 차를 출발시켰다. 고속도로에 들어선 뒤에는 단속카메라를 피하며 상당히 과속해서 달렸지만 정환은 그 사실을 몰랐다. 차가 출발하고 5분도 지나지 않아서 깊이 잠들었기 때문이었다.

새벽 3시. 정환은 인천국제공항 제1여객터미널의 출발 층인 고가도로 3층에서 벌벌 떨며 서 있었다. 자다가 갑자기 깨워져 차에서 내린 뒤 여기가 어딘지 깨닫는 데만도 한참이 걸렸다. 그를 데려온 남자는 어느새 떠나버렸다. 작별 인사라도 했는지, 다른 지시 사항이 있었는지는 전혀 기억이 나지 않았다.

"이정환 할아버지 맞으시죠?"

정환은 흠칫 놀라며 돌아보았다. 젊은 여자가 그를 향해 뛰어왔다.

"예. 맞아요."

"반갑습니다. 이미내입니다."

미내는 허리를 90도로 숙이며 인사했다. 조금 떨어진 곳에서 곰같이 커다란 남자가 묵직한 캠코더를 눈에 댄 채 천천히 다가왔다.

"야, 인사부터 해."

미내가 남자를 돌아보며 말했다. 남자는 캠코더에서 눈을 떼지 않고 중얼거렸다.

"정균철입니다."

"카메라 내려놓고 제대로 인사해!"

"아깐 하나도 놓치지 말고 다 찍으라며!"

"그래도 인사는 해야지."

균철은 못마땅한 표정으로 구시렁거리며 다가왔다. 정환이 악수를 하기 위해 손을 내밀자 균철이 마주 잡고 근엄한 표정을 지었다.

"웰컴 투 더 리얼 월드."

미내가 낄낄거리며 웃었다. 뭐래는 거야.

정환은 오래전 영화 〈매트릭스〉의 팬이었기 때문에 그 대사를 잘 알고 있었다. 그리고 공항 건물에 발을 들이자, 정말로 자신이 실제 세계로 들어가 어리둥절한 네오 같다는 생각이 들었다. 알록달록한 옷차림새도, 늙은이가 거의 보이지 않는 것도, 아이들이 여기저기서 뛰는 것도, 모두가 바쁘게 움직이는 것도 낯설고 부산하게 느껴졌다.

"일단 게이트로 가서 기다리죠."

정환은 미내에게서 받은 여권과 항공권을 들고 두 사람을 따라 줄을 서서 이동했다. 보안 검색대가 보일 때까지 별생각이 없다가, 배낭을 벗어서 컨베이어 벨트에 올리는 순간 허벅지 주머니에 들어 있는 대빵에 생각이 미쳐 숨이 턱 막혔다.

"왜 그러세요?"

뒤에 서 있던 균철이 물었다. 정환은 바로 곁에 있는 보안요원을 의식하며 고개를 저었다. 보안요원은 금속탐지기 문으로 정환을 통과시킨 뒤 경보음이 울리자 옆으로 데려갔다.

"팔 드세요."

휴대용 금속탐지기가 요상한 소리를 내며 몸을 훑는 사이 정환의 심장박동이 미친 듯 빨라졌다. 괜찮겠지. 금속이 들어 있는 건 아니니까.

휴대용 금속탐지기가 오르락내리락하다가 정환의 불룩한 허벅지에 걸렸다.

"뭡니까? 꺼내보세요."

정환은 덜덜 떨리는 손으로 천천히 허벅지 주머니에서 지퍼백을 꺼냈다. 세 개의 빵이 다 모습을 드러내기도 전에 보안요원이 그를 살짝 옆으로 밀었다.

"됐습니다. 다음 이쪽으로 오세요."

정환은 속으로 깊은 안도의 한숨을 내쉬며 배낭을 집어 들고 사람들을 따라 걸었다. 곧바로 출국심사대 앞에 늘어선 긴 줄이 눈에 들어왔다. 수백 명의 사람이 있는 데도 자신 또래나 그 윗줄로 보이는 노인은 거의 없었다. 브로커는 출국심사에 걸릴 확률이 거의 없는 것처럼 말했지만 이렇게 노인이 드물다면 심사관이 자신에게 좀 더 주의를 기울일 것 같았다.

마침내 차례가 오자 정환은 유리 박스 앞으로 가서 꽤 나이가 있는 심사관 앞에 섰다. 시선을 피하면 오히려 더 의심받을까 봐

심사관의 희끗희끗한 머리에 눈길을 두었다. 심사관이 정환의 얼굴과 여권을 반복해서 확인하자 가슴이 철렁 내려앉았다. 보안요원들이 어디선가 호루라기를 불며 달려올 것 같았다.

"무사히 다녀오십시오."

앞 사람들에게는 말 한마디 건네지 않았던 심사관이 살짝 웃으며 여권을 건넸다. 정환은 꾸벅 인사를 한 뒤에 그를 향해 손짓하는 미내와 균철을 향해 걸었다. 다리 힘이 다 빠져 공중을 걷는 듯한 기분이었다.

면세점에서 산 음료수를 마시고 잠시 한숨을 돌리는데 미내가 다가와 정환의 옆에 앉았다.

"그럼, 폭로할 준비 되셨나요?"

"예?"

"일단 말씀 놓으세요. 제가 할아버지라고 부르는 거 괜찮으시죠?"

"그럼요."

"그럼요가 아니라 그래."

"그래. 그런데 아까부터 저 카메라는 좀… 안 찍으면 좋겠는데."

정환은 그를 찍고 있는 균철을 가리켰다. 미내는 의아한 표정을 지었다.

"그럼 촬영은 언제 해요?"

"무슨 촬영?"

"저희 다큐멘터리 찍잖아요. 마이홈타운 최초의 탈주자가 밝히는 현대판 고려장의 실태. 나중에 두 시간짜리 포맷으로 편집할 건데."

정환은 미내의 말을 이해하지 못해 눈만 끔벅거렸다. 미내도 같은 표정으로 마주 보았다.

"그럼 튀르키예는 왜 가시는 거예요? 도망가시는 거 아니에요?"

"도망가다니. 아니야."

정환은 손을 저으며 다급히 말했다.

"아무래도 그 사람이 얘기를 빠뜨린 모양인데, 난 다큐멘터리 촬영 얘기는 전혀 못 들었어."

"아이 씨. 그 새끼 어쩐지 사기꾼 같더라니."

균철이 거칠게 내뱉으며 캠코더를 내렸다. 미내가 날카롭게 말했다.

"촬영은 멈추지 마!"

균철은 미내를 한 번 노려보고는 다시 카메라를 들었다. 미내가 차분한 표정으로 말했다.

"튀르키예에 왜 가시는 건지 말씀 중이셨어요."

정환은 잠시 입을 다물고 있다가 시계를 보았다. 아직 게이트가 열릴 때까지는 30분 이상 남아 있었다.

"아내의 산소가 튀르키예에 있어."

정환은 자초지종을 털어놓았다. 이야기를 하는 동안 미내는 자연스럽게 질문을 꺼내거나 말의 방향을 트는 식으로 정환이 정보를 하나도 빠뜨리지 않도록 도와주었다. 어느 순간 정환은 미내가 굉장히 유능한 인터뷰어라는 것을 깨달았다.

"아무튼 난 다큐 같은 건 못 찍어. 지금 그럴 마음의 여유도 없고. 미안해요."

미내는 잠시 생각하다가 말했다.

"튀르키예에서 온 이메일을 좀 볼 수 있을까요?"

정환은 배낭을 열고 A4 프린트물 몇 장을 꺼냈다. 미내는 빠르게 읽더니 균철에게 내밀었다. 균철은 캠코더로 프린트물을 한 장씩 찍었다.

"마지막 이메일로 봐서는 그쪽 상황이 어떤지 전혀 알 수가 없군요."

"그래. 그 뒤로는 메일을 보내도 답장이 없었어."

"잠깐만요."

미내가 일어서서 균철을 데리고 조금 떨어진 곳으로 갔다. 둘이 뭔가 열심히 이야기를 나누는 것을 보고 정환은 흩어진 프린트물을 정리해 다시 가방에 넣었다. 두 사람이 돌아와서 정환 앞에 섰다.

"할아버지. 저희 이 프로젝트 기획한 지 1년이 넘어요. 그동안 마이홈타운 내부자를 섭외하려고 갖은 애를 쓰다가 마침 나오려는 사람이 있다는 얘기를 듣고 이렇게 오게 된 거예요. 소개해준 사람 말로는 할아버지가 국내에 있으면 사법처리 대상이 되기 때문에 튀르키예로 가는 거라고 했어요. 다큐를 찍고 싶으면 할아버지 항공권하고 사오일 간의 체재비는 우리가 부담해야 된다고 해서…. 저희는 월세 보증금 빼서 여기 온 거예요."

정환은 말문이 막혔다. 미내는 갑자기 훌쩍거리기 시작했다.

"울지 마. 우리 잘못한 거 없어."

균철이 나직이 중얼거렸다. 그의 얼굴도 형편없이 일그러져 있었다.

"할아버지가 도와주지 않으면 저희는…."

미내는 말을 맺지 못하고 흐느꼈다. 정환은 그 모습을 보고 있자 숨이 막혀오는 것 같았다.

"저기…. 난 아내 무덤만 이장하면 돼. 그것만 할 수 있다면 사실 다른 건 문제가 아니야."

"그게 정말이에요?"

미내의 얼굴이 확 펴졌다.

"정말이지. 다만 내가 다큐멘터리에 출연할 자격이 없는 사람이니까 그렇지."

"그건 걱정하지 마세요. 제가 그렇게 만들어드릴 테니까."

미내는 소매로 콧물을 닦으며 벌떡 일어섰다.

"다 찍었지?"

"응."

어느새 미니 삼각대에 세워둔 캠코더를 확인하며 균철이 대답했다. 정환이 멍한 표정으로 두 사람을 보는 동안 게이트가 열렸다는 방송이 흘러나왔다.

그들이 구입한 티켓은 홍콩을 경유해서 이스탄불로 가는 항공편이었다. 홍콩에 도착해서 공항 대기실 의자에 앉아 있는 동안 균철은 카메라에 삼각대를 끼워 세웠다. 미내는 화장을 고쳐서 말끔한 얼굴로 정환 옆에 앉았다.

"피곤해 보이시네요."

"나이가 있어서 어쩔 수 없지만, 지금 마음은 너무 좋아."

"마이홈타운에서 나오셔서 그런 거죠?"

그게 이유는 아니지만 결과적으로는 그런 셈이라 정환은 고개를 끄덕였다.

"마이홈타운에서의 3년을 한마디로 정의한다면 어떻게 말씀하실 수 있을까요?"

어려운 질문이네. 정환은 잠시 생각했다.

"마이홈타운."

"네. 마이홈타운이요."

"아니, 그게 내 대답이라고. 마이 홈타운."

미내가 마뜩잖은 표정으로 정환을 쳐다보았다.

"난 정말 죽기 전에 돌아간 고향 같다고 느꼈어. 모두가 아는 사람처럼 지내고 젊은이들이 내 안부에 그렇게 관심이 있는 곳을 어디 가서 찾을 수 있겠어? 세상에 없는 곳을 사람의 힘으로 만든 게 마이홈타운이야."

"감탄스럽네요. 아주 단단히 세뇌가 되셨어요."

정환은 당황한 표정으로 고개를 들었다. 미내는 빈정거리며 웃고 있었다.

"그게 다 마약 때문에 가지게 된 환상인 거 모르시죠?"

정환은 한숨을 쉬었다.

"미내 씨도 그런 말을 하는구만. 거기서 약 처방을 잘 해주는 건 사실이지. 좋은 기분을 유지하는 데 도움을 주는 약도 매일 나오긴 해. 하지만 밖에서 생각하는 것처럼 정신이 나갈 정도로 취해서 사는 건 아니야. 어쩌다 의존 증상이 심해지면 그걸 케어해주는 팀이 따로 있고 애초에 심하게 중독되지 않도록 굉장히 조심한다고 들었어. 지금 날 봐. 내가 무슨 마약 금단 증상에 시달리는 사람 같아 보이나?"

"사실 굉장히 피곤하고 초조해 보여요."

정환은 불쑥 짜증이 났다.

"지난 열두 시간 동안 걷고, 배 타고, 차 타고, 비행기까지 탔는데, 그럼 내가 어떻게 보여야 되나?"

미내는 됐다는 듯 손을 흔들었다.

"저희가 입수한 자료가 있어요. 3년 동안 마이홈타운 내에서 교육이라는 이름으로 벌어지는 활동이 다 자발적 죽음을 유도하는…."

정환은 고개를 저으며 이참에 확실하게 해둘 셈으로 단호하게 말했다.

"맞아. 마이홈타운에서 늙은이들은 다 중독됐어. 뭐에 중독되었는지 알아? 친절이야. 직원들도 친절했고 우리끼리도 친절했어. 밖에 나오니까 더 잘 알겠어. 늙은이들한테 그보다 더 좋은 약은 없는 거야."

"그렇죠. 친절하게 대해주다가 죽이는 거죠. 죽일 거니까 친절하게 대해주는 거고."

죽인다는 표현에 정환은 살짝 소름이 돋았다.

"어쩌라는 건지 모르겠구만. 난 얘기 다 했어. 마이홈타운은 좋은 곳이야."

미내는 정환을 빤히 쳐다보다가 한숨을 쉬더니 갑자기 얼굴을 두 손에 묻었다.

균철이 코웃음을 쳤다. 정환은 자기한테 그런 건가 싶어서 쳐다보았지만, 균철은 고개 숙인 미내를 보고 있었다.

"어떡하냐?"

균철이 미내에게 물었다.

"생각 좀 하게 놔둬."

"이럴 거라고 내가 말했잖아."

"시끄러워."

"대본 만들자니까?"

"다큐에 무슨 대본이야. 말 같잖은 소리 좀 하지 마!"

미내는 벌떡 일어나서 빠른 걸음으로 멀어졌다. 균철은 혼잣말로 욕설을 중얼거리다가 카메라와 삼각대를 챙겨 들고 터벅터벅 따라갔다.

정환은 그들의 뒷모습을 멍하니 보다가 한숨을 쉬었다. 이제 남은 문제는 아내의 묘를 이장하는 것뿐인 줄 알았는데 아무래도 그게 아닌 모양이었다.

이스탄불행 비행기에서 미내와 균철은 뒤쪽에 나란히 붙은 자리에, 정환은 그보다 세 줄 앞에 혼자 앉았다. 좌석에 앉을 때부터 미내와 균철은 냉랭한 표정으로 말 한마디 없더니 비행기가 이륙하고 화장실에 가도 된다는 사인이 뜰 무렵에는 톡톡 쏘는 말로 다투기 시작했다. 주변의 다른 승객들이 힐끔거릴 정도로 목소리가 높아지자 정환은 좌불안석이 되어 잠을 청하기도 어려웠다.

잠시 후 누군가 어깨를 두드려서 돌아보니 균철이 머쓱한 표정으로 서 있었다.

"자리 좀 바꿔줄 수 있으세요?"

정환은 기꺼이 일어나서 균철의 자리로 갔다. 미내는 정환이 옆자리에 앉자 얼른 고개를 돌리고 손으로 눈물을 찍어냈다.

"죄송해요. 저희 한심하게 보였죠. 창피하시죠?"

"아닌 줄 알았나?"

미내가 풋 하고 웃었다. 정환도 슬며시 웃음이 나왔다.

"둘은 만난 지 얼마나 됐어?"

미내가 티슈를 꺼내 코를 풀더니 후 하고 한숨을 쉬었다.

"8년이요."

"그렇게나 됐어?"

"대학에서 다큐를 찍다가 사귀었어요. 연애하기 전부터 동지애 같은 게 있었어요. 다큐로 돈 벌기는 어렵지만 이걸 사명이라고 생각하고 죽을 때까지 같이 찍자, 그런 얘기를 많이 했어요. 열심히 하다 보니 상도 몇 개 받았죠."

정환은 고개를 끄덕였다.

"그런데 얼마 전부터 균철이가 좀 달라졌어요. 다큐가 자기랑 안 맞는다는 생각을 하는 게 눈에 보이더라고요. 상업 영화 하는 선배들 만나러 다니더니 몇 달 전에는 OTT용 미니시리즈를 찍재요. 직접 대본도 썼다길래 보니까 이삼년 전부터 준비를 해왔더라고요. 전 너무 어이가 없어서…. 그때는 우리가 만드는 것마다 평가가 나빠서 제가 감이 떨어졌다고 생각했는데, 알고 보니 저게 정신을 딴 데다 팔고 있었던 거예요."

어쩌다 보니 자리에 없는 사람 뒷담화를 하는 느낌이 들었지만 정환은 꾹 참고 들었다.

"아까 말했던 월세 보증금 뺐다는 거, 사실 드라마 준비하느라 그랬던 거예요. 내가 그러자고 했거든요. 안 그러면 균철이가 너무 실망할 것 같아서. 그런데 취재할 사람이 없어서 미뤄놓았던 마이홈타운 기획이 극적으로 되살아난 거예요. 그랬는데…."

정환은 미내가 할 말을 짐작했다.

"나 때문에 이도 저도 다 틀려버렸군."

"아니에요. 어쨌든 계속 찍어야죠. 다 틀린 건 균철이와 제 사이예요. 균철이도 그렇게 생각할 텐데 누가 먼저 말하나 서로 버티고 있는 거죠."

정환은 속으로 한숨을 쉬었다. 그렇게 꽁하느라 좋은 시간 낭비하지 않았으면 싶었지만 몰라서 그러겠나 하는 생각이 들었다.

"할머니는 좋겠네요. 할아버지는 그렇게 좋아하는 마이홈타운까지 포기하고 나와서 이 고생을 하는 거잖아요. 균철이는 죽었다 깨어나도 이런 건 못 할 걸요?"

정환은 고개를 가로저으며 말했다.

"아니야."

"진짜예요. 쟤는 할아버지가 이러는 것도 이해 못 해요."

"그게 아니라, 내가 마이홈타운의 모든 걸 다 좋아하는 건 아냐."

"뭐가 마음에 안 드는데요?"

정환은 잠시 고민하다가 눈살을 찌푸렸다.

"생각이 좀 정리되면 나중에 얘기하지 뭐."

미내가 피식 웃었다.

"다큐를 좀 아시네요."

정환은 무슨 뜻이냐고 묻는 표정으로 미내를 쳐다보았다.

"원래 그렇게 하는 거예요."

이스탄불에 도착했을 때는 다시 밤이었다. 미내와 균철은 좀 더 싸고 괜찮은 숙소를 찾아 거리 여기저기를 돌아다녔다. 정환은 아무 데나 들어가서 눕고 싶은 생각뿐이었지만 돈 한 푼 없이 의지하는 처지라 불평할 수도 없었다. 마침내 숙소를 찾아 침대에 누웠을 때, 정환은 추억에 젖거나 내일 일을 걱정할 새도 없이 곧바로 잠에 빠졌다.

다음 날 아침 세 사람은 정환이 가지고 있는 부동산 사무실의 주소로 트램과 버스를 갈아타며 이동했다. 주변이 거의 변하지 않아서 정환은 4년 전의 기억을 더듬어 어렵지 않게 부동산 사무실을 찾을 수 있었다. 안에 들어가자 두 명의 직원이 세 명의 한국인을 보고 놀라 벌떡 일어났다.

"케렘 데니즈?"

정환은 무턱대고 이름을 댔다. 4년 전에 명의를 빌려 묘지를 구입했던 부동산 사무실의 직원이었다. 공동묘지 사무소에서는 명의자 본인이 없으면 이장 절차가 진행될 수 없다고 했다.

직원들은 서로를 쳐다보더니 고개를 저었다. 정환이 자초지종을 설명하려고 더듬더듬 영어 단어들을 나열하는데 미내가 끼어들어서 유창한 영어로 대신 물었다. 그런 직원은 없고, 전에도 그런 직원이 있다는 건 들어보지 못했다는 답이 돌아왔다.

"어떻게 된 거죠?"

미내가 정환을 돌아보았다.

"그럴 리가 없어. 이 사무실에서 만났었는데?"

미내가 다시 묻자 직원 중 하나가 자신은 6년째 일하고 있는데 케렘 데니즈라는 직원은 분명히 없었다고 대답했다.

"케렘 데니즈가 스스로 여기 직원이라고 했냐고 묻는데요?"

"그랬으니까 여기에 왔겠지. 바로 저 소파에서 같이 짜이를 마시면서 서류를 만들었어."

미내가 잠시 직원과 대화를 나누었다. 정환이 말한 소파를 가리키며 설명하자 직원이 고개를 저으며 한참 뭔가를 말했다.

"직원은 아니지만 여기 일을 돕는 사람들이 몇 명 있대요. 고객을 찾아서 이 사무실로 데려오는 일종의 호객꾼 같은 건가 봐요. 그런 사람들은 수시로 바뀌어서 누가 누군지 모른대요."

결국 부동산 사무소에서는 할 수 있는 일이 아무것도 없었다. 다시 거리로 나오며 정환은 희미한 현기증을 느꼈다.

"이 다음 계획은 뭐죠?"

미내가 묻자 정환은 고개를 저었다.

"없어."

"없다고요?"

두 사람의 얼굴에 떠오른 황당하다는 표정을 보자 정환은 뱃속이 싸늘해졌다. 이 사무실까지만 오면 일이 다 해결될 거라고 믿다니 얼마나 섣부른 착각인가. 나이가 들어서 판단력이 흐려졌을까? 자신이 너무 못나고 무기력하게 느껴졌다.

눈에 뭔가가 걸려서 옆을 돌아보니 균철이 좋은 각도로 그를 찍기 위해 이리저리 자리를 옮기고 있었고, 미내는 균철이 길바닥에 쭈그려 앉으면 얼른 그 뒤로 가서 보행자들에게 일일이 사과를 하는 중이었다. 슬픈 음악이 깔리면서 낙담한 늙은이의 비참한 얼굴이 화면을 가득 채우는 건가? 짜증이 나면서도 두 사람이 안쓰럽다는 생각이 들었다.

"둘은 이제 돌아가."

"예?"

"진지하게 하는 말이야. 한국으로 돌아가."

미내의 얼굴이 굳었다. 균철이 카메라를 들고 천천히 일어섰다.

"여기 있어 봤자 두 사람 돈만 까먹을 뿐이야. 은혜는 내가 죽을 때까지 잊지 않을 거야."

"할아버지는 어쩌시려고요?"

"달얀으로 가서 어떻게든 해봐야지. 나도 우리나라에 지인들이 있으니까 돌아갈 항공편은 어떻게든 변통할 수 있어."

"말도 안 되는 소리 하지 마세요. 우리가 어떻게 할아버지를 두고 가요?"

미내가 억지웃음을 지었다.

"나한테는 이제 더 이상 건질 게 없잖아. 사람 그만 무안하게 하고 제발 좀 가."

"왜 없어요? 이역만리 타국에 있는 아내의 무덤에 가는 남편이잖아요. 둘이 얼마나 사랑했으면 그러겠어요? 사랑 얘기는 장르 불문하고 통한다고요."

정환은 땅이 꺼져라 한숨을 쉬었다.

"이거 다 쇼야."

"네?"

미내가 눈을 휘둥그레 떴다. 정환은 길 건너편 이슬람 사원의 첨탑으로 눈을 돌렸다.

"살아 있을 때 아내한테 잘 못 했어. 다정하게 대해주는 건 둘째치고 같이 있는 것도 힘들어했는데 그게 무슨 사랑이야? 내가 이 법석을 떠는 건 그냥 바보가 한풀이하는 거야."

미내가 어쩔 줄 모르는 표정으로 균철을 돌아보았다. 균철은 미내에게 카메라를 넘기더니 정환에게 바짝 다가갔다. 정환은 자신보다 머리 하나는 더 큰 균철 앞에서 저도 모르게 움츠러들었다. 균철은 정환의 손목을 확 움켜쥐고 앞으로 걷기 시작했다.

"뭐 하는 거야?"

"이스탄불 버스터미널 가요. 달얀행 버스 타야죠."

정환은 팔을 당기며 저항해봤지만 균철은 그를 가볍게 끌며 휘적휘적 걸었다.

"왜 이렇게 말귀를 못 알아들어? "

"알아들었어요. 사랑 아니다. 바보가 하는 한풀이다. 근데 선생님, 사람들이 사랑 얘기 다음으로 좋아하는 게 뭔지 아세요?"

정환이 뚱한 표정으로 쳐다보자 균철이 대답했다.

"바보 얘기예요."

정환은 말문이 막혀 균철이 이끄는 대로 순순히 끌려갔다. 마이홈타운 직원들의 부드럽고 섬세한 손길에 익숙한 그에게 균철의 손은 너무 투박하고 강했지만 어쩐지 불쾌하게 느껴지지가 않았다. 부끄럽지만 이 힘에 무턱대고 의지하고 싶은 마음까지 들었다.

문득 뒤를 돌아보자 미내가 한 장면이라도 놓칠세라 열심히 찍으며 따라오고 있었다. 정환은 헛웃음을 지으며 고개를 저었다.

이스탄불에서 달얀으로 가기 위해서는 직행버스로 열세 시간이 소요되는 쾨이제이즈까지 간 다음 택시를 타고 달얀으로 들어가야 했다. 정환은 잠이나 실컷 자자고 생각하며 버스에 올랐지만 두 시간 푹 자고 나자 더 이상 잠이 오지 않았다. 해가 진 뒤로 창밖은 아무것도 보이지 않는 암흑이었고 툭하면 비포장인 도로 때문에 끊임없이 불쾌한 충격에 시달렸다. 허리와 무릎이 쑤셔오는 것도 참기 힘들었고 차에 탈 때부터 시작된 두통이 이제는 머리가 깨질 것처럼 아팠다. 손목시계를 본 정환은 아직 아홉 시간이나 남은 것을 보고 절망적인 기분을 느꼈다.

"선생님, 옆자리에 앉아도 될까요? 얘 땜에 다리가 저려서 죽을 거 같아요."

가는 내내 한마디 없던 균철이 통로 너머에서 물었다. 미내가 균철의 무릎 위에 대자로 누워서 자고 있었다.

"그래. 이리 와."

정환은 배낭을 바닥에 놓고 자리를 만들어주었다. 커다란 균철이 그의 옆에 앉으며 정환의 몸을 옆으로 꾸욱 눌렀다.

"아까는 죄송했습니다."

"죄송하긴 무슨. 내가 미안해서 그러지."

딱히 더 할 말이 없어서 정환은 창밖으로 시선을 돌렸다. 하늘과 땅만 간신히 구분할 수 있는, 힘없는 노인의 미래 같은 암담한 풍경이 있었다.

"그런데 어쩌다가 튀르키예에 묘지를 만드시게 된 거예요?"

균철의 물음에 정환은 살짝 웃다가 길게 한숨을 쉬었다.

"청개구리 얘기 알지? 엄마 말 안 듣는 청개구리 있잖아."

"아아, 알죠."

"내가 하도 말을 안 들어서 아내가 나한테 청개구리 남편이라고 했어. 나가서 영화 보자고 하면 집에서 TV로 보자고 하고, 유원지 놀러 가자고 하면 동네 공원이나 갔으니까. 그런데 아내가 일을 그만둘 무렵에 나도 장기 휴가를 받아서 둘이 큰맘 먹고 튀르키예로 여행을 오게 된 거야. 아내가 중간에 들렀던 달얀을 아주 맘에 들어 했는데 거기서 그랬지. 나 죽으면 여기 묻어달라고. 내가 말이 되는 소리를 하라고 하니까, 아내가 웃으면서 어차피 청개구리 남편이라 안 들어줄 거 알고 하는 소리래."

정환은 그때를 회상하면서 잠시 말을 멈췄다.

"청개구리는 엄마의 마지막 소원을 들어주고 싶어서 강가에 무덤을 만들었지. 그리고 비 올 때마다 무덤이 걱정돼서 그렇게 울었어. 근데 내가 지금 그 꼴이 될 줄 누가 알았겠나."

"아…. 근데 선생님 지금 더우세요?"

"왜?"

"선생님 몸이 엄청 뜨거운데요?"

정환은 아까부터 추웠기 때문에 균철이 왜 그런 말을 하는지 알 수가 없었다.

"잠깐 실례합니다."

균철이 손을 뻗어 정환의 이마를 짚었다. 균철의 손이 너무 차가워서 정환은 움찔했다.

"큰일 났네."

균철이 급히 일어나서 미내를 깨웠다. 미내가 짜증을 내며 잠에서 깼고, 둘이 해열제를 찾느라 부산을 떠는 동안 정환은 갑자기 의식이 희미해졌다. 눈을 감고 머리를 뒤로 기대어서 곧 잠과 기절 사이의 어느 상태로 빠져들었다. 중간에 몇 번 눈을 뜨긴 했는데 그사이에 본 것이 현실인지 꿈인지 분간할 수가 없었다. 미내가 버스 기사와 고래고래 소리를 질러가며 싸웠고, 균철이 그를 업고 병원인지 약국인지로 데려갔고, 누군가가 얼음주머니로 얼굴을 문질렀다. 아무튼 정환은 도중에 몇 번쯤 아주 생생한 아내의 꿈을 꾸었다. 그 때문에 아픈 게 그다지 억울하게 느껴지지 않았다.

"야, 그럼 그거 찍었어?"

"아니."

"너 미쳤어? 왜 찍지도 않고 그런 중요한 얘기를 해!"

"버스 안에 조명이 안 좋았잖아. 그래도 녹음은 했어."

"아, 우리 곰돌이 잘했어요."

이어서 쪽 하고 뽀뽀하는 소리가 났다.

이것도 꿈인가? 정환은 천천히 눈을 떴다. 창으로 들어온 비스듬한 햇살이 누워 있는 그의 발을 따뜻하게 데우고 있었다.

"어, 할아버지 눈 떴다!"

정환은 몸을 일으키다가 스스로도 깜짝 놀랄 정도로 힘이 없어서 다시 누웠다. 미내와 균철이 한꺼번에 그의 시야에 들어왔다. 두 사람에게 말을 했지만 목을 긁는 쉰 소리만 입안에서 굴렀다.

"가만 누워 계세요. 아직 일어나시면 안 돼요."

"여기 어디야?"

이번에는 간신히 입 밖으로 말을 뱉었다.

"달얀이요."

미내가 울 듯한 표정을 지으며 그의 팔을 잡았다.

"저희 할아버지 돌아가시는 줄 알았잖아요."

"내가 얼마나 이러고 있었던 거야?"

"이틀이요."

균철이 대답했다.

"버스에서 내린 뒤로 이틀."

정환은 덜컥 걱정부터 들었다. 체재비를 이틀 치나 허투루 날렸구나. 한숨을 쉬며 천장을 잠시 보다가 중얼거렸다.

"배고파."

잠시 후 미내가 에크멕 빵과 렌즈콩이 들어 있는 걸쭉한 수프를 가져왔다. 정환은 예전부터 튀르키예 음식이 입맛에 잘 안 맞았지만, 냄새가 코끝을 스치자 엄청나게 식욕이 솟았다. 그는 사람 팔뚝만 한 빵 반쪽과 수프를 먹고 다시 누웠다. 반나절쯤 지나서야 혼자 걸을 만큼 기운을 낼 수가 있었다.

정환은 창가로 가서 밖을 내다보았다. 그들이 있는 방은 2층이었고 그림같이 예쁜 펜션의 전경이 내다보였다. 정환은 정면의 노란색 벽을 타고 올라간 장미 덩굴과 탐스러운 장미꽃들을 보는 순간 깜짝 놀라 신음 소리를 냈다. 그를 주시하고 있던 미내와 균철이 이내 달려왔다.

"왜 그러세요?"

"알고 온 거야?"

"예?"

"여기…."

정환은 갑작스레 북받친 감정에 말을 이을 수가 없었다.

"아내랑 왔던 펜션이야. 달안에 있는 사흘 동안 여기에서 묵었어. 그때도 저렇게 장미가 흐드러지게 피어 있었어."

"대애애박."

미내가 중얼거렸다.

균철은 아무 말이 없었다. 흥분한 얼굴로 두 사람을 번갈아 보던 정환은 이상한 낌새를 느꼈다.

"무슨 일 있어?"

미내와 균철은 대답하지 않고 서로를 쳐다보았다. 결국 균철이 총대를 멘 듯 한숨을 쉬었다.

"선생님 주무시는 사이에 저희가 좀 알아봤어요. 묘지에 대해서."

정환은 뚫어지게 균철을 쳐다보았다.

"좀 늦었나 봐요. 이제 아무것도 없어요. 이미 터파기 공사를 시작했고, 거기 전체가 그냥 빈 땅이에요."

정환의 눈길이 균철의 얼굴 위를 헤매다 다시 창밖으로 향했다.

"그렇구만."

미내가 다가와서 정환의 어깨 위에 손을 올렸다. 정환은 두 사람을 향해 고개를 돌렸다.

"미안하지만 나 거기 좀 데려다줄 수 있나? 그래도 눈으로 봐야 될 것 같아."

"그럼요, 할아버지. 같이 가요."

희미하게 기억이 떠올랐다. 묘를 만들었던 4년 전이 아니라 아내와 달안에 왔던 40년 전의 기억이었다. 펜션에서 나와 목화꽃이 잔뜩 핀 들판길을 잠시 걷다보면 달얀강이 나타났다. 관광객용 식당과 카페와 기념품 가게가 늘어선 강변도로 끝에는 선착장이 있었는데 돈 많은 단체관광객들이 유람선을 타는 곳이었다. 그 선착장 뒤에는 십 대 소년들이 노를 젓는 나룻배가 강 건너편의 유적지로 가는 여행자들을 기다리고 있었다.

세 사람은 배 하나를 빌려서 탔다. 배를 가로지른 널빤지 위에 걸터앉아야 했는데, 미내는 정환이 강물에 떨어질까 봐 걱정이 되는 듯 나란히 앉아서 팔을 꽉 붙들었다. 정환은 돌아보지 않아도 균철이 뒤에서 그들을 찍고 있다는 걸 알 수 있었다. 노를 젓는 소년이 경쾌하게 배를 몰아 순식간에 건너편에 도착했다.

균철의 말은 사실 그대로였다. 정환의 기억 속에서 산비탈에 넓게 자리 잡고 있던 아름다운 묘지는 흔적조차 보이지 않았고 두 개의 단으로 나뉜 거대한 흙 언덕만 그 자리에 있었다. 함석 울타리가 가로막아 안쪽으로 들어갈 수도 없었는데, 울타리의 갈라진 틈으로 들여다보니 버려진 돌 구조물과 묘석들이 한쪽 구석에 잔뜩 쌓여 있었다.

잠시 후 정환은 말 한마디 없이 돌아섰다. 미내와 균철이 화들짝 놀라 그의 뒤를 따랐고 갈대를 흔들며 발로 물장구를 치고 있던 소년이 웃는 얼굴로 그들을 맞았다. 지는 해를 받으며 돌아오는 길 내내 정환은 묵묵히 입을 다물고 있었다. 펜션으로 돌아가는 도중 마을이 나타나자 정환은 발길을 멈췄다.

"먼저들 들어가. 난 좀 혼자 걷고 싶어."

"할아버지."

미내가 간청하는 표정으로 그를 쳐다보았다. 정환은 살짝 미소를 지었다.

"걱정 안 해도 돼. 촬영은 미안하지만 잠깐 멈춰줬으면 좋겠어."

균철이 카메라에서 눈을 뗐다.

"혼자 정말 괜찮으시겠어요?"

"이 사람들아, 튀르키예는 내가 더 잘 알아. 괜찮아."

미내와 균철은 눈길을 주고받더니 정환을 두고 떠났다. 정환은 둘이 완전히 보이지 않게 된 뒤에 천천히 걷다가 강을 향해 있는 벤치가 보이자 가서 앉았다. 30분 넘게 돌덩어리처럼 앉아 있다 보니 날이 어두워지기 시작했다.

정환은 일어나서 마을의 상가 거리로 향했다. 잡화점과 술 파는 가게와 과일 파는 가게가 전부였지만 정환이 필요로 하는 것은 다 있었다. 정환은 브로커에게 받은 2백 달러로 맥주와 감자칩과 설탕에 절인 대추야자와 향긋한 노란색 서양배를 잔뜩 산 다음 잡화점에서 마지막 물건을 사고 펜션으로 돌아갔다.

미내와 균철은 정환이 두 손 가득 사 들고 온 것을 보고 환호성을 질렀다. 그들은 나가서 저녁을 사 먹으려는 계획을 취소하고, 즉각 침대 한 가운데에 먹을 것들을 펼쳐서 맥주 파티를 시작했다. 눈치를 보며 조심스러워하던 두 사람은 정환이 마음을 돌렸다고 짐작했는지 차차 기분을 풀었다. 정환은 맥주를 한 모금 마신 뒤 침대에 걸터앉아 방 여기저기를 찬찬히 훑어보았다.

"이 방이 확실해."

"네?"

"아내와 묵었던 방이 여기였어. 올라오면서 계단을 보니까 알겠어."

"정말 이건 운명인가 봐요. 저희는 그냥 택시에서 내린 뒤에 제일 가까운 펜션으로 왔을 뿐이거든요."

정환은 손에 든 에페스 맥주캔에 의미 없는 시선을 두었다. 그렇게나 오래 지난 일인데도 말을 꺼내려니 목구멍에 돌이 걸린 듯한 느낌이 들었다.

"우리가 자식이 없었다고 얘기했었지?"

"네."

"사실 있었어. 임신 6개월째에 죽었지."

미내와 균철은 미소를 지우고 입을 다물었다. 정환은 한참 뜸을 들이다가 천천히 말을 이었다.

"그전까지는 우리 사이가 나쁘지 않다고 생각했지만 그 뒤로 서서히 냉랭해졌어. 아내가 너무 슬퍼해서 나는 걱정이 많았는데 아내는 내 그런 모습도 못마땅해했지. 수시로 기분이 오락가락하면서 나한테 가시 돋친 말들을 던졌는데, 난 그걸 받아줄 그릇이 못 됐어. 어느 순간부터 서로 말을 안 하는 게 상책이라고 생각했고, 그러다 완전히 습관으로 굳어졌지. 나이가 들면서 습관을 깨는 게 죽기보다 더 힘든 일이 되어버렸어."

정환은 한숨을 쉬었다.

"이 방이야. 임신이 확실해진 다음에 아내가 말했어. 날짜를 세어보면 이 방인 게 틀림없다고. 우리가 사흘간 여기서 묵는 동안 아이가 생겼다고."

미내가 훌쩍이기 시작했다.

"난 아내가 아이를 평생 잊지 못했다는 걸 알아. 그래서 나와의 추억도 있지만 아이를 잊지 못한 아내를 위해서 달안에 묘지를 만들어주고 싶었던 거야."

미내는 콧물을 훔치며 말했다.

"할아버지를 만나서 다행이에요. 제 생각에는 마이홈타운 얘기보다 훨씬 더 좋은 다큐가 될 것 같아요. 사실 마이홈타운 얘기는 제 개인사하고도 엮여서 꼭 하고 싶었는데, 더 적당한 분이 탈출할 때까지 기다려보죠, 뭐."

정환은 고개를 숙이고 중얼거렸다.

"나는 외롭고 비참하게 살면서 속죄하고 후회해야 했는데 그러질 못했어. 마이홈타운이 너무 편안하고 행복해서."

"에이, 그런 소리 마세요."

미내가 코웃음을 쳤다.

"선생님 얘기 들을수록 마이홈타운은 좋은 데 같단 말이야."

균철이 그러자 미내가 정색을 했다.

"다신 그런 소리 하지 마."

균철이 구시렁거리며 고개를 돌렸다. 정환은 몸을 일으켰다.

"자, 그럼 내가 진짜로 할 얘기가 있는데, 그 전에 카메라 좀 꺼주지 않겠나?"

미내와 균철이 움찔했다.

"무슨 카메라요? 카메라 안 켰는데."

"저기 저 작은 놈 있잖아."

정환은 선반 위에 설치된 고프로 카메라를 가리켰다.

"알고 계셨어요?"

균철이 머쓱하게 웃었다.

"자네들은 프로니까."

균철이 카메라를 끄고 돌아왔다. 정환은 허벅지 주머니에 손을 넣어 지퍼백을 꺼냈다.

"이건 대빵이라는 거야. 마이홈타운에서 특별한 날에 조금씩 주는 건데 대마초 성분이 들어 있어."

미내와 균철은 눈이 휘둥그레졌다.

"내키지 않으면 안 먹어도 되지만 하나씩은 괜찮을 거야. 약효가 강한 게 아니니까 별로 달라지는 게 없을지도 몰라."

균철과 미내는 머뭇거리며 하나씩 집어 들더니 살짝 갉아먹었다.

"그냥 호두과자 같은데요?"

미내가 이내 덥석 한 입을 베어 물었다. 균철도 몇 번 나눠 베어 물다가 한꺼번에 입에 넣었다.

정환은 손에 든 대빵을 그대로 내려놓으며 종아리를 걸치고 몸을 침대에 뉘었다. 미내와 균철도 정환을 따라 누워서 천장을 올려다봤다.

"어? 어?"

"킥킥."

"뭔가 나른해."

"난 왜 자꾸 웃음이 나오지?"

"이거 죽인다."

미내와 균철은 연신 환호를 지르며 웃다가, 어느 순간 노래를 부르다가 다시 요란스럽게 웃음을 터뜨렸다. 두 사람의 즐거움에 전염된 정환도 천장을 보며 빙그레 미소를 지었다.

"할아버지 우리 키스해도 돼요?"

정환은 슬쩍 위를 올려다보았다. 침대 끝에 나란히 누워 있는 미내와 균철은 어느새 서로 손을 잡고 있었다.

"그래. 하지만 그 이상은 참아줘."

미내가 키득키득 웃었다. 이내 두 사람이 키스하는 소리가 들렸다. 정환은 기분이 살짝 묘했지만 불쾌하진 않았다. 문득 키스를 하는 두 사람에게서 강렬한 추억이 떠올랐다.

우리도 저들처럼 사랑스러웠을까?

눈앞에 젊은 시절의 아내가, 사랑을 나눌 때의 아내가 떠올랐다. 하지만 그녀의 몸과 표정을 자세히 보고 싶어서 붙들려고 노력하면 움켜쥔 물처럼 스르륵 사라졌다.

난 왜 아내한테 사근사근 대해주지 못했던가? 우리가 나누지 못한 대화는 얼마나 많았을까? 우습지도 않은 자존심을 꺾지 못해 다정하게 보냈을 세월이 사라지고 말았다. 정환은 슬퍼하고 싶었고 회한에 속이 타고 싶었다. 자기가 그렇다고 주변에 말하고 싶었다. 하지만 마이홈타운에서는 언제나 그를 유쾌하게 대했다. 적지 않은 재산을 기부하고 들어온 정환 같은 노인들에게는 항상 경의를 담은 특별한 시선을 보냈다. 존경받는 이정환. 젠틀맨 이정환. 언제나 침착하고 남을 배려하는 이정환. 그런 그가 조금 우울해 보이면 바로 약을 주고 말로 달랬다. 너무나 효과적으로. 죽음 따윈 별거 아닌 듯이.

내가 이젠 하다 하다 마이홈타운 탓을 하고 있구만.

정환은 헛웃음을 삼키며 슬며시 몸을 일으켰다. 방 안은 아까부터 조용했다. 미내와 균철은 손을 꼭 붙든 채 깊이 잠들어 있었다. 대마 성분을 접한 것이 처음일 테니 효과가 확실한 게 당연했다.

정환은 배낭을 뒤져 종이 한 장과 볼펜을 찾아냈다. 그리고 자신의 마이홈타운 탈주에 두 사람이 아무런 관여도 하지 않았음을 증언하는 약식 진술서를 쓰고 서명을 했다. 종이를 접은 다음 균철의 배낭에서 조만간 눈에 뜨일 곳에 집어넣은 뒤, 현관에 두었던 물건을 집어 들고 방을 나섰다. 1층으로 내려간 뒤에는 선착장을 향해 빠르게 걸었다.

한 시간이 지난 후 미내가 먼저 잠에서 깼다. 미내는 화장실에 다녀온 뒤 펜션 이곳저곳을 둘러보다가 균철을 흔들어 깨웠다.

"할아버지가 안 보여."

"산책 나가셨겠지."

균철은 늘어지게 하품을 했다.

"아직 여기 미련이 남으셔서 그런 거야. 너무 걱정하지 마."

미내는 침대에 벌러덩 누웠다.

"할아버지가 대마초 파티를 하자고 할 줄은 몰랐다."

균철이 키득거렸다.

"놀 줄 아는 분이야."

미내는 잠시 천장을 보았다.

"우리 할아버지는 부모님이랑 사이가 안 좋아서 항상 집에서 조용히 사셨는데, 초등학생일 때 어느 날 내가 좋아하는 과자랑 아이스크림을 잔뜩 사 오셔서 둘이 신나게 나눠 먹었어. 그때 그렇게 생각했지. 이렇게 재밌는 할아버지가 왜 평소에는 그렇게 얌전했지? 근데 그다음 날 어떻게 됐는지 알아?"

"말없이 마이홈타운에 들어가셨지. 그리고 넌 거길 증오하게 됐고. 열 번도 더 얘기했잖아."

균철은 몸을 일으켜 현관을 보았다.

"저기 있던 끈도 가지고 나가신 거야?"

"무슨 끈?"

"아까 할아버지가 맥주 사올 때 같이 사 왔던데? 비닐봉지에 들어 있던 끈 묶음."

균철은 이어서 고개를 흔들었다.

"설마 자살하러 나가신 건 아니겠지."

"야, 무슨 그런 말을 하냐?"

미내는 그렇게 말해놓고 균철의 얼굴을 빤히 쳐다봤다. 균철의 입이 벌어졌다.

두 사람은 벌떡 일어나서 재빨리 옷을 갈아입고 펜션을 나섰다. 심장이 두근거리고 식은땀이 났다.

"만약에 그럴 생각이시라면…."

"거기겠지."

둘은 최대한 빨리 달려 선착장으로 갔다. 이미 해가 져서 빈 배들만 있을 뿐 손님을 기다리는 소년들은 보이지 않았다.

"네가 그냥 노를 저으면 안 돼?"

"사슬로 다 묶어놨어."

"아, 미치겠네."

균철이 배를 고정시킨 사슬을 흔들어대자 저 멀리서 소년 하나가 고함을 지르며 달려왔다.

"고! 고!"

미내가 강 건너편을 가리키며 소리를 질렀지만 소년은 고개를 저으며 '노'라는 말만 되풀이했다. 균철이 주머니에서 튀르키예 지폐를 꺼내 흔들어도 소용이 없었다. 미내는 이 와중에도 캠코더를 챙겨 나온 균철의 손에서 캠코더를 빼앗으려 했다.

"야! 뭐 해?"

"재 주게."

"미쳤어? 이건 안 돼!"

"우리가 이러다가 만약에 늦으면…. 너 그 후회 감당할 수 있어?"

균철은 입을 다물었다. 그리고 캠코더에서 메모리 카드를 뺀 뒤에 소년에게 거칠게 내밀었다. 소년은 믿기지 않는 눈으로 보다가, 미내가 캠코더의 LCD 창으로 나룻배를 보여주자 활짝 웃었다.

"갖고 싶으면 빨리 가기나 해!"

균철이 버럭 화를 냈다. 소년은 '오케이'를 외치고 주머니에서 열쇠를 꺼내 사슬에 연결된 자물쇠를 풀었다. 배가 강을 건너는 동안 미내와 균철은 서로 손을 꽉 잡고 시간을 견뎌냈다. 마침내 기슭에 닿아 그들이 배에서 뛰어내리자 소년이 뒤에서 큰 소리로 외쳤다.

"원 아워, 오케이? 저스트 원 아워."

균철이 잔뜩 인상을 구기며 돌아보았다.

"유 고, 유 다이. 오케이? 유 고, 유 다이."

두 사람은 한참을 달려 마침내 공사장에 도달했다. 함석 울타리를 따라서 그들이 낮에 안쪽을 들여다보았던 지점까지 올라갔을 때 미내가 외쳤다.

"저기 봐!"

함석의 틈은 낮과 달리 사람 하나가 들어갈 수 있을 만큼 벌어져 있었다.

두 사람은 거기를 통해 안으로 들어갔다. 광활하게 펼쳐진 토사가 별빛을 빨아들이며 희미하게 반짝였다. 두 사람의 시선이 암울한 풍경 속 어딘가에 있을 정환을 찾아 이리저리 헤맸지만 그의 모습은 보이지 않았다.

“이거 들려?”

균철은 귀에 신경을 집중했다. 어디선가 바람 소리에 섞여 휘파람 소리가 났다. 잠시 듣고 있던 둘은 그게 사람이 흐느끼는 소리라는 것을 깨닫고 고개를 번쩍 들었다. 미내가 먼저 소리가 나는 방향으로 달려갔고 균철이 미내를 금방 앞질렀다.

버려진 묘석이 아무렇게나 쌓여 있는 곳에서, 한 노인이 엎드려 울고 있었다.

두 사람은 그게 정환이라는 것이 확실해지자 천천히 걷기 시작했다. 묘석을 쓰다듬던 정환은 두 사람이 십여 미터 앞까지 다가오자 눈물이 줄줄 흐르는 얼굴을 들었다.

“날 좀 내버려둬.”

“이제 그만 돌아가요, 할아버지. 너무 어두워졌어요. 돌아가는 배도 없이 여기 혼자 계시면 어떡해요.”

“난 아무 데도 안 가.”

“왜요?”

균철이 외쳤다.

정환은 길게 탄식하며 일어섰다. 그의 손에는 검은색 끈 한 타래가 들려 있었다. 미내가 숨을 몰아쉬며 다급히 고개를 저었다.

“할머니 묘 때문에 상심하신 건 알겠어요. 근데 죽을 필요까진 없잖아요.”

정환은 두 사람을 물끄러미 쳐다보았다.

“자네들은 대체 내가 뭣 때문에 이 먼 곳까지 왔다고 생각하나? 난 애초에 여기 죽으러 왔어.”

미내의 어깨가 아래로 축 늘어졌다. 배신감과 분노가 그녀의 얼굴을 스쳤다. 미내가 눈짓을 하자 균철이 곧바로 정환에게 달려들어 팔을 꽉 붙들었다. 정환은 벗어나려고 안간힘을 썼지만 젊고 강한 균철의 손아귀 안에서 아무 소용이 없었다.

내가 어떻게 결심하고 여기까지 왔는데!

갑자기 두 사람을 향해 참을 수 없이 분노가 치밀었다. 정환은 고개를 돌려 균철의 손목을 물어뜯었다.

"악!"

균철이 팔을 부여잡고 뒤로 넘어지자 정환은 비틀거리며 산비탈을 올랐다. 묘석 더미 옆으로 툭 튀어나온 얕은 벼랑 위로 가서 소리쳤다.

"오지 마! 한 발만 이쪽으로 오면 뛰어내릴 거야!"

벼랑의 높이는 기껏해야 3미터 정도였지만 아래에는 부서진 바위들이 뾰족하게 솟아 있었다. 균철은 발을 차마 내딛지 못하고 그 자리에 멈춰 섰다.

"야, 이정환!"

미내가 악을 썼다. 정환은 움찔하며 어둠 속에 우뚝 서 있는 미내를 향해 고개를 돌렸다.

"우리 할아버지도 나한테 상의도 안 하고 가서 죽더니, 당신도 그럴 거야? 난 아직도 그 한을 못 잊고 있는데 또 같은 일을 겪어야 돼?"

미내는 땅에 엎드려서 마치 기도를 올리듯 두 손을 모으고 어깨를 들썩이며 울었다. 잠시 보고 있던 정환은 죽어가는 아내의 병상 앞에서 그렇게 울던 자신이 떠올랐다. 의사로부터 이제 아내가 의식을 찾을 가망이 없다고 듣는 순간, 정환은 자신이 품게 될 회한의 크기를 가늠할 수 있었다.

하지만 그건 내가 치러야 할 죗값이었고, 저 아이는 지금 무슨 죄가 있나……

정환은 잠시 후 벼랑에서 내려왔다. '미안하네'라고 속삭이며 균철을 지나치고 미내에게 다가가 어깨를 두드렸다.

"할아버지, 어떻게 나한테 이럴 수가 있어요?"

"미안해. 돌아가자. 집으로."

그가 미내를 달래는 사이 뒤에서 뭔가가 우지끈 하고 부서지는 소리가 들렸다. 정환이 돌아보니 균철이 굵은 통나무를 지렛대 삼아 묘석 더미를 들추고 있었다. 잠시 후 균철은 50킬로그램이 넘는 묘비를 등에 지고 일어섰다.

"사모님도 같이 가셔야죠."

캠코더를 만지작거리고 있던 소년은 얼굴이 엉망이 된 노인과 여자를 보고 깜짝 놀라 일어섰다. 뒤따라온 남자가 커다란 묘석을 등에 지고 있는 것을 봤을 때는 뱃전에서 비틀거리다 아래로 굴러떨어졌다.

그들이 모두 배에 오르자 소년은 빠르게 노를 저었다. 저녁 내내 관광객들을 유혹했던 마을의 불빛은 모두 꺼져 있었다. 강물의 낮은 물결이 찰박찰박 소리를 내며 뱃전에서 잘게 부서졌다.

"강에 넣는 게 좋겠어."

"네?"

"여기라면 오래 머물 수 있겠지."

균철과 미내가 서로 시선을 주고받았다. 미내가 고개를 끄덕이자 균철이 배의 균형을 무너뜨리지 않도록 조심하며 묘비를 뱃전으로 미끄러뜨렸다.

첨벙!

묘비는 검은 물 아래로 순식간에 사라졌다. 노를 젓던 소년이 깜짝 놀라 자리에서 일어나 두 손을 저으며 튀르키예어로 알 수 없는 말을 외쳤다. 표정을 보니 실수로 묘비가 빠졌다고 생각하는 것 같았다. 미내와 균철이 손을 저으며 아니라고 했지만, 다급한 소년은 곧 물로 뛰어들 기세였다.

"타맘."

정환이 나직이 말했다. 소년은 그를 쳐다보며 눈을 휘둥그레 떴다.

정환은 고개를 끄덕이며 다시 말했다.

"타맘."

소년이 배꼬리에 앉아서 노를 젓기 시작했다. 정환은 속으로 다시 한번 중얼거렸다.

타맘. 괜찮아. 다 끝났어.

인천공항의 수하물 찾는 곳 한쪽 구석에서 그들은 작별 인사를 했다. 정환은 두 사람이 자신과 붙어 있을수록 손해라고, 여기서 헤어져야 한다고 고집을 부렸다.

"어떻게든 연락은 주세요."

미내가 징징 울며 말했다.

"시사회 때 간다니까 그러네."

균철은 갑자기 바닥에 엎드려 정환에게 큰절을 했다.

"아이고, 이 사람이 무슨 짓이야."

"야, 그건 좀 오바다."

"시끄러워."

균철은 머리를 긁으며 머쓱하게 웃었다.

"제가 말주변이 없어서요."

정환은 한숨을 쉬었다. 두 사람을 다시 볼 수 없다는 걸 알았기 때문에 이별이 너무나 가슴 아프게 느껴졌다. 이제는 친손주 같은 두 사람에게 아무것도 줄 게 없는 것이 한스러울 따름이었다. 태곳적부터 내려온 인간의 본능에 따라 정환도 늙은이의 지혜를 나눠주고 싶은 생각이 들었으나 그런 게 자신에게 있는지 알 수가 없었다.

"습관대로 살지 말고, 마음이 하는 말에 귀를 기울여야 돼. 알았지?"

정환은 두 사람에게 손을 흔든 뒤 먼저 입국장을 빠져나왔다.

그 후 몇 달 동안 정환은 벌인 일에 대한 길고 괴로운 뒷마무리를 했다. 집행유예로 풀려났을 때는 열 살은 더 먹은 듯한 기분이 들었다. 마이홈타운 재입소는 당연히 불가능했기 때문에 정환은 서울 종로에 위치한 가난하고 외로운 노인들의 게토에 들어갔다. 이곳에 모여 사는 노인들은 갈 데도 없으면서 종교적인 믿음이나 개인적인 신념 등의 이유로 마이홈타운에 들어가지 않은 사람들이었다. 나라에서는 말 안 듣는 노인들을 위해 최소한의 의식주를 지원해주었다. 이곳의 노인들은 자발적으로 일찍 죽지는 않았지만 돌봄이 없는 환경 때문에 그래도 일찍 죽는 편이었다.

정환은 낯선 환경과 외로움 때문에 힘들어하며 매일매일을 버티는 기분으로 살았다. 게토에 온 지 보름이 지난 어느 날, 정환은 공원 한쪽 구석의 벤치에 앉아 큰 소리로 떠들며 장기를 두는 다른 노인들을 멍하니 쳐다보고 있었다. 튀르키예만큼 선명하진 않았지만, 푸른 하늘 사이로 기분 좋은 햇살이 내리는 한낮이었다.

"못 보던 분이네요?"

지나가던 늙은 여자가 벤치 앞에 섰다. 여자는 폐지와 공병을 실은 작은 카트를 손으로 끌고 있었다.

"온 지 얼마 안 됐습니다."

"있을 만하세요?"

여자는 카트를 벤치 옆에 세우고 정환의 곁에 앉았다. 정환은 그렇다고 대답을 하려다 왠지 가식적으로 말하는 게 우습게 느껴졌다.

"언제 죽을지 모르고 사는 건 참 끔찍하네요."

"너무 걱정하지 마세요. 지금까지 하늘로 간 사람들이 다 겪었던 일이에요."

정환은 고개를 돌려 여자를 쳐다보았다. 지저분한 얼굴과 깊은 주름에도 불구하고 고운 눈매가 엿보였다.

"이름이 어떻게 되세요?"

"이정환입니다."

"저는 미화예요. 장미화."

멍하니 듣던 정환은 한참 시간이 흐른 뒤에 간신히 한마디를 중얼거렸다.

"장미꽃이네요."

"이쁜 이름이죠?"

여자는 허물없이 입을 벌리며 웃었다. 앞니가 빠진 자리가 어린아이처럼 귀여웠다.

"그렇네요."

정환도 따라서 웃음을 지었다. 벌써 까마득하게 느껴지는 튀르키예로의 여행 이후 처음으로 짓는 웃음이었다.

그로부터 16년 후, 여러 가지 이유로 오랫동안 정환의 촬영분에 손대지 못하고 있었던 미내는 마침내 두 시간짜리 포맷으로 편집해서 다큐를 완성시켰다.

다큐의 마지막은 미내의 나레이션으로 이렇게 끝났다.

이정환 할아버지는 장미화 씨와 15년을 더 산 뒤 돌아가셨다. 할아버지의 첫 번째 계획대로 마이홈타운에서 3년의 생활을 마치셨거나, 두 번째 계획대로 달얀에서 생을 마감하셨다면 누리지 못했을 15년이었다. 할아버지의 15년은 계획하지 않았기 때문에 존재할 수 있었다.

할아버지가 마이홈타운에서 마음에 안 들었다던 점은 혹시 삶을 계획하게 만들어서 기적이 피어날 가능성을 사라지게 한다는 건 아니었을까? 물론 그냥 내 짐작일 뿐이다.

〈끝〉

작품해설

우리는 모르기에

내가 김현중이라는 작가의 작품을 처음 접한 것은 함께 웹진 거울에 몸담고 있었을 때였다. 다른 글도 좋았지만 〈묘생만경〉은 처음 읽었을 때부터 반할 수밖에 없었다. 허생이라는 고양이 영물이 화자로서 서술하는 닭 흰부리의 치열하고 슬프고 아름다운 사랑과 복수의 서사는 정말이지, 단편이라는 분량으로 이게 가능한가 싶을 정도로 많은 것을 해내고 결말에 전율과 감동까지 주지 않나. 게다가 화자가 고양이고!

당연히, 이 작품에 매료된 사람은 나만이 아니었다. 〈묘생만경〉은 2010년도 웹진 거울의 연간 중단편선 표제작이었다. 그리고 2013년에 〈마음의 지배자〉를 표제작으로 소설집이 나왔을 때도, 편집부가 홍보를 겸한 별책부록으로 만화화한 작품은 〈묘생만경〉이었다. 원사운드 작가가 그린 이 만화는 아직도 한 번씩 회자되곤 한다. 《마음의 지배자》가 절판되고 나서도 〈묘생만경〉을 찾는 이들은 계속 있어, 2019년에 따로 리디북스에서 전자책이 만들어졌고 다시 12부작 웹툰으로도 만들어졌다.

한 작품이 이토록 강렬하게 독자들의 기억에 남고 사랑받는다는 것은 얼마나 귀한 일인가. 독자로서 감탄하고, 작가로서 부러울 뿐이다. 그러니 지금 이 작품을 처음 읽을 독자들에게 축하를 전하며, 혹시 김현중 작가의 작품을 이 〈묘생만경〉 하나밖에 접해보지 못한 독자라면 이제 다른 작품들을 읽기 좋은 출발점에 섰다고 말하고 싶다. 언제나 몰입감 있게 재미있고, 메시지를 전면에 드러내지 않되 나중에는 곱씹게 만드는, 단단하고 다채로운 이야기들을.

✴

〈묘생만경〉만이 아니라 이 작품집에서 볼 수 있는 여러 작품이 인간이 아닌 화자를 선택하고, 인간을 바라본다.

〈묘생만경〉의 허생이 자연스럽게 타고난 영물이었다면, 〈너희는 디스토피아가 아니다〉의 동호는 유전공학의 부수 효과로 태어난 지능 높은 돼지다. 둘 다 평균적인 인간보다 지능이 높다. 컴퓨터도 쓰고 철학적인 사고도 할 수 있다. 허생은 시골집에서 벌어지는 닭들의 사랑과 복수를 관찰하고, 동호는 인간의 사회를 관찰한다. 둘 다 인간중심에서 비껴난 시선으로 인간을 비춘다. 물론 이 두 작품은 공통점만큼이나 차이점도 많고, 그래서 같이 읽을 때 또 다른 재미를 준다.

이야기를 지어내어 사람들에게 인기를 모으는 인형(로봇) 피노키오가 주인공인 〈백색 나라의 피노키오〉, 우주를 탄생시킬 꼬마 신을 주인공으로 하는 아름다운 신화 같은 글 〈우리 우주의 특질〉

도 화자가 인간이 아니다. 우아한 좀비물 소품 〈아들과의 약속〉도 어떤 면에서는 그렇다.

재미있는 것은, 화자가 인간이 아니라는 점만 빼면 아주 넓은 스펙트럼을 보여주는 이 이야기들 대부분이 인간의 어리석음과 이중성, 잔인함을 보여주면서도 조금도 혐오하지 않는다는 사실이다. 가장 날카로운 글일 〈너희는 디스토피아가 아니다〉조차도 그렇다. 유전공학의 부수 효과로 태어나 지능이 높은 동호는 스스로를 돼지라고 생각하지 않고 신인류라고 여기지만, 사람들의 시선에는 여전히 먹을 수 있는 돼지일 뿐이다. 그리고 동호의 의욕적인 깨달음과 포부는 인간의 편의와 이중성 앞에서 산산이 부서진다. 그러나 동호가 충격받는 순간에도 작가의 시선은 시종일관 담담하다. 그에게 인간만이 특별히 잔인하다거나 더 혐오스럽다는 시선은 없고, 그러니 어떻게 해야 한다고 단언하지도 않는다. 동호가 그러듯, 작가도 그저 일어나는 일을 제대로 관찰하고 이해하려고 하는 듯 보이기도 한다. 작가는 질문을 던졌을 뿐, 판단은 독자의 몫이다. 때문에 오히려 독자는 이야기 자체에 더 집중하고, 더 오래 생각하게 된다.

작가의 담담하고 단단한 관찰과 이해는 인간 화자의 눈으로 인간 사회의 단면을 정밀하게 바라볼 때에도 변함이 없다. 〈우리는 영리해지고 있는가〉에서는 아인 시술을 받으면 머리가 좋아진다는 믿음이 세상에 퍼진다. '나'는 어릴 때 돈이 없어서 불법으로 시술을 받았고, 남들 보기에는 시술을 받은 것 같이 보이지만 사실은 아니다. 그러나 상관없다. 사실 아인 시술을 받아도 머리가 좋아지지는 않는다. 남들이 하니까 해야 하고, 해야 하니까 효과가 있어야만 한다. 미친 교육 열풍과 똑같이, 모두가 동참하는 거

대한 사기극이다. 이 소설은 SF적인 설정을 들고나오지만, 내용면에서는 이 소설집에서 가장 리얼리즘 소설에 가깝다.

또 〈그의 지구정복은 어떻게 시작됐나〉는 어떤가. 외계에서 온 기능유닛이 기억유닛을 찾는 데만 집착하다가 점점 어리석고 피폐해지는 모습과, 어떻게든 신도시 개발로 한몫 잡아보려는 사기꾼 마트 사장의 기상천외한 판매 전술들이 교차할 때 선명하게 드러나는 것은 욕망 때문에 자기파괴로 질주하는 인간의 초상 그 자체다. 읽다 보면 쓰게 웃을 수밖에 없는 이 풍자극은 그러나, 그럼에도 불구하고, 어리석은 인간을 내려다보지는 않는다.

그 태도는 〈마음의 지배자〉에서도 일관된다. 문래는 인간과 완전히 다른 존재로 보일 만큼 강력한 초능력을 갖고 있다. 문래는 처음부터 자신이 다르다는 것을 알고, 그 다름을 탐구하고 있다. 그러나 주위 사람들은 그 다름을 두려워하며, 그 두려움은 끝내 문래를 떠나게 만든다. 인간은 이해할 수 없는 존재를 두려워하고, 두려움은 미움을 낳기 때문이다. 소설 속에서 학교에 섞여드는 외계인이나 로봇들을 많이 보지만, 이 소설의 문래만큼 선명한 이질감을 주는 캐릭터는 흔치 않다. 바로 그 이질감이 소설 속 다른 아이들의 행동을 이해하게 만든다. 그들의 행동과 그 결과는, 혐오스럽기보다 슬프다.

〈물구나무서기〉의 서권은 문래와 정반대처럼 보인다. 그는 투시 능력을 헛되이 쓰면서 그저 그런 인생을 살다가 패배자가 되고 다시 유엔 산하 연구소에서 실험을 하는 동안 내내, 처음 물구나무를 선 순간부터 제대로 보이지 않는 검은 남자의 뒷모습에 시달린다. 그리고 지구의 미래가 걸린 마지막 순간에 그 모습을 제대로 보고야 만다. 서권의 초능력은 그를 다른 존재로 만들지 않는다. 서권은 내내 평범한 인간이고, 평범한 실수를 한다. 그러나 두려움을 떨치고 완전한 물구나무서기에 도달하는 순간, 모든 것을 제대로 볼 수 있게 된다. 그것은 깨달음이자 해탈이다.

그러나 '완전히 알게 된' 이가 우리 속세에 무슨 볼 일이 있을까. 그들은 사라지고, 우리는 남을 뿐이다.

*

환상문학을 정의하는 방법에는 여러 가지가 있고, 환상문학이 갖는 장점도 한 가지가 아니다. 문학의 환상성은 때로는 독자가 현실이라는 중력에서 벗어나서 숨을 쉴 수 있게 해주고, 때로는 시야를 뒤집어서 현실을 제대로 볼 수 있게 해준다. 사실에서 벗어남으로써 진실을 담아내는 것이다.

"환상적인 서사는 그것이 이야기하는 바가 사실이라고 단언하면서도 명백하게 비사실적인 것을 도입함으로써 사실주의의 전제들을 파괴하는 방향으로 나아간다. 그것은 독자를 잘 알려진 일상 세계의 친숙성과 안정성으로부터 끌어내어, 보다 낯선 어떤 것, 일반적으로 경이로운 것과 관련된 영역에 더 가까운 비개연성의 세계로 이동시킨다.(로즈메리 잭슨 〈환상성〉 중에서)

이때 환상성은 인류학에서 말하는 '낯설게 하기'와 같은 기능을 발휘한다. 독자는 비개연성의 세계로 이동함으로써, 친숙하기에 잘 안다고 생각했던 일상 세계를 다른 눈으로 보게 된다. 초능력이 있고, 영물이 있고, 외계 지성체가 있다고 해도 그 세계는 단단하고 자연스러운 현실이다. 땅에 단단히 뿌리내린 디테일이 우리로 하여금 그 세계를 믿게 만든다. 그리고 생각하게 한다. 이 세상이 정말로 우리에게 친숙한 세상과 다른가? 왜 우리는 〈묘생만경〉 같은 소설을 읽고 나서 '환상적인 이야기였어!'라고 하기보다 '진짜 있었던 일 같아!'라고 말하게 되는가?

물구나무를 잘 서지 못했던 어린 김서권에게 친구는 이렇게 말한다.

"장도리의 주장은 그랬다. 내가 세상을 다르게 보기를 두려워하는 거라고. 지금 보이는 세상에서 벗어나는 걸 원하지 않는 거라고(〈물구나무서기〉 중에서)."

김현중이 소설 속에서 구사하는 비사실적인 요소들은, 말하자면 김서권의 물구나무서기와 비슷하다. 그리고 안다고 생각했던 것을 실은 몰랐다고 깨닫게 만든다.

"우리는 모른다."

나는 김현중의 작품집을 관통하는 키워드를 하나 꼽는다면 "우리는 모른다"가 아닐까 생각한다. 그리고 그것은 "지금은 모르지만 앞으로 알게 될 것이다"와 같은 낙관적인 근대과학의 자세가 아니다. "우리는 모르면서 안다고 생각한다"는 냉소도 아니다. "안다고 생각했던 것에 대해 모른다는 것을 깨닫는 경험처럼 우리를 겸손하게 만드는 것은 없다.(〈묘생만경〉 중에서)"는 자세에 가깝다.

그리하여 이 소설집에서 "우리는 모른다"는 명제는 때로는 깨달음으로, 때로는 공포로, 때로는 희극으로, 때로는 비극으로 그려진다.

〈묘생만경〉의 고양이 허생은 지성을 가진 다른 영물들의 생각을 모르며, 가장 가까이에 있던 지성체의 사랑도 뒤늦게 깨닫는다. 〈마음의 지배자〉의 초능력자 문래는 스스로에 대해 모르며, 주위 아이들이 그에게 어떤 마음을 갖는지 모른다. 〈너희는 디스토피아가 아니다〉의 동호는 인간을 모른다. 〈그의 지구정복은 어떻게 시작됐나〉의 기능유닛은 안타깝게도 그토록 찾던 대상이 지척에 있음을 모른다. 피노키오는 자신의 진실이 거짓보다 더 위험하다는 사실을 모른다.

작품집 마지막에 이르러, 〈노인의 나라〉를 되씹어보자. 노인복지시설 마이홈타운은 다른 많은 'SF판 고려장' 이야기에 나오는 시설처럼 어두운 이면이나 음모를 품고 있지 않다. 그곳은 정말로 친절하고, 편안하다. 그러나 아무 불만 없이 떠날 시간을 기다리던 정환이 탈출하여 튀르키예까지 가면서, 그리고 겨우 도착하고 나서도, 정해진 줄 알았던 길은 엉뚱한 곳으로 이어진다. 닫혀있던 결말이 열린다.

"할아버지가 마이홈타운에서 마음에 안 들었다던 점은 혹시 삶을 계획하게 만들어서 기적이 피어날 가능성을 사라지게 한다는 건 아니었을까? 물론 그냥 내 짐작일 뿐이다.(〈노인의 나라〉 중에서)

여기에서 보이는 태도는 하나의 길에 대한 부정도, 다른 길에 대한 무조건적인 긍정도 아니다. 굳이 이름 붙이자면 가능성에 대한 긍정이다.

우리는 많은 것들을 모른다. 우리 스스로에 대해서도 잘 모른다. 모른다고 해서 꼭 알아야 하는 것만은 아니다. 때로는 모른다는 사실을 알고 받아들일 때 생각지 못한 미래를 얻기도 한다. '기대'라는 이름의 기쁨 말이다.

말하자면 김현중이라는 작가가 앞으로 또 어떤 소설을 발표할지에 대한 나의 기대도 그런 기쁨이다.

— 이수현, 소설가

작가의 말

다른 작가들의 소설을 읽다보면 가끔 어떤 계기로 쓰게 되었는지 궁금할 때가 있다. 혹시 있을지 모를 나 같은 독자들을 위해 각 단편을 어떤 계기로 쓰게 되었는지 적어보았다.

〈묘생만경〉

오래전 인터넷 게시판에 어릴 때 겪었던 일을 쓴 적이 있는데 그것이 바탕이 되었다. 그때 쓴 글은 '밤새 집에서 키우던 개들이 닭들을 딱 한 마리 빼놓고 전부 죽였다'는 내용이었고 고양이는 등장하지 않았다.

글을 올렸던 곳은 당시 다니던 학원의 커뮤니티 게시판이었는데, 내가 올린 글에 선생님이 달았던 댓글이 아직도 기억에 남는다.

'이 이야기의 의미는 너희들 정신 안 차리면 모두 저 닭들 같은 처지가 된다는 뜻이다.'

〈백색 나라의 피노키오〉

정확한 계기는 기억나지 않지만, 아마도 아시모프의 〈거짓말쟁이 로봇〉(원제는 〈Liar!〉)에서 영향을 받지 않았을까 싶다.

〈우리 우주의 특질〉

평행 세계와 관련된 다른 소설을 구상하던 중에 우연히 곁길로 새서 쓴 짧은 소설이다. 예전에 우주 탄생에 관한 책을 읽다가 빛의 속도가 신(혹은 신의 유일한 속성)이 아닐까 생각한 적이 있었는데 그런 것도 끼어든 것 같다. 우주 배경 복사가 어떤 의미가 담긴 메시지였으면 좋겠다는 바람은 예전부터 있었다.

〈너희는 디스토피아가 아니다〉

우리 인간은 고기를 즐기는 것과 동물의 고통을 무시하는 것 사이의 넓은 틈을 어떻게 메꿔야 할지 아직 고민하는 중인 것 같다. 사실 공장식 축산에는 그 틈에 대해 더 이상 생각하지 말자는 분위기가 짙게 배어 있다. 그러나 언젠가는 결국 생각하게 될 거라고 믿는다. 우리는 육신을 만족시키는 만큼 영혼을 만족시키는 데도 관심이 있으니까.

소설을 쓸 때 다음의 자료를 참고했다.

니콜렛 한 니먼, 《돼지가 사는 공장》, 황미영 옮김(수이북스)

멜라니 조이, 《우리는 왜 개는 사랑하고 돼지는 먹고 소는 신을까》, 노순옥 옮김(모멘토)

황윤, 〈잡식가족의 딜레마〉

〈물구나무서기〉

이 이야기의 시작은 분명히 기억하는데 바로 물구나무서기에 대한 꿈이었다. 천리안 이야기는 나중에 넣은 것이다.

꿈에서 소재를 얻으면 그야말로 횡재한 기분이 든다. 소재의 질도 좋고 내가 생각할 법하지 않은 거라서 더 좋다.

꿈을 꾸고 난 직후에 적은 메모가 있는데 좀 길지만 옮겨본다. (이렇게 적는 과정에서 보통 50퍼센트 정도가 덧붙는다.)

처음에는 못 했는데 한두 번 어떻게 하다보니 된다.

시골. 이것이 독특한 분위기를 만든다.

몇몇 어른들이 어쩌다 구경을 온다고 하게 된다.

나는 결국 '그럼 해볼까?'라는 마음이 든다.

친구들이 이왕 할 거 마케팅 컨셉트를 잡자고 한다. 컨셉트는 '아무것도 아닌 것에 대단한 의미를 부여하기'. 중요한 아이디어를 내가 내놓는다—레드 카펫. 다리를 잡아주는 역할을 누가 할지 결정하기 힘들다.

드디어 당일. 아침에 마루에 비가 새는 곳이 생겨서 마루에 있던 TV가 방으로 들어온다. 방에서 물구나무서기를 하기로 했던 나는 TV에 신경이 쓰인다. TV를 켜지 못하게 하려고 플러그 어댑터를 숨긴다. 동네 사람들이 많이 온다. 애들도 온다. 나는 리허설을 해서 감을 유지하려 하지만 그럴 장소도 없다. 사람들이 떠들기 시작한다. 나는 점점 어찌해야 할 바를 모르게 되는데 친구들은 무슨 일(패싸움?) 때문에 다 가버린다. 접근 금지선을 잡기로 한 동생도 사라졌다. 하는 수 없이 숫기 없는 내가 이제 시작하겠다고 공표한다. 얼른 하라고 몇몇 어른들이 웃으며 소리치고는 다시 고개를 돌려 하던 얘기를 마저 한다. 다리를 잡아주기로 한 사촌 형은 아까부터 서울에서 온 삼촌을 만나 장래 얘기를 하고 있는데 장래가 어둡다. (안 들렸으면 좋겠는데 다 들린다.) 레드 카펫은 사람들에 밀려서 주름이 지기 시작하고 누군가가 옆집에서 플러그 어댑터를 구해와 TV를 켠다. 이것은 대단한 일이었다. 하지만 지금 나는 해야 되는지, 해도 되는지, 할 수 있는지, 전혀 모르겠다.

〈마음의 지배자〉

정확한 계기는 생각이 나지 않는데 처음 구상할 때 적었던 몇 가지 메모가 있다. 어쨌든 올라프 스태플든의 〈이상한 존〉에서 영향을 받은 것은 확실하다.

—'쌈치기'나 '개구리' 같은 하찮은 게임에서 전부 이기는 아이가 사실 어마어마한 능력을 가졌다는 게 나중에 밝혀진다.

—미팅하고 돌아와서 오래도록 베토벤을 듣는다.

—초능력은 반갑지 않은 것이다. 고등학교 학생들은 배우고 있는 것을 부정해야 한다.

—'나도 무서워. 내가 행하는 것이 초능력이 아니라 만약에 기적이라면 어떡하지?'

—그 아이를 받아들일 수 없어서 얼마나 슬픈가.

〈우리는 더 영리해지고 있는가〉

어떻게 쓰게 되었는지 도무지 생각이 나지 않지만, 이 소설에 나오는 문장 하나가 먼저 떠올랐다는 건 기억한다.

'그리고 다들 하면 그게 누구한테 좋은 거냐고.'

〈아들과의 약속〉

이걸 쓰기 전에 장편으로 쓸 만한 다른 좀비 이야기를 생각하고 있었는데, SF 계간지 〈어션 테일즈〉에 들어갈 초단편의 청탁을 받고 키워드가 '약속'이라는 것을 듣는 순간, 후루룩 이런 짧은 이야기로 바뀌고 말았다. (그래도 그 장편은 언젠가 꼭 쓸 것이다.)

〈그의 지구 정복은 어떻게 시작됐나〉

집 근처의 마트 두 곳이 판촉 경쟁을 하는 것을 보다가 마침 그때 읽고 있던 《식물의 사생활》이라는 책의 아이디어를 결합해서 쓰게 되었다. 어렸을 때 읽었던 할 클레멘트의 《별에서 온 탐정》(원제는 《Needle》)의 영향도 분명히 있었을 것이다.

〈노인의 나라〉

이 소설의 최초 아이디어는 조너선 프랜즌의 《인생 수정》을 읽다가 얻게 된 것이다. 거기서 주인공의 부모가 크루즈 여행을 하는데 크루즈의 선내 의사는 노인이 대부분인 승객들에게 '관대한'

약 처방을 해준다. 실제 이야기는 그게 전부가 아니지만 아무튼 노인이 많은 세상에 대해 생각하는 계기가 되었다.

한 가지 덧붙이자면 우리나라는 이삼십 년만 지나면 노인이 젊은이보다 훨씬 많은, 어찌 보면 꽤 SF적인 상황을 맞게 된다. 보통 이 주제에 대한 미디어나 대중들의 인식은 '다가오는 재난' 같은 건데 그게 좀 안타깝다. 여기에 대한 이야기를 ('논의' 같은 무거운 것 말고) 가벼운 마음으로 더 많이 하면 좋겠다. 출산율을 높이려는 노력도 필요하겠지만, 노인들이 세상의 짐이 되지 않고 어떻게 사회적, 경제적으로 더 어울리며 즐겁게 살아갈지, 소수인 젊은이들이 짓눌리지 않고 어떻게 능동적으로 세상에 참여할지를 이야기하는 게 필요하지 않을까. 어쨌든 우리는 모두 노인이 된다. 그것도 운이 좋을 경우에만.

2023년 여름

김현중

묘생만경

초판 1쇄 발행 2023년 7월 17일

지은이 김현중
펴낸이 박은주
디자인 김선예, 이수정
마케팅 박동준

발행처 (주) 아작
등록 2015년 9월 9일 (제2023-000057호)
주소 07236 서울특별시 영등포구 의사당대로 38 102동 1309호
전화 02.324.3945-6 **팩스** 02.324.3947
이메일 arzaklivres@gmail.com
홈페이지 www.arzak.co.kr

ISBN 979-11-6668-731-0 03810

© 김현중, 2023

책 값은 표지 뒤쪽에 있습니다.
잘못 만들어진 책은 구입하신 서점에서 교환해 드립니다.